KAT MARTIN
Süßes Geheimnis

Buch

Als die erfolgreiche Geschäftsfrau Kate Rollins auf ihrem Heimweg durch Los Angeles in eine Schießerei gerät und von einer verirrten Kugel getroffen wird, entgeht sie nur knapp dem Tod. Nach ihrer Entlassung aus dem Krankenhaus beschließt sie, ihr Leben von Grund auf zu ändern. Sie lässt sich von ihrem kaltherzigen Mann scheiden und geht mit ihrem zwölfjährigen Sohn David nach Lost Peak in Montana, wo sie ein Haus bezieht, das sie gerade von ihrer kürzlich verstorbenen Großmutter geerbt hat. Doch bald schon begegnet sie dem umwerfend gut aussehenden Chance McLain, der ihren Wunsch nach Ruhe und Frieden einfach nicht akzeptieren will und hartnäckig versucht, ihr Herz zu gewinnen. Als Kate jedoch herausfindet, dass ihre Großmutter keines natürlichen Todes gestorben ist und damit selbst in das Fadenkreuz des Mörders gerät, ist es letztlich nur Chances Liebe, die ihr das Leben retten kann...

Autorin

Nach ihrem Studium der Geschichte und der Anthropologie hat Kat Martin ihre Liebe zur Schriftstellerei entdeckt. Mit ihrem Mann Larry bereist sie fast alle Schauplätze ihrer Romane, um absolut authentisches Hintergrundmaterial zu sammeln. Diese Genauigkeit und ihr wunderbar romantischer Stil machten Kat Martin zur Bestsellerautorin in den USA und zahlreichen anderen Ländern.

Von Kat Martin bereits erschienen:

Bei Tag und Nacht (35143)
Sündiger Hauch (35663)
Tanz um Mitternacht (35662)
Ein verführerischer Handel (35764)
Im Sturm der Herzen (35987)
Spiel mit der Liebe (36005)
Lockruf des Herzens (36029)
Glut und Eis (36366)
Lodernde Küsse (36471)

Kat Martin
Süßes Geheimnis

Roman

Deutsch
von Dinka Mrkowatschki

blanvalet

Die Originalausgabe erschien 2001
unter dem Titel
»The Secret« bei Zebra Books,
Kensington Publishing Corp., New York.

Umwelthinweis:
Alle bedruckten Materialien dieses Taschenbuches
sind chlorfrei und umweltschonend.

Einmalige Sonderausgabe Juni 2006 bei Blanvalet, einem
Unternehmen der Verlagsgruppe Random House GmbH,
München.
Copyright © by Kat Martin 2001
Copyright © der deutschsprachigen Ausgabe 2002 by
Verlagsgruppe Random House GmbH
Umschlaggestaltung: Design Team München
Umschlagfoto: Mauritius Images/SuperStock
ES · Herstellung: LW
Druck und Einband: GGP Media GmbH, Pößneck
Printed in Germany
ISBN-10: 3-442-36551-1
ISBN-13: 978-3-442-36551-7

www.blanvalet-verlag.de

1

Kate Rollins warf einen nervösen Blick auf die glühenden roten Ziffern der Digitaluhr auf ihrem Schreibtisch. Zweiundzwanzig Uhr. Sie hätte schon um achtzehn Uhr zu Hause sein sollen.

Kate spähte zu den hohen Eckfenstern ihres Büros im siebten Stock. Draußen war es schwarz wie die Sünde, keine Spur von einem Mond, alle Sterne ausgelöscht durch trübe graue Bewölkung und den Smog von Downtown L. A. Sie arbeitete nur ungern so spät. Wenn sie dann nämlich als eine der Letzten das Gebäude verlassen musste, graute ihr vor dem unheimlichen Geräusch ihrer eigenen Schritte, die durch die leeren, marmorgepflasterten Korridore hallten.

Ihr war es zuwider, hinaus auf die dunklen, verlassenen Gehsteige zu gehen, ganz besonders heute Abend. Außerdem hatte sie ihrem zwölfjährigen Sohn versprochen, sich mit ihm den neuen Schwarzenegger-Film anzuschauen, und das Versprechen nicht eingehalten. Denn ihr Chef hatte kurz vor siebzehn Uhr angerufen und darauf bestanden, dass sie die Anzeigenkampagne änderte, die sie am nächsten Morgen Quaker Oats, einem ihrer größten Kunden, präsentieren sollte.

Endlich war sie fertig. Kate legte den Kugelschreiber zurück in die oberste Schublade ihres Schreibtisches und rollte ihren Stuhl zurück. Sie war entschlossen, David wenigstens noch Gute Nacht zu sagen, bevor er einschlief. Also nahm sie rasch ihre lederne Aktentasche, schulterte den Riemen ihrer Bally-Handtasche und machte sich auf den Weg zu den Aufzügen am Ende des Korridors.

Unten in der Lobby winkte sie dem Mann am Tresen zu, sagte dem Security-Mann neben der Drehtür kurz Auf Wiedersehen und trat hinaus auf den Gehsteig. Die Nacht war feucht und still, die Märzluft kalt und klebrig, geschwängert vom Geruch der Auspuffgase und dröhnend vom fernen Getöse der Hupen. Kate wusste, dass das Viertel nachts gefährlich sein konnte, schob nervös ihre Tasche etwas höher und machte sich auf den Weg zu der Parkgarage, in der ihr Lexus stand.

Als sie um die Ecke bog, konnte sie am Ende des Blocks den Eingang sehen, der hinunter in die Garage führte. Sie hatte ihn schon fast erreicht, als sie ein Geräusch hinter sich hörte. Jemand rannte den Gehsteig entlang. Mehr als eine Person, wurde ihr klar. Ihr Puls beschleunigte sich, ihr Herz begann wild zu hämmern. Zwei junge Männer mit Bomberlederjacken, wahrscheinlich hispanischer Herkunft mit diesen schwarzen Haaren und der olivfarbenen Haut, hetzten auf sie zu.

Reifen kreischten und sie nahm einen tief gelegten, irisierend grünen 62er Chevy wahr, der auf zwei Rädern um die Kurve schlitterte. Die Männer hatten sie gerade eingeholt, als der Wagen auf gleiche Höhe zog.

Eine Hand schwang aus dem offenen Fenster.

Der gedrungene, blau-metallisch schimmernde Lauf einer Pistole erschien.

Kate hörte den Schuss nicht. Doch als sie anfing zu rennen, spürte sie einen sengenden, stechenden Schmerz seitlich an ihrem Kopf, sah, wie der Boden ihr entgegenraste, sie verdrehte die Augen und die Welt versank in Dunkelheit.

2

Das Heulen der Sirene weckte sie für einen kurzen Moment im Krankenwagen. Fünfzehn Minuten später erwachte Kate auf einer sich schnell bewegenden Bahre, ihr Kopf hämmerte vor Schmerz, der metallische Geruch von Blut drang in ihre Nase. Zwei grün gekleidete Pfleger brüllten Anweisungen, während sie mit ihr einen schmalen, weißen Gang entlangratterten und dann die Bahre durch eine Doppelschwingtür schoben, auf der in warnenden roten Lettern OPERATIONSBEREICH stand.

Sie hatte keine Ahnung, wie viele Stunden tatsächlich vergangen waren, bis sie wohl zumindest einen vollen Tag später erwachte. Zuerst hörte sie ein stetes Piepsen, einen tröstlichen Rhythmus, an den sie sich klammerte, ihre Sinne dort verankerte, um wieder in die Wirklichkeit aufzutauchen.

Sie lag auf einem schmalen Bett, mit schützenden Chromgittern, mit einem Plastikschlauch im Hals, einer Nadel im Arm, Drähten, die auf ihrer Brust und ihrer Stirn befestigt waren. Sie trug ein weißes Baumwollnachthemd, das um ihre Beine unangenehm verheddert war. Sie brachte die Kraft nicht auf, sich davon zu befreien.

Ein leises Summen trat in ihr Bewusstsein und das Zischen von Luft, die aus irgendeiner Maschine ein und aus trat. Wieder begann das Hämmern in ihrem Schädel und schwoll an, bis es fast unerträglich war. Eine Schwester kam, steckte eine Spritze in den Zugang und der Schmerz begann zu verebben. Sie schlief eine Weile und erwachte dann zu gedämpften Stimmen und fernen, verschwommenen Gesprächsfetzen.

»... aus dem fahrenden Auto geschossen...«
»... sie suchen noch nach den Kerlen...«

»…Wunder, dass sie noch am Leben ist…«

Männliche und weibliche Stimmen, die kamen und gingen, Gesprächsfetzen hinterließen, die sich allmählich wie die Stücke eines Puzzles zusammenfügten. Schließlich hatte sie genug gehört, sich an genug erinnert, um zu wissen, was passiert war. Zu wissen, dass es eine Schießerei gegeben hatte und eine Kugel ihren Kopf getroffen hatte.

Einer der Ärzte sagte, sie wäre auf dem Operationstisch fast zehn Minuten lang klinisch tot gewesen. Ihr Herz hatte aufgehört zu schlagen. Ihre Atmung war nur durch die Leistung des Beatmungsgerätes aufrechterhalten worden. Ein paar Minuten lang war sie also kein lebendiges menschliches Wesen mehr gewesen.

Kate hatte keinerlei Zweifel daran.

Sie lag in ihrem schmalen Bett auf der Intensivstation des Cedar-Sinai-Hospitals, mit piepsenden Monitoren und Nadeln in den Armen und wusste tief in ihrem Innersten, dort wo ihr Herz wieder schlug und das Blut in trägem Rhythmus durch ihre Adern pumpte, dass sich in diesen, alles entscheidenden Augenblicken im Operationssaal, ihr gesamtes Leben, alles, woran sie bisher je geglaubt hatte, drastisch verändert hatte.

Sie konzentrierte sich auf das Summen einer Maschine in ihrer Nähe. Das sich ständig wiederholende Geräusch war irgendwie tröstlich. Sie hatte von solchen Vorfällen gelesen, bei denen Leute gestorben und wieder belebt worden waren. Ein *Nah-Tod-Erlebnis* nannte man das.

Das war es ganz gewiss gewesen und noch wesentlich mehr. Wie immer man es nannte, es war etwas so Profundes, so unglaublich Erstaunliches, dass sie es den Rest ihres Lebens nicht würde vergessen können.

Kate schloss die Augen und ließ die Erinnerung zurückkehren, genauso kristallklar, wie es zur Zeit des Ereignisses gewesen war. Sie war auf dem Operationstisch gelegen, hatte das ferne, gedämpfte Murmeln von Ärzten und Schwestern gehört, die letzten unregelmäßigen Schläge ihres Herzens. Dann hatte sich ihr Körper plötzlich bewegt und sie begann nach oben zu schweben, weg von der Geschäftigkeit unten, hinauf zur Decke. Einen Moment lang verharrte sie dort, verwirrt, desorientiert und sah hinunter auf die fünf grün bekleideten Ärzte und Schwestern, die an der reglosen Gestalt auf dem Tisch arbeiteten. Sie konnte sie ganz deutlich hören.

»Sie hat Kammerflimmern!«, schrie jemand, das Piepsen der Maschine neben ihr wurde zu einem steten Summen.

»Wir verlieren sie!«, rief eine der Schwestern.

»Bringt die Paddel hier rüber!«

Sie beobachtete sie noch einen Augenblick und fühlte sich dabei so leicht, so frei von allen Fesseln.

Dabei wurde ihr klar, dass sie selbst diese Person auf dem Operationstisch sein musste. Und wenn das stimmte, dann war sie tot.

Sie begann, weiter nach oben zu schweben, direkt durch das Dach des Krankenhauses, über die Stadt. Die Aussicht war spektakulär, so als ob man durch die Fenster eines Flugzeuges schaut und all die funkelnden Lichter unter sich sieht.

Wenn ich tot bin, an diesen Gedanken erinnerte sie sich, wie kann es dann sein, dass ich sehe? Sie begann sich schneller zu bewegen, schneller, hinaus in die Finsternis. Es hätte kalt sein müssen, aber das war es nicht. Ein angenehmes, warmes Nichts umfing sie, tröstete sie, verhinderte, dass sie sich fürchtete. Die dichte, alles umfangende Finsternis nahm die Form eines Tunnels an und sie wurde hineingezogen, durch die Dunkelheit nach oben getragen, auf das winzige weiße Licht zu, das sie am Ende sehen konnte.

Das Licht wurde größer, heller, durchdringender, bis sie davon geschluckt, Teil davon wurde. Zuerst war es ein sanfter, gelber Schein und wurde dann zum reinsten funkelnden Weiß, das sie je gesehen hatte.

Meine Augen sollten mir wehtun, dachte sie, aber dann erinnerte sie sich, dass sie keine Augen, keinen wirklichen Körper hatte. Sie sah an sich hinunter und entdeckte, wie das Licht durch ihre transparente Gestalt drang, jedes Molekül ihres Wesens durchtränkte. Sie erreichte das Ende des Tunnels, tauchte ganz in das Licht und eine herrliche Landschaft erschien. Pflanzen und Blumen, Büsche und Bäume in Scharlachrot, Smaragdgrün und Violett, die reinsten, strahlendsten Farben, die sie je gesehen hatte.

Formen tauchten auf. Es waren Menschen, wurde ihr klar, und als Erste erkannte sie ihre Mutter unter den anderen. Sie sah wesentlich jünger aus als damals mit vierunddreißig, als sie bei einem Autounfall ums Leben gekommen war. Schön und vital und strahlend von demselben hellen Licht, das sie alle umfing. Ihren Vater entdeckte sie nicht, aber sie hatte ihn seit ihrem zweiten Lebensjahr nicht mehr gesehen. Sie hatte sich zwar gelegentlich gefragt, ob er vielleicht gestorben war, aber wahrscheinlich war er das nicht.

Andere vertraute Gesichter erschienen, ihre Viertklasslehrerin, Mrs. Reynolds: Sie sah strahlend gesund und zufrieden aus. Und ein junger Mann, der bei ihr im Büro gearbeitet hatte und unerwartet an einem Herzanfall gestorben war.

Ein weiteres Gesicht tauchte auf, eine Frau mit einem Hauch von Grau in ihrem langen, dunkelbraunen Haar, das sie zu einem Knoten gesteckt hatte, eine attraktive Frau, die sie nie gesehen hatte, die ihr aber irgendwie vertraut schien.

Ihre Mutter lächelte und obwohl sie nichts sagte, wusste

Kate irgendwie, was sie dachte. *Ich liebe dich. Du fehlst mir. Es tut mir Leid, dass ich dich verlassen hatte.*

Weitere Gedanken drangen ein, Gedanken, die sie zwangen, über ihr Leben nachzudenken, über das, was wirklich wichtig war und was nicht. Darüber, wie die Jahre in Windeseile vergingen und dass man das Beste daraus machen musste.

Ein Gedanke übertönte alle anderen. *Es ist für dich noch nicht an der Zeit, hier zu sein. Eines Tages wirst du zurückkehren, aber jetzt noch nicht. Noch nicht.*

Aber sie wollte nicht weg von hier, nicht jetzt, nicht, nachdem das Licht sie durchströmte, sie mit Freude erfüllte, mit einem vollkommenen und totalen Entzücken, wie sie es noch nie erlebt hatte. Nicht, wenn jede Zelle ihres Körpers davon jubelte, davon pulsierte.

Nein!, dachte sie, *ich will bleiben!* Sie streckte die Hand nach ihrer Mutter aus, versuchte, sich dem Sog zu widersetzen, dem Gefühl zurückgezogen zu werden, aber sie war machtlos dagegen.

Ein letzter Gedanke erreichte sie, ein beunruhigender Gedanke, der von der Lady kam, die vertraut aussah, aber die sie nicht kannte. Sie versuchte, ihr etwas zu sagen. Es war wichtig. Dringend. Es war ein dunkler Gedanke von Schmerz und Angst, kein Vergleich mit den warmen, angenehmen Gedanken, die sie von den anderen empfangen hatte. Kate versuchte verzweifelt zu entziffern, was es war, aber es war zu spät. Sie stürzte rückwärts, weg vom Licht, schleuderte durch den Tunnel, wirbelte durch den Raum, bewegte sich noch schneller als vorher. Ein scharfer, durchdringender Schmerz – und sie knallte zurück in ihr körperliches Bewusstsein. Ein paar Sekunden lag sie benommen da, fühlte das stete Pumpen ihres Herzens, das Kribbeln ihrer

Haut. Sie lebte und atmete, doch durch ihren Kopf wirbelten die Gedanken von dem, was gerade passiert war.

Dann umfing sie erneut das schwarze Loch der Bewusstlosigkeit.

Tage vergingen. Kate trieb hin und her zwischen Wachsein und Bewusstlosigkeit. Sie regte sich in ihrem schmalen Bett auf der Intensivstation, die Stimme einer Frau zerrte sie aus ihrem Schlaf. Als sie die Augen aufschlug, sah sie ihre beste Freundin, Sally Peterson, neben ihrem Bett stehen.

»Du siehst beschissen aus, Kleines. Aber ich hab meine Zweifel, dass irgendjemand, der eine Kugel in den Kopf abgekriegt hat, viel besser aussehen würde.«

Kate spürte, wie ihr das ein schwaches Lächeln entlockte. Ihr Hals fühlte sich kratzig an, als sie versuchte zu reden. »Wie lange... wie lange bin ich schon hier?«

»Vier Tage. Ich war gestern schon mal hier. Erinnerst du dich?«

Sie überlegte einen Moment und die Erinnerung tauchte auf. Sie lächelte mit einiger Erleichterung. »Ja... ich erinnere mich.«

»Braves Mädchen.« Sally trat näher ans Bett. Sie war größer als Kate, die nur knapp eins sechzig maß. Sie hatte glattes, blondes Haar, während Kates dicht, lockig und dunkelrot war. Sally war dreiunddreißig, geschieden und durch Stress zur zwanghaften Esserin geworden. Sally hatte zwanzig Pfund zugenommen in den fünf Jahren, in denen sie zusammen bei Menger und Menger arbeiteten, der Werbeagentur, bei der sie beide angestellt waren. Aber sie war gescheit und arbeitete hart und außerdem die beste Freundin, die Kate je gehabt hatte.

»Sie werden dich morgen in ein normales Krankenzimmer

verlegen«, verriet ihr Sally. »Der Arzt sagt, du hast gut auf die Behandlung reagiert. Sie versichern, du wirst praktisch wieder wie neu sein und hier früher raus, als du glaubst.«

»Ja... Dr. Carmichael... hat es mir gesagt.« Kate benetzte ihre trockenen Lippen. »Ist David...?«

»Deinem Sohn geht's gut.« Sally goss Wasser in einen Pappbecher und hielt ihn ihr an den Mund, damit sie trinken konnte. »Dein Mann bringt ihn am späten Nachmittag heute zu Besuch.«

Sie verdrehte die Augen nach oben, zu dem Verband, der alles, außer ihrem Gesicht bedeckte. »Haben sie... mir den Kopf rasiert?«

Sally lachte. »Ah – ein Anflug von Eitelkeit. Du musst dich besser fühlen. Nur einen kleinen Kreis über deinem linken Ohr. Heutzutage haben sie so phantastische Methoden. Nicht so rabiate wie früher.«

Kate sank entspannt ins Kissen zurück. Es war albern, sich um so etwas Triviales wie ihr Aussehen Sorgen zu machen. Aber irgendwie tat es gut zu wissen, dass sich ihr Äußeres nicht verändert hatte. Es war wahrscheinlich das Einzige, was sich nicht verändert hatte.

»Brauchst du irgendetwas?«, fragte Sally. »Kann ich dir irgendetwas besorgen?«

»Da fällt... mir nichts ein. Aber danke..., dass du gekommen bist.«

Sally stellte den Becher auf dem Tablett neben dem Bett ab, nahm ihre Hand und drückte sie. »Diese alte Schachtel, Mrs. Gibbons, wird mir den Kopf abreißen, wenn ich dich zu sehr erschöpfe.«

Kate rang sich ein Lächeln ab. Ihre Augen fühlten sich schwer an. Sie ließ sie zufallen. Ihr Kopf schmerzte und der Verband, der ihn einhüllte, fühlte sich dick und unbequem an. Sie hörte, wie Sally aus dem Zimmer tappte und die Tür leise zufiel. Als sie wieder einschlief, kehrten ihre Gedanken zurück zu dem, was ihr während der Operation passiert war, zu dem herrlichen Ort, an dem sie gewesen war, einem Ort erfüllt von Licht und Freude. Kate mutmaßte, dass dieser Ort eventuell der Himmel sein könnte.

Sie dachte an die vertraute und doch nicht vertraute Lady und fragte sich, wer sie sein könnte. *Was hat sie versucht, mir zu sagen? Was hatte sie mir so dringend mitteilen wollen?*

Dann überlegte sie, ob irgendetwas davon wirklich passiert war. Oder ob es irgendeine Art von phantastischer Traum gewesen war. Nichts, was sie je erlebt hatte, hatte sie so real empfunden.

Als sie in unruhigen Schlaf versank, wusste Kate, dass sie nicht ruhen würde, bis sie die Wahrheit herausgefunden hätte.

3

Die Aprilregen kamen. Keine beeindruckenden Wolkenbrüche, nur spärliches Geniesel, das kaum die Erde befeuchtete, ein leichter Wind, und dann tauchte die Sonne wieder auf. Kate hörte das Klopfen, das sie erwartet hatte, und eilte zur Haustür ihrer Eigentumswohnung. Sie öffnete die Tür für Sally Peterson, die im Treppenhaus stand.

»Bist du fertig?«, fragte Sally.

»Fast. Bist du sicher, dass es dir nichts ausmacht, mich zu fahren? Ich weiß, es ist viel verlangt.«

»Sei nicht albern. Ich brauchte sowieso eine Ausrede, um aus dem Büro zu kommen. Wenn ich da noch weiter hätte sitzen und mir diesen blöden Bob Wilson anhören müssen, der mal wieder mit einer seiner Eroberungen prahlt, hätte ich mir eine Kugel in den Kopf gejagt.« Sally warf Kate einen raschen Blick zu. »Oh, tut mir Leid, ich wollte nicht –«

»Ist schon in Ordnung«, sagte Kate. »Ich hoffe, ich kann schon bald selbst wieder Scherze drüber machen.« Es war Freitag, drei Wochen nach der Schießerei. Sally wollte sie nach Westwood fahren, zu einem Arzt namens William Murray. Murray war bekannt für seine Arbeit mit NTE – der medizinische Ausdruck für Nah-Tod-Erfahrungen.

»Ich hoffe, ich mache das Richtige«, seufzte Kate und führte sie in Richtung Küche, wo ihre Handtasche stand.

»Du hast mir erzählt, dass dich das quält. Du schläfst nicht so, wie du solltest. Ich habe das Gefühl, es ist noch wesentlich schlimmer, als du zugibst.«

Kate schüttelte frustriert den Kopf. »Ich krieg es einfach nicht aus meinem Hirn. Ich träume nachts davon. Ich denke an die Schießerei, aber meistens denke ich an das Licht und an die Leute, die ich sah. Ich muss begreifen, was mir passiert ist. Ich muss herausfinden, ob es real war.«

»Dann machst du genau das Richtige.«

»Was, wenn sich rausstellt, dass der Kerl ein Quacksalber ist?«

»Du hast gesagt, er hätte einen sehr guten Ruf. Mein Gott, du hast seinen Namen von der Psychologiefakultät der UCLA. Da kann er wohl kaum ein Quacksalber sein.«

»Da hast du wohl Recht. Es ist nur... Das ist echt schwer für mich, Sally.«

»Das weiß ich. Aber eventuell kann dir dieser Typ helfen, irgendeinen Sinn in dieser Sache zu finden.«

»O Gott, das hoffe ich.« Kate betrat die Küche. Wie die übrige Wohnung war sie ultramodern, mit schmucklosen weißen Wänden, schwarzen Granitarbeitsflächen und teuren Geräten in gebürstetem Chrom. Das alles war nicht wirklich nach ihrem Geschmack, aber die Lage war eine der besten in Downtown L.A., und der Preis hatte gestimmt. Von Anfang an hatte sie vorgehabt, sie umzugestalten. »Bevor wir gehen, möchte ich dir noch etwas zeigen.«

Sally setzte sich auf einen der Hocker an den runden Frühstückstisch mit der Granitplatte. »Was denn?«

»Erinnerst du dich, wie ich dir zum ersten Mal von meinem Erlebnis erzählt habe? Wie ich das Licht beschrieben und dir erzählt habe, dass ich meine Mutter und die anderen gesehen habe?«

»Deine Erzählung, wie du deine tote Mutter gesehen hast, ist nicht unbedingt etwas, was man leicht vergisst.«

Kate lächelte. »Dann erinnerst du dich auch an die andere Frau, die ich erwähnt habe, die, die ich nicht erkannt habe, die mir aber irgendwie vertraut schien.«

»Ja, was ist mit ihr?«

»Neulich war ich im Keller und hab ein paar von meinen alten High-School-Jahrbüchern gesucht. Dabei bin ich auf eine Schachtel mit Sachen meiner Mutter gestoßen, die ich da vergraben hatte. Ich hatte ganz vergessen, dass ich so was überhaupt besitze. Ich war erst achtzehn, als sie starb. Damals war es für mich zu schmerzlich, sie durchzusehen. Als ich also die Schachtel fand, kam mir der Gedanke ... dass die Frau, die ich gesehen habe, jemand sein muss, der irgendwie mit mir in Verbindung steht, ohne dass ich es weiß. Schließlich kannte ich alle anderen Menschen, die da auftauchten. Ich dachte mir, womöglich finde ich etwas in der Schachtel, das mir hilft, dahinter zu kommen.«

Sallys Blick richtete sich auf das vergilbte, eselsohrige Foto, das Kate in der Hand hielt. »Sag bloß, du hast ein Bild von der Frau gefunden, die du im Licht gesehen hast!«

Kate setzte sich ihr gegenüber an den Tisch und schob das Schwarzweißfoto in Sallys Richtung. »Ich weiß, das ist schwer zu glauben, aber ich hab das im Führerscheinfach des Geldbeutels meiner Mutter gefunden, hinter dem Führerschein. Ich hätte erraten müssen, wer die Frau war, als ich sie sah. Aber ich bin ihr nie begegnet, hatte noch nicht einmal ein Foto von ihr gesehen, und ich hab zwei und zwei nicht zusammengezählt.«

Sally studierte das verblasste Foto. Eine Frau und ein junges Mädchen standen nebeneinander. Die jüngere Frau, in Jeans mit Schlag und einem langärmligen Rollkragenpullover, sah Kate sehr ähnlich, nur war sie schlanker als Kate. Die Nase der Frau war auch gerader und am Ende nicht so nach oben gebogen wie Kates.

»Ich nehme an, die Jüngere ist deine Mutter«, sagte Sally.

»Richtig, und die andere Frau – das ist meine Großmutter, Nell Hart.« Auf dem Foto war Nell etwa in dem Alter, wie sie im Licht erschienen war, eine attraktive, circa ein Meter sechzig große Frau mit ein paar grauen Strähnen in ihren dichten, dunkelbraunen Haaren. »Sie sehen sich sehr ähnlich, findest du nicht? Deshalb kam sie mir auch so bekannt vor. Als sie starb, war sie sicher viel älter, aber im Jenseits erschienen alle Leute viel jünger.«

Sally löste ihren Blick vom Foto und musterte sie ungläubig. »Du willst damit sagen, dass dies die Frau ist, die du in der Nacht, in der du angeschossen wurdest, gesehen hast?«

»Ich kann mich so deutlich an ihr Gesicht erinnern, als würde sie jetzt hier neben uns stehen.«

»Und davor hattest du keine Ahnung, wie sie aussah? Du hast nie ein Foto von ihr gesehen?«

Kate schüttelte den Kopf. »Sie und meine Mutter haben sich zerstritten, als Mama erst sechzehn war. Meine Mutter hat kaum über sie gesprochen. Sie hat mir einmal erzählt, dass Nell sie aus dem Haus geworfen hatte, als sie herausfand, dass Mama schwanger war. Offensichtlich mochte Nell meinen Vater nicht. Sie sagte, er würde nichts taugen und verbot meiner Mutter, sich mit ihm zu treffen. Meine Mutter natürlich, so wie meine Mutter halt war, ist sofort durchgebrannt und hat ihn geheiratet. Jack Lambert hat sich zwei Jahre später abgeseilt, also hatte meine Großmutter irgendwie Recht gehabt. Aber meine Mutter ist nie mehr zurück nach Montana und sie und meine Großmutter haben sich nie wieder gesehen.«

»Deine Mutter hat in Montana gelebt?«

»Sie ist dort geboren, aber so viel ich weiß, konnte sie es gar nicht erwarten, von dort wegzukommen. Mama hasste das Land. Sie war ein Stadtmensch, durch und durch. Sie liebte das Nachtleben... und die Männer. Ich denke, sie ist deshalb weggelaufen.«

Sally starrte das Foto an. »Deine Großmutter ist doch noch gar nicht so lange tot, nicht wahr? Ich glaube, du hast irgendwas mal von einer Erbschaft gemurmelt.«

»Sie starb etwa zwei Monate vor der Schießerei. Ich hab es erst drei Wochen nach ihrem Tod erfahren. Ich bekam einen Brief von einem Anwalt namens Clifton Boggs. Boggs informierte mich, dass Nell mir ihren Besitz hinterlassen hätte, nachdem ich ihre einzige lebende Verwandte bin. Ich habe keine Ahnung, wie es ihm gelungen ist, mich zu finden. So viel ich wusste, hatten Nell und meine Mutter nie mehr Kontakt. Auf jeden Fall ist das Erbe nicht besonders groß. Ein Farmhaus mit achtzig Morgen und ein kleines Café.«

»Wo genau liegt es?«

»In einer kleinen Stadt namens Lost Peak.«

Sally verzog das Gesicht, als wäre Lost Peak, Montana,

das Ende der Welt. Sie legte das Foto zurück auf den Tisch. »Du hast gesagt, die Frau versucht dir etwas zu sagen.«

Kate nickte. »Das stimmt. Ich glaube, es war extrem wichtig. Ich wünschte nur, ich wüsste, was es war.«

»Ich sage das nur ungern, Kate, aber die Chance, dass du es je herausfindest, ist gleich null.« Ihre Mundwinkel zuckten nach oben. »Zumindest nicht in diesem Leben.«

Kate griente. »Vielleicht nicht. Auf jeden Fall muss ich mit jemandem darüber reden.«

»Und genau das wirst du tun.« Sally schob ihren Stuhl zurück und richtete sich auf. »Was heißt, dass wir uns besser auf den Weg machen sollten. Du willst doch nicht zu spät zu deinem Termin kommen.«

Trotz des Verkehrs kamen sie pünktlich an. Sally parkte ihren dunkelgrauen Mercury Sable am Gehsteig und sie gingen über die Gayley Street zur Praxis des Arztes.

Als sie den Empfangsraum betraten, stellte Kate erfreut fest, dass die Einrichtung von erlesenem Geschmack war. Wenn Murray ein Quacksalber war, dann war er ein sehr erfolgreicher. Bequeme graue Ledersofas ruhten auf dickem, burgunderrotem Teppich. Ein Couchtisch mit Granitplatte stand vor dem Sofa, neben einem Stapel sorgfältig ausgewählter Zeitschriften balancierte ein Schild mit NO SMOKING.

Zu Kates Erleichterung musste sie nur zehn Minuten warten, bis die Schwester sie rief.

»Kate Rollins?« Sie nickte.

»Ich bin sofort greifbar, wenn du mich brauchst«, sagte Sally aufmunternd, als sie an ihr vorbei in das holzgetäfelte Büro ging und die Tür schloss.

»Danke, dass Sie mir so kurzfristig einen Termin gegeben haben, Dr. Murray.«

»Ich bin froh, dass wir eine Möglichkeit gefunden haben, Sie einzuschieben.« Er war ein schlanker Mann, Mitte vierzig, mit kurzen, dunkelbraunen Haaren und nussbraunen Augen. Sein Lächeln schien ehrlich, als er ihr eine Tasse Kaffee eingoss und ihr einen Sessel vor seinem Schreibtisch anbot.

»Also gut, Mrs. Rollins, warum fangen wir nicht gleich an? Ich habe vor einigen Wochen von der Schießerei gelesen. Jeder, der Nachrichten verfolgt, wusste davon – und dass es ein Wunder war, dass Sie überlebten. Außerdem hab ich vor kurzem den Artikel in der *Times* gesehen.«

Kate verzog das Gesicht bei der Erinnerung an den Artikel, der über ihren »Trip ins Jenseits« verfasst worden war.

»Nachdem das Erforschen von NTE meine Spezialität ist«, fuhr der Arzt fort, »gehe ich davon aus, dass Sie deshalb hier sind. Wenn das der Fall ist, dann ist es das Sinnvollste, wenn Sie damit beginnen, mir davon zu erzählen.«

Kate holte tief Luft und klammerte sich fest an die Kaffeetasse, die sie im Schoß hielt. Die nächste halbe Stunde erzählte sie Dr. Murray, was ihr in der Nacht, als sie angeschossen wurde, passiert war.

»Ich kann das nicht so einfach abtun«, bekannte sie, als sie geendet hatte. »Es hat mich verändert, Dr. Murray. Es hat alles verändert, woran ich glaube. Die Ärzte im Krankenhaus behaupten, es wäre nur eine Halluzination gewesen, aber das glaube ich nicht.«

Sie erzählte ihm von dem Foto, das sie gefunden hatte, und dass sie nun wusste, dass ihre Großmutter die Frau im Licht gewesen war.

»Das, was passiert ist, muss irgendwie real gewesen sein. Ich hatte in meinem Leben keine Möglichkeit, sie kennen zu lernen. Trotzdem hab ich sie sofort als die Frau, die ich gesehen habe, identifiziert.«

Der Arzt beugte sich in seinem Stuhl vor, stützte die Ellbogen auf seinen Schreibtisch. »Ob Sie's glauben oder nicht, aber Ihre Geschichte ist ziemlich typisch – und im Verlauf meiner Forschungen habe ich fast fünfhundert solcher Geschichten gehört. Den meisten Leuten ist nicht klar, wie oft dieses Phänomen passiert. Das Gallup-Institut berichtete, dass fast dreizehn Millionen Menschen überzeugt sind, sie hätten eine Nah-Tod-Erfahrung gehabt.«

Kate riss die Augen auf. »Dreizehn Millionen?«

»Das ist richtig. Und ich weiß, was Ihnen passiert ist, nachdem Sie den Leuten davon erzählt haben. Es gab diejenigen, die das als ihre letzte, verzweifelte Hoffnung ansahen, während für die anderen solche Wahrnehmungen gleich nach dem Satan kommen. Die Wahrheit ist, Sie sind einer von Millionen von Menschen, die irgendeine Art unergründlicher Reise gemacht haben. Ich bezeichne es gerne als eine Art von Erleuchtung, wenn es Ihnen recht ist.«

Kate strich mit dem Finger über den Rand ihrer Tasse, während sie sich die Worte des Arztes durch den Kopf gehen ließ. »Ich habe alles gelesen, was ich zu dem Thema finden konnte. Nach dem, was ich da erfahren habe, ist die medizinische Welt nicht überzeugt, dass es real ist. Sie haben eine Reihe von Theorien, um das zu erklären. Ich habe eine gelesen, die vorschlug, es könnte schlicht das Ergebnis eines sterbenden Gehirns sein.«

Er nickte. »Es gibt diejenigen, die überzeugt sind, dass bei einem NTE die sterbende Person nicht in ein schönes Leben im Jenseits reist; sie glauben, dass die Neurotransmitter im Gehirn einfach aussetzen und eine wunderbare Illusion kreieren. Sie glauben, dass das Muster für jeden, der dem Tod ins Auge sieht, das Gleiche ist. Die Frage ist, wenn dem so ist, wieso sollte ein Gehirn überhaupt so programmiert sein?

Und es erklärt nicht die kleine Prozentzahl von Menschen, die ein negatives Erlebnis hatten.«

»Wie ich gehört habe, soll es da einige geben.«

»Das ist richtig. Meist sind die Menschen von irgendwelchen Schuldgefühlen geplagt oder versuchen einen Selbstmord. Was denen widerfährt, ist das krasse Gegenteil der wunderbaren Gefühle, die Sie erfuhren.«

»Ich habe auch andere Erklärungen gelesen.«

Er nickte.

»Es entspricht der Wahrheit, dass einige Merkmale einer typischen NTE ebenfalls bei gewissen Formen von Epilepsie auftreten, die im Zusammenhang mit einer teilweisen Schädigung des Gehirns steht. Aber die üblichen Resultate sind Traurigkeit, Angst und Einsamkeitsgefühle. Das Gegenteil von dem, was Sie geschildert haben.«

»Wie steht es mit Mangel an Sauerstoff? Mein Arzt hat mir gesagt, das wäre der Grund gewesen.«

»Ja, nun. Hat Ihr Arzt auch zufällig erwähnt, dass die Halluzinationen, die ein Gehirn mit Sauerstoffmangel produziert, extrem chaotisch sind, eher wie psychotische Wahnvorstellungen? Sie unterscheiden sich total von der Ruhe, dem Frieden und der Ausgewogenheit, denen Sie begegnet sind.«

»Sie glauben also, dass das, was mir passiert ist, real war.«

»Es spielt keine Rolle, was ich glaube. Nur das, was Sie glauben, zählt.«

»Ich hatte das Gefühl, es wäre real. Das Gefühl habe ich immer noch. Ich wünschte, ich wüsste es mit Sicherheit.«

Kate sah zum Fenster. Die Wolken waren alle verschwunden. Ein weiterer sonniger Tag in Kalifornien. Sie fragte sich, wie wohl das Wetter in Lost Peak, Montana, war. »Ich muss dauernd an die Leute, die ich gesehen habe, denken... und an meine Großmutter. Wenn es wirklich passiert ist. Was immer sie mir mitteilen wollte, schien mir von entscheidender Wichtigkeit.«

»Menschen sind mit allen möglichen Botschaften von der anderen Seite zurückgekehrt, alles – von bevorstehenden globalen Katastrophen bis zu persönlicher Kommunikation von geliebten Menschen. Vielleicht wollte sie, dass Sie etwas für sie tun. Vielleicht wollte sie Sie warnen.«

»Mich warnen?« Kate lief ein leichter Schauder über den Rücken. »Seitdem das passiert ist, versuche ich mich an die Einzelheiten dieser letzten Augenblicke zu erinnern. Das Gefühl, das sie mir vermittelte, war so rätselhaft. Und irgendwie sehr beängstigend, völlig konträr zu allem anderen, was passierte. Das mag vielleicht verrückt klingen, Dr. Murray, aber ich werde das Gefühl nicht los, dass es irgendetwas mit ihrem Tod zu tun hat. Ich weiß nicht genau, warum ich so empfinde, aber es ist so.«

Der Arzt trommelte mit den Fingern auf dem Schreibtisch. »Das wäre schon möglich. Wie ich erwähnte, mir sind schon zahllose ähnliche Vorfälle begegnet.«

Kate seufzte und schüttelte den Kopf. »Ich hätte nichts davon gewollt. Ich wünschte nur, ich könnte es vergessen, aber das kann ich nicht.«

»Mit der Zeit wird die Erinnerung verblassen. Ich kann nicht versprechen, dass es völlig verschwindet. Vorfälle wie die verändern oft das ganze Leben. Die Menschen haben anschließend eine völlig neue Perspektive. Sie sehen die Dinge klarer, verstehen, was im Leben wichtig ist. Wenn Sie Glück haben, passiert Ihnen das eventuell.«

Kate ließ sich das durch den Kopf gehen und dachte, dass es das in einiger Hinsicht bereits hatte.

Sie erhob sich von ihrem Stuhl. »Danke, Dr. Murray. Sie

haben mir sehr geholfen. Ich bin froh, dass ich gekommen bin.«

»Falls Sie mich je brauchen sollten ... oder ich sonst noch etwas für Sie tun kann, zögern Sie nicht, mich anzurufen.«

»Bestimmt nicht.« Aber sie glaubte nicht, dass das passieren würde. Die Unterhaltung mit dem Arzt hatte ihr geholfen, ihre verworrenen, unsicheren Gedanken zu klären, zu festigen.

Nachdem sie das, was passiert war, jetzt besser einzuordnen verstand, hatte Kate andere, wichtigere Dinge zu tun.

4

Zwei Monate waren vergangen. Zwei Monate. Und kein Tag war vergangen, an dem Kate nicht an die Nacht, in der sie starb, dachte. Wie Dr. Murray gesagt hatte, in diesen wenigen, kurzen Momenten hatte sie sich selbst gesehen, ihr Leben auf eine Art gesehen wie nie zuvor.

Kate stand im Entree ihrer Wohnung, zog sich einen weichen grauen Kaschmirmantel über ihr Kostüm und fingerte ihr schulterlanges, rotes Haar unter dem Kragen heraus.

»Du gehst?« Der Ärger in der Stimme ihres Mannes Tommy war unüberhörbar. »Ich fass es nicht. Ich dachte, der letzte Sonntag wäre eine einmalige Geschichte.«

»Ich hab dir gesagt, dass ich David mitnehme. Ich hab dich gebeten, mit uns zu kommen. Aber du hast gesagt, du wärst beschäftigt.«

»Ich *bin* zu beschäftigt. Zu verdammt beschäftigt, um den halben Tag auf einer Kirchenbank in irgendeiner verfluchten Kirche zu verschwenden.« Tommy Rollins war zweiunddreißig, drei Jahre älter als Kate. Er war groß und dünn, mit kantigem Gesicht und glatten braunen, fast schulterlangen Haaren. Sie hatte ihn mit siebzehn geheiratet, als Tommy der Leadsänger der Marauders war, einer lokalen Rockband, und Kate Anführerin der Cheerleader – und schwanger, nachdem sie sich das zweite Mal auf dem Rücksitz von Tommys altem Ford-Coupé geliebt hatten.

Damals hatte sie geglaubt, sie würde ihn lieben. Jetzt fragte sie sich, wie sie je so dämlich sein konnte, das zu glauben.

»Ich sag dir was, Kate. Ich glaube, diese Kugel hat mehr getan, als dir ein Loch ins Gehirn zu pusten. Seit dieser Schießerei benimmst du dich fast verrückt.«

»Ich verstehe nicht, was daran ›fast verrückt‹ ist, wenn ich sonntags mit meinem Sohn in die Kirche gehe.«

»Ach ja? Aber es ist eben nicht nur die Kirche, und das weißt du auch. Du hast früher immer gerne gefeiert. Mann, kurz nach unserer Heirat konntest du die Hälfte der Jungs in der Band unter den Tisch saufen. Jetzt trinkst du kaum noch ein Glas Wein. Du wirst wirklich zur Schlaftablette, Kate, weißt du das?«

»Du hast Recht, Tommy – ich trinke nicht mehr so viel wie damals mit zwanzig. Ich habe einen wichtigen Job mit einem Haufen Verantwortung – etwas, wovon du keinen blassen Dunst hast –, und ich habe einen zwölf Jahre alten Sohn, um den ich mich kümmern muss.«

»Ja, und was ist mit diesen seltsamen Büchern, die du liest?« Tommy schlenderte am Kasten seiner elektrischen Gitarre vorbei und setzte sich auf das Kamelhöckersofa, für das sie viele Monate gespart hatte, kurz nach ihrem Einzug in die Wohnung. Ein Luftzug verstreute die Seiten des neuesten Songs, den er versucht hatte zu schreiben. Er blieb neben dem Stoß Bücher stehen, der ordentlich auf dem kleinen französischen Schreibtisch in der Ecke gestapelt war.

»Schau dir diesen Scheiß an.« Er hielt einen ledergebundenen Band, der obenauf lag. »*Beyond the Light: Finding the Spirit Within.*« Er packte ein weiteres. »*Life after Life.* Hier ist ein ganz Heißes – *Return from Tomorrow: Is there a Life after Death?* Was für ein Haufen Mist!« Mit einem wütenden Grunzer wischte er den ganzen Stapel vom Tisch, sodass er zu Boden krachte.

Kate funkelte ihn wütend an, bewegte sich aber nicht. Die Bücher hatten möglicherweise keine Antwort auf all ihre Fragen, und vielleicht würde sie auch den Trost, den sie in der Kirche suchte, nicht finden, die sie bis jetzt nur selten besucht hatte, aber sie musste jede Möglichkeit ausschöpfen. In Anbetracht dessen, was sie erlebt hatte, tat sie ihr Bestes.

»Es gefällt mir nicht, Kate. Ich hab nicht irgendeine religiöse Fanatikerin geheiratet, und ich möchte auch jetzt nicht mit einer verheiratet sein.«

Kate warf einen Blick den Gang entlang, um sicherzugehen, dass David noch in seinem Zimmer war. »Ich bin wohl kaum eine religiöse Fanatikerin. Aber ich muss zugeben, dass du irgendwie Recht hast. Eventuell hast du dich in den letzten zwölf Jahren nicht verändert, ich aber bin heute eine andere Frau, als ich es mit siebzehn war. Unsere Ehe war von Anfang an ein Fehler, und wir beide wissen das. Um Davids willen bin ich geblieben, als ich hätte gehen sollen. Ich hab deine Untreue ertragen, hab deine Jähzornausbrüche, die du künstlerisches Temperament nennst, ertragen. Ich hab dich unterstützt, in der Hoffnung, du würdest endlich erwachsen werden und etwas aus dir machen. Aber ab genau diesem Zeitpunkt habe ich mit all dem abgeschlossen.«

Sie holte tief Luft, um sich zu beruhigen und das zu tun,

was sie längst hätte tun sollen. »Ich wollte es nicht auf diese Art und Weise passieren lassen, aber Tatsache ist, ich will die Scheidung. Ich hätte mich schon vor Jahren scheiden lassen sollen, aber ich wollte, dass David einen Vater hat. Nachdem du aber sowieso nie für ihn da bist, sehe ich nicht ein, dass es noch eine Rolle spielt.«

Tommys Gesicht nahm die Farben einer eingelegten roten Rübe an. Er öffnete den Mund, um heftig zu widersprechen, aber die Stimme seines Sohnes unterbrach ihn im Anflug.

»Mom?« David stand im Gang. Als sie seinen verstörten Gesichtsausdruck sah, zog sich Kates Herz zusammen. Sie hatte nicht gewollt, dass er es hört. Sie hätte die Worte zurückgenommen, wenn sie gekonnt hätte, aber es war zu spät.

Sie zwang sich zu lächeln. »Schon in Ordnung, Schatz. Dein Vater und ich müssen nur ein paar Dinge klären, mehr nicht.«

»Ja«, spuckte ihr Mann boshaft, »wie wir uns scheiden lassen – was mir übrigens sehr recht ist.«

Davids schmales Gesicht wurde blass. »Wovon redest du überhaupt? Ihr wollt euch doch nicht wirklich scheiden lassen, oder?«

Die Angst in seinen Augen schnürte ihr die Kehle zu. David war schmal gebaut, hatte nussbraune Augen und glattes braunes Haar, eine kleinere Version seines Vaters. Aber im Gegensatz zu Tommy war David sensibel und verletzlich. Er war sehr schüchtern und zurückhaltend, genau das Gegenteil von Tommy, der sich von seiner besten Seite zeigte, wenn er ein Hardrocklied vor hunderten von Leuten rausträtete. Kate wollte nicht, dass David verletzt wurde, aber nachdem sie jetzt endlich den ersten Schritt gewagt hatte, wusste sie, dass es richtig war.

Sie ging zu ihrem Sohn und beugte sich hinunter, um ihn

tröstend in die Arme zu nehmen, aber David wandte sich abrupt ab. Kate blutete das Herz. In letzter Zeit hatte er sich immer weiter von ihr entfernt, ständig gegen sie geredet und hatte schlechte Noten in der Schule. Letzte Woche war er sogar ins Büro des Direktors zitiert worden. Kate betete, dass die Scheidung die Situation verbessern und nicht verschlechtern würde.

»Wir werden das alles nach der Kirche besprechen, okay?« Sie nahm Davids marineblaue Jacke von einem Bügel, der an der Lehne eines Stuhls hing, und reichte sie ihm zum Anziehen. »Wir sollten uns auf den Weg machen. Wir kommen zu spät, wenn wir uns nicht beeilen.«

David rührte sich nicht. »Ich werd nicht in irgendeine blöde Kirche gehen. Ich bleib hier bei Dad.«

Tommy warf ihr einen triumphierenden Blick zu. »Genau, Kleiner.« Er sah Kate spöttisch an. »Geh du nur in deine bescheuerte Kirche, Kate. David und ich bleiben schön hier. Es läuft ein Footballspiel. Das ist besser, als irgendeinem dämlichen Prediger zuzuhören, der über Hölle und Verdammnis labert.«

Kates Wangen glühten vor Wut, aber Kate wusste, dass es keinen Sinn hatte zu streiten. Sie hatte bereits eine Grenze überschritten – eine sehr wichtige –, und sie hatte nicht vor zurückzuweichen. Der nächste Schritt bedurfte sorgfältiger Überlegung und Planung, aber sie war dazu entschlossen.

Der Tag der Schießerei hatte für sie alles verändert. In den letzten paar Jahren hatte sie einfach nur existiert, in einer zerrütteten Ehe gefangen, für einen Mann gesorgt, den sie lediglich tolerierte, zwölf Stunden täglich in einem Job gearbeitet, der ihr keine Zeit für ihren Sohn ließ.

In einem einzigen Augenblick der Klarheit hatte sie gesehen, wie ihr die Jahre ihres Lebens durch die Finger rannen, gesehen, welchen Schaden sie dem Kind zufügte, das sie so dringend brauchte – und den Mut gefunden, etwas dagegen zu unternehmen.

Morgen würde sie die Scheidung einreichen.

Am Tag danach würde sie mit dem Rest der Veränderungen beginnen, die sie plante.

Es würde einige Zeit an Vorbereitungen kosten, die notwendigen Arrangements zu treffen. Aber Kate war überzeugt, dass sie es sich schuldig war – und ihrem Sohn, etwas aus dem Leben zu machen, das man ihr in der Nacht, als sie starb, zurückgegeben hatte.

Es schien, als vergingen die Tage im Zeitlupentempo, seit seine Mom die Scheidung eingereicht hatte und sie in eine kleine Wohnung umgezogen waren. Heute Abend war es klar und kühl, der Montagabendverkehr weniger als üblich.

Davids Jeans verursachten ein leises, bürstendes Geräusch, als er die Treppenhaustür vorsichtig schloss und auf die Säule in der Lobby zuschlich. Seine Tennisschuhe quietschten auf dem polierten Boden und er blieb reglos stehen, betete, dass der Wachmann ihn nicht gehört hatte.

Sein Herz hämmerte, seine Handflächen fühlten sich feucht an. Er drückte sich an die Säule und wartete, dass der Wachmann aufstand und seine Runde drehte, wie er es jede Nacht gegen zehn Uhr machte, wie David herausgefunden hatte.

Sobald der Mann aufgestanden war und sich auf den Weg den Korridor hinuntermachte, hechtete David zur Tür, stieß sie auf und rannte hinaus auf den Gehsteig der Hill Street. Er hatte morgen Schule und er hätte längst im Bett sein sollen, aber Tobias Piero und Artie Gabrielli warteten. Artie hatte die Hände in die hinteren Taschen seiner weiten Jeans gestopft, Toby trug seine Baseballmütze mit dem Schild nach hinten.

»He, Mann«, sagte Toby, »wir dachten schon, du schaffst es nicht, aus dem Haus zu kommen. Wir wissen ja, wie streng deine alte Dame ist, wenn du am nächsten Tag Schule hast.«

»Na ja, sie denkt, ich schlafe. Ich hab mir gedacht, was sie nicht weiß, macht sie nicht heiß.«

Artie lachte. »Ich hab gewusst, du wirst uns nicht im Stich lassen. Toby hat ein bisschen Grass organisiert. Heute Abend werden wir jede Menge Spaß haben.«

David hatte erst zweimal Marihuana geraucht und ihm war lediglich schwindlig darauf geworden. Aber Toby und Artie fanden es wahnsinnig cool, also würde er es wahrscheinlich wieder versuchen. Es war eine warme, dunstige Nacht, in der nur verschwommen die Sichel des Mondes sichtbar war und keine Sterne. Die drei machten sich auf den Weg die Straße hinunter und unterhielten sich über Mr. Brimmer, den Geschichtslehrer, der Toby hatte nachsitzen lassen, weil er das F-Wort in großen Kreidelettern auf die Tafel geschrieben hatte. Sie waren erst ein paar Meter gegangen, als ein fetter Typ in Anorak, Jeans und Reeboks sie einholte.

Er verlangsamte sein Tempo, um sich Davids anzupassen. »He, du bist doch der Rollins-Junge, stimmt's?«

David sah misstrauisch zu ihm hoch. »Wer will das wissen?«

»Pass auf, Junge, ich bin Chet Munson vom *National Monitor*. Wir würden gerne eine Story über deine Mum machen. Wenn du bereit wärst zu kooperieren, könntest du dir einen netten Batzen Kleingeld verdienen.«

»He, Mann, cool!«, sagte Toby.

»Quatsch«, erwiderte David. »Lassen Sie meine Mutter in

Ruhe.« Er schob sein Kinn vor, in der Hoffnung, er würde abgebrüht aussehen, aber innerlich war ihm ziemlich mulmig. Er hatte die Geschichte über seine Mom in der Zeitung gelesen, über ihren Trip »Ins Jenseits«. Eine kleine Kolumne, versteckt auf der letzten Seite der *Times*. Das war schon schlimm genug. Aber der *National Monitor* – jemine – das wäre grauenvoll! Er konnte sich nur allzu gut vorstellen, wie die Fotos seiner Mutter auf den Titeln dieser dämlichen Magazine prangten, die sie neben den Kassen in Supermärkten ausstellten. Solche mit Schlagzeilen wie: HALB MENSCH, HALB ALLIGATOR IN DEN SÜMPFEN FLORIDAS ENDTECKT. ODER: FRAU VON AUSSERIRDISCHEN ENTFÜHRT, BRINGT DREIKÖPFIGES BABY ZUR WELT. David erschauderte bei dem Gedanken, was die Kinder in der Schule sagen würden, wenn sie über seine Mutter in einer solchen Zeitschrift lesen würden.

Der Reporter ließ sich nicht abschütteln. »Also gut, dann erzähl mir nur ein bisschen über den Himmel. Deine Mutter war doch dort, richtig? Was hat sie darüber erzählt? Hat sie gesagt, da waren Engel? Wie haben sie ausgesehen?«

»Ich weiß gar nichts darüber«, wehrte David ab, was mehr oder minder der Wahrheit entsprach, »und selbst wenn ich was wüsste, würde ich einem solchen Schleimer wie Ihnen nichts erzählen.«

Artie puffte ihn gegen die Schulter. »Stell dich nicht so an, Mann. Dann ist deine Mutter eben ein bisschen schräg. Na und? Wenn du damit Bares machen kannst –«

»Vergiss es«, beharrte David. Er wandte sich dem Reporter zu. »Zieh Leine, Mann. Und lassen Sie sich ja nicht mehr hier blicken und belästigen meine Mutter oder mich, kapiert?«

Der fette Mann zuckte die Schultern. »Okay, Kleiner, aber

früher oder später krieg ich die Story sowieso. Und dann bist nämlich du der Verlierer.« Der Typ steckte David eine Karte in seine Jeanstasche. »Ruf mich an, wenn du's dir anders überlegst.« Mit einem kurzen Blick auf die anderen Jungs drehte er sich um und ging zurück zu dem blauen Chevy Van, der am Randstein parkte.

»So ein Arschloch«, murmelte David.

»Ich finde, du hättest es machen sollen.« Toby lüpfte seine Baseballmütze und setzte sie dann wieder auf, um sein fettiges braunes Haar zu verdecken. »Mit so viel Barem hätten wir richtig gutes Gras besorgen können.«

David schwieg. Er malte sich immer noch aus, was passieren würde, wenn der *National Monitor* tatsächlich eine Story über seine Mutter bringen würde. Seine Freunde hatten ihn wegen des Artikels in der *Times* schon gnadenlos aufgezogen. Geschweige denn, so was würde in den diversen Revolverblättchen veröffentlicht!

»He, ich hab eine Idee«, sagte Artie. »Gehen wir runter zum Parkplatz auf der Fifth Street. Manchmal lässt jemand sein Auto da stehen, wenn der Wächter nach Hause gegangen ist. Wenn ja, dann stecken manchmal die Schlüssel.«

»Cool!«, sagte Toby. »Gehen wir.«

David nagte an seiner Lippe. »Ich weiß nicht, ob das so eine gute Idee ist. Was, wenn wir erwischt werden?«

»Wir werden nicht erwischt«, versprach Artie. »Ich hab's schon ein paar Mal gemacht. Wir unternehmen nur eine kleine Spritztour, und dann bringen wir den Wagen wieder zurück.«

David hatte nicht wirklich Lust dazu. Er wusste nicht mal, ob Artie wirklich fahren konnte. Trotzdem, nach Hause gehen wollte er auch noch nicht. Wenn er das täte, würde er nur daran denken, wie seine Mutter auf dem Titel des *National*

Monitor aussehen würde, sich alles mögliche grauenhafte Zeug vorstellen.

»In Ordnung«, stimmte er schließlich zu. »Gehen wir.« Wenigstens hatte er irgendetwas zu tun, besser als sich über Zeitungen Sorgen zu machen oder Sehnsucht nach seinem Dad zu haben. Ehrlich gesagt fehlte ihm eigentlich auch seine Mom, nachdem sie ständig so viel arbeitete. Gestern hatte sie, wie versprochen, ihren Job gekündigt. Vielleicht würde jetzt alles anders, aber er war sich nicht wirklich sicher. Er hasste das schräge Zeug, das sie in letzter Zeit gebracht hatte – sich scheiden lassen, sagen, sie müssten umziehen.

Gott, wie gerne würde er den Dreckskerl umbringen, der sie in den Kopf geschossen hatte.

»Also... so wie's aussieht, hattest du gestern Nacht jede Menge Aufregung.« Sally saß in der Küche von Kates kleiner Wohnung und nahm die Tasse Kaffee, die Kate auf den billigen Eichentisch stellte, den sie vor kurzem erstanden hatte. Sie war an dem Tag eingezogen, an dem der Verkauf ihrer Eigentumswohnung eingeleitet wurde, ein Teil der vorläufigen Scheidungsvereinbarung, die sie mit Tommy errungen hatte.

Sie seufzte, als sie den Rest Kaffee in ihre Tasse gegossen hatte und begann, frischen aufzubrühen. Sie hatte Sally von Davids Ausflug in einem gestohlenen Wagen erzählt und dass er die Nacht in der Jugendstrafanstalt verbracht hatte.

»Es war grauenhaft, Sally. Die Anstalt war widerlich kalt und steril. Und die Kinder! Sie schienen alle so hoffnungslos. Die Hausmutter hat mich behandelt, als wäre ich Ma Barker und David Mitglied einer gewalttätigen Bande.« Sie schüttelte den Kopf. »Ich kann es immer noch nicht glauben... nicht mein David. Aber es ist passiert. Und ich fürchte, es kann wieder passieren.«

»Vielleicht ist es gut, dass sie ihn hart angefasst haben. Zu sehen, was passiert, wenn man ein Verbrechen begeht, könnte genau das sein, was er braucht. Möglicherweise rückt ihm das den Kopf zurecht.«

»Das hoffe ich. Ich glaube, noch so eine Geschichte ertrage ich nicht.«

Sally nahm einen Schluck Kaffee. »Was ist mit Tommy? Wie läuft es denn mit ihm?«

»Weißt du, anfangs hab ich tatsächlich gedacht, er wird sich bei der Trennung anständig verhalten. Dann hat er sich irgendeinen bissigen Anwalt angeheuert. Gestern hat er gedroht, wegen des Sorgerechts für David zu klagen – dabei will Tommy ihn gar nicht wirklich. Ich habe ihn daran erinnert, dass er keine Mittel hat, um ein Kind zu ernähren. Ich erwähnte, dass er ein paar Mal wegen Besitzes von Marihuana verhaftet worden war, als er noch jünger war. Das alles machte ihn nur sauer. Die einzige Möglichkeit, ihn dazu zu bringen, uns in Ruhe zu lassen, war, zuzustimmen, dass ich ihm Alimente bezahlen würde.«

»Alimente? Machst du Scherze?«

»Auf irgendeine bizarre Art ergibt das sogar einen Sinn. Tommy hat seit Jahren keinen Penny verdient. Er wird Zeit brauchen, um wieder auf die Füße zu kommen.«

Sally machte ein unanständiges Geräusch. »Also er will mit blütenweißer Weste aus der Sache hervorgehen, ja? Er kriegt die Hälfte von dem Geld des Verkaufs der Wohnung, nicht wahr? Den Besitz, den du dir mit sechzig Stunden Arbeit die Woche verdient hast? Das, für das du all die Zahlungen geleistet hast?«

Kate füllte Sallys Tasse mit dem frisch gebrühten Kaffee

und stellte die Kanne wieder auf die Wärmeplatte. »Scheint nicht so ganz gerecht, stimmt's? Aber weißt du was, Sally? Es ist mir im Grunde egal. Ich möchte ihn nur endlich los sein.«

»Das kann ich dir nicht verdenken. Er ist seit Jahren ein Mühlstein um deinen Hals. Außerdem musst du das tun, was für David das Beste ist.«

Kates Herz verkrampfte sich. *David.* Sie konnte es kaum fassen, was für ein verstockter, gequälter Junge ihr Sohn geworden war. Ein Teil hatte wohl die Scheidung und der Verlust seines Vaters bewirkt – auch wenn Tommy eigentlich nie ein besonders guter gewesen war. Ein Teil trug ihr Job bei und die vielen Stunden, die er erforderte. Und ein kleiner Teil war sicher die Art, wie sich ihr Leben seit der Schießerei verändert hatte.

Kate schüttelte den Kopf. »Viel von dem, was mit David passiert ist, ist meine Schuld.«

»Viele Leute haben lange Arbeitszeiten, Kate. Nachdem Tommy arbeitslos war, hattest du gar keine andere Wahl.«

»Es ist nicht nur die Arbeit. Es sind auch all die Dinge, die ich verändert habe. Mich scheiden lassen, aus der Wohnung ausziehen, meine Arbeit kündigen.« Sie lächelte. »Ich bin nämlich mit den letzten Projekten, die ich angefangen habe, fertig. Ich habe bereits gekündigt.«

»Das habe ich mir fast gedacht. Ich kann nicht behaupten, dass ich froh darüber bin, aber ich kann es dir nicht verdenken.«

Kate griff nach der Ausgabe der *L.A. Times*, die offen auf dem Tisch lag. »Und zu allem Überfluss, schau dir das hier an.« Sie schob Sally die Zeitung zu.

»Was? Doch nicht etwa schon wieder einer von diesen grauenhaften Artikeln?« Sally glättete die Zeitung und überflog die Seiten auf der Suche nach dem Artikel, den Katie erwähnt hatte. Stirnrunzelnd entdeckte sie ihn. »*Frau erzählt von Erlebnis nach dem Tod. Gibt sterbendem Mann Hoffnung.*« »O Gott.« Sally schnaubte angewidert und begann zu lesen. Lange Sekunden sagte sie nichts, dann murmelte sie einen deftigen Fluch gegen den Reporter.

»Ich kann es nicht glauben. Das ist das zweite Mal in den vergangenen drei Wochen, dass dein Name in der Zeitung steht. Der letzte Artikel machte dich zu einer Art Heiligen. In diesem klingst du wie eine staatlich anerkannte Irre.« Sie warf Kate einen kritischen Blick zu. »Ich dachte, du wolltest nicht mehr über dein Erlebnis reden.«

»Mr. Langley hatte solche Angst vorm Sterben«, sagte Kate. »Er war ein so lieber, kleiner Mann. Du erinnerst dich doch an ihn, nicht wahr? Der Ladenbesitzer, der das Geschäft eine Straße weiter vom Büro besaß? Ich hab gehört, dass er krank ist und hab ihn im Krankenhaus besucht. Als ich ihn so da liegen sah, dachte ich, wenn ich ihm erzähle, was ich in der Nacht, als ich angeschossen wurde, gesehen habe, würde es ihm die Situation erleichtern.«

»Du bist ein solch gutmütiges Schaf, Kate. Wenn dich jemand um Hilfe bittet, kannst du einfach nicht Nein sagen.«

Kate senkte den Blick. »Ich weiß.«

»Also, was ist mit dem armen Mr. Langley passiert?«

Ein Kälteschauer durchfuhr sie. Sie klammerte sich an die Tasse und versuchte die Wärme zu absorbieren. »Er ist zwei Tage später gestorben. Ich hoffe, was ich ihm erzählt habe, hat ihm irgendwie geholfen.«

Sally seufzte. »Das hoffe ich auch.«

Kate starrte durchs Fenster hinaus auf den kleinen Park mit der Rasenfläche, wo David nach der Schule Basketball spielte. »Gott weiß, was die Kinder in der Junior High zu

David sagen, wenn sie das sehen. Kinder können so grausam sein.«

Sie stellte ihre fast unberührte Kaffeetasse auf den Tisch vor sich. »Ich muss dir etwas sagen, Sally.«

»Oh, oh. Der Blick gefällt mir gar nicht.«

Kate lächelte nur und dachte, wie sehr ihr ihre Freundin fehlen würde. »Erinnerst du dich an den Tag, an dem du mich nach Westwood zu Dr. Murray gefahren hast? Ich habe dir von dem Besitz erzählt, den mir meine Großmutter hinterlassen hat.«

»Ich erinnere mich. Ich hab angenommen, du würdest ihn verkaufen.«

»Das wollte ich auch. Ich kenne Montana überhaupt nicht. Ich dachte mir, was in Gottes Namen soll ich mit einem Café und einer Farm mitten in der Pampa anstellen?«

»Hab ich Schwierigkeiten mit meinen Ohren oder klang das gerade nach Vergangenheit?«

»Ich werde nicht verkaufen, Sally. Nicht jetzt. Nicht nach allem, was passiert ist und mit meinen Sorgen, was David betrifft. Ich habe beschlossen, dorthin zu ziehen. Eine Lady namens Whittaker managt das Café, seit meine Großmutter beschlossen hat, in Pension zu gehen. Aber wie es scheint, wird die Frau zu alt für den Job. Mein Timing könnte nicht besser sein.«

Sallys blonde Brauen zogen sich zusammen. »Ich weiß nicht, Kate. Lost Peak, Montana? Gütiger Gott, da *schneit* es. Klingt nicht gerade wie ein Ausflug nach Newport Beach.«

»Nein, tut es nicht, Gott sei Dank. Es klingt wie ein Ort mit altmodischen Werten, wie ein Ort, an dem die Spätnachrichten nicht voller Vergewaltigung und Mord sind, wo unschuldigen Leuten nicht der Kopf weggepustet wird, nur weil sie gerade die Straße runtergehen. Ich werde natürlich nicht annähernd so viel verdienen. Aber ich kann mir meine Arbeitszeit selber einteilen, und ich werde viel mehr Zeit haben, die ich mit David verbringen kann.«

Sally seufzte. »Ich nehme an, wenn man der Sache auf den Grund geht, spielt nur das eine Rolle.«

Kate stimmte ihr von ganzem Herzen zu. David brauchte sie. Er brauchte einen Ort mit Familien, die einander am Herzen lagen. Er musste so weit weg von Bandenkriegen und Jugendkriminalität wie nur irgend möglich.

Je mehr Kate darüber nachdachte, desto ungeduldiger wurde sie, von hier wegzukommen. Sie hatte keine Verwandten. Sie war ein Einzelkind. Und Tommys Eltern ähnelten Tommy sehr: verwöhnt und egoistisch, mit wenig Zeit für David. Das Schuljahr war bald zu Ende. Bis auf ihre Freunde gab es nichts, was sie in L.A. hielt.

Kate versuchte sich vorzustellen, was sie in Montana erwartete. Sie hätte sich selbst nie zur begeisterten Landbevölkerung gerechnet, aber wenn sie an den L.A.-Smog dachte, der einem Augen und Kehle verätzte, und an die frustrierenden Verkehrsstaus, war die Vorstellung mehr als nur einladend.

Es würde natürlich für sie beide eine drastische Veränderung ihrer Lebensumstände darstellen und würde ganz gewiss nicht einfach werden. Aber Kate stellte fest, dass sie sich auf die Herausforderung freute.

Sally nahm einen Schluck Kaffee. »An dem Tag, an dem wir bei Dr. Murray waren.. hast du erzählt, deine Großmutter hätte versucht, dir was mitzuteilen. Das ist doch nicht der wahre Grund, warum du da hingehst, oder? Du stürzt dich doch nicht etwa in eine Art Mission, um rauszufinden, was Nell versuchte zu sagen?«

»Ich gehe, weil es das Richtige ist. Ich hab eine Chance, von vorne anzufangen, David und mir ein neues Leben aufzubauen. Wenn ich zufällig dort ein bisschen über meine Großmutter erfahre, was kann das schaden?«

Sally runzelte grimmig die Stirn. Sie kannte Kates Neugier nur allzu gut.

»Sieh doch auch mal die Vorteile – jetzt wirst du eine Ausrede haben, nach Montana zu fahren. Du wolltest doch immer schon mal Skilaufen lernen.«

Sally verdrehte die Augen. »Skifahren ist eine Sache. Grizzlybären eine andere.«

Kate lachte. Trotzdem fragte sie sich, was Nell Harts Geheimnis war.

Und sie dachte, dass das ferne Montana möglicherweise die Antwort auf ihre Gebete wäre.

5

Es gab eine Menge von Plätzen auf der Welt, an denen ein Mann sich aufhalten konnte. Aber während Chance McLain am Ufer des Beaver Creek am Fuß der schneebedeckten Mission Mountains stand und das schaumige Wasser über die glitschigen, grün bemoosten Steine rauschen sah, dachte er, dass Montana der Beste von allen sein musste.

Und genau deshalb machte es ihn fast verrückt, die toten Fische auf der Oberfläche des Flusses treiben zu sehen, zu wissen, dass Consolidated Metals wieder sein altes Spiel trieb und Arsenabfälle der Goldmine in den Fluss geleitet wurden.

Verdammt, warum konnte sie niemand aufhalten? Wahrscheinlich, weil Beaver Creek zum Großteil quer durch das Salish-Kootenai-Indianerreservat verlief und sich keiner wirklich drum scherte. Das heißt, niemand außer den Salish.

Vielleicht ging es Chance so nahe, weil er mütterlicherseits indianischer Abstammung war, aber er glaubte das nicht. Er glaubte, jeder, der wusste, welchen Schaden Consolidated Metals der Umwelt zufügte, wäre verdammt sauer darüber. Unglücklicherweise waren die meisten der eingeweihten Leute feige.

Das Geräusch schwerer, gummibesohlter Stiefel, die über die Steine entlang des Ufers knirschten, lenkte ihn von seinen trüben Gedanken ab. »Ich hab von der Ferne einen schönen Rehbock seitlich am Berg gesehen, aber ich hab keinen Schuss abfeuern können.« Sein bester Freund Jeremy Spotted Horse blieb am Rande des Flusses neben ihm stehen. Sie waren auf der Jagd nach Elchen in der Reservation, Fleisch für Jeremys Gefriertruhe, nachdem er eine Frau und zwei Kinder zu ernähren hatte und sein Job im Sägewerk nicht allzu viel einbrachte. Bis jetzt hatten sie noch keinen Elch gesehen oder auch nur ein gut genährtes Reh.

»Hast du irgendwas entdeckt?«, fragte Jeremy. Chance ging neben dem Fluss in die Hocke. »Schau dir das an.«

Jeremy sah hinunter aufs Wasser und entdeckte das silbrige Blitzen, das einmal eine wunderschöne Regenbogenforelle gewesen war. Jetzt stand ihr Maul offen, die Augen waren trübe und starrten blind hinauf in den klaren Montana-Himmel.

»Verdammt. Diese Dreckschweine sind wieder dabei.«

»Jemand muss sie aufhalten, bevor sie die Hälfte der Fische in Montana umbringen – und Gott weiß was sonst noch.«

»Leichter gesagt als getan.« Jeremy seufzte und kratzte

sich den Kopf. »Wir hatten ein halbes Dutzend Meetings deswegen und haben uns den Mund fusselig geredet. Du siehst, was es genützt hat.«

»Jedes Mal, wenn ich diesen Hurensohn Barton sehe, muss ich mich schwer zurückhalten, dass ich ihm nicht eine ordentliche Tracht Prügel gebe.«

»Wenn du das tust, landest du wegen Körperverletzung im Knast. Lon Barton ist einer der reichsten Männer im Staat und sein Vater ist noch reicher. Er hat die besten Anwälte, die man für Geld kriegen kann, und du gehörst nicht gerade zu seinen Favoriten.«

Chance grinste. »Das, mein Freund, ist mein einziger Anspruch auf Ruhm.«

Jeremy schlug ihn auf den Rücken. »Also, du solltest Barton besser in Ruhe lassen, Kumpel. Und nun zu einem ebenso wichtigen Thema. Ich krieg allmählich Hunger. Wir können morgen früh unser Glück noch mal versuchen. Aber jetzt holen wir uns erst einmal was zu essen.«

»Du hast es erfasst, Kemosabe.«

Jeremy lachte, freute sich über den Witz, der bei ihnen schon als Kinder kursiert war. Chance, der einsame Ranger. Ein Einzelkind, dessen Mutter gestorben war, als er drei war, und einen Vater gehabt hatte, der ihn meist ignorierte. Jeremy war sein getreuer Gefährte gewesen.

Sie gingen den Berg hinunter zu der Stelle, an der Chance seinen silbernen Dodge Pick-up geparkt hatte, öffneten die Türen und rutschten auf die mit Schaffell bedeckten Sitze. Chance steckte den Schlüssel ins Zündschloss und startete den kraftvollen V-10-Motor. »Das Lost-Peak-Café ist das Nächste hier in der Gegend.«

»Perfekt. Ich kann Myras Applepie schon schmecken.«

Chance steuerte den Pick-up auf den Kiesweg, der vom

Berg herunterführte. Er passierte das offene Feld am Rand der Stadt, wo vor hundert Jahren das Büro des Edelmetallprüfers gestanden hatte, spritzte durch ein paar Schlammpfützen und blieb vor einem niedrigen Brettergebäude stehen, das an der einzigen Straße der Stadt stand. Sie stiegen aus dem Truck und betraten den hölzernen Gehsteig vor dem Lost-Peak-Café.

Chance blieb vor der Tür stehen und sah das »Wegen Geschäftsaufgabe geschlossen«-Schild, das am Fliegengitter hing, wie eine giftige Schlange an. Er schob seinen schwarzen Filzhut nach hinten und konnte es kaum fassen.

Jeremy fluchte aus ein paar Metern Entfernung leise vor sich hin. »So viel zu unseren Plänen«, grunzte er.

Chance runzelte nur grimmig die Stirn. Schon seit er ein kleiner Junge war, war er immer ins Lost-Peak-Café gekommen. Er war mit Ed Fontaine, dem Besitzer der Ranch neben der seines Vaters, in die Stadt gefahren oder gelegentlich mit dem Alten selbst. Aber er und sein Dad hatten sich so schlecht verstanden, dass er diese Zeiten zu vergessen versuchte.

»Ich kann es nicht glauben.« Jeremy spähte in das abgedunkelte Innere. »Das Lokal war doch praktisch eine Institution. Mrs. Whittaker hat nichts von Schließen gesagt, als wir das letzte Mal hier waren.«

»Ich denke, nachdem Nell gestorben war, hat sie den Spaß daran verloren.« Die beiden alten Frauen waren von Kindheit an befreundet gewesen. Als Nell in Pension gehen wollte, hatte Aida Whittaker die Führung des Lokals übernommen.

»Das wird's wohl sein.« Jeremy stupste mit dem Finger gegen das ärgerliche Schild. »Wir werden noch zwölf Meilen fahren müssen, um was zu finden, das offen hat.«

»Ja, und alle anderen in Lost Peak auch.« Was nicht allzu

viel zu sagen hatte, nachdem an diesem Ort, den die meisten allenfalls als Fettfleck auf der Straße sahen, nicht sonderlich viele Leute wohnten.

»Verdammt schade um Nell«, sagte Jeremy. »Sie war ein braves altes Mädchen. Nachdem sie tot und begraben ist, hätten wir uns ja denken können, dass Aida früher oder später aufgibt. Irgendwie hab ich allerdings nie so richtig geglaubt, dass es passieren würde.« Jeremy war kleiner als Chance, sein Teint dunkler, aber beide hatten breite Schultern und schwarze Haare, wobei Jeremys lang und glatt waren und Chances kürzer und etwas lockiger.

»Die Zeiten ändern sich, Jeremy. Außerdem kann man nie wissen. Vielleicht kauft es ja jemand. Es gibt schlimmere Plätze zum Wohnen als Lost Peak.«

Jeremy lachte. »Vielleicht für Leute wie dich oder mich. Wir schauen da raus und sehen den Schnee auf diesen Bergen und die weißesten Wolken, die Gott auf dieser Erde erschaffen hat. Aber der Durchschnittstyp sieht nur das Eis im Winter und das Ungeziefer im Sommer.«

»Ja, das kann sein. Wir werden abwarten müssen und sehen, was passiert.«

»Also, was meinst du? Sollen wir nach Arlee weiterfahren und das Frühstück ganz auslassen? Ich weiß, du hast wahrscheinlich einen Haufen zu tun auf der Ranch.«

»Momentan haben wir alles ganz gut unter Kontrolle. Außerdem hab ich verdammten Hunger. Der Lone Eagle ist das nächste Lokal. Das Essen dort ist nicht besonders gut, aber besser als gar nichts.«

»Myras Apple Pie wird mir wirklich fehlen«, klagte Jeremy. Myra war die langjährige Köchin des Cafés.

»Das kannste laut sagen«, stimmte Chance zu, als sie kehrtmachten und zurück zu seinem Pick-up gingen.

Aber noch mehr würden ihm die beiden alten Frauen fehlen, die er so gerne gehabt hatte. Er kam nicht so oft nach Lost Peak, aber dann versuchte er immer, Nell und Aida zu besuchen. Nach Nells Tod hatte Aida angefangen darüber zu reden, zu ihrer Tochter und ihrem Schwiegersohn nach Oregon zu ziehen. Offenbar hatte sie es schließlich getan. Er hoffte, sie würde dort glücklich sein.

»Wenn wir schon in Richtung Norden fahren«, sagte Chance, ging um den Truck herum und riss die Fahrertür auf, »können wir auch gleich bei diesem Anwalt, Frank Mills, oben in Polson vorbeifahren, schauen, was für Fortschritte der Mann mit Consolidated Metals macht. Wir können ihm erzählen, was wir heute gefunden haben, und ihm einen kleinen Schubs in die richtige Richtung geben.«

»Ja«, stimmte Jeremy zu und rutschte auf den Beifahrersitz. »Wir sollten mit ihm reden ... auch wenn's wahrscheinlich nichts bringt.«

Chance biss die Zähne zusammen. »Wir werden einen Weg finden, sie aufzuhalten. Wenn dieser Anwalt es nicht schafft, heuern wir einen an, der es kann.«

Aber Jeremy sah nicht überzeugt aus und tief in seinem Inneren war es Chance auch nicht. Mit einem letzten enttäuschten Blick auf das Lost-Peak-Café legte Chance den Rückwärtsgang des Dodge ein und fuhr rückwärts auf die Straße.

6

Lost Peak, Montana, Einwohner 400. Als der Anwalt es als rustikal und abgelegen bezeichnete, war es die Untertreibung des Jahres gewesen.

Eine Tankstelle mit veralteter Zapfsäule, die auch Jagd- und Fischereiausrüstung verkaufte, stand neben einem Kramerladen, der ein altmodisches Coca-Cola-Schild im Fenster hatte und einen durchhängenden Bohlenboden. Es gab eine Bierbar mit acht Hockern und einem etwas schiefen Pool-Billardtisch. Dann war da noch Dillon's Mercantile mit einer erstaunlichen Ansammlung ausgestorbener Waren und Kates eigenes kleines Stück vom Paradies, das frisch renovierte Lost-Peak-Café.

Nein, Lost Peak war kein wichtiger Ort im Lauf der Welt, nicht, wenn man einmal in einer Luxuseigentumswohnung in Downtown L.A. gewohnt hatte. Aber Kate war überzeugt, dass es möglicherweise auch eines der herrlichsten, wunderbarsten Fleckchen auf dieser Erde war. Wenn sie aus dem Restaurantfenster auf die schneebedeckten Berge auf der anderen Seite des Tales sah, kam ihr der Gedanke, dass die Probleme, die sie letztendlich nach Lost Peak gebracht hatten, auf eine seltsame Art ein Segen gewesen waren.

»Morgen, Kate. Hab dich gar nicht reinkommen hören.« Myra Hennings, die Köchin und die Frau, für die Kate Gott jeden Tag dankte, seit sie vor etwas über einem Monat hier angekommen war, stand hinter dem glänzenden Grill aus rostfreiem Stahl und wedelte mit einem fettigen Heber wie mit einem Dirigentenstab.

»Tut mir Leid, dass ich zu spät komme, Myra.« Kate ging hinter den langen Resopaltresen auf der anderen Seite der

Durchreiche aus der Küche, zog sich ihre Nylonjacke aus und stopfte sie hinter einen Stapel Servietten in eins der Regale darunter. »Der Strom ist ausgefallen und der Brunnen hat nicht funktioniert. David hatte kein Wasser für eine Dusche. Schließlich haben wir gemerkt, dass nur eine Sicherung rausgeflogen war. Ich fürchte, wir sind noch ziemliche Neulinge, was das Leben auf dem Land angeht.«

»Keine Sorge – du wirst dich dran gewöhnen.«

»Auf jeden Fall hat David seine Mitfahrgelegenheit verpasst und ich musste ihn in die Schule fahren.« Sie hatten beschlossen, ihn in die Sommerschule einzuschreiben. Durch den Aufruhr der vergangenen Monate war er mit seinem Lernstoff ins Hintertreffen geraten und ein Mathewiederholungskurs könnte ihm helfen, ein paar der Kinder aus der Umgebung kennen zu lernen.

Myra grinste und zeigte dabei eine Reihe schiefer Zähne. »Mach dir deshalb keine Sorgen, wir haben es ganz gut ohne dich geschafft. Ich hab mir gedacht, du wirst bald kommen, sonst hättest du angerufen. Außerdem ist das Geschäft erst vor ein paar Minuten losgegangen.«

Myra Hennings war eine Frau Ende fünfzig mit breiten Hüften, stämmig gebaut, mit Haaren, die Gott hatte grau werden lassen und Myra messingblond gefärbt hatte. Sie war Witwe, mit drei Kindern, die quer übers Land verstreut lebten, und einer Armee Enkel. Sie arbeitete hart und kannte die Gastronomie in- und auswendig. Aber es war ihre herzliche, unerschütterliche Art, die sie für Kate unersetzlich machte.

»Also, jetzt bin ich hier und bereit zu arbeiten.« Kate machte den Knopf zu, der an ihrer rosa Nylonuniform aufgegangen war, band sich eine passende rosa Schürze um die Taille und steckte ihr rotes Haar zu einem Knoten hoch.

»Sag mir einfach, welche Bestellungen wohin gehen, und ich bring sie an die Tische.«

Aber Myra hörte nicht zu. Sie starrte durch die Durchreiche, über den Resopaltresen in den Speiseraum. »Gott, wenn ich bloß zwanzig Jahre jünger wäre...« Ein wehmütiges Lächeln umspielte ihre Lippen. »Ist das nicht das prachtvollste Mannsbild, das du je gesehen hast?«

Es gab nicht den geringsten Zweifel, wen Myra meinte. Kate beobachtete, wie der große, schwarzhaarige Mann vom Telefon kam und in eine der rosa Kunstledernischen vor dem Fenster rutschte. Sie hatte seit Jahren keine Verabredung mehr gehabt, war nicht im Geringsten an einem Mann interessiert gewesen, hatte noch nicht mal einen richtig bemerkt. Sie war sich nicht sicher, ob das nach ihren Erfahrungen mit Tommy überhaupt je wieder möglich wäre. Aber diesen Mann, angezogen wie ein Cowboy, aber vom Aussehen eher Indianer, konnte man unmöglich ignorieren.

»Wer ist er?«

Myras blasse Augenbrauen schossen nach oben. »Machst du Scherze? Das ist der Besitzer der Running-Moon-Ranch, einer der größten Landbesitzer im County. Er heißt Chance McLain.«

Natürlich. Anscheinend hatte jeder Mann in Montana einen Namen wie Rex oder Chase, Chance oder Cody. »Wer ist der Mann bei ihm?« Der Typ war zwanzig Zentimeter kleiner, hatte noch dunklere Haut, war aber nicht so athletisch gebaut. Sein langes, schwarzes Haar hatte er zu einem einzelnen Zopf geflochten, offensichtlich war er tatsächlich Indianer. Nachdem sie so nahe am Salish-Kootenai-Reservat lebten, hatte Kate schon eine Reihe von ihnen gesehen.

»Das ist Jeremy Spotted Horse. Chance ist mütterlicherseits Indianer. Er hat einen Haufen Freunde im Reservat.

Versucht ihnen zu helfen, so gut er kann.« Myra schob zwei Teller jeweils mit Steak, Eiern, Brötchen und einem Stapel Pfannkuchen, garniert mit einem Berg gebratenem Speck, durch die Durchreiche aus rostfreiem Stahl. »Das ist ihre Bestellung. Du kannst sie gleich rüberbringen.«

Kate entging das Funkeln in Myras Augen nicht. Myra verkuppelte für ihr Leben gern. Was sie nicht wusste, war, dass Kate kein Interesse an Romanzen hatte – nicht mehr. Sie war nicht an Männern interessiert, jetzt nicht, und auch nicht irgendwann in Zukunft. Sie hatte einen Sohn aufzuziehen und ein Geschäft zu führen. Sie hatte ihre Vergangenheit in L.A. gelassen, einen Ort gefunden, an dem sie und David neu anfangen konnten, und hatte hoffentlich ihre Probleme hinter sich gelassen.

Ein Blick auf Chance McLain, mit seinem kantigen, gut aussehenden Gesicht und der hageren, durchtrainierten Figur – und ihr war klar, dass der Mann *nur* Ärger bedeutete.

Trotzdem war der Mann ein Gast, und sie hatte einen Job zu erledigen. Sie balancierte die Teller mit einer Hand, wie sie es gelernt hatte, als sie sich das College mit Kellnerei finanziert hatte, packte die Kaffeekanne und machte sich auf den Weg.

Chance lehnte sich in der gepolsterten Nische zurück und streckte seine langen Beine unter den grauen Resopaltisch. Das Restaurant war nicht aufgemotzt, wirklich nicht, aber die rosa gerüschten Vorhänge an den Fenstern und die holzgerahmten Bilder, die Nell Hart gestickt hatte, gaben ihm einen gewissen heimeligen Charme. Und das Essen war immer gut. Er war verdammt froh gewesen, als die Kneipe wieder eröffnet wurde.

Seine Gedanken wanderten zurück zu der Zeit, in der er

als Kind ins Café gekommen war und Nell es stets geschafft hatte, ihm dieses letzte Stück warmen Applepie aufzuheben. Bei der Erinnerung musste er lächeln und zuckte zusammen, als Jeremy ihn ans Bein stupste, ihn drauf hinwies, dass das Essen gekommen war, er die Ellbogen vom Tisch nehmen sollte, um Platz für die Teller zu machen.

Er sah hinüber zu dem dampfenden Teller Buchweizenpfannkuchen, die die Kellnerin vor Jeremy stellte, und sein Blick heftete sich auf die D-Körbchen-Brüste, die sich gegen eine rosa Nylonuniform pressten. In diesem Augenblick sprang ein Knopf auf und er erhaschte einen Blick auf blasse Haut und gerüschte weiße Spitze.

Chance setzte sich auf. Er wusste, dass er starrte, fühlte, wie sein Gesicht heiß wurde. Sein Körper spannte sich an und er spürte die erste Regung von Geilheit.

Verdammt!

Vielleicht lag es an der Tatsache, dass die Frau, mit der er seit drei Jahren liiert war, ein Model war, schlank und mit modisch kleinem Busen. Oder es lag daran, dass sie schon drei Monate in New York war und er mit niemand anderem geschlafen hatte, wie er das sonst bei solchen Gelegenheiten tat.

Was immer es war, er musste jedenfalls den Kopf zurücklehnen, um zu prüfen, wie die Frau aussah, neugierig auf eine Art, wie er es von sich kaum kannte.

Weich, war sein erster Eindruck. Weiche Augen, weicher Mund. Weiche Kurven. Sie war nicht sehr groß, vielleicht eins sechzig, aber in diesen zierlichen Körper war eine hinreißende Portion Frau gepackt. Ihre Haare schimmerten dunkelrot. Eine Locke hatte sich aus einem ansonsten ordentlichen Knoten gelöst und ringelte sich gegen eine Wange.

Diesmal kriegte er wirklich einen Ständer. Er richtete sich

auf und versuchte, eine bequeme Stellung zu finden. So eine heftige Reaktion sah ihm gar nicht ähnlich, überhaupt nicht. Doch es juckte ihn in den Handflächen, diese schweren, femininen Brüste zu umfangen, und seine Jeans wurde noch enger.

Als ihm der Teller mit Steak und Eiern so heftig auf den Tisch geknallt wurde, dass etwas von dem Bratensaft über die Kante spritzte, stöhnte Chance innerlich. Es war nur zu offensichtlich, woran er gedacht hatte. Er schickte ein stilles Dankeschön an den Allmächtigen, dass sie wenigstens die unverkennbare Wölbung in seiner Hose unter dem Tisch nicht sehen konnte.

Sie reckte ihr Kinn, schickte einen kühlen Blick entlang ihrer leicht sommersprossigen Nase, drehte sich um und verschwand in der Küche.

Jeremys leises Lachen entlockte ihm einen gemurmelten Fluch. »So... das gefällt dir also, stimmt's?«

Chance grunzte nur. »Offensichtlich. Wer zum Teufel ist das?«

»Ihr Name ist Kaitlin Rollins. Old Ironstone sagt, sie ist Nell Harts Enkelin.« Harold »Chief« Ironstone war der älteste Bürger der Stadt. »Sie und ihr Sohn David sind vor ungefähr einem Monat in das alte Hart-Haus eingezogen und haben das Café wieder eröffnet. Ich weiß, dass du nicht viel unterwegs bist, aber ich hatte gedacht, es hätte sich inzwischen zu dir rumgesprochen.«

»Ich war beschäftigt. Ich war erst einmal hier, seit das Lokal wieder geöffnet hat, aber an dem Tag war sie nicht da.«

»Sie ist ein hübsches kleines Ding. Ironstone sagt, sie ist eine richtig nette Lady. Ihr Junge macht wohl ziemlichen Ärger. Bildet sich ein, er ist ein harter Typ aus L.A.«

Chance säbelte in sein Steak. Er mochte es gut durchgebraten und Myra hatte es wie immer perfekt hingekriegt. Er war froh, dass die neue Besitzerin ein Auge für was Gutes hatte, nämlich Myra wieder angestellt hatte. »Wie alt ist der Junge?«

»Ungefähr zwölf, denk ich. Ich hab ihn ein- oder zweimal gesehen. Er arbeitet halbtags in Marshals Laden.«

Chance nahm die Eier in Angriff, die ebenfalls genau richtig gebraten waren. Die Brötchen waren köstlich buttrig und goldbraun. »Ist sie verheiratet?« Er hatte das eigentlich nicht fragen wollen, aber die Frage war ihm unwillkürlich herausgerutscht.

»War es, glaub ich. Jetzt ist sie geschieden.«

»Du sagst, sie sind aus L. A.?«

»Ja, so viel ich gehört habe.«

»Ich hab nicht mal gewusst, dass Nell Hart eine Enkelin hatte.«

»Genauso wenig wie ich. Ich bin überrascht, dass sie es nie erwähnt hat.«

Chance kaute gedankenverloren. »Selbst wenn Kate Rollins das Lokal geerbt hat, find ich's überraschend, dass sie es nicht verkauft hat. Ich kann mir nicht vorstellen, dass eine junge, allein stehende Frau aus der Stadt gerne hier rauszieht.«

Jeremy zuckte mit den Schultern. »Ironstone sagt, sie ist sehr verschlossen, was das betrifft. Könnte interessant sein, rauszufinden, warum.«

Das könnte es tatsächlich, dachte Chance. Es könnte noch interessanter sein, diese Reihe Knöpfe vorne an ihrer Uniform aufzukriegen und zu sehen, was die Lady unter all dieser schönen weißen Spitze versteckt hat. Ein erstaunlicher Gedanke, musste er zugeben. Seit Jahren hatte er sich nicht mehr so schlagartig von einer Frau angezogen gefühlt, also, eigentlich noch nie.

»Ich dachte, du und Rachael hättet 'ne ziemlich ernste Sache laufen«, sagte Jeremy und holte damit Chances Blick zurück von der Küche, zu der er gewandert war. Chance räusperte sich.

»Haben wir auch, denke ich. Wir haben uns immer gut verstanden. Gedacht, wir heiraten früher oder später. In der Zwischenzeit hat Rachael ihre Freiheit, und ich hab meine. Aber in letzter Zeit hat sie mich ziemlich bedrängt.«

»Das war vorauszusehen.«

Chance zuckte mit den Schultern. »Es ist das, was ihr Dad ständig wollte, und sie heiraten wäre sicher das Beste für mich.«

»Das kannst du laut sagen. Wenn Ed mal nicht mehr ist, wird die Circle Bar F Rachael gehören. Das würde die Größe deines Besitzes verdoppeln.«

»Also denke ich, dass wir bald einen Termin festsetzen werden.«

Jeremy schluckte einen Mund voll Pfannkuchen. »Wenn dem so ist, rate ich dir, dich von der hübschen kleinen Rothaarigen fern zu halten.«

Chance beobachtete, wie sie sich gegenüber über einen Tisch beugte. Ihre Hüften wackelten, als sie etwas Verschüttetes wegwischte – und er verspürte den gleichen Anfall von Begierde wie zuvor.

»Du hast Recht, Jeremy. Das ist ein verdammt guter Ratschlag.« Und Chance hatte vor, ihn zu befolgen. Aber noch ehe er seinen Teller leer geputzt, das Geld für die Rechnung plus einem stattlichen Trinkgeld hingeworfen hatte, ertappte er sich bei dem Gedanken, dass es nicht schaden würde, wenn er in ein paar Tagen noch mal vorbeischauen würde.

Seit das Café wieder eröffnet hatte, hatte er unheimliche Gelüste auf Myras hausgemachten Apfelkuchen...

»Schade, dass ich dazu gezwungen bin, David, aber für die nächsten Wochen hast du Hausarrest.«

»Hausarrest? Ach, Mom.«

»Du verdienst es, David, und das weißt du auch.« Sie standen im Flur ihres geerbten weißen Fachwerkhauses, das auf der Anhöhe hinter dem Café, innerhalb des achtzig Morgen großen Besitzes lag. Für Kate war es mit seiner unglaublichen Aussicht auf die Berge, umgeben von hohen Ponderosa-Kiefern der allerbeste Teil.

»Ich hasse diesen Platz«, schimpfte David. »Er ist total ätzend und die Kids sind alle Spinner. Ich will zurück nach L. A.«

Kate betrachtete ihren Sohn, sah den sturen Zug um seinen Mund, merkte, wie verkrampft seine Schultern waren. Sie wusste, dass er in Lost Peak nicht glücklich war. Sie hatte gewusst, dass es Zeit kosten würde, bis er sich an einen so drastisch veränderten Lebensstil gewöhnen würde. Aber sie hatte nicht damit gerechnet, dass er selbst in dieser Einöde Ärger machen würde.

»Mr. Marshal hat dich dabei erwischt, wie du Kaugummi geklaut hast. Jetzt hast du deinen Job nach der Schule verloren. Ich dachte, dir gefällt die Arbeit in dem Geschäft.«

Er trat von einem Fuß auf den anderen, strich mit der Spitze seines Turnschuhs auf dem polierten Eichenboden hin und her. »War schon okay, denk ich.«

»Und warum hast du dann den Kaugummi gestohlen?«

Er zuckte seine mageren Schultern. »Ich hab nicht gedacht, dass ich erwischt werde.«

»Oh, David.«

»Ach komm schon Mom, das ist nichts Schlimmes. Zu Hause klaut jeder. Die Geschäfte sind dran gewöhnt. Das bringen die in ihr jährliches Budget ein.«

Sie ging hinüber zu dem schmalen Fenster neben der Haustür, starrte einen Moment lang auf die Berge, dann drehte sie sich um und ging zu ihrem Sohn. »Himmel, ich kann es einfach nicht fassen. Du findest es wirklich in Ordnung zu stehlen?«

»Ich würde nie etwas Großes nehmen.«

Kate packte ihn an den Schultern. Er war bereits größer als sie. Sie musste den Kopf zurücklehnen, um ihm in die Augen zu sehen. »Beim Stehlen geht's um Charakter, David. Das ist wie Lügen. Es gibt Leute, die betrügen, Leute, die lügen, und Leute, die stehlen. Das ist alles die gleiche Sorte von Menschen. Solche Menschen werden von anderen nicht respektiert. Solchen Menschen vertrauen andere nicht. Möchtest du so ein Mensch werden?«

»In der Stadt machen sie —«

»Es ist mir egal, was sie in der Stadt machen! Wir leben nicht mehr in der Stadt, und wir werden nicht mehr dorthin zurückkehren. Die Leute, die hier leben, haben gute, altmodische Werte. Sie lügen nicht, sie betrügen nicht und ganz gewiss stehlen sie nicht. Und so habe ich auch versucht, dich zu erziehen. Du warst immer ein guter Junge, David. Wenn dich die Leute erst einmal kennen, werden sie dich mögen. Aber du musst dir ihren Respekt verdienen. Sie zu bestehlen ist da nicht der richtige Weg.«

Seine Faust knallte gegen die Wand. »Du kapierst es nicht, stimmt's? Es ist mir egal, ob diese Landeier mich mögen oder nicht! Ich will nach Hause! Wenn du hier nicht wegziehst, ruf ich meinen Dad an. Ich kann zurückgehen und bei ihm wohnen.«

Eine Woge von Übelkeit wallte in ihr auf. David, wie er zu seinen kriminellen Freunden nach L. A. zurückkehrte. David, wie er von einem Vater aufgezogen wurde, der ihm bis zur Endstation in einer Gefängniszelle alles durchgehen lassen würde.

»Ist es das, was du wirklich willst – bei deinem Dad leben? Tief in deinem Herzen weißt du, wie er ist. Er kann kaum für sich selbst sorgen, geschweige denn für dich. Er kennt dich nicht einmal richtig. Du redest dir ein, er wäre der perfekte Vater, aber tief in deinem Inneren weißt du, dass das nicht stimmt.«

David blieb stumm, fixierte nur die Spitzen seiner schmutzigen Turnschuhe.

»Ich liebe dich, David. Ich möchte nur das Beste für dich. Das weißt du doch, oder?«

»Ich denke schon«, murmelte er, ohne den Kopf zu heben.

»Wir haben eine Chance, uns hier ein neues Leben aufzubauen. Wir können es schaffen, wenn du nur bereit bist, es zu versuchen.«

David schwieg.

»Ich möchte, dass du rüber zu Mr. Marshals Laden gehst. Ich möchte, dass du etwas von deinem Sparbuch abhebst und für den gestohlenen Kaugummi bezahlst. Und ich möchte, dass du dich entschuldigst. Wenn deine Entschuldigung ehrlich gemeint ist, wird es Mr. Marshal wissen, und vielleicht wird er dir dann im Lauf der Zeit verzeihen.«

David ließ die Schultern hängen. »Ich hab ihm schon gesagt, dass es mir Leid tut.«

»Hast du es auch so gemeint?« Kate hielt den Atem an.

»Ich weiß, dass ich ihn nicht hätte nehmen sollen.« Davids Wangen wurden feuerrot. »Ich hab's nur ein paar Mal getan. Die anderen Jungs fanden es cool, aber ich hab immer so ein komisches Gefühl dabei gehabt.«

Kate nahm ihren Sohn in die Arme und drückte ihn fest an sich. »Das kommt daher, dass du tief in dir gewusst hast, dass es falsch ist. Alles wird gut, mein Schatz – du wirst schon sehen. Du musst nur noch ein bisschen Geduld haben.«

David nickte nur. Als sie ihn losließ, ging er in sein Zimmer und kam mit einer Hand voll Wechselgeld zurück. Er verließ das Haus in Richtung Laden. Als er zurückkam, sahen seine Schultern schon ein kleines bisschen gerader aus.

»Ich hab ihm den Kaugummi bezahlt. Ich hab ihm gesagt, ich würde nie wieder was stehlen. Aber meinen Job wollte er mir trotzdem nicht wiedergeben. Ich kann's ihm auch nicht verdenken.« Er ging an ihr vorbei, stieg langsam die Treppe hoch und verschwand in seinem Zimmer.

Kate seufzte. Es war eine harte Lektion, aber eine, die er hoffentlich gelernt hatte. Sie erschauderte bei dem Gedanken, was passieren würde, wenn dem nicht so wäre.

Oder ob es sein Ernst war, zurück zu seinem Vater zu ziehen.

Kate verachtete den Gedanken zurückzugehen; ihr gefiel es hier in Lost Peak. Die Leute, die sie kennen gelernt hatte, waren freundlich und hilfsbereit gewesen. Und das noch mehr, nachdem sie erfahren hatten, dass sie Nell Harts Enkeltochter war. Nell war beliebt gewesen, wie Kate zu ihrer Überraschung feststellte. Zu den seltenen Gelegenheiten, bei denen ihre Mutter sie überhaupt erwähnte, hatte sie Nell als herzlose, gefühlsarme Frau beschrieben, so eine, die ihre unverheiratete, schwangere Tochter roh aus dem Haus warf.

Doch das Haus, in dem Nell seit dem Tag ihrer Heirat mit Zachary Hart gelebt hatte, war warm und gemütlich, erfüllt von wunderbarer Heimeligkeit. Das Haus war in wesentlich besserem Zustand, als Kate es sich vorgestellt hatte. Nachdem alles frisch ausgemalt war, der alte Teppich entfernt und die Hartholzböden neu versiegelt und bunte kleine Teppiche darauf verteilt waren, war es die Art von Heim, das sie, hätte sie damals die Wahl gehabt, möglicherweise der Eigentumswohnung im Hochhaus vorgezogen hätte.

Als sie die schützenden Laken von den Möbeln gezogen hatte, entdeckte sie voller Freude dutzende herrlicher Antiquitäten. Indem sie sie mit den mitgebrachten Möbeln aus L. A. mischte, gelang es ihr, den Charme des Hauses zu bewahren. Ihr gepolstertes Sofa und die Sessel gaben dem Ganzen einen etwas komfortableren Eindruck.

Sie fragte sich, ob es Nell Hart gefallen hätte. Sie hatte ja nicht die geringste Ahnung, wie Nell wirklich gewesen war. Aber sie hatte vor, es rauszufinden. Nachdem sie sich jetzt eingerichtet hatten, wollte Kate mit der Suche anfangen.

Chance steuerte seinen Pick-up auf den Parkplatz vor dem Lost-Peak-Café, stellte den Motor ab und öffnete die Tür einen Spalt. Er wusste, dass er nicht hier sein sollte. Er hatte Verpflichtungen, selbst wenn sie mehr oder minder unausgesprochen waren. Das Letzte, was er brauchte, war eine neue Beziehung zu einer Frau.

Ich will nur ein gottverdammtes Stück Pie, beruhigte er sich. Aber er wusste, dass es nicht die Wahrheit war. Die sexy kleine Rothaarige war ihm nicht mehr aus dem Sinn gegangen, seit er sie an dem Tag im Café gesehen hatte.

»He, Chance!« Harold »Chief« Ironstone saß auf einer Holzbank neben der Eingangstür. Dort hockte er meist, eingewickelt in eine Decke, angetan mit einem hohen Hut, in dem eine Feder steckte. Er sah genau aus wie die hölzernen Indianer, die sie unten am Highway 93 verkauften.

»He, Chief, wie läuft's denn?« Chance schüttelte dem alten Mann die Hand und spürte die Kraft, die er trotz seiner über achtzig Jahren nach wie vor besaß.

Er grinste Chance an. Erstaunlich, wie viel Zähne der alte

Mann noch im Mund hatte. »Guten Tag. Schönes Wetter. Haste schon die neue Besitzerin kennen gelernt?«

Sein Blick zuckte zur Tür. »Ja, flüchtig.«

»Gute Frau. Netter Junge.« Der Chief war nicht wirklich ein Häuptling. Die Salish hatten Stammesführer, was ganz etwas anderes war. Aber alle nannten ihn so, und das schon seit Jahren, und er hatte offenbar nichts dagegen.

Chance nickte. »Dem Jungen bin ich noch nicht begegnet. Mrs. Rollins scheint mir okay. Das Essen ist weiterhin gut.«

Der Häuptling tätschelte seinen gewölbten Bauch. »Ja, besonders der Pie.«

Chance feixte und tippte gegen seine Hutkrempe. »Schön dich zu sehen, Häuptling.«

»Genau wie dich, Chance.«

Er zog das Fliegengitter auf, drehte den Griff der Tür und trat ein.

Das Lokal hatte sich in der Einrichtung nicht geändert. Darüber war er froh. Oh, da war eine strahlende neue Tafel auf dem Dach und eine draußen auf der Straße, die vorher nicht da gewesen war. Beide zeigten das neue Logo des Cafés – ein Bild des fernen schneebedeckten Lost Peak in einem waldgrünen Kreis. Abgesehen davon mochte die neue Besitzerin anscheinend den hausbackenen Charme der Kneipe und ließ fast alles, wie es war. Es war sauberer, das bemerkte er. Die Vorhänge waren frisch gewaschen, die Holzböden auf Hochglanz poliert. Ihm gefiel es, dass Kate Rollins nicht geändert, sondern nur aufpoliert hatte.

Er entdeckte sie, als er sich in einen Stuhl an einen der Resopaltische in der Mitte des Raumes setzte, nahm seinen Hut ab und legte ihn auf den Stuhl neben sich. Er fuhr sich mit der Hand durchs Haar, strich es glatt und aus der Stirn.

Ein paar Minuten beobachtete er sie bei der Arbeit. Sie

war effizient, vergaß nie eine Bestellung, sorgte dafür, dass keiner ihrer Kunden ignoriert wurde. Das war wohl auch der Grund, dass sie zu ihm ging, obwohl ihr Gesichtsausdruck signalisierte, dass sie es widerwillig tat.

»Kaffee?«, fragte sie aus einiger Entfernung, als ob sie fürchtete, er könne sie anspringen. Verdammt, bei der Lady hatte er sich den Anfang wirklich versaut.

»Das wäre wunderbar.« Er versuchte sein, wie er hoffte, charmantes Lächeln, drehte seine Tasse um und wartete, bis sie sie gefüllt hatte. »Sie sind Kate Rollins, die neue Besitzerin?«

»Richtig. Und Sie sind Chance McLain. Ihnen gehört die Running-Moon-Ranch.«

Chances Lächeln vertiefte sich. Zumindest hatte sie sich nach seinem Namen erkundigt. »Ich denke, wenn man in einem Ort von dieser Größe wohnt, kennt so ziemlich jeder jeden.«

»Wird wohl so sein. Bisher habe ich noch nie in einer so kleinen Stadt gelebt.«

Er wollte fragen, warum sie hierher gezogen war, glaubte aber nicht, dass sie es ihm erzählen würde. Eventuell war das Haus, das sie geerbt hatte, die einzige Wohnung, die sie sich leisten konnte. »Wir waren alle enttäuscht, als Mrs. Whittaker das Café geschlossen hat. Das Lokal war so eine Art Institution für die Gegend. Wenn man sich so betrachtet, was Sie alles geleistet haben, seit Sie wieder eröffnet haben, kann man wohl ohne Übertreibung sagen, dass die Leute von Glück sagen können, Sie bekommen zu haben.«

Die Spannung ihrer Schultern löste sich etwas. »Danke. Als ich hierher zog, hoffte ich, dass die Leute in Lost Peak freundlich sind. Bis jetzt waren sie alle großartig.« Sie reichte ihm die in Plastik geschweißte Speisekarte. Sie war neu, mit demselben dunkelgrünen Berg im Ringlogo, das auf dem

Schild war. Aber die meisten Gerichte waren noch die Gleichen. Während sein Blick über die Seite glitt, kräuselte sich sein Mund amüsiert, als er die kleinen roten Herzen neben den herzfreundlich fettarmen Gerichten sah. Er konnte sich nicht vorstellen, dass sie sich hier in Lost Peak sonderlich gut verkaufen würden.

»Mrs. Whittaker hat das Café für meine Großmutter geführt – Nell Hart. Kannten Sie Nell auch?«, fragte sie.

Er nickte. »So lange ich denken kann. Sie war noch mehr eine Institution als das Café. Wir waren sozusagen Nachbarn. Ein Teil ihres Besitzes – der jetzt wohl Ihr Besitz ist – grenzt an einen Teil von meinem.«

Sie sah aus, als wolle sie noch etwas fragen, aber ein anderer Kunde betrat das Lokal. »Lassen Sie sich Zeit. Ich komm dann, um Ihre Bestellung aufzunehmen.«

Chance nickte nur. Er sah ihr nach, wie sie wegging. Ihm gefiel, wie unbewusst sexy sie sich bewegte. Er musste zugeben, dass sie ihn neugierig machte. Was hatte sie an einem Ort wie Lost Peak zu suchen? Selbst wenn ihr Nell das Café vererbt hatte, warum hatte sie das Lokal nicht verkauft? Doch vor allem versuchte er zu ergründen, wieso er bei Kate Rollins nur daran dachte, mit ihr ins Bett zu gehen. Er wusste nur, dass er es dringend wollte.

Sie kam zurück und nahm seine Bestellung auf, dann bediente sie geschäftig ihre anderen Kunden. Ein paar Minuten später kam sie zurück und stellte einen Teller, auf dem sich ein Riesenstück Applepie mit leicht geschmolzener Vanilleeiscreme türmte, vor ihn auf den Tisch. Er spürte, wie ihm das Wasser im Mund zusammenlief.

»Mann, das sieht toll aus.«

Kate lächelte. »Myra ist eine wunderbare Köchin. Ich hab Glück, dass sie wieder angefangen hat.«

»Da haben Sie Recht.« Er nahm einen kräftigen Bissen, schluckte das meiste davon und redete dann mit halb vollem Mund weiter. »Niemand, aber auch gar niemand macht besseren Applepie.«

Die Mittagszeit war fast vorbei und das Lokal leerte sich allmählich, wie Chance gehofft hatte. Kate ging zur Kasse im vorderen Teil des Restaurants, um bei ihrem letzten Gast abzukassieren. Ein paar Minuten später kehrte sie an seinen Tisch zurück, bewaffnet mit einer Kanne frischem Kaffee.

»Ein Aufwärmer?«

»Da können Sie drauf wetten.« Sie beugte sich vor, um seine Tasse aufzufüllen und er versuchte, nicht auf ihre prachtvollen Brüste zu starren. »Sie sind zum ersten Mal in Montana«, sagte er und schluckte einen weiteren Happen Applepie. »Hatten Sie schon Gelegenheit, es sich anzusehen?«

»Nicht wirklich. Mein Sohn David und ich mussten uns erst einmal hier einrichten.«

»Ich hab gehört, dass Sie einen Jungen haben. Wie kommt er denn so zurecht hier?«

Kate zögerte und einen Moment lang dachte er, sie würde nicht antworten. Dann seufzte sie. »Nicht besonders gut, fürchte ich. Seine Freunde fehlen ihm – aber mir nicht, das können Sie mir glauben. Er fühlt sich hier fehl am Platz, denke ich. Er kann Basketball spielen, aber er hat keine Ahnung, wie man angelt. Es ist schwer für einen Zwölfjährigen, der sein Leben lang in der Stadt gelebt hat.«

»Ja, das kann ich mir vorstellen.« Und noch schlimmer, dachte er. Er konnte sich nicht vorstellen, dass jemand nicht wusste, wie man eine Angel auswirft, oder wie man jagt, oder zu Pferd in die Berge trekkt. Er konnte nicht umhin, sich zu fragen, was für eine Art von Mann der Vater des Jungen war. Vielleicht ein ähnlicher wie sein eigener. Er spürte Mitgefühl für Kate Rollins Sohn.

»Haben Sie Sonntag immer noch Ruhetag?«, fragte er.

Sie nickte. »Wir machen wochentags um sechs auf und schließen um acht. Freitag- und Samstagabend haben wir bis neun offen.«

»Ziemlich lange Arbeitszeiten.«

»Für mich nicht. Ich habe meinen eigenen Zeitplan. Einer der Gründe, warum ich hierher gekommen bin, damit ich mehr Zeit mit meinem Sohn verbringen kann.«

Das hörte er gerne. Er war zu jung gewesen, als seine Mutter starb, um sich noch an sie zu erinnern. Aber er glaubte, es hätte ihm gefallen, wenn sie mehr Zeit mit ihm hätte verbringen wollen.

»Hier in der Gegend gibt's ein paar wunderschöne Plätze. Nachdem Sie noch keine Gelegenheit hatten, sich umzuschauen, würde ich Ihnen gerne ein bisschen was zeigen.«

Ihr Gesichtsausdruck veränderte sich minimal, wurde verschlossener. »Wie ich schon sagte, mein Sohn und ich fangen grade erst an, uns einzuleben. Danke für das Angebot, aber ich fürchte, da muss ich passen.«

Er stocherte in seinem Kuchen herum, den Blick auf die Eiscreme gerichtet, die auf seinem Teller schmolz. »Na ja, dann vielleicht ein andermal.«

Aber ihr Mangel an Reaktion zeigte ihm, dass es wohl nicht passieren würde. Als er ihr hinterhersah, war er erstaunt von der Heftigkeit seiner Enttäuschung. Chance lehnte sich seufzend in seinem Stuhl zurück, der Pie wurde kalt, aber der Kaffee dampfte noch. Sein Appetit war mit einem Mal verflogen. Es ärgerte ihn ein bisschen, dass sie so direkt Nein gesagt hatte. In seinen wilderen Zeiten hatte die

Hälfte der Frauen im County versucht, ihn in ihre Betten zu zerren – und der Hälfte war es gelungen.

Aber Kate Rollins war offensichtlich nicht interessiert. Chance fragte sich, was er tun müsste, um das zu ändern.

Er ließ den Rest seines Pies stehen, warf eine Hand voll Kleingeld als Trinkgeld auf den Tisch, nahm die Rechnung und war schon fast an der Kasse vorne, als die Glocke über der Tür ertönte. Randy Wiggins und Ed Fontaine, zwei seiner besten Freunde, kamen herein. Randy war eine Art männlicher Krankenschwester – obwohl Ed ihn nie so bezeichnete. Er war der Pfleger für einen Mann, der zu viel Stolz hatte, um zuzugeben, dass er einen brauchte. Randy hielt die Tür auf, während Ed seinen glänzenden Chromrollstuhl ins Café rollte, und ließ die Tür hinter ihnen zufallen.

Chance ging auf den schlanken, grauhaarigen Mann zu, der mehr ein Vater für ihn war, als sein eigener es je für nötig gehalten hatte. »Ich dachte, du wärst nach Denver gefahren«, sagte er mit einem Lächeln zu Ed.

»Das hatte ich vorgehabt. Mein Meeting mit der Cattle Association ist abgesagt worden.« Ed schüttelte Chance die Hand. »Ich war auf dem Rückweg von Missoula, als ich deinen Pick-up hier geparkt sah. Ich hab ein paar Neuigkeiten, die dich, glaube ich, interessieren werden.«

»Ach ja? Was denn?«

»Consolidated Metals hat gerade um die Genehmigung für ein neues Minenunternehmen am Silver Fox Creek eingereicht – direkt hier in Lost Peak.«

»Verdammt!«

»Ich hab gewusst, dass ich dir damit eine Freude machen kann. Diese Dreckschweine wissen nicht, wann sie einen Punkt machen müssen. Dieser Anwalt, Frank Mills, den die Indianer angeheuert haben, hat keinen Finger gerührt. Der

Typ steht wahrscheinlich auf Lon Bartons Lohnliste, genau wie die Hälfte der Richter im County.« Ed war hager und zäh, drahtig und hart wie Stiefelleder. Er führte eine Ranch von der Größe wie die von Chance aus dem Rollstuhl. Es gab keinen Mann auf dieser Welt, den Chance mehr bewunderte als Ed Fontaine.

»Mills versucht, eine einstweilige Verfügung zu kriegen«, erzählte ihm Chance. »Aber er sagt, wir brauchen mehr Beweise. Jeremy möchte ein paar Bilder von den Lecks in dem Auffangteich machen, aber dazu muss er auf ihr Gelände kommen. Wir hatten gehofft, die beeidigten Aussagen einiger Stammesführer, zusammen mit den Laborberichten über das Wasser, würden genügen.«

»Das werden sie wahrscheinlich auch. Leider wird sie das nicht daran hindern, hier in Lost Peak eine neue Mine zu bauen.«

Chance hörte ein Geräusch hinter sich. Er drehte sich um und sah, wie Kate Rollins auf sie zuging. Gott, sie war wirklich ein hübsches kleines Ding. Rachael war es natürlich auch. Rachael war natürlich umwerfend attraktiv mit ihren eleganten Wangenknochen und silberblonden Haaren. Rachael Montaine hatte die Titelblätter von Magazinen in ganz Amerika geschmückt. Sie war halt dünn wie ein Model, mit Beinen bis zum Hals. Sie hatte Stil und eine Welterfahrenheit, die Kate Rollins nie haben würde. Er fragte sich, wie er sich zu zwei so gegensätzlichen Frauen hingezogen fühlen konnte.

»Tut mir Leid, wenn ich unterbreche«, sagte Kate, »aber ich konnte nicht umhin, alles mitzuhören. Nachdem ich jetzt hier lebe, betrachte ich mich als Mitglied der Gemeinde. Von jetzt an betrifft alles, was in Lost Peak passiert, auch mich.«

»Ed Fontaine und Randy Wiggins, darf ich vorstellen, Kaitlin Rollins, die neue Besitzerin des Cafés.«

»Es ist mir eine Freude, Mrs. Rollins«, sagte Ed und reichte ihr eine knorrige, wettergegerbte Hand, die fünfzig Jahre harte Arbeit spiegelte. Kate schenkte ihm ein herzliches Lächeln und schüttelte sie, ein fester, selbstsicherer Händedruck. Chance merkte, dass Ed sie dadurch etwas anders ansah als zuvor.

»Ma'am.« Randy zückte seinen Hut in ihre Richtung.

Kate begrüßte ihn mit einem Lächeln, dann wandte sie ihre Aufmerksamkeit wieder Ed zu. »Ich nehme an, diese Mine wäre nicht gerade das Beste, was Lost Peak passieren könnte?«

»Von Ihrem Standpunkt aus wäre der Bau vielleicht gar nicht so schlecht. Es würde sicher mehr Geschäft bringen, wenn es das ist, was Sie möchten. Familien würden herziehen, die Stadt würde vermutlich wachsen.«

Chance hätte schwören können, dass ihr Gesicht etwas blasser wurde. »Ich mag die Stadt genau so, wie sie ist«, sagte sie mit einer Stimme, die so fest war wie ihr Händedruck.

Das brachte Ed zum Lächeln. Er mochte Lost Peak nämlich auch genau in der jetzigen Form. Montana war noch unberührt, ein friedlicher Platz. Er wollte, dass es so blieb.

»Consolidated Metals ist nicht unbedingt für sein Umweltbewusstsein bekannt«, informierte sie Chance. »Ihre Mine am Beaver Creek hatte mehr als vierundzwanzig Verstöße gegen die Wasserverschmutzungsverordnung, einschließlich einem halben Dutzend Zyankalilecks und Säureausflussprobleme. Hier können sie keine weitere Heap-Leach-Mine mehr bauen – dank einer kürzlichen Gesetzesänderung –, aber sie versuchen schon einen Einspruch dagegen, während wir hier reden. Und so, wie ich sie kenne, werden sie ein Unternehmen in Lost Peak starten und früher oder später den Silver Fox Creek vergiften, einen der herrlichsten Flüsse für Fliegenangeln im Land.«

»Was können wir tun, um sie aufzuhalten?«, fragte Kate. Ihre Augen schienen grüner als zuvor und er glaubte, das Funkeln von Entschlossenheit darin zu erkennen.

»Ich schlage vor, wir heuern einen eigenen Anwalt an«, sagte Ed. »Vorzugsweise einen, der nicht gekauft werden kann.«

»Gute Idee«, stimmte Chance zu. »Irgendein Vorschlag, wer der beste Mann für den Job sein könnte?« Er zog seine Brieftasche aus der Gesäßtasche seiner Jeans und blätterte genug Scheine auf den Tisch, um den Pie zu zahlen. Kate tippte den Betrag in die Kasse ein und reichte ihm das Wechselgeld.

Ed kratzte sich den Kopf. »Wir könnten mit Max Darby oder vielleicht Bruce Turnbull reden. Ich hatte schon früher mit ihnen zu tun.«

»In Ordnung. Und wenn wir schon mal dabei sind, wäre ein Privatdetektiv keine schlechte Idee. Vielleicht kann er etwas über Consolidated rausfinden, was nützlich sein könnte.«

»Wenn ich irgendetwas tun kann, um zu helfen«, sagte Kate, »dann hoffe ich, dass Sie es mich wissen lassen.«

Chance lächelte hinunter zu ihr. »Danke für das Angebot. Wir werden jede Menge Hilfe brauchen, um die Trommeln zur Information der Leute zu rühren, was die Gesellschaft vorhat. Da könnte es passieren, dass wir uns an Sie wenden.«

»Trommelrühren ist meine Spezialität. Ich war in der Werbebranche, bevor ich hierher zog.«

»Sie haben Werbung verkauft?«

Sie lächelte ihn genauso verkniffen an wie vorhin, als er

hereingekommen war. Chance verfluchte sich, weil er gerade wieder an Boden verloren hatte.

»Das kann man wohl sagen. Ich war Vizepräsidentin von Menger und Menger, einer großen Werbeagentur in L.A. Wir haben alles bearbeitet – von politischen Kampagnen bis hin zur Startkampagne für neue Lebensmittelprodukte für Firmen wie Quaker Oats. Im Vergleich dazu wird das Verbreiten von Informationen über Consolidated Metals an die Leute von Silver County wohl kein zu schwieriger Job werden.«

Chance stöhnte innerlich. Wenn es eins gab, was Ed ihm beigebracht hatte, dann war es, keine vorschnellen Urteile zu fällen. Als er kurz zu seinem Mentor sah, zwinkerte der ihm zu, als wolle er sagen: *Siehst du, was passiert, wenn du zu eilig mit deinem Urteil bist?*

»Tut mir Leid. Ich hab wohl einfach nicht erwartet, dass ein großes Tier aus dem Management ein Café in Lost Peak führt.«

»Großes Tier aus dem Management im Ruhestand«, verbesserte ihn Kate. Und er merkte, dass sie sich amüsierte.

»Um die Wahrheit zu sagen, ich mag meinen Berufswechsel. Es ist ein verdammt gutes Gefühl, wenn man niemandem Rechenschaft schuldig ist, außer sich selbst.«

»Also, wir freuen uns, Sie in unserem Team zu haben«, sagte Ed. »Wir halten Sie auf dem Laufenden. Und Sie können sicher sein, dass wir auf Ihr Angebot zurückkommen werden.«

Während Randy die Tür aufhielt, rollte Chance Ed zu seinem Chevy Van. Randy drückte auf einen Knopf und die Liftklappe hinten summte und eine Metallplatte senkte sich.

»Wir müssen dicht an dem Consolidated-Projekt dranbleiben«, drängte Ed.

»Keiner weiß das besser als ich.« Chance rollte Eds Rollstuhl auf die Hebeplatte und wartete, während der ältere Mann hochgezogen wurde.

»Hast du in letzter Zeit was von Rachael gehört?«, rief Ed ihm von hinten aus dem Van zu.

»Seit ein paar Wochen nichts. Sie ist mit diesem Modelvertrag beschäftigt. Sie haben Aufnahmen an Locations quer durchs Land gemacht. Ich denke, sie wird schon anrufen, wenn sie dazu kommt.«

»Das wird sie wohl.« Ed seufzte. »Was das Mädchen braucht, ist ein Mann und viele Babys. Denk drüber nach, Chance.«

Chance nickte nur. Er dachte nur selten an Rachael, Eds Tochter, wenn sie nicht da war, und sie war in letzter Zeit nur wenig hier gewesen. Er hätte ein schlechtes Gewissen haben sollen, möglicherweise schlummerte das auch irgendwo.

Aber die Wahrheit war, dass die einzig wahren Schuldgefühle, die er je kannte, daher rührten, dass er Ed Fontaine in diesen Stuhl befördert hatte.

7

Es waren noch fünf Minuten bis zum Zusperren. Die späte Julisonne war Wolken und Regen gewichen und das Café war fast schon eine halbe Stunde leer. Während Myra die Küche aufräumte, setzte sich Kate in eine der leeren Nischen, fingerte ihren Notizblock heraus, nahm den Bleistift, den sie hinterm Ohr stecken hatte, und begann die Informationen aufzulisten, die sie über Nell Hart einholen wollte.

Nachdem das Restaurant jetzt reibungslos lief und das

Haus in Ordnung gebracht war, war sie entschlossen, die Sache anzugehen. Doch sie war sich absolut nicht sicher, wo sie anfangen sollte. Am besten war es wohl, erst mal so viele Daten wie möglich über diese Frau zu sammeln.

Geburtsurkunde, schrieb sie. Sie würde sich sowohl Nells als auch die ihrer Mutter im Silver-County-Bezirksgericht in Polson besorgen.

Sterbeurkunde. Wenn sie schon die ihrer Großmutter holte, könnte sie auch gleich die von Zachary Hart besorgen. Kates Großvater war bereits gestorben, als Kates Mutter, Celeste, erst sechs war. Nachdem sich ihre Mutter kaum an ihn erinnern konnte, wusste Kate natürlich genauso wenig über ihn.

Kopie des Testaments. Man hatte sie per Post über ihr Erbe informiert. Es war ihr nicht in den Sinn gekommen, den Anwalt um eine Abschrift des Dokuments zu bitten. Sie würde es zuerst im Record's Office versuchen, da einer ihrer Gäste ihr erzählt hatte, dass Testamente vom Staat dort aufbewahrt würden. Wenn nicht, konnte sie an Clifton Boggs schreiben. So oder so, es dürfte nicht allzu schwer sein, eine Kopie zu kriegen.

Schachteln im Speicher. Da gab es eine Unmenge altes Zeug, das sie entdeckt hatte, als sie eingezogen waren. Die Stapel von Papieren und Kartons mit Kleidern musste sie noch durchsehen. Das würde sicher spannend werden.

Aida Whittaker anrufen. Nells langjährige Freundin könnte allgemeine Informationen haben, die nützlich sein könnten. Sie unterstrich die Worte, nachdem sie die Frau schon längst hatte anrufen wollen.

Die Glocke über der Tür bimmelte. Sie hob den Kopf, gerade als Chance McLain eintrat. Er streifte seinen Regenmantel ab, hängte ihn auf, klopfte seinen schwarzen Stetson gegen sein bejeantes Bein und kam auf sie zu. In Kates Bauch flatterten plötzlich Schmetterlinge. Sie verspürte unvermittelt den seltsamen Drang, wegzurennen.

»Ich weiß, dass Sie geschlossen haben«, sagte er, bevor sie zu Wort kam. »Ich bin den ganzen Tag schon unterwegs und ich dachte, Sie haben vielleicht die Kaffeemaschine noch an. Eine Tasse Kaffee wäre wunderbar, bevor ich mich auf den Heimweg mache.«

Kate nickte. »Kein Problem.« Sie konnte ihn schlecht bitten zu gehen, so nass und müde wie er wirkte. Aber egal wie nass und müde, er sah immer noch unglaublich attraktiv aus.

Er blieb am Tisch stehen, bis sie ein paar Minuten später zurückkam mit einem dampfenden Styroporbecher in der Hand und einem Deckel dazu.

»Da steht allerdings der Löffel drin«, warnte sie. »Bei dem Gewitter war das Geschäft ruhig. Wir haben schon eine Weile keinen frischen mehr gemacht.«

»So bin ich ihn gewohnt. Solange er heiß ist, bin ich ganz zufrieden damit.« Er griff in seine Tasche, um zu bezahlen, aber Kate hob abwehrend die Hand.

»Der geht aufs Haus.«

Er lächelte. »Danke.« Er streckte die Hand nach dem Becher aus und entdeckte dabei ihre Liste. Stumm fragend wölbten sich seine Augenbrauen.

»Ich versuche, ein paar Informationen über meine Großmutter zusammenzukriegen«, erklärte sie, obwohl es ihn eigentlich nichts anging.

»Sind Sie ihr je begegnet?«

Kate schüttelte den Kopf. »Sie und meine Mutter... haben sich nicht vertragen.«

Er pustete über den Kaffee und nippte vorsichtig daran. »Das überrascht mich. Alle mochten Nell.«

»Das hab ich auch schon gehört.« Aber das überzeugte Kate nicht. Nach dem, was ihre Mutter erzählt hatte, war Nell Hart kalt und selbstsüchtig gewesen, mehr darüber besorgt, was die Nachbarn über die Schwangerschaft ihrer unverheirateten Tochter denken würden, als über das Wohlbefinden ihrer Tochter.

»Das halbe County erschien bei der Beerdigung«, sagte Chance, als er den Becher abstellte. »Wir hatten alle ein schlechtes Gewissen wegen dem Unfall. Das alte Mädchen hatte noch eine Menge Leben in sich. Sie ist lange vor ihrer Zeit gestorben.«

Sie ist lange vor ihrer Zeit gestorben.« Die Worte hallten durch ihren Kopf und Kates Beine begannen zu zittern. Sie war in Richtung des Styroporbechers gestolpert, der umkippte und glühend heißer Kaffee ergoss sich über den Tisch. Chance sprang gerade noch rechtzeitig zurück. »O mein Gott, es tut mir so Leid!« Kate rannte los, um ein Handtuch zu holen und wischte dann die Bescherung auf. »Gott sei Dank haben Sie so schnell reagiert. Fast hätte ich Sie verbrüht.«

»Schon okay – nichts passiert.« Er starrte mit seinen durchdringenden blauen Augen auf sie hinunter. »Hat Sie das, was ich über Nell gesagt habe, durcheinander gebracht?«

Kate ließ sich in einen der Kapitänsstühle am Tisch fallen. »Es war nur eine solche Überraschung. Mir war nie der Gedanke gekommen, dass ihr Tod keine natürlichen Gründe hatte. Nell war zweiundsiebzig. Mr. Boogs, ihr Anwalt, hat ihren überraschenden Tod erwähnt. Ich hab einfach angenommen, Nell wäre an einem Herzanfall gestorben.« Sie sah hoch zu ihm. »Wie ist sie dann gestorben?«

Chance setzte sich ihr gegenüber und fühlte sich offensichtlich gar nicht wohl in seiner Rolle als Bote schlechter Nachrichten. »Nell ist ausgerutscht und hingefallen, mehr nicht. Sie hat sich den Kopf an der Anrichte im Esszimmer ihres Hauses gestoßen. Es hätte jedem passieren können.«

Aber es war nicht jedem passiert. Es war Nell Hart passiert. Sie war vor ihrer Zeit gestorben. Hatte ihr verfrühter Tod etwas mit dem Rätsel zu tun, das Kate entschlossen war zu lösen?

Falls es da wirklich ein Rätsel gab.

Falls irgendetwas, was in der Nacht dieser Schießerei passiert war, seinen tieferen Sinn hatte.

»Sind Sie... sind Sie sicher, dass es ein Unfall war?«

Chance warf ihr einen seltsamen Blick zu. »Alle gingen davon aus, dass es einer war. Es gab keinerlei Hinweise auf Fremdeinwirkung. Niemand ist ins Haus eingebrochen oder so was – zumindest habe ich nichts davon gehört.«

Kate nagte an ihrer Lippe. Wahrscheinlich verhielt sie sich lächerlich. Wahrscheinlich. »Ich bin mir sicher, Sie haben Recht. Es war nur...« *Dass ich sie gesehen habe, nachdem ich gestorben war. Und ich glaube, sie versuchte mir etwas zu sagen. Komm auf den Teppich, Kate.*

»Es war nur – was, Kate? Haben Sie irgendeinen Grund zu glauben, es könnte etwas Merkwürdiges passiert sein?«

Sie rang sich ein nervöses Lächeln ab. »Nein, natürlich nicht.« Sie stand auf, nahm den Styroporbecher vom Boden und machte sich auf den Weg in Richtung Küche. »Ich hol Ihnen noch einen frischen Becher. Sie können es wahrscheinlich kaum erwarten, nach Hause zu kommen.«

Chance schwieg, stand von seinem Stuhl auf und wartete, bis sie mit einem neuen Becher Kaffee zurückkam. Diesmal war der Deckel bereits drauf.

»Danke, Kate.« Sie sah ihm nach, wie er seinen Mantel anzog, zur Tür ging und sie öffnete. Er hielt inne und drehte sich zu ihr. »Das Angebot steht noch. Ich würde Ihnen gerne die Gegend zeigen.«

Kate schüttelte den Kopf. Sie wollte das nicht. Chance McLain bedeutete Probleme und davon hatte sie bereits genug. Angeborene Männervorsicht, nahm sie an. Ihre Mutter hatte definitiv Pech mit Männern gehabt. Nach Jack Lambert und ihrem eigenen Ehemann Tommy nahm Kate an, dass sie und Celeste sich darin ziemlich ähnlich waren. Bei dem verdammt attraktiven Chance McLain schrillten in ihr sämtliche Alarmglocken.

»Trotzdem vielen Dank«, fügte sie hinzu, als er seinen Hut wieder aufsetzte und hinter sich die Tür schloss.

Der Regen wurde heftiger. Er prasselte in Sturzbächen gegen die Fensterscheiben, während sie sich erneut an den Tisch setzte, Chance McLains hoch gewachsene Gestalt aus ihrem Kopf verdrängte und sich wieder ihrer Liste zuwandte.

Sheriffsbüro, schrieb sie, obwohl sie daran vorher noch nicht gedacht hatte.

Autopsiebericht. Sie war sich nicht sicher, ob sie den bekommen würde, aber versuchen konnte sie es. Zu lange hatte sie die ganze Angelegenheit vor sich hergeschoben. Jetzt, nach Chances unschuldigen Enthüllungen, war ihr Jagdinstinkt geweckt.

Sie hatte eine komische Vorahnung in dieser Sache. Ein Gefühl, dass sie Recht hatte, dass die Dunkelheit und die Furcht, die sie bei Nell Harts Präsenz gespürt hatte, etwas mit ihrem Tod zu tun hatte.

Kate war entschlossen, herauszufinden, was es war.

Kate drückte die Glastür auf, die aus dem County Recorders Office in Polson führte, dem Amtssitz von Silver County. Sie war bewaffnet mit einer Kopie des Testaments ihrer Großmutter, einer Kopie der Besitzurkunde für das Land, das sie geerbt hatte, und dem Dokument über den ursprünglichen Erwerb der achtzig Morgen im Jahre 1949 durch Zachary Hart.

Eine Urkunde bezeugte den Kauf des Lost-Peak-Cafés durch Nell im Jahr 1975 von einem Mann namens Jedediah Wheeler, dreizehn Jahre nachdem Zach gestorben war.

Kate blieb auf dem Gehsteig stehen und blätterte die Papiere bis zu Nells Geburtsurkunde durch. Ihre Großmutter war also dreiundvierzig Jahre alt gewesen, als sie das Café gekauft hatte, drei Jahre nachdem sie ihre Tochter auf die Straße gesetzt hatte.

Auf den ersten Blick sah nichts davon besonders nützlich aus, aber irgendwo musste sie ja schließlich anfangen. Sie las die erste Seite des Testaments, versuchte die juristische Sprache zu kapieren und fragte sich, wer sonst noch etwas geerbt hatte und deshalb vom Tod ihrer Großmutter profitiert hätte. Gedankenverloren trat sie vom Gehsteig auf die geschäftige First Street. Eine Hupe plärrte. Im selben Moment packte eine große Hand ihren Arm und riss sie knapp vor einem heranrasenden schwarzen Toyota zurück.

»Jesus, Maria und Joseph! Was zum Teufel tun Sie da? Sie hätten sich fast umgebracht!« Wütende blaue Augen bohrten sich in ihre. Chance McLain umklammerte immer noch ihren Arm.

»Oh, Himmel!« Es trieb ihr die Schamröte ins Gesicht. »Ich war mit meinen Gedanken ganz woanders.«

Er ließ sie los, machte aber keine Anstalten zu gehen. »Sie müssen besser aufpassen. Um diese Jahreszeit wimmelt es hier vor Touristen. Die meisten sind so damit beschäftigt, die Berge um den See anzugaffen, dass sie keinen Blick auf ihre unmittelbare Umgebung werfen.«

Momentan tat sie etwas Ähnliches.

»Also... was bringt Sie denn nach Polson?«, fragte er. Sie standen nach wie vor an der Straßenecke. Er war fast einen Kopf größer als sie. Wenn man den Hut und die Stiefel mitrechnete, noch größer. Sie hatte seit ihrer ersten Begegnung versucht, ihn zu ignorieren. Jedes Mal wenn sie ihn wieder sah, wurde das allerdings schwieriger.

»Ich sammle ein paar von den Informationen, von denen ich Ihnen erzählt habe. Ich bin auf dem Weg zu First American Title. Der Archivar hat gesagt, dort könnte ich Karten von dem Land kriegen, das ich geerbt habe. Danach fahr ich zurück zum Sheriffsbüro.«

»Zum Sheriff? Wofür denn das?«

»Ich habe um eine Kopie des Unfallberichts über Nells Tod gebeten. Die Sekretärin sagte, es ist mir nicht erlaubt, ihn einzusehen. Ich hoffe, der Sheriff wird etwas kooperativer sein.«

Chance studierte sie mit diesen wissenden blauen Augen, die ihr ständig Schmetterlinge im Bauch verursachten. »Ich krieg allmählich das Gefühl, dass da mehr dahinter steckt als bloße Neugier.«

»Das ist lächerlich«, konterte Kate ein bisschen zu hastig. »Es ist nur, mir ist danach... Na ja, ich möchte mehr über sie erfahren. Wir sind ja schließlich verwandt.« Bevor er noch eine weitere Frage stellen konnte, wechselte sie das Thema. »Und was ist mit Ihnen? Polson ist weit weg von Lost Peak.«

Ein Mundwinkel zuckte nach oben. »Hier oben ist alles weit weg von allem. Nach einer Weile gewöhnt man sich dran. Ich bin hier, um Rechtsanwalt Mills zu sehen. Er sollte eine einstweilige Verfügung erwirken, die die Minenarbeiten von Consolidated Mines am Beaver Creek stoppt. Bisher hat er jedoch keinen Finger gerührt.«

»Und warum nicht?«

»Das genau möchte ich erfahren.«

»Wie läuft es mit der Kampagne, um die neue Mine zu stoppen?«

»Ehrlich gesagt, hatte ich mir schon die ganze Zeit vorgenommen, mit Ihnen darüber zu reden. Ed hat mich gebeten, rauszufinden, ob Sie irgendwann nächste Woche Zeit haben. Er dachte, Sie wären vielleicht bereit, uns ein paar Vorschläge zu machen, wie wir die Sache in Gang bringen können.«

»Es wäre mir eine Freude, das zu tun.«

»Wunderbar.« Sie waren an der Tür von First American Title angelangt. Chance hielt sie für Kate auf. »Da gibt es ein tolles mexikanisches Restaurant drüben am Fluss – das El Rio. Wenn Sie fertig sind, könnte ich Sie vielleicht zum Essen einladen?«

Mittagessen mit Chance McLain. O Gott, traute sie sich das? *Es ist doch nur ein Mittagessen,* beruhigte sie eine kleine Stimme. Aber ihr Magen benahm sich absolut nicht kooperativ. Jedes Mal, wenn Chance sie ansah, hüpfte er. Deshalb schüttelte sie unwillkürlich den Kopf. »Das würde ich sehr gern, Chance, aber ich hab einfach zu viel zu tun.«

Ein undefinierbarer Ausdruck huschte über sein Gesicht: Enttäuschung? Entschlossenheit? »In Ordnung, dann werde ich Sie anrufen und fragen, wann wir das Treffen abhalten können.«

Kate nickte wortlos. Ihr Herz klopfte ein bisschen schneller, als es sollte. Ihre Handflächen waren feucht. Meine Güte, sie konnte sich nicht erinnern, je einen Mann getroffen zu haben, der das bei ihr auslöste. Hatte Tommy je diese Wirkung auf sie gehabt? Wenn ja, dann hätte sie sich sicher daran erinnern können.

Kate wartete auf die Kopien der Karten und kehrte dann zum Büro des Sheriffs zurück. Nachdem er immer noch nicht da war, würde sie halt noch mal nach Polson fahren müssen. Der Sheriff war auch derjenige, der für gewaltsame Todesfälle verantwortlich war. Also würde sie auch dieses Thema verschieben müssen.

Es war später Nachmittag, als sie wieder zu ihrem Wagen zurückkehrte, müde, aber nur ein bisschen enttäuscht. Sie musste die Informationen, die sie gesammelt hatte, erst noch auswerten. Beim nächsten Mal würde sie vorsichtshalber mit dem Sheriff einen Termin vereinbaren, ehe sie den weiten Weg zu ihm fuhr.

Sie war gerade aus dem Parkplatz gebogen, als sie einen großen silbernen Dodge Pick-up entdeckte, der sich hinter ihr einreihte. Chance winkte ihr zu, als er sie entdeckte.

Kate grüßte zurück und machte sich auf den Heimweg.

Chance schlug mit der Hand auf das Steuerrad seines Trucks. Verdammt! Die Frau trieb ihn allmählich zum Wahnsinn. Er war nach Polson gekommen, um Futter zu bestellen und Frank Mills zu sprechen. Der Stammesrat hatte ihn gebeten, für sie dort vorbeizuschauen und Mills zu informieren, dass sie ein außerordentliches Meeting im Hinblick auf die Probleme mit Beaver Creek abhalten würden. Wenn Mills diese einstweilige Verfügung nicht innerhalb der nächsten Woche beibrachte, würden sie sich einen anderen Anwalt nehmen.

Er hatte nicht erwartet, Kate Rollins zu treffen. Und ganz gewiss hatte er nicht erwartet, sie davor zu erretten, an einer Straßenecke Selbstmord zu begehen. Das entlockte ihm beinahe ein Lächeln. Er war verdammt froh, dass er genau zu dem Zeitpunkt zur Stelle gewesen war. Er wünschte nur, sie hätte etwas mehr Dankbarkeit gezeigt.

Chance seufzte frustriert. Diese Kate Rollins hatte irgendetwas an sich, etwas, das ihn faszinierte. Er war sich nicht sicher, was es war, gedachte es aber herauszufinden. Während er den Highway 93 zurück zu seiner Ranch fuhr, konnte er ein paar Autos vor sich ihren weißen Lexus sehen. Er war schier sprachlos darüber, dass sie ihm erneut einen Korb gegeben hatte. Sie sprang einfach nicht auf seinen Charme an, egal was er tat. Zum Teufel, vielleicht mochte sie ihn ganz einfach nicht.

Diesen Gedanken ließ er sich eine Weile durch den Kopf gehen, aber irgendwie passte er nicht. Er war nicht mehr fünfzehn, träumte nicht von einer Cheerleaderin. Er bildete sich da nichts ein. Er spürte, wie sie sich zueinander hingezogen fühlten. Und er war sich sicher, dass Kate das auch spürte.

Warum gab sie sich dann solche Mühe, ihm aus dem Weg zu gehen?

Sie waren beide ungebundene Erwachsene. Sie waren verantwortungsvolle Leute, die wussten, was sie wollten. Warum nicht der Natur ihren Lauf lassen? Wenn das bedeutete, dass sie zusammen im Bett landeten, was war so falsch daran? Es war offensichtlich, dass Kate keine dauerhafte Beziehung suchte. Er genauso wenig. Aber ein bisschen körperliches Vergnügen hatte noch nie jemandem geschadet.

So angespannt wie sie manchmal schien, würde ihr das wahrscheinlich gut tun.

Bei dem Gedanken an ihre weiche, feminine Figur und diese runden, üppigen Brüste, hatte Chance keinen Zweifel, dass es ihm auf jeden Fall gut tun würde.

8

Das Wetter blieb klar, nur ein paar bauschige Wolken trieben über die kiefernbedeckten Gipfel. Kate steckte das saubere Laken fest, das sie gerade auf Davids Bett ausgebreitet hatte, und schüttelte die Federkissen auf.

Zum Glück für sie war er von klein auf ziemlich ordentlich gewesen. Nicht perfekt, aber er stapelte beispielsweise seine CDs mit Sorgfalt, damit er diejenige, die er wollte, gleich finden konnte. Auch seine »Schätze«, wie Kate sie insgeheim nannte – Sammy-Sosas-Homerun-Football, den er im Anaheim-Stadion gefangen hatte, die Plakette, die er für den Buchstabierwettbewerb in der vierten Klasse gekriegt hatte, die Muscheln, die er in Malibu Beach gesammelt hatte und ein halbes Dutzend anderer Gegenstände –, sie standen ordentlich aufgereiht im obersten Fach seines Bücherregals.

Er war nicht so gut darin, seine schmutzigen Kleider aufzuheben, aber er machte normalerweise morgens sein Bett, und damit war Kate zufrieden.

Mit dem Arm voller schmutziger Laken trat sie in den Gang, hörte das Telefon klingeln und eilte nach unten.

»Hallo, spreche ich mit Kate Rollins?«, fragte eine irgendwie bekannte Stimme.

»Dr. Murray?«

»Kate! Ja, ich hatte ein bisschen Schwierigkeiten, Ihre neue Telefonnummer zu kriegen. Offensichtlich war die, die Sie meiner Sekretärin hinterlassen hatten, ungültig. Dann fiel mir ein, dass Sie auch die Nummer Ihrer Freundin, Sally Peterson, hinterlassen hatten. Ich rief sie an und sie gab mir die hier. Ich hoffe, das ist in Ordnung?«

»Natürlich ist es das. Es dauerte eine Weile, bis das Telefon angeschlossen wurde. Es tut gut, Ihre Stimme zu hören, Dr. Murray.«

»Ich wünschte, ich würde nur anrufen, um mit Ihnen zu plaudern. Aber unglücklicherweise ist ein Problem aufgetaucht und ich dachte, Sie sollten davon informiert werden.«

Ein Kälteschauer durchfuhr sie, eine Vorahnung von etwas, das ihr nicht gefallen würde. »Ein Problem? Was für ein Problem?«

»Ein Reporter hat mich besucht ... ein Mann namens Chet Munson. Er arbeitet bei diesem schmierigen Hetzblatt, dem *National Monitor*.«

»Ja ... ich weiß, wen Sie meinen. Munson hat versucht, Informationen von meinem Sohn zu kriegen, aber das war, bevor wir L. A. verließen. Ich dachte, inzwischen hätte er mich vergessen.«

»Offensichtlich hat er das nicht. Nach dem, was er erzählt hat, hat er mit Margaret Langley geredet.« *Mrs. Langley – die Frau des Ladenbesitzers.* »Nachdem *Embraced by the light* und eine Reihe anderer Bücher über NTE die Bestsellerlisten gestürmt haben, meint er wohl, aus Ihrer Story wäre was rauszuholen.«

»Das alles ist Vergangenheit«, sagte Kate. »Ich rede mit niemand sonst über das, was passiert ist. Können Sie das Chet Munson nicht klarmachen?

»Ich hab's versucht, Kate. Ich bin mir allerdings absolut nicht sicher, ob er aufgeben wird.«

Ihre Hand krallte sich in den Telefonhörer. »Glauben Sie, es wird ihm gelingen, mich zu finden?«

»Hoffentlich nicht, aber diese Sensationsjournalisten sind ziemlich raffinierte Bluthunde. Bis jetzt schnüffelt er nur herum. Wenn nichts Neues auftaucht, beschließt er vielleicht, dass Sie keinen Bericht mehr wert sind.«

»Vielleicht...« Sie dachte daran, wie sehr ihr Lost Peak inzwischen ans Herz gewachsen war. Und was ihre Nachbarn sagen würden, wenn ein Artikel im *Monitor* erschien, über das, was die Zeitungen ihren »Trip ins Jenseits« nannten.

»Danke für den Anruf, Dr. Murray.«

»Kein Problem, Kate. Ich hoffe, wir bleiben in Verbindung.«

Sie nickte und sagte: »Das werden wir«, als die Haustür aufging und David hereinplatzte. Er hatte seine Schulbücher fest an die Brust gedrückt und den Kopf von ihr abgewandt, was sie sofort misstrauisch machte.

»David!« Sie legte den Hörer auf, als er die Treppe hochstürmte. »Komm runter. Ich will mit dir reden.«

Er blieb auf halbem Weg stehen, drehte sich aber nicht um.

»Schatz, ich weiß, dass irgendetwas faul ist. Du zitterst am ganzen Körper. Komm runter und erzähl mir, was passiert ist.«

Ein resignierter Seufzer entwich ihm. Als er sich umdrehte und langsam die Treppe wieder runterkam, sah sie, dass er ein blaues Auge hatte und seine Lippen geplatzt und verschwollen waren. »Oh, Baby, was ist passiert?« Sie zog ihn an sich, nahm ihn in die Arme und drückte seinen Kopf an ihre Schulter. Feines, seidig braunes Haar, das sich seit seiner Kindheit nicht verändert hatte, glitt durch ihre Finger. David klammerte sich kurz an sie, dann wich er zurück.

»Es war dieser Jimmy Stevens, Mom. Er hat mich ein Muttersöhnchen genannt, weil ich sein dämliches altes Pferd nicht reiten wollte.«

Sie wollte ihn noch einmal tröstend an sich ziehen, wusste aber, dass das ein Fehler wäre. »Namen können dich nicht verletzen, Schatz. Das solltest du inzwischen wissen. Du musst lernen, dich von solchen Leuten fern zu halten.«

»Ich hab ihm eine verpasst, und darüber bin ich froh.«

Sie zupfte etwas Gras von seiner Jacke, um einen Grund zu haben, ihn zu berühren. »Du hattest Recht, nicht zu reiten. Pferde können gefährlich sein, wenn man nicht weiß, wie man mit ihnen umgehen muss.«

»Du kannst doch reiten. Du hast gesagt, du hast Stunden im Griffith Park genommen.«

Obwohl sie in Culver City aufgewachsen war, am Rand von L. A., hatte sie von jeher Pferde geliebt. Als David sechs Jahre alt war und sie zu arbeiten anfing, hatte einer ihrer Freunde vorgeschlagen, doch Reitstunden in den Stallungen im Griffith Park zu nehmen. Das hatte sie eine Weile getan und es genossen. Aber Tommy fand es verrückt – und ihr Job fraß sie immer mehr auf. Schließlich musste sie aufhören.

»Ich bin nie genug geritten, um wirklich gut zu sein, aber zumindest habe ich die Grundregeln gelernt. Wir sind außerdem auf englischen Sätteln geritten, nicht Western Style, wie es hier alle machen.«

»Pferde sind sowieso dämlich, egal was dieser Hinterwäldler Jimmy Stevens sagt.« Damit drehte er sich um und rannte die Treppe hoch. Kurze Zeit später kam er zurück, in seiner alten Jeans und einem blauen Anorak über den Schultern. »Ich bin bald zurück.«

»Was ist mit deinem Auge? Soll ich dir nicht ein bisschen Salbe draufmachen?«

»Ich mach mir was drauf, wenn ich wieder daheim bin.«

Sie wollte protestieren, tat es aber nicht. Seine Würde hatte bereits genug gelitten. »Sei vor dem Abendessen bitte zurück, okay? Und sei vorsichtig, wenn du alleine losziehst. Das ist eine ziemlich wilde Gegend hier.«

David gab keine Antwort, lief zur Hintertür, riss sie auf und ließ sie hinter sich zuschlagen.

Kate beobachtete durchs Fenster, wie er hinunter zu dem Fluss rannte, der an der Rückseite des Besitzes verlief. Sie wusste nicht, worüber sie sich am meisten Sorgen machen sollte: Chet Munson und den *National Monitor*, das Rätsel, das ihr keine Ruhe ließ, oder die andauernden Probleme mit ihrem Sohn.

David setzte sich auf einen Felsen am Rand des Flusses, gerade außer Sichtweite des Hauses. Es war schön hier, das musste er zugeben. Ganz anders als L. A. Er hatte noch nie einen so blauen Himmel gesehen oder einen, der so weit aussah. Er hatte noch nie so weiße und flauschige Wolken wie diese gesehen, nie Berge, die wirkten, als würden sie ins Unendliche wachsen.
Trotzdem war es nicht sein Zuhause und er war einsam. Artie und Toby und die übrigen Kids fehlten ihm. Wenn seine Mom nicht wäre, würde er genau das tun, was er angedroht hatte, nämlich zu seinem Dad ziehen. Aber er konnte seine Mutter hier so weit draußen nicht allein lassen und er wusste, dass sie die Stadt nicht mochte. Auch hatte er den Zeitungsartikel und diesen fetten Fiesling Chet Munson nicht vergessen.
David tastete mit einem traurigen Seufzer neben den Fels, auf dem er saß, und nahm den langen, dünnen Espenzweig, aus dem er eine provisorische Angel gebastelt hatte. Mit dem Taschenmesser, das Artie ihm zum Geburtstag geschenkt hatte – ein Geschenk, das sein Freund wahrscheinlich gestohlen hatte –, hatte David ordentlich die Zweige abgeschnitten und die Seiten geglättet. Er hatte ein Stück Schnur an ein Ende gebunden und in der Angelabteilung der Tankstelle ein paar Haken gekauft, um sie am anderen Ende der Schnur zu befestigen.

In dieser Woche hatte er hier jeden Tag fischen geübt. Bis jetzt hatte es allerdings noch nicht geklappt.

Er wusste, dass da Fische im Wasser waren – er konnte sie in den Schatten unter den Felsen schwimmen sehen. Er steckte einen der Käfer, die er auf dem Fensterbrett seines Zimmers gefangen hatte, als Köder auf den Haken, warf die Schnur aus und zog sie unter den Felsblöcken am Rande des Baches entlang, in der Hoffnung, einer würde sich wenigstens dafür interessieren.

Eine Stunde später harrte er immer noch geduldig aus, aber er hatte kein Glück. Er war so konzentriert, dass er den Fremden, der sich näherte, fast nicht bemerkte. Er hob den Kopf, als er das Geräusch spritzenden Wassers und das Klicken von Pferdehufen auf Stein hörte. Ein Pferd mit Reiter überquerte den Bach, der lange Schatten des Mannes fiel über den Fels, auf dem er saß.

»Du musst David Rollins sein.«

David zog seine Schnur aus dem Wasser und legte die Angel neben sich. Aus irgendeinem dämlichen Grund war es ihm peinlich, dass der Mann ihn bei seinen Angelversuchen erwischt hatte. »Ja, und wenn schon?«

Der Cowboy schwang sich von seinem Pferd, ein hübsches, braun-weiß geflecktes. Er hatte so ein Pferd bis jetzt nur im Fernsehen gesehen. »Ich bin Chance McLain. Ich bin euer Nachbar drüben im Osten... die Running-Moon-Ranch.«

»Ich hab davon gehört«, murmelte David. Er hatte zufällig mitgekriegt, wie Jimmy Stevens von der großen Viehranch erzählte, die Meilen entlang der Straße verlief bis hoch in die Berge.

»Mein Haus liegt ein paar Meilen von hier, aber meine Landgrenze berührt eure. Ich hab heute einen Trupp hier draußen, der Zäune flickt.« Er lächelte und kleine Falten bildeten sich in seinen Augenwinkeln. Es waren die blauesten Augen, die David je gesehen hatte.

»Deine Großmutter ließ uns immer über euer Grundstück reiten«, sagte der Mann. »Es ist eine Abkürzung in die Stadt. Ich hoffe, du und deine Mom, ihr habt nichts dagegen.« Er hielt das wohl für selbstverständlich, denn er stieg ab und band einen der Lederriemen hinter seinem Sattel auf.

Auf dem Boden wirkte er fast noch größer – schlank, sehnig und abgehärtet, kein Typ, mit dem man Ärger haben wollte. Sein schwarzer Filzhut war so staubig, dass er grau aussah. David kam in den Sinn, dass er sich genauso einen Cowboy vorgestellt hätte.

»Schwer zu fischen, ohne eine gute Angelrute«, sagte Chance. »Ich hab immer eine bei mir, egal wohin ich gehe.« Er nahm den Deckel von der silbernen Röhre ab, die er losgebunden hatte und zog etwas heraus, das wie eine gebrochene Angelrute aussah. In Sekundenschnelle hatte er die Teile zusammengesteckt und eine Fliege ans Ende einer Schnur gebunden.

»Schon mal eine von ihnen ausgeworfen?«

David schüttelte den Kopf. Er beobachtete, wie Chance McLain in seinen Stiefeln ins Wasser hinauswatete, ohne sich Sorgen zu machen, dass sie nass wurden, und eine lange Schnur auswarf.

Das war wirklich sensationell, wie die Fliege wackelte und dahintrieb und dann in den Bach hinaussprang. Bei ihm sah es so leicht aus, so als ob das jeder locker könnte.

»Willst du es versuchen?«

Er schüttelte den Kopf. Er würde das verdammte Ding in einem Baum verheddern.

»Ich zeig dir, wie's geht, wenn du willst. Es braucht ein

bisschen Übung, aber wenn du den Dreh mal raus hast, ist es gar nicht so schwer.«

Er wollte es. Es juckte ihn in den Fingern, diese lange hübsche Rute auszuprobieren.

»Komm schon. Du kannst ihr nicht wehtun. Wenn sie sich verheddert, krieg ich das schon wieder hin.«

Da war es. Seine Angst offen ausgesprochen und der Typ sagte, es wäre kein Problem. Chance McLain drückte ihm die Rute in die Hand und David nahm sie. Sie war leichter, als er gedacht hatte, und fühlte sich trotzdem gut an, genau richtig ausbalanciert.

»Der Trick dabei ist, die Sache ganz ruhig anzugehen. Du musst ein Gefühl dafür kriegen. Zieh die Leine leicht und langsam. Peitsche sie über deinen Kopf, als hättest du alle Zeit der Welt. Wenn die Leine ganz oben ist, einen Hauch von Zögern – und dann los. Wirf sie, als würdest du einen Baseball werfen, lass sie direkt da rausfliegen. Wir werden es ein paar Mal auf dem Gras versuchen, danach kannst du's im Wasser probieren.«

Sein Herz hämmerte. Seine Fingerspitzen kribbelten, so erpicht war er darauf, es zu tun. Die Angelrute fühlte sich warm an, bog sich genau richtig in seiner Hand. Er ließ sie schnalzen, beobachtete, wie die Schnur losflog und nicht annähernd weit genug weg landete.

»Du hast richtig angefangen, aber am Ende hast du sie ein bisschen zu stark geschnalzt. Versuch's noch mal.«

Er machte es noch mal, dann noch mal. Zweimal, dann dreimal, bis er nicht mehr mitzählte. Als er den Kopf hob, lächelte Chance McLain.

»Du bist ein Naturtalent, David. Gute Hände und einen lockeren Schwung. Willst du's im Wasser versuchen?«

Seine Mutter würde ihn umbringen, wenn er sich die

Schuhe und die Hosenbeine nass machte, aber das war David jetzt egal. Er strebte in die Mitte des Baches, und es war ein verdammt gutes Gefühl. Das Wasser war eiskalt, aber auch das spielte keine Rolle.

»Mach's genau wie auf dem Gras, schön locker.«

Er holte tief Luft, schloss kurz die Augen und warf die Angel dann aus. Zuerst funktionierte es nicht sehr gut, aber nach einer Weile entspannte er sich etwas und er bekam ein paar gute Schwünge hin. Doch plötzlich verhakte sich die Schnur in einem Felsen unter der Wasseroberfläche.

»Kein Problem. Die löst sich wieder.« McLain watete hinaus und zeigte ihm, wie er sie lockern konnte – indem er in die entgegengesetzte Richtung zog –, dann watete er wieder zurück zum Ufer. David wartete darauf, dass er seine Rute zurückverlangte oder ihm sagte, er müsse jetzt gehen, aber anscheinend hatte er es nicht eilig.

David wusste, dass er ihn ausnutzte, wusste, dass er die Angelrute zurückgeben und den Typen weiterziehen lassen sollte, aber irgendwie konnte er einfach nicht aufhören. Da draußen im Fluss zu stehen und die Schnur auszuwerfen und die Fliege genau richtig auf der Wasseroberfläche landen zu lassen, dieser lockere Rhythmus, der fast hypnotisch war, das hatte etwas. Unvermittelt verhakte sich das Ende seiner Schnur, die Angel wurde ihm fast aus der Hand gerissen und ein großer, silberner Fisch sprang aus dem Wasser. David packte ein Rausch der Erregung, wie er ihn noch nie erlebt hatte.

»Ein Fisch!«, brüllte er begeistert. Chance watete bereits eilends durchs Wasser auf ihn zu. Eine seiner großen Hände umfing Davids kleine und half ihm, die Angel ruhig zu halten.

»Du musst den Haken richtig einsetzen, dann holen wir

ihn ein.« Es kam ihm vor wie Stunden, nein, eher wie Sekunden. Einmal war der Fisch da und im selben Moment wieder verschwunden.

McLain lachte nur. Ein tiefes, rauchiges Lachen, rau wie Sandpapier. »Verdammt, fast hätten wir ihn gehabt.« McLain grinste und David auch. »Das sind glitschige kleine Luder. Deswegen macht es so viel Spaß, sie zu fangen.«

David nickte strahlend. Es spielte keine Rolle, dass sich der Fisch wieder freigezappelt hatte. Das Einzige, was zählte, war, dass er tatsächlich einen erwischt hatte.

»Das war noch dazu ein echter Brummer«, lobte McLain. »Eine große deutsche Braune.«

Davids Adrenalinspiegel stieg weiter an. Er wollte und konnte nicht schon aufhören. »Vielleicht fangen wir ja noch einen.«

Chance sah hoch zum Haus. »Wann gibt's denn Abendbrot? Deine Mom möchte sicher, dass du bis dahin zu Hause bist.«

Es war fast sechs. Zeit heimzugehen. »Ja, Sie haben wahrscheinlich Recht.«

»Ich sag dir was. Ich hab noch ein paar Ruten zu Hause. Nachdem wir Nachbarn sind, könnte ich dir doch die hier leihen, oder? Du kannst deine Technik morgen nach der Schule üben.«

David fragte sich, ob sein Grinsen wirklich so dämlich aussah, wie es sich anfühlte. »Und Sie sind sicher, es macht Ihnen nichts aus?«

»Kein Problem. Vergiss nicht, du musst sie wieder freilassen, wenn sie weniger als vierundzwanzig Zentimeter haben. Und wenn du sie behältst, musst du sie essen. Hast du schon mal einen Fisch geputzt?«

David schüttelte den Kopf.

»Ich komm morgen vorbei und zeig's dir.« Er lächelte. »Vorausgesetzt, einer von uns beiden schafft es, einen zu fangen.«

David nickte heftig. Er hatte so ein komisches Gefühl in der Brust, als wäre gerade etwas Wichtiges passiert. Aber er wusste nicht, was. Es war verrückt, aber so empfand er halt.

»Danke, Mr. McLain.«

»Chance«, griente McLain. »Nenn mich Chance wie alle anderen auch.«

David feixte, nahm behutsam die Rute und rannte den Abhang hoch zum Haus. Auf halbem Weg entdeckte er seine Mutter. Sie stand im Schatten einer Kiefer und ihm wurde klar, dass sie alles beobachtet hatte.

Sie strich sich über die Augen und lächelte, als er an ihr vorbeiging. Er winkte ihr zu, blieb aber nicht stehen, um mit ihr zu reden. Er dachte an den Fisch und was für ein Gefühl es gewesen war, etwas so Wildes und Schönes am Ende seiner Angelschnur tanzen zu sehen; wie er morgen wieder zurück an den Fluss gehen und mit Chance McLains Angel üben und sein Glück noch einmal versuchen würde.

Wenn dieser dämliche Punk Jimmy Stevens ein Pferd reiten konnte, dann konnte er wohl lernen zu angeln.

Kate schlenderte den grasbewachsenen Hügel zum Fluss hinunter, wo Chance McLain neben seinem Pinto-Pferd stand. »Das war sehr nett... was Sie für meinen Sohn getan haben.«

»Jeder Junge sollte fischen können.«

»Er hat hier nicht viele Freunde. Heute haben Sie sich wie ein Freund benommen. Sie ahnen nicht, wie sehr ich das zu schätzen weiß.«

Er sah hinunter auf die geflochtenen Zügel, die er in seinen Händen hielt. Es waren starke Hände, dunkel, mit langen Fingern, voller kleiner Narben auf dem Handrücken, hart arbeitende Hände, dachte sie.

»Das war nicht der Rede wert. Der Junge will lernen – ich werd's ihm beibringen.« Er hob den Kopf, lächelte. »Er ist ein Naturtalent.«

Sein Hut war staubig, sein Gesicht von einer dünnen Staubschicht überzogen. Trotzdem sah er hinreißend aus. »Ich wünschte, ich wüsste, wie ich das wieder gutmachen kann.«

Sein Blick verharrte auf ihrem Gesicht. »Vielleicht gibt's da eine Möglichkeit.«

Sie erstarrte. Sie hätte wissen müssen, dass die Sache einen Haken hatte. Auf dieser Welt gab es nichts umsonst. »Und das wäre...?«

Chance McLain grinste. »Erlauben Sie mir, dass ich Ihnen die Gegend zeige. Ich kenne dieses Land gut, besser als die meisten. Ich bin stolz darauf. Erlauben Sie, dass ich Ihnen zeige, wo Sie jetzt leben.«

»Mehr nicht? Sie wollen mich nur herumführen!«

Sein Lächeln verblasste. »Was denken Sie denn? Dass ich, wenn ich Ihrem Sohn das Fischen beibringe, erwarte, dass Sie mit mir ins Bett gehen? Hier ist nicht L.A., Kate. Hier draußen helfen sich die Leute gegenseitig. Sie müssen es. Das müssen Sie lernen, wenn Sie bleiben.«

Sie kam sich total dämlich vor. Natürlich hatte er so etwas nicht gemeint. »Wenn ich bleibe? Warum sollte ich nicht bleiben?«

»Sie haben hier noch keinen Winter mitgemacht. Sie sind noch nicht über ein Feld mit einer Million Heuschrecken gegangen, die das ihr Zuhause nennen. Ihnen ist Ihre süße kleine Hauskatze noch nicht von einem Kojoten gefressen oder von einem Grizzly gejagt worden. Das Leben hier draußen ist hart. Erlauben Sie mir, dass ich Ihnen dieses Land zeige, und Sie werden sehen, was ich meine.«

Was konnte es schaden? Er wollte ja nicht mit ihr ausgehen. Mit einem Mann wie McLain auszugehen war eine ganz andere Geschichte und viel zu gefährlich für jemanden wie sie. Großer Gott, ihre Scheidung war noch nicht einmal durch. Und so wie Tommy sich in letzter Zeit aufgeführt hatte – Drohungen aussprach, sich weigerte, die Vereinbarungspapiere zu unterschreiben –, musste sie noch vorsichtiger sein.

Sie konnte es nicht riskieren, sich mit einem Mann einzulassen, wollte es nicht einmal. Aber McLain war offenbar nur daran interessiert, eine Freundschaft aufzubauen. Wen scherte es, dass er gut aussah? Wen scherte es, dass sie errötete und ihr warm wurde, wann immer er sie so ansah wie gerade vorhin? Der Mann war ihr Nachbar. Sie konnte ihn nicht einfach ignorieren. Und Tatsache war, sie brauchte gerade jetzt genauso dringend Freunde wie David.

»Also gut, Sie haben mich überzeugt. Es wäre mir eine Freude, meine neue Heimat kennen zu lernen.«

»Wie wär's mit Sonntag? Sie können David mitbringen, wenn Sie wollen.«

Jetzt freute sie sich regelrecht. Er würde David nicht einladen mitzukommen, wenn er irgendwelche düsteren Absichten hätte. »Das würde ihm sicher gefallen.«

»Gut, dann hole ich Sie Sonntagmorgen um sechs Uhr ab. Je früher wir losziehen, desto größer sind unsere Chancen, ein paar Tiere zu beobachten.«

»Tiere? Ich dachte, wir schauen uns Sehenswürdigkeiten an.«

»Die Tiere in Montana sind ein Teil der Sehenswürdigkeiten. Wenn wir Glück haben, werden Sie sehen, was ich meine.«

Je näher nun das Wochenende rückte, desto nervöser wurde sie. Sie hätte Nein sagen sollen. Sie sollte es nicht riskieren, Zeit mit einem Mann wie McLain zu verbringen. Sie kannte seinen Ruf – Myra sagte, er hätte zahllose Frauen, die ihm aus der Hand fraßen. So gut wie er aussah, war das leicht zu begreifen. Auf der anderen Seite – ein einziger Tag mit ihm würde sie nicht gleich aus der Bahn katapultieren.

Dann erinnerte sie sich, wie mühelos er sich auf sein Pferd geschwungen hatte, wie verwegen er in seinem langen, schwarzen Staubmantel aussah, wie er ihr zugewunken und zugezwinkert hatte.

Sie erinnerte sich, wie bei diesem Grinsen ihr Magen einen Satz gemacht hatte, und Kate begann sich erneut zu wünschen, sie hätte nicht zugesagt.

Chance stellte sich in die Steigbügel und streckte seine langen Beinmuskeln nach so vielen Stunden im Sattel. Sie flickten Zäune an den nördlichen Weiden, wo das Gras gut war und während der Sommermonate eine Menge Rinder grasten.

Er hob den Hut und ließ die Brise durch sein Haar streichen, dann stülpte er den Hut wieder auf und zog die Krempe tief in die Stirn. Er war fast den ganzen Tag lang geritten. Sie hatten einen Haufen Arbeit erledigt, aber seine Gedanken waren ständig abgeschweift. Er musste ständig an Kaitlin Rollins denken, erinnerte sich, wie sie ausgesehen hatte, gestern am Bach.

Diese wundervollen roten Haare, die sich in üppigen Locken bis zu ihren Schultern ringelten. Große, grüne Augen, die durch ihre Rührung noch mehr glänzten als sonst über die Freude ihres Sohnes, weil er fischen lernen durfte. Das Wort *weich* kam ihm dauernd in den Sinn, wenn er an sie dachte. Weiche Lippen, weiche Haut. Eingedenk der gestrigen Begegnung fügte er im Geiste hinzu: *weiches Herz.*

Sie hatte sich bereit erklärt, einen Ausflug mit ihm zu machen. Es war ihm egal, dass sie nur wegen des Jungen einverstanden schien. Die Anziehung war da, das wusste Chance. Kate wusste es. Es war nur eine Frage der Zeit, bis sich daraus etwas ergab.

Er hatte das Gefühl, Kate wäre das Warten wert.

Einer seiner Männer pfiff ein Rind zurück und seine Aufmerksamkeit richtete sich wieder auf die anliegende Arbeit. Sein Vormann Roddy McDarnell lenkte sein Pferd durch seine Ansammlung Herefords und zügelte sein Pferd neben seinem.

»Wir haben ein Problem, Boss. Das sollten Sie sich besser ansehen.« Roddy arbeitete schon lange vor dem Tod von Hollis McLain, Chance' Vater, auf der Running-Moon-Ranch. Er war zaundürr und sonnengebräunt, ein guter Mann. Chance schätzte sich glücklich, ihn zu haben.

Er ritt Roddy auf seinem Pferd Skates nach und fragte sich, was wohl passiert war. Im Viehgeschäft war ewig irgendetwas los. Zu viel Schnee. Nicht genug Regen. Rinderpreise im Keller. Und es gab nichts auf der Welt, was er lieber machen würde.

Sie folgten einem Pfad, der sich langsam nach oben schlängelte. Das Land war hier übersichtlicher als weiter östlich. Dort verliefen die Mission Mountains entlang der Grenze der Ranch, eine fast unüberwindbare Kette von hohen bewaldeten Gipfeln, die sich teilweise dreitausend Meter emporhoben.

Hier jedoch wuchs das Gras dicht und süß, Grama und Büschelgras, Büffelgras weiter unten auf den Ebenen.

Sie blieben neben einem schmalen gewundenen Bach stehen und Roddy schwang sich aus dem Sattel. Chance stieg mit ihm auf eine kleine Anhöhe, wo der Fluss einen Weiher gebildet hatte. Beide Männer stoppten davor.

»Heiliger Strohsack.« Sechs tote Ochsen lagen um den Weiher, mit glasigen Augen und heraushängenden Zungen. »Sieht aus, als wär's das Wasser.«

Roddy nickte düster. »Der Bach kreuzt die Zaunlinie ins Reservatsgebiet, etwa eine halbe Meile weiter. Wir folgten ihm, bis wir das gefunden hatten, was wir suchten. Jemand hat dort oben eine Ladung Minenschlamm abgeladen. Wahrscheinlich ist es schon einige Zeit her... ein paar Jahre vielleicht. Muss irgendwann ins Grundwasser gesickert sein und sich irgendwie in den Bach weitergearbeitet haben.«

»Solange es floss, war es zum Teil verdünnt. Im Weiher hatte die Verschmutzung Zeit, sich aufzustauen.« Chance fluchte unflätig. »Keine Möglichkeit zu beweisen, dass es Consolidated war, nehm ich an.«

»Wahrscheinlich nicht. Vor ein paar Jahren waren noch ein paar andere Minen in Betrieb. Könnte jede von ihnen gewesen sein.«

»Könnte, aber wir beide wissen, dass sie es nicht waren.«

»Was möchten Sie, dass ich jetzt unternehme?«

»Den Weiher einzäunen. Das Vieh auf die Weide östlich von hier treiben. Das Gras ist nicht so gut, aber wenigstens werden sie nicht sterben.«

»Was ist mit dem Müll?«

»Ich ruf den Bezirk an. Und das Reservat.«

»Vielleicht kriegen wir jetzt ein bisschen Action.«

»Vielleicht«, sagte Chance. Aber wirklich dran glauben tat er nicht. Stattdessen wünschte er, Lon Barton möge direkt zur Hölle fahren.

9

Kate freute sich stets auf den Sonntagmorgen. Es war der einzige Tag der Woche, an dem sie ausschlafen konnte. Sie war nie eine begeisterte Frühaufsteherin gewesen, obwohl es offensichtlich ihr Schicksal war: zuerst mit dem Baby und gleichzeitig der Arbeit, um das College zu bezahlen, später mit einem Job, der viele Überstunden erforderte.

Sie stöhnte, als sie den Wecker um fünf Uhr früh mit einem Schlag zum Schweigen brachte, hievte sich aus dem Bett und versuchte zu begreifen, wieso sie sich von Chance McLain dazu hatte überreden lassen, ihren kostbaren Sonntagsschlaf zu opfern. Sie tapste gähnend ins Badezimmer, drehte die Dusche an, stellte sich unter das heiße Wasser und ließ sich von dem warmen Strahl berieseln.

Als sie sich angezogen hatte und auf den Weg nach unten machte, fühlte sie sich bereits etwas besser. David war auch schon angezogen und wartete in der Küche. Eine leere Müslischale und die Krümel seines Toasts verzierten den Tresen. Die Angelrute, die er sich von Chance McLain geliehen hatte, lehnte an der Hintertür.

»Ich hab mir gedacht...«, begann er. »Mich gefragt, ob es dir vielleicht nichts ausmacht, wenn ich nicht mitkomme. Ich dachte... nachdem ich Chance'... Mr. McLains Angel noch habe, wäre doch heute ein guter Tag, in aller Ruhe zu üben.«

Nervös runzelte sie die Stirn. Solange David dabei wäre, fühlte sie sich sicher. Doch jetzt schüttelte sie sich bei dem Gedanken, mit McLain allein zu sein.

»Ich weiß, wie viel dir das bedeutet, David. Aber mir ist nicht wohl bei dem Gedanken, dass du allein losziehst. Was, wenn dir da draußen was passiert?« Der Bach hinter dem Haus, Little Sandy Creek, war flach und laut Aussage der Einheimischen nicht gefährlich. Alle Fischer zogen außerdem meist alleine los. Es war ein Teil des Reizes dieses Sports.

Trotzdem machte sie der Gedanke, dass ihr Sohn ganz alleine da draußen unterwegs war, unruhig.

»Ich geh nicht allein. Chief kommt rüber. Er hat gesagt, er würde mitkommen.«

Old »Chief« Ironstone, Davids einziger richtiger Freund. Sie waren ein seltsames Paar, der eine so alt, der andere so jung. Aber nachdem sie wusste, wie einsam David gewesen war, war Kate dankbar für die Freundschaft des alten Mannes.

»Na, der kennt sich ganz bestimmt hier im Wald aus. Ich denke, wenn er dich begleitet, wird dir nichts passieren. Ich bin sicher, Mr. McLain wird enttäuscht sein, aber ich denke, er wird drüber wegkommen.«

David warf ihr einen Blick zu, der besagte: *Ach komm, Mom, bleib auf dem Teppich.*

»Also gut, *ich* werde enttäuscht sein. Wie dem auch sei, wenn du deinen Sonntag so verbringen willst, soll's mir recht sein – solange du vorsichtig bist und dich nicht zu weit vom Haus entfernst.«

David beugte sich vor und drückte sie. »Cool, Mom, tausend Dank.«

Sie schenkte ihm ein liebevolles Lächeln. Sie hatte sich für Montana entschieden, um für sie beide ein neues Leben aufzubauen. Das hieß unter anderem, so zu leben wie die Einheimischen und die gleichen Dinge zu tun wie sie.

Sie sah David nach, wie er durch den Hinterausgang verschwand, als es vorne schellte. Sie holte tief Luft und ging zur Tür.

Mit ihren Jeans, dem Sweatshirt und den Tennisschuhen, hoffte sie, das richtige Outfit für ihr kleines Abenteuer getroffen zu haben. Sein anerkennender Blick zeigte ihr, dass sie richtig gewählt hatte und eine wohlige Wärme breitete sich in ihrem Bauch aus.

»Wie ich sehe, sind Sie fertig.« Chance warf einen Blick in Richtung Küche. »Wo ist David?«

Sie lächelte. »Mein Sohn hat Fischen vorgezogen. Seit Sie ihm diese Angel geliehen haben, ist er besessen davon.«

Ein Mundwinkel zuckte nach oben. Der sinnlichste Mund, den sie je gesehen hatte. »Dann muss ich mich wohl mit Ihnen alleine zufrieden geben.«

»Tja, das müssen Sie wohl.«

»Schnappen Sie sich Ihre Jacke und dann nichts wie los. Wir verpassen sonst den halben Tag.«

»Meine Jacke? Draußen ist es doch gar nicht so kalt. Da braucht man keine –«

»Erste Lebensregel im Gebirge, Mrs. Rollins: Gehen Sie niemals ohne Jacke irgendwohin. Das Wetter ist absolut unberechenbar. Es ist schon passiert, dass an einem Nachmittag die Temperatur um zwanzig Grad gesunken ist. Ob Sie's glauben oder nicht, der Rekord liegt eher bei fünfzig.«

»Oh, mein Gott.«

Er grinste. »Halb so schlimm – solange man vorbereitet ist.«

Kate verdrehte die Augen. »Halb so schlimm«, murmelte sie vor sich hin und fragte sich, wie schon öfter, ob sie sich nicht vielleicht doch überschätzt hatte, als sie ihre Entscheidung für Montana getroffen hatte.

Gemeinsam gingen sie hinaus zu Chance' Pick-up, einem mit verlängerter Fahrgastzelle, Schlammlappen und einer großen Werkzeugkiste hinten. Er öffnete die Tür und half ihr beim Hineinklettern, keine leichte Aufgabe, nachdem sie so klein war und der Truck sehr hoch.

Sie stellte ächzend ihre Tasche auf den Boden und lehnte sich im Sitz zurück. »Ich bin wohl einfach nicht gebaut für einen so hohen Truck.«

Bei der Erwähnung ihres Körpers zuckte sein Blick zu ihren Brüsten, bevor er ihr leicht beschämt wieder ins Gesicht schaute. »Ich sollte mir ein Trittbrett besorgen«, sagte er. Seine Stimme klang ein wenig belegt und den Blick hatte er jetzt starr nach vorne gerichtet. »Das macht den Einstieg leichter.«

»Wohin fahren wir denn?« Kate ignorierte seinen indiskreten Ausrutscher, gurtete sich fest und nickte zufrieden, als Chance das Gleiche tat.

»Es gibt einen Holzfällerweg rauf durch die Berge hinter der Ranch. Von da oben hat man eine herrliche Aussicht.«

Kate lehnte sich in dem bequemen, mit Schaffell bezogenen Sitz zurück und genoss die Fahrt entlang der bewaldeten Straße – und die Gelegenheit, den Mann am Steuer unbemerkt zu beobachten. Er fuhr mit der Sicherheit, die man nur kriegt, wenn man das Jahrzehnte jeden Tag tat. Er nahm die steilen Kurven traumsicher und bremste sanft, wenn nötig, ohne wirklich darüber nachzudenken.

Kiefern säumten beide Seiten der Straße, hohe Ponderosas, Kiefern und Zedern, Birken und Pappeln die Ufer des Flusses. Espen mit weißer Rinde standen in den Senken und sie dachte, wie hübsch sie aussehen mussten, wenn ihre Blätter sich im Herbst golden färbten.

Es war schon fast Ende Juli und die Bäume standen in vollem Laub. Der Schnee in den Tälern war längst geschmolzen, doch ein paar der hohen, abweisenden Berge, die Lost Peak umgaben, waren nach wie vor mit Schnee bedeckt. Im aufsteigenden Sonnenlicht schien es fast, als würde der Schnee fluoreszieren.

Sie bogen von der geteerten Hauptstraße ab und fuhren einen Kiesweg entlang, durch ein offenes Gatter aus zwei riesigen aufrecht stehenden Kiefernstämmen, mit einem dritten als Querbalken. Ein verwittertes Schild verkündete: RUNNING-MOON-RANCH, eingebrannt in ein dickes Holzbrett.

»Mein Vater wurde auf dieser Ranch geboren«, erzählte Chance. »Natürlich war sie damals wesentlich kleiner.«

»Wie groß ist sie jetzt?«

»Zwanzigtausend Morgen.« Er sagte das ganz emotionslos, als wäre es nichts Ungewöhnliches, circa dreißig Quadratmeilen Land zu besitzen. »Mein Vater hat sie praktisch aus dem Nichts aufgebaut. Hat fast sein ganzes Leben damit verbracht. Er ist vor etwa acht Jahren gestorben.«

Hinter diesen Worten verbarg sich etwas, etwas, das er nicht aussprach. »Standen Sie beide sich nahe?«

Ein sarkastisches Schnauben war die Antwort. »Das würde ich nicht gerade behaupten. Ich hab ihn nur selten gesehen und das war kein Fehler.«

Sie wollte ihn fragen, warum, traute sich aber nicht. Der harte Ausdruck in seinen Augen hielt sie davon ab.

»Was ist mit Ihrer Mutter?« Hoffentlich war das ein angenehmeres Thema.

»Sie starb, als ich drei war.«

»Das tut mir Leid.«

Die strahlend blauen Augen musterten sie misstrauisch. »Warum? Sie kannten sie doch gar nicht.«

»Sie tun mir Leid, Chance. Sie und Ihr Vater haben sich nicht vertragen. Sie müssen als Kind unheimlich einsam gewesen sein.«

Er sah sie einen Moment länger an, als er sollte, wenn man bedachte, dass er am Steuer saß. Dann richtete er den Blick wieder auf die Straße. »Sie haben Recht. Ich hatte tatsächlich eine ziemlich miese Kindheit. David hat Glück, eine Mutter zu haben, der er so am Herzen liegt, wie das bei Ihnen der Fall ist.«

»Ich versteh nicht ganz, was Sie damit meinen.«

»Soweit ich das beurteilen kann, ist David einer der Gründe, warum Sie nach Montana gezogen sind. Sie waren besorgt, dass er Probleme kriegt. Sie haben sich gedacht, hier draußen hätte er eine bessere Chance, es zu schaffen.«

Er hatte auf der ganzen Linie Recht. Sie fragte sich nur, woher er das wusste. »Er ist ein guter Junge. Er war nur ein bisschen durcheinander.«

Chances Hand legte sich locker über ihre, die auf dem Sitz ruhte. »Sie haben das Richtige getan, Kate. Montana ist ein guter Platz, um ein Kind aufzuziehen.«

Kate starrte auf diese langen dunklen Finger. »Für David hoffe ich, dass das stimmt.« Sie konnte die Kraft seiner Hand, ihre Wärme spüren. Das Gefühl durchströmte sie wie das Licht in jener Nacht am Ende des Tunnels. Noch nie in ihrem Leben war sie in den Genuss des Trostes eines starken Mannes gekommen. Weder bei ihrem Ehemann noch bei ihrem Vater. Sie konnte es sich gar nicht vorstellen, wie es wäre, sich bei einem Mann anzulehnen.

Just in diesem Moment musste er stark bremsen und er hielt seine Hand schützend zwischen sie und die Windschutzscheibe, obwohl der Sitzgurt ausgezeichnet funktionierte.

»Was ist los?«, japste Kate.

McLain grinste nur auf seine liebenswerte Weise. »Elch«, sagte er.

»Elch? Wie – wo?«

»Da – der Elch dort.« Er zeigte neben die Straße.

Kate schoss in ihrem Sitz hoch. »Oh, mein Gott!« Er war riesig und fast schwarz, mit Beinen, die ihr drei Meter lang vorkamen. Er hob seinen massigen Kopf und starrte uninteressiert den Pick-up an. Die langen drahtigen Haare an seinem Kinn bewegten sich auf und ab, während er kaute. Er mampfte einfach weiter, als wären sie unsichtbar.

»Der ist unglaublich. Ich hab noch nie so etwas Prachtvolles gesehen.«

Das schien Chance sehr zu freuen, denn sein Blick wurde offen und warm, kleine Fältchen bildeten sich um seine Augen. »Dort drüben ist eine Kuh.«

»Eine Kuh?« Sie waren schon an ungefähr tausend Stück Vieh vorbeigefahren. Warum, fragte sie sich, war diese so etwas Besonderes?«

»Ein weiblicher Elch.«

»Ein weiblicher«, wiederholte sie und hasste sich für dieses dämliche Nachgeplapper. »Ja, ich verstehe. Ein weiblicher Elch ist eine Kuh.«

»Und ein weibliches Rentier auch.« Er schickte ihr noch eines dieser umwerfenden Lächeln. »Sie werden nicht lang brauchen, bis Sie's kapiert haben.«

Kate seufzte, ihr Blick war immer noch auf die beiden gewaltigen Tiere neben der Straße gerichtet. »Ich könnte den ganzen Tag hier sitzen und sie beobachten.«

Chance lachte und selbst sein Lachen klang warm. »Keine Chance, Lady. Ich hab Ihnen noch eine Menge mehr zu zeigen.«

Und das tat er auch, versetzte sie mit einem unglaublichen Anblick nach dem anderen in pures Entzücken. Riesige Wasserfälle, die sich über Klippenkanten stürzten und in schaumiger weißer Gischt auf die Felsen darunter krachten. Rehe, Elche, Schneehasen. Sogar einen Kojoten. Sie verließen die Ranch über einen Weg, der hoch in die Berge führte und am Quell von Silver Fox Creek herauskam.

Als Chance den Truck an einer breiten Stelle der Straße anhielt, konnte sie meilenweit in das bergbegrenzte Tal schauen.

»Sie hatten Recht, Chance. Das war wirklich das frühe Aufstehen wert.«

»Ich freu mich, dass es Ihnen gefällt.« Er lehnte sich im Sitz zurück und streckte seine endlos langen Beine. »Und jetzt stellen Sie sich vor, was mit all dem passiert, wenn Consolidated Metals die Genehmigung für die Mine kriegt.«

Sie versuchte, seinen Augenausdruck zu erhaschen, aber sein Gesicht lag zum großen Teil im Schatten seiner Hutkrempe. »Sie wollen damit sagen, dass die Umweltverschmutzung nicht nur den Fluss betreffen wird, sondern die gesamte Natur und die Tiere hier.«

»Richtig. Die Fische und Insekten sind Nahrung für größere Tiere. Und die Schwermetalle können ins Grundwasser sickern. Gestern haben wir auf der Nordwestseite sechs tote Jungbullen gefunden, die aus einem Tümpel getrunken hatten, der von Minenabwässern vergiftet war.«

»Oh, Chance, nein!«

Sein Gesicht war voller grimmiger Falten. »Leider ist es schon mehr als einmal passiert.«

»Ich hab das ernst gemeint. Ich werde alles tun, um zu helfen.«

»Danke, Kate. Wir brauchen Leute, denen was daran liegt. Ed hat mich wegen diesem Meeting bedrängt. Wie wär's mit irgendeinem Abend in dieser Woche?«

Normalerweise arbeitete sie Montag mit Donnerstag bis

zwei, damit sie die übrige Zeit mit David verbringen konnte. Die Abende waren eigentlich frei. »Lassen Sie mich nur wissen, welcher Abend für Sie der Beste ist.«

»Wie ich schon sagte, es ist mir eine Freude, Sie hier in Lost Peak zu haben.« Er drehte sich ein Stück zu ihr und diese unglaublichen, blauen Augen richteten sich auf ihr Gesicht. *Ich bin froh, dass Sie hier sind*, schienen sie auszudrücken.

Kate rutschte verlegen durch diesen eindringlichen Blick hin und her und versuchte, das warme, buttrige Gefühl zu ignorieren, das sich in ihren Gliedmaßen ausbreitete. Es war lächerlich. Der Mann war einfach nur höflich.

»Haben Sie Hunger?«, fragte er, löste seinen Blick und die Stimmung verflog.

»Ich war zu beschäftigt damit, die Landschaft anzusehen, um an Essen zu denken. Aber jetzt, wo Sie's erwähnen, ich bin kurz vorm Verhungern. Unglücklicherweise sehe ich hier keinen Feinkostladen weit und breit.«

Chance lächelte, griff hinter den Sitz und zog eine Thermoskanne mit Kaffee und eine überquellende Papiertüte heraus. »Belegte Brote. Irgendwie eine Mischung von Frühstück und Mittagessen. Die sind nicht so gut wie die aus Ihrem Lokal, aber es ist das Beste, was meine Köchin auf die Schnelle liefern konnte.«

»Sie haben eine Köchin?«

Chance klemmte sich die Tüte unter den Arm, schnappte sich eine Decke und öffnete die Fahrertür einen Spalt. »Sie werden Ihre Jacke brauchen«, sagte er. »So früh am Tag ist es hier oben noch ziemlich kühl.«

Sie nahm die Jacke, auf der er so fürsorglich bestanden hatte, und legte die Hand auf den Türgriff.

»Bleiben Sie sitzen. Ich komme rum und hole sie. Und ja,

ich habe eine Köchin. Eine echte Notwendigkeit, wenn man ein halbes Dutzend Vollzeitangestellte abfüttern muss.«

Sie hatte nicht darüber nachgedacht, wie viele Leute man brauchte, um eine Ranch, so groß wie die seine, zu führen. Sie ließ sich das noch durch den Kopf gehen, als schon die Beifahrertür geöffnet wurde und Chance seine kräftigen Hände um ihre Taille spannte. Er hob sie so mühelos heraus, dass es fast beängstigend war, und stellte sie langsam auf die Füße.

Unterwegs strich ihr Körper an seinem entlang und sie spürte die sehnige Härte, die Kraft, genau wie vorhin. Sie stand viel zu nahe bei ihm und als sie diesmal in sein Gesicht sah, gab es keinen Zweifel, was er dachte.

Etwas passierte zwischen ihnen, etwas Heißes, Turbulentes, ein Gefühl, das sie nicht erwartet und nicht gewollt hatte.

»Kate«, sagte er, seine Stimme klang tief und etwas rau. Ihr Magen machte einen Satz und kollabierte schier. Kate benetzte ihre Lippen mit der Zunge, entschlossen, etwas zu sagen, was den magischen Moment beenden würde, aber sie brachte keinen Ton heraus. Stattdessen senkte Chance seinen Kopf und küsste sie. Es war ein glühender, sehr feuchter Kuss, der ihr bis in die Zehenspitzen schoss.

Ihre Hände tasteten sich unbewusst nach oben und hielten sich an seiner Schafwollweste fest. Chance nahm ihr Gesicht zärtlich zwischen seine Hände und küsste sie noch einmal, langsam und sehr eindringlich. Sie zitterte, als sie sich endlich von ihm löste.

Die Welt um sie herum war verstummt. Ihr Atem kam in hastigen, kleinen Stößen. Chance holte tief Luft und ließ sie behutsam los. Er sah hinunter auf die abgestoßenen Spitzen seiner Stiefel, dann hinaus übers Tal.

»Tut mir Leid. Deswegen habe ich Sie nicht hierher gebracht. Es ist einfach irgendwie passiert.«

Kate gab keine Antwort. Ihr Herz hämmerte immer noch bis zum Hals, ihr Körper kribbelte. Eins war sicher: Chance McLain verstand es zu küssen.

»Ich hab immer noch Hunger«, sagte er und versuchte die gelöste Stimmung von vorhin zurückzubringen, hatte aber zumindest den Anstand zu erröten, als ihm die Zweideutigkeit der Worte klar wurde. »Ich meine auf die Sandwiches. Wir möchten doch nicht, dass sie womöglich schlecht werden.«

Innerlich musste sie über diesen Anflug von Schüchternheit grinsen. Chance McLain war hart und rau, aber da war auch eine Sanftheit, eine unverkennbare Verletzlichkeit. Sie hatte es bei ihrem Sohn beobachtet, den Versuch, sich hinter dieser rauen Fassade zu verstecken. Chance war älter. Er hatte mehr Übung. Aber wenn man genau hinsah, konnte man sehen, dass die Sanftheit nach wie vor vorhanden war.

»Wir müssen einen Platz finden, wo wir die Decke ausbreiten können«, sagte sie und er entspannte sich sichtlich. »Wie wär's mit da drüben?« Sie zeigte auf einen großen, flachen Felsblock, von dem aus man das Tal überschauen konnte.

»Perfekt.« Chance lächelte. Himmel, hatte der gerade, weiße Zähne! Er breitete die Decke aus, öffnete die Tüte und reichte ihr ein Sandwich, dann goss er Kaffee in zwei Styroporbecher.

»Ich wette, Sie nehmen Sahne«, sagte er. »Die hab ich nämlich leider vergessen.«

»Ich denke, ich werde das dieses eine Mal überstehen.«

Er lächelte erfreut und reichte ihr einen Becher. »So, und jetzt erzählen Sie mir ein bisschen etwas über sich. Ich weiß, dass Sie für eine Werbeagentur gearbeitet haben. Wie sind Sie in diese Branche gekommen?«

Kate rutschte unruhig hin und her, das Stück Brot, das sie gerade abgebissen hatte, war zu groß. So bekam sie zumindest etwas Bedenkzeit. Sie war noch nicht bereit, über die Vergangenheit zu reden. »Ich hab auf dem College in Betriebswirtschaft promoviert. Menger und Menger haben mich in meinem letzten Studienjahr angeworben. Wie steht's mit Ihnen?«, fragte sie, in der Hoffnung, ihn dazu zu bringen, zu reden. »Sind Sie auf eine auswärtige Schule gegangen oder haben Sie gleich angefangen, auf der Ranch zu arbeiten?«

»Ich war auf der U of M, University of Montana – unten in Missoula. Mein Vater ist zwei Monate vor meiner Promotion gestorben. Ich hab dann das Studium geschmissen, um die Ranch zu leiten.«

»Zwei Monate! Und Sie sind nicht zurückgekehrt, um Ihren Abschluss zu machen?« Für sie war das unvorstellbar nach dem Kampf, den sie gefochten hatte, nur um ihren Abschluss zu kriegen.

Chance zuckte mit den Schultern. »Ich habe immer gewusst, was ich tun wollte. Die Running-Moon-Ranch war alles, was ich je im Kopf hatte. Ich brauchte kein Diplom, um sie zu führen.« Er biss in sein Sandwich, kaute und schluckte. »Und warum sind Sie nach Lost Peak gekommen? Ich weiß, dass Sie sich Sorgen um Ihren Sohn gemacht haben, aber Sie hätten das Café und das Land verkaufen, das Geld nehmen und sich irgendwo anders etablieren können. Es gibt viele Orte, etwas größere Städte, die einer allein stehenden Frau mehr bieten könnten.«

Kate wischte sich bedächtig den Mund mit der Serviette ab, die er ebenfalls aus der braunen Tüte gezaubert hatte. Sie dachte an die Schießerei und was sie mit Chet Munson und den Artikeln in den Zeitungen erlebt hatte; sie dachte an Tommy und ihre Scheidung, an ihre Mutter und Nell Hart und das Rätsel, das sie gerade gezwungen hatte, nach Lost Peak zu kommen.

Aber nichts von all dem konnte sie riskieren, Chance zu verraten.

Ihre Hand zitterte leicht und ihr Hunger war verflogen. »Ich wollte weg aus der Stadt. Als Nell starb und mir das Café hinterließ, schien mir das die perfekte Chance.«

»Ich hätte gedacht, Sie würden sich eine Stadt aussuchen, die zumindest ein Theater hat und –«

»Das hab ich eben nicht«, wehrte Kate spröde ab, legte ihr halb gegessenes Sandwich zurück auf das Pergament, in das es eingewickelt gewesen war, und stand auf. »Hören Sie, Chance, ich weiß diesen Ausflug wirklich zu schätzen, aber ich hab einen Haufen Arbeit zu Hause. Ich muss zurück.«

Chance schwieg sehr lange. »In Ordnung, Kate. Was immer Sie möchten.« Er verstaute wortlos den Rest seines Sandwiches mit ihrem in der Tüte, räumte alles auf und schraubte den Deckel sorgfältig auf die Thermosflasche.

Kate plagten leichte Schuldgefühle, weil sie einen so perfekten Morgen ruiniert hatte. Aber vielleicht war es besser so. Sie hätte nicht nachgeben sollen, hätte gar nicht erst mit ihm losfahren dürfen. Tommy machte Ärger, Chet Munson schnüffelte herum und David... Sie hatte einfach nicht die Zeit, sich mit einem Mann einzulassen.

Und schon gar nicht mit diesem.

Sie wusste, was für eine Art Mann Chance war. Es war ihm in jede Falte seines attraktiven Gesichts geschrieben. Erst gestern hatte sie zufällig gehört, wie Bonnie Delaney, eine der Kellnerinnen, die Teilzeit für sie arbeiteten, sagte: »Chance ist ein echter Herzensbrecher.« Bonnie hatte das zu einer ihrer Kundinnen gesagt. »Er hat eine breite Spur gebrochener Herzen durchs ganze County gelegt.«

Ein rascher Blick in das Funkeln seiner unwiderstehlichen blauen Augen – und sie war überzeugt, dass es stimmte.

Als sie vor ihrem Haus hielten, stellte er den Motor ab und Kate öffnete die Tür einen Spalt, bereit rauszuspringen und loszurennen, wie der kleine Schneehase, den sie gesehen hatten.

Chance packte ihren Arm, bevor sie aussteigen konnte. »Hören Sie, Kate. Was immer Ihre Gründe waren, nach Lost Peak zu kommen, es ist Ihre Sache, nicht meine. Ich werde nicht noch einmal in Ihren Angelegenheiten herumschnüffeln, aber ich werde nicht zulassen, dass Sie weiter vor mir weglaufen. Ich möchte Sie wieder sehen.«

Sie schüttelte ihren Kopf etwas zu heftig, sodass ihre Locken tanzten. »Das halte ich für keine gute Idee.«

»Warum nicht?«

»Weil ich einen Sohn habe, an den ich denken muss, und ein Café leite.«

»Tut mir Leid – das ist nicht genügend Grund.«

»Weil wir nichts gemeinsam haben. Ich bin aus der Stadt, Sie sind ein Junge vom Land.«

Er schüttelte den Kopf. »Versuchen Sie's noch mal.«

»Weil ich mich einfach nicht zu Ihnen hingezogen fühle.«

»Quatsch.« Er packte sie am Sweatshirt, manövrierte sie über den Autositz und umfing ihren Mund zu einem heißen, alles betäubenden Kuss. Sie strampelte ein paar Sekunden, aber dann durchzuckte sie sengende Hitze, von den Haarspitzen bis in die Zehen.

Chance küsste ihre Mundwinkel, küsste erneut ihre Lippen, und sie öffnete sie für ihn, ließ seine Zunge mit ihrer einen wilden Tanz tanzen, die heiße, seidige Feuchtigkeit fühlen, wollte verzweifelt, dass der Kuss nie aufhörte. Sie zitterte am ganzen Körper, war feucht an Stellen, an denen sie seit Jahren nicht feucht gewesen war. Sie hörte sich wimmern, als Chance sich von ihr löste.

Ein langer, dunkler Finger glitt zärtlich über ihr Kinn. »Hör mal, Kate. Ich habe nicht die geringste Ahnung, was zwischen uns passiert, aber verflucht noch mal, da passiert was, und deshalb werden wir uns jetzt auch duzen. Ich habe das nicht geplant. Ich weiß, dass du das auch nicht hast, aber ich habe vor, rauszufinden, was es ist. Ich werde Donnerstagabend in der Stadt sein. Iss nichts in deinem Lokal. Wir gehen essen.«

Er ließ ihr keine Zeit zu protestieren, stieg auf seiner Seite aus, ging um den Kühler herum, öffnete die Tür und hob sie heraus. Er begleitete sie zur Haustür und wartete, während sie aufsperrte.

»Ich seh dich Donnerstag«, sagte er und wandte sich zum Gehen. Sie blieb benommen stehen und sah ihm nach.

Kate beobachtete, wie er seinen Pick-up aus der Einfahrt lenkte und hatte das Gefühl, dass ihre Welt sich aus den Angeln gehoben hatte. Alles, was sie denken konnte, war: *O Gott, was hab ich getan?*

10

Für den Rest des Tages haderte Kate mit der Verabredung, die sie mit Chance McLain getroffen hatte – oder genauer gesagt, mit der Verabredung, die *er* mit ihr gemacht und der sie nie wirklich zugestimmt hatte.

Sie war albern, entschied sie schließlich, lächerlich, sich so darüber aufzuregen. Chance war schließlich auch nur ein Mann. Sie hatte jahrelang mit Männern gut zusammengearbeitet. In der Werbeagentur waren die meisten Kunden Männer gewesen. Sie verstand es, mit ihnen umzugehen, wusste, wie man Nein sagen konnte, ohne ihre empfindlichen Egos zu verletzen. Allerdings war sie damals verheiratet gewesen.

Trotzdem, Chance war nicht anders als die anderen. Vielleicht sah er besser aus. Aber er war trotzdem nur ein Mann. Solange sie das im Kopf behielt, konnte ihr nichts passieren. Er führte sie halt zum Essen aus. Na und? Vielleicht würde sie sich ja sogar amüsieren.

Mit diesem Gedanken wandte sie sich ihren anderen, wichtigeren Vorhaben zu.

Sie wollte Alice Whittaker, Nells beste Freundin, anrufen, um abzuchecken, was sich aus dem Gespräch ergeben würde. Myra hatte ihr die Telefonverbindung der Frau in Eugene, Oregon, gegeben, wo sie mit ihrer Tochter lebte. Sobald David zurückgekommen war und nach oben ging, um eins seiner Computerspiele zu spielen, wählte Kate ihre Nummer.

»Mrs. Whittaker?«

»Ja…?«

»Ich bin Kaitlin Rollins – Nell Harts Enkelin. Ich will Sie schon seit einiger Zeit anrufen.« Sie füllten einige Minuten mit harmlosem Geplauder und lernten einander so ein bisschen kennen. Aida schien wirklich erfreut, von ihr zu hören. Sie fragte sie, wie denn das Café liefe, seit Kate übernommen hatte, und was Neues in Lost Peak passiert war.

»Ich fürchte, es gibt nicht viel Neues. Zumindest bin ich noch nicht lange genug hier, um in den Klatsch einbezogen zu werden. Ich weiß nur, dass sie versuchen, eine Mine am Silver Fox Creek zu bauen, aber ein paar von uns tun sich zusammen und schauen, was wir machen können, um das zu verhindern.«

»Gut«, lobte Aida. »Vielleicht sind Sie Ihrer Großmutter ähnlicher, als Sie ahnen.«

»Wie meinen Sie das?«

»Nell war strikt gegen die Minen oben in diesen Bergen. Sie hielt es für eine Schande, was sie dem Land und den Tieren antaten. Sie sagte das Lon Barton auch – mehr als einmal.«

Vielleicht empfanden sie ähnlich, wenn es um gewisse Dinge ging. Aber wenn sie an ihre Mutter dachte, wusste Kate, dass sie ihr eigenes Kind nie so behandelt hätte wie Nell ihre Tochter.

»Wer ist Lon Barton?«, fragte sie.

»Sie werden ihm begegnen. Früher oder später. Sein Vater, William Barton, ist der Hauptaktionär von Consolidated Metals. Lon führt die Firma für ihn. Beide besitzen mehr Geld, als sie je ausgeben können.«

»Gab es sonst noch jemanden, mit dem Nell sich nicht verstanden hat? Was ich damit meine... hatte Nell irgendwelche Feinde?«

»Feinde? Gütiger Gott, nein. Zumindest niemanden, von dem ich wüsste. Sie und Ihre Mutter haben sich furchtbar zerstritten, aber das ist viele Jahre her. Ich kann mir denken, dass Sie alles darüber wissen.«

Nur das, was ihre Mutter erzählt hatte, und das war kein hübsches Bild. Kate erinnerte sich, dass ihre Mutter jedes Jahr an ihrem Geburtstag geweint hatte.

»Ich frage mich, ob sie überhaupt je an mich denkt«, hatte Celeste einmal gesagt. Aber jetzt war das alles Vergangenheit und niemand konnte es mehr ändern.

Sie unterhielten sich noch ein bisschen, dann verabschiedete sich Kate und versprach, alle paar Wochen anzurufen und sie auf dem Laufenden zu halten, was Neues in der Stadt passierte. Es war ein sehr angenehmes Gespräch gewesen. Und obwohl sie Aida nie persönlich begegnet war, fühlte sie eine gewisse Verbindung mit der Frau am anderen Ende der Leitung. Es war offensichtlich, wie gut befreundet Nell und Aida gewesen waren. Möglicherweise würde sich ihr nächstes Gespräch als etwas fruchtbarer erweisen.

Kurz danach läutete erneut das Telefon. Es war die Stimme von Ed Fontaine.

»Ich störe Sie hoffentlich nicht.«

»Nein, überhaupt nicht.«

»Chance sagte, er hätte mit Ihnen darüber geredet, dass man sich zusammensetzt, um über die Kampagne gegen die Mine zu reden.«

»Das hat er tatsächlich.«

»Ich weiß, dass es sehr kurzfristig ist, aber hätten Sie zufällig morgen Abend Zeit?«

Montag war das Geschäft immer ruhig. Sie sperrte das Lokal nur auf, weil die Anwohner sonst überhaupt keinen öffentlichen Platz hätten, auf den sie zurückgreifen konnten. »Wir können das Nebenzimmer hinten im Café benutzen, wenn Ihnen das recht ist.«

»Das wäre toll. Wir möchten jeden einladen, der daran interessiert ist, sich uns anzuschließen. Wäre das ein Problem?«

»Nein, ich finde das eine gute Idee.«

»Prima. Wir sehen uns morgen Abend.«

Kate fragte sich, ob bei dem *Wir* Chance mit einbezogen war, verdrängte dann aber den unwillkommenen Gedanken. Warum machte sie schon allein der Gedanke an ihn nervös? Es war lächerlich. Das war Geschäft. Die Art Geschäft, die sie sehr gut beherrschte. Ob Chance dabei war oder nicht, das spielte keine Rolle. Sie konnte diesen Leuten helfen, die sie so freundlich in ihrer Gemeinde aufgenommen hatten. Und genau das würde Kate tun.

Das Treffen begann um sieben Uhr im Hinterzimmer des Lost-Peak-Café, ein Anbau, den laut Myra Nell vor fünfzehn Jahren hatte machen lassen. Er wurde für Partys, spezielle Anlässe und praktisch alles andere verwendet, wenn mehr als zehn Leute in einer Stadt mit vierhundert Einwohnern zusammenkommen wollten.

Die Gruppe war eine interessante Mischung der Einwohner: Ed Fontaine, Besitzer der Circle Bar F; sein Pfleger, Randy Wiggins, Silas Marshal, der alte Amateurgeologe, dem der Lebensmittelladen gehörte; Maddie und Tom Webster, Eigentümer der lokalen Bierbar; Antlers, von unten an der Straße, und Jake Dillon, ein vor kurzem verwitweter Mann in den Fünfzigern, dem Dillon's Mercantile gehörte.

Jeremy Spotted Horse war ebenso wie »Chief« Ironstone da. Ein halbes Dutzend Leute, die sie nie vorher gesehen hatte, füllten die Versammlung. Der Letzte, der eintraf, war Chance McLain.

Kate ignorierte, dass ihr Magen sich mal wieder verknotete, und lächelte ihn an. Chance erwiderte ihr Lächeln, aber das war ein geschäftliches Treffen und sein Verhalten zeigte, dass er dem Tribut zollte.

Kate wartete, bis alle sich gesetzt hatten. Sie hatte die Banketttische zu einem Hufeisen angeordnet und Ed, Chance und Jeremy neben sich im vorderen Teil des Raumes platziert.

Ed begann, indem er allen dankte, dass sie sich die Zeit genommen hatten zu kommen und brachte sie auf den neuesten Stand über die Pläne für die Goldmine, die Consolidated am Silver Fox Creek bauen wollte.

»Sie sind überzeugt, dass sie das Verbot für jedweden neuen Heap-Leach-Abbau stürzen können. Und wenn wir nichts tun, um sie aufzuhalten, könnten sie eventuell Erfolg haben. Es wird nicht leicht sein, aber wenn wir alle zusammenarbeiten, können wir verhindern, dass sie Silver Fox Creek zerstören.«

Verunsichertes Gemurmel raunte durch den Raum. Sich gegen eine riesige Firma wie Consolidated Metals zu stellen, würde nicht einfach sein, und das wussten sie. Ein paar Leute äußerten ihre Vorbehalte. Sowohl Tom Webster wie auch Silas Marshal waren besorgt über verseuchte Abwässer, aber sie glaubten, die Vorteile, die die Mine bringen würde, wären es möglicherweise wert.

»Eine Mine dieser Größe braucht eine Menge Arbeitskräfte«, sagte Tom. »Sie würden viele neue Arbeitsplätze schaffen. Unsere Geschäfte würden wachsen. Verdammt, die ganze Stadt würde einen Aufschwung kriegen.«

Jeremy Spotted Horse wendete ein: »Das Größte, was wir hier zu verkaufen haben, ist das Land selbst – die Berge, die Wälder und die Tiere. Deshalb kommen die Leute hierher. Eine Mine ist nicht gerade eine landschaftliche Schönheit – nicht, wenn dabei Haufen von Schlacke, hoch wie vierstöckige Häuser, entstehen. Und wenn sie die Flüsse vergiften, töten sie die Tiere. Vielleicht ziehen ein paar Familien mehr hierher, aber ihr würdet das Geschäft mit den Touristen verlieren und die Lebensqualität wird zu Sch…, na ihr wisst schon, was ich meine. Das Land wird zum Leben nicht mehr taugen.«

Silas Marshal sah besorgt aus. »Consolidated Metals ist eine mächtige Firma. Ich sehe nicht, dass eine Hand voll von uns sie aufhalten können, selbst wenn wir es wollten.« Silas war ein hoch gewachsener Mann um die siebzig mit einem ordentlich getrimmten Bart, der ein langes Kinn bedeckte. Jedes Mal, wenn Kate ihn ansah, musste sie an den alternden Lincoln denken.

Chance stand auf, um Silas Bedenken zu kontern. »Consolidated hat eine verdammt gute politische Maschinerie und die besten Anwälte, die man für Geld kriegen kann. Wie Ed schon sagte, es wird nicht leicht werden. Da kommt Mrs. Rollins ins Spiel. Sie hat Erfahrung in solchen Dingen und sie wird uns dabei helfen, einen Weg zu finden, was wir tun können.«

Diesmal sah er sie direkt an. Sie spürte, wie diese himmelblauen Augen über ihr Gesicht strichen, und mit einem Mal schien die Luft zu schwer, um sie auszuatmen. In der Hoffnung, dass keiner die Hitze in ihren Wangen bemerkte, nahm sie sich einen Moment Zeit, ihre Notizen zu studieren und sich zu sammeln.

»Wie Silas schon sagte, es ist eine schwierige Aufgabe, es mit einer Firma der Größenordnung von Consolidated Metals aufzunehmen. Aber es ist auch nicht unmöglich. Zuallererst müssen wir die Öffentlichkeit über die Bemühungen der Firma, das Verbot zu stürzen, informieren und sie an die potenziellen Gefahren dieser Mine erinnern.«

»Wie machen wir das?«, fragte ein Mann aus einer der hinteren Reihen.

»Für den Anfang nehmen wir uns die Medien vor, involvieren uns auf lokaler, regionaler und nationaler Ebene. Wir werden Zeitungen und Illustrierte brauchen, genauso wie Fernsehsender. Wir können Informationsbroschüren drucken, die wir einsetzen, wenn wir öffentliche Treffen abhalten. Zusätzlich werden wir eine Website gestalten...«

»Stopp, Kate.« Jeremy Spotted Horse hielt eine Hand hoch. »Wie zum Teufel sollen wir denn all das bezahlen?«

»Gute Frage, Jeremy. Wir werden einen Sponsor haben müssen, der uns hilft – zumindest am Anfang. Aber sobald wir uns organisiert haben, können wir anfangen, Geld zu sammeln, um unsere Bemühungen zu finanzieren.«

Chance räusperte sich. »Ich denke, Ed und ich können genug Geld aufbringen, um die Geschichte ins Rollen zu bringen.« Er warf Ed einen Blick zu und bekam ein zustimmendes Nicken von dem älteren Mann.

»Wir können Autosticker und T-Shirts verkaufen«, fuhr Kate fort. »Und wir können Spendenveranstaltungen abhalten.« Sie wollte noch etwas hinzufügen, aber das entmutigte Grummeln der Anwesenden hielt sie zurück.

»Vielleicht hat Silas Recht«, meinte Jake Dillon betreten. »Es gibt nicht die Bohne einer Chance, das alles durchzuziehen.«

Kate lächelte fein. »Das ist ja das Beste daran – wir müssen es nicht selbst tun.« Sie verteilte ein bedrucktes Blatt, das sie auf ihrem Computer getippt und dann auf dem Kopierer in ihrem Büro, das sie in einem der Schlafzimmer eingerichtet hatte, vervielfältigt hatte. Auch wenn sie aufs Land gezogen war – es gab einfach ein paar Dinge, ohne die ein Mädchen aus der Stadt nicht leben konnte. Für Kate gehörte dazu ein modernes, effizientes Büro.

»Sie schlagen vor, dass wir jede dieser Agenturen kontaktieren?«, fragte Ed.

»Richtig. Alle von ihnen haben sich der Verbesserung der Umwelt verschrieben. Sie waren es, die daran gearbeitet haben, das Zyankaliverbot überhaupt erst einzubringen. Es wird ihnen eine Freude sein, uns zu helfen, wenn sie überhaupt erst einmal begriffen haben, was Consolidated da versucht.«

Chance las die Liste laut vor. »Five Valleys Trust, Sierra

Club, Trout Unlimited. John Muir Chapter. Montana Environmental Information Center, Montana Wilderness Association.« Er hob die Augen von der Liste, die sich noch über eine weitere halbe Seite zog, und grinste. »Wenn wir diese Jungs auf unserer Seite haben, dann hat Consolidated einen ganz schönen Krieg vor sich.«

»Und es ist eine Schlacht, die sie nicht gewinnen werden«, sagte Kate entschlossen.

Silas sah immer noch besorgt aus. »Diesen Typen wird das nicht gefallen.«

»Milde ausgedrückt«, grummelte Jeremy.

»Silas und Jeremy haben Recht«, sagte Tom Webster. »Nicht jeder wird erfreut sein, dass ihr versucht, sie aufzuhalten. Drüben, in der Nähe von Yellowstone, haben Umweltschützer versucht, die World-One-Goldmine daran zu hindern, sich breit zu machen, was ziemlich übel ausgegangen ist. Ein paar Leute sind sogar schwer verletzt worden.«

»Etliche Dinge sind es wert, dafür zu kämpfen«, sagte Chance.

Kate stimmte ihm wortlos zu. Sie lebte noch nicht lange in Montana, aber sie hatte sich bereits in das Land verliebt. Der Gedanke, eine der letzten unberührten Landschaften des Kontinents zu zerstören, war einfach zu schmerzhaft.

»Also gut. Wie hört sich die ›Silver-Fox-Anti-Mining-Koalition‹ an?«

Mehrere Köpfe nickten. »Klingt gut für mich«, sagte Chance, und ein zustimmendes Raunen ging durch die Menge.

»Ich glaube, es wäre das Beste, wenn Ed die ersten Anrufe bei den Organisationen macht, nachdem er in der Gemeinde so bekannt ist«, fuhr Kate fort. »Ich bin wohl die logische Wahl, um die Broschüre zu entwerfen. Ich werde aber Fotos brauchen. Gibt es hier irgendjemanden, der mir dabei helfen kann?«

»Ich kann«, sagte Jeremy. »Tierfotografie ist so eine Art Hobby von mir. Und ich hab ein paar Fotos von den Umweltschutzproblemen, die durch die Beavertail Mine drüben am Beaver Creek verursacht wurden.«

»Perfekt. Kennt jemand einen der Lokaljournalisten? Wir können mit dem Problem von Chances toten Rindern anfangen. Das sollte die Leute, die hier in der Gegend leben, interessieren.«

Jeremys Blick zuckte zu Chance. »Welche toten Rinder?«

Eine seltsame Stille legte sich über den Raum, als Chance vom grausigen Fund erzählte, den er auf seiner Hochwiese gemacht hatte. »Versteht ihr jetzt, warum es so wichtig ist? Statt der Rinder hätte es auch ein paar Kinder erwischen können.«

Sie fuhren mit der Zuteilung von Aufgaben fort und bevor sie gingen, bat Kate sie, ein Freiwilligenformular zu unterschreiben, auf dem der jeweilige Name, die Telefonnummer und Adresse aufgelistet waren. Sie hatten einen wirklich guten Start hingelegt, dachte sie, als der Letzte von ihnen gegangen war.

Alle außer Chance, der dablieb und ihr beim Einsammeln der gebrauchten Kaffeetassen, Servietten und schmutzigen Aschenbecher half. Das Café vorne machte auch gerade zu. Kate hörte, wie Bonnie in der Küche aufräumte.

»Du warst toll heute Abend«, sagte Chance, nachdem sie fertig waren.

»Ich meine, dass es ein bisschen zäh war. So etwas in die Gänge zu kriegen ist halt nicht so einfach.«

Sein Blick wanderte über sie, verweilte auf ihren Brüsten. »Etwas, das die Sache wert ist, ist nie leicht«, murmelte er und sah ihr wieder ins Gesicht. »Die besten Dinge brauchen ein bisschen Mühe.« Er redete jetzt nicht mehr über die Kampagne und ihr lief ein kleiner Schauder über den Rücken.

»Ich wünschte, es wäre Donnerstag«, sagte er. »Wenn ich dich nach dem Abendessen nach Hause bringen würde, hätte ich eine Ausrede, dich zu küssen.«

Kate konnte sich nicht bewegen. Ihr Herz schlug Stakkato. Er stand so nahe, dass sie sein Aftershave riechen konnte. Old Spice, dachte sie.

Nichts Ausgefallenes für einen Mann wie Chance, aber Himmel, es roch an ihm fabelhaft.

»Aber«, sagte er leise, »vielleicht brauche ich ja keine Ausrede.« Er trat entschlossen auf sie zu und senkte den Kopf, bis sein Mund sich sanft auf ihren legte. Ihre Augen schlossen sich, und ihre Welt kippte aus den Angeln. Ihre Lippen verschmolzen, und ihre Hände tasteten über seine Brust. Sie war hart wie Stahl, solide wie die Wand hinter ihr, breite Muskelbänder, die sich anspannten, als er sie in die Arme nahm und sie an sich presste.

Der Kuss war endlos. Knabbernd, kostend, zärtlich, dann tief und verzehrend erotisch. Sie wusste, dass sie ihn beenden sollte, aber sein Mund fühlte sich so warm, so richtig an, dass sie sich weigerte, weiter darüber nachzudenken.

Ein lautes Krachen ertönte: Bonnie hatte eine Pfanne auf den Küchenboden fallen lassen. Die beiden zuckten auseinander.

Chance lächelte. Liebevoll strich er mit einem Finger ihr Kinn entlang. Sie dachte, er würde sie noch einmal küssen, aber er tat es nicht. Offenbar merkte er, dass sie es nicht mehr zulassen würde.

Aber auch so war er anscheinend mit dem Fortschritt, den

er vollbracht hatte, zufrieden, was ihr wiederum den Magen zusammenzog. Er nahm seinen Hut von der Garderobe neben der Tür, drückte ihn tief in die Stirn, tippte zum Abschied lächelnd gegen seine Krempe und verschwand.

Ed Fontaine wartete in seinem Rollstuhl neben Randy vor dem Café, als Chance endlich herauskam. »Ich hab mich gefragt, ob du vorhast, die Nacht in dem Café zu verbringen.« Er hatte kurz mit Chance reden wollen, bevor er nach Hause aufbrach. Ihm war nicht in den Sinn gekommen, dass der Junge eventuell noch was anderes vorhatte. Obwohl er hätte darauf kommen müssen, so wie Chance Kate Rollins mit Blicken verschlungen hatte.

»Tut mir Leid«, sagte Chance. »Ich hab nicht gewusst, dass du mich noch sprechen wolltest.«

»Das Treffen ist gut gelaufen, findest du nicht auch?«

»Kate weiß, was sie tut. Da gibt's keinen Zweifel.«

Nein, den gab's nicht, dachte Ed. Das Mädchen hatte es meisterhaft verstanden, ihre Pläne rüberzubringen und die Kampagne in Gang zu setzen. »Es gibt eine Menge Arbeit, aber zumindest haben wir jetzt eine Vorstellung, wie wir es angehen können.«

»Wir haben Glück, dass wir sie haben.«

»Verdammtes Glück«, lobte Ed. Ihm hatte allerdings nicht gefallen, wie Chance sie bei dem Meeting ständig angesehen – oder wie sie ihn angesehen hatte. Dabei hatten die beiden ihr Bestes getan, um sich ihre gegenseitige Zuneigung zu verkneifen. Das machte ihm am meisten Sorgen.

Oh, er wusste, dass Chance gelegentlich eine Affäre hatte. Er dachte sich, dass seine Kleine eventuell Ähnliches tat, nachdem sie in einer so pulsierenden Stadt wie New York lebte. Aber daran versuchte er lieber nicht zu denken. Irgendwie war es wahrscheinlich gut, dass sich die beiden die Hörner abstießen, bevor sie heirateten. Nur gefiel ihm der Gedanke nicht, dass Chance sich da in etwas Kompliziertes hineinstürzte.

Besonders nicht jetzt.

Er hatte gerade heute einen Brief von Rachael erhalten. In weiteren dreißig Tagen würde seine Tochter die Modelaufträge erfüllt haben. Sie wollte dann ein bisschen Urlaub machen, für ein paar Wochen auf die Ranch zurückkommen.

Ich kann es gar nicht erwarten, dich zu sehen, Daddy, schrieb sie. *Und natürlich auch Chance.* Sie hatte von ihrer Karriere geschwärmt, aber gesagt, sie hätte die ewige Reiserei satt. *Vielleicht ist es an der Zeit, über die Zukunft nachzudenken.*

Ed sah hoch zu Chance, merkte, wie er das Café anstarrte. Durch das erleuchtete Fenster konnte man Kate Rollins erkennen.

Vielleicht war es an der Zeit? Nach Eds Meinung war es allerhöchste Zeit.

Kate stand am Donnerstagmorgen früh auf, arbeitete ein paar Ideen aus, die sie für das Layout der Broschüre hatte, und ging dann rüber ins Restaurant. Das Frühstücksgeschäft brummte, mittags war das Geschäft durchschnittlich. Sie trug das letzte Tablett mit schmutzigem Geschirr in die Küche, als sie mit Myra fast – erneut – zusammengestoßen wäre.

»Das versuchst du schon den ganzen Tag«, griente Myra mit einem Funkeln in den Augen. »Irgendwann triffst du mich. Das liegt doch nicht zufällig daran, dass du heute Abend ein Date mit Chance McLain hast?«

Himmel, für diese Frau war sie wohl durchsichtig! Es

stimmte ja: Seit er sie nach diesem Treffen geküsst hatte, kriegte sie ihn nicht mehr aus dem Kopf. Jetzt behinderte er sie schon in ihrer Arbeit.

»Ich sollte nicht mit ihm ausgehen«, sagte Kate mit einem Seufzer und kurvte an Myra vorbei in die Küche. »Es ist offensichtlich, was für eine Art Mann er ist. Wenn er all die Frauen hat, wie du behauptest –«

»Ich sagte, die Frauen sind alle hinter ihm her – das ist ein großer Unterschied. Oh, er hat natürlich seine Freundinnen, der Mann ist schließlich kein Mönch. Und es kann hier draußen verdammt einsam sein. Aber Chance ist ein guter Mann. So viel ich weiß, hat er sich immer bemüht, mit den Frauen, mit denen er ausgeht, ehrlich zu sein. Er hat nur noch nicht das richtige Mädel kennen gelernt.«

Kate stellte das Tablett mit dem Geschirr auf dem Tresen ab. »Das spielt für mich keine Rolle. Ich bin nicht bereit, mich auf irgendeine Art von Beziehung einzulassen. Und ich glaube, Chance ist es auch nicht.«

Myra legte den Kopf zur Seite. »Manchmal ist es scheißegal, ob du bereit bist oder nicht.« Sie hängte ihre Schürze an den Haken neben der Tür, drehte sich um und spazierte aus der Küche.

Kate folgte ihr, verblüfft über die drastische Ausdrucksweise, nach draußen und versuchte nicht an das zu denken, was Myra da gesagt hatte. »Ich muss ein paar Anrufe tätigen. Wenn du mich brauchen solltest, ich bin in meinem Büro.«

»Während der Woche solltest du doch nach dem Mittagessen frei haben – oder hast du das schon vergessen?«

Kate feixte. Sie war im Grunde ein Workaholic, aber sie gab sich große Mühe, sich zu bessern. Sie winkte Myra kurz zu, verließ das Café und machte sich auf den Weg heim, die Schotterstraße hoch, zu ihrem großen, einstöckigen Fachwerkhaus. Oben in ihrem Büro öffnete sie die Datei, die sie über Nell Hart angefangen hatte, und wählte die Nummer des Sheriffs, die sie darin notiert hatte. Diesmal erreichte sie ihn.

Das Gespräch war kurz und total einseitig.

»Aber den Bericht einfach nur durchlesen würde doch nichts schaden können. Ich bin ihre Enkelin. Ich will nur wissen, was passiert ist. Wenn das jemandem in Ihrer Familie passiert wäre, dann würden Sie das doch sicher auch wissen wollen.«

»Es tut mir Leid, Mrs. Rollins. Der Unfallbericht ist vertraulich.«

»Und was ist mit dem Bericht des Gerichtsmediziners? Kann ich den wenigstens sehen?«

»Ich fürchte, was Sie verlangen, ist unmöglich.«

Sheriff Conrad erklärte ihr geduldig die Regeln, die Kate lächerlich fand. Nachdem es offensichtlich war, dass kein Argument den Mann dazu bringen würde, seine Meinung zu ändern, bedankte sie sich zähneknirschend, jedoch äußerst höflich und legte auf. Dabei überlegte sie schon, wie sie die Sache anders angehen könnte.

Der Augusttag war warm. Eine sanfte Brise blies durch das Fliegengitter. Als sie sich umdrehte und auf den Weg nach unten machte, bemerkte sie eine hoch gewachsene Gestalt, die die Verandatreppe hochstieg – Chance McLain. Ihr Magen schlug seinen üblichen Salto, aber Kate ignorierte das geflissentlich. Ihre Verabredung zum Abendessen war erst für heute Abend.

Ein hoffnungsvoller Gedanke schoss ihr durch den Kopf. Vielleicht war etwas dazwischengekommen und er war gekommen, um abzusagen.

Sie wünschte, sie hätte wenigstens die Zeit gehabt, ihr

Haar zu kämmen oder etwas anderes als ihre rosa Nylonuniform, als sie die Tür öffnete. Mit dem Hut in der Hand stand er vor ihr, in einem weißen, langärmligen Hemd mit Perlmuttnieten, schwarzen Stiefeln aus Eidechsenleder und der Art von Jeans, die er stets trug – nur waren diese neuer, noch nicht ausgebleicht, offensichtlich für eine besondere Gelegenheit.

Ihr Herz stolperte kurz. Sie redete sich ein, dass der Grund dafür nicht war, dass sie sich freute, ihn zu sehen.

»Hat mich mein Gedächtnis im Stich gelassen«, fragte sie, »oder sind Sie tatsächlich vier Stunden zu früh dran?«

Chance griente, öffnete das Fliegengitter und trat ein. Er sah sich kurz um, musterte den frisch versiegelten Hartholzboden, das große Sofa und die frisch mit Zitronenöl polierten Antiquitäten.

»Das sieht ja prachtvoll aus. Ich glaube, Nell hätte das gefallen.«

Es war ihr eigentlich egal, ob es Nell gefallen hätte oder nicht, aber das verschwieg sie lieber. Chance war, wie alle anderen, überzeugt, Nell wäre ein Muster an Tugend gewesen. Kate sah sie eher vom Standpunkt ihrer Mutter aus.

»Wenn du wegen der Verabredung gekommen bist – ich meine, wenn etwas Wichtigeres dazwischengekommen ist –«

Chance feixte. »Ich kann mir nichts Wichtigeres vorstellen, als dich zum Essen auszuführen.«

Kate benetzte ihre Lippen. »Wenn du wegen der Kampagne hier bist, kann ich dir zeigen, wie weit das Layout der Broschüren ist.«

»Ehrlich gesagt, bin ich auf dem Weg nach Polson. Mir ist eingefallen, dass du normalerweise nachmittags frei hast. Ich weiß, du wolltest noch mal da hin und mit dem Sheriff reden. Ich hab mir gedacht, wenn du jemanden findest, der später für dich einspringt, möchtest du vielleicht mitkommen.«

Kate seufzte. »Ich hab schon mit dem Sheriff geredet. Genauer gesagt, ich hab geredet – und er blieb verschlossen wie eine Auster. Er will mir weder den Unfall- noch den Autopsiebericht zeigen. Ich denke, ich werde mir einen Anwalt besorgen müssen. Vielleicht gibt es da irgendeine gesetzliche Möglichkeit.«

»Ist das denn so wichtig?« Er musterte ihr Gesicht, versuchte ihre Motive zu ergründen.

Kate bemühte sich um ein Pokerface. »Ich will wissen, was passiert ist. Ist das wirklich so schwer zu verstehen?«

Chance sah ihr noch einen Moment lang tief in die Augen, sodass sie sich am liebsten weggedreht hätte. »Vielleicht nicht. Ich sag dir was. Der Sheriff – Barney Conrad – ist ein Freund von mir. Er ist mir ein paar Gefallen schuldig. Wenn du mitkommen willst, kann ich ihn wahrscheinlich dazu bringen, dass er dich den Bericht lesen lässt.«

Ihr Herz machte einen freudigen Satz. »Glaubst du wirklich, das würde er tun?«

»Wie ich schon sagte: Er ist mir ein paar Gefallen schuldig.«

Kate überlegte, was das wohl für Gefallen waren, fragte aber nicht. Chance McLain war einer der reichsten Grundbesitzer. Das gab ihm ein gewisses Potenzial an Macht. Vielleicht könnte er ihr tatsächlich helfen.

»In Ordnung. Ich würde gerne mitkommen.«

»Was ist mit David? Meinst du, er will uns begleiten?«

Sie lächelte, weil er so lieb gewesen war zu fragen. Die meisten Männer hätten keine Lust, sich mit einem Zwölfjährigen abzugeben. Aber die Sommerkurse waren vorbei und David hatte noch keine neuen Freunde gefunden und war einsamer denn je. Wahrscheinlich hätte er den Vorschlag sofort bejubelt – wenn er zu Hause gewesen wäre.

»David ist mit dem Chief beim Fischen. Ich glaube, du hast da einen bekehrt. Bis du ihm das Fischen mit der Fliege beigebracht hast, hat er dauernd davon geredet, dass er nach L. A. zurückgeht. In letzter Zeit hat er kein Wort mehr darüber verloren.«

»Freut mich, das zu hören. Ich mag deinen Jungen.« Er lächelte. »Fast so sehr, wie ich seine Mutter mag.«

Kate errötete ein bisschen und fragte sich, ob er das ernst meinte. Sie eilte nach oben und rief Bonnie an, damit sie ihre Abendschicht übernahm. Dann zog sie sich saubere Jeans, eine cremefarbene Seidenbluse und ein braunes Tweedjackett mit Lederflecken an den Ellbogen an. Sie wollte nicht wie ein Mädchen aus der Stadt aussehen, aber auch nicht wie eine Landpomeranze. Sie schrieb David ein paar Zeilen, heftete das Blatt an ihr Pinnbrett in der Küche, dann ging sie zurück zu Chance, der im Wohnzimmer wartete. »Ich bin bereit, wenn du es bist.«

»Wenn du auf mich wartest, Darling, dann gehst du rückwärts. Gehen wir«, lachte er.

Kate packte ihre Handtasche und ging an ihm vorbei zur Tür hinaus. Der Kosename ließ ihr Herz seltsam hüpfen. Sie konnte nicht umhin, sich zu fragen, ob er jede Frau so nannte. Das machten die Männer in allen Western. Zweifellos er auch. Es war lächerlich, sich zu wünschen, dass er das Wort speziell für sie gemeint hatte.

11

Kate saß in ihrem bequemen Sitz und beobachtete, wie Chance die viel befahrene, zweispurige Straße nach Polson mit derselben selbstsicheren Nonchalance bewältigte, die er bei allem zeigte. Er fuhr den großen Dodge, als wäre er ein Sportwagen und nicht ein Truck, den sie kaum erklimmen konnte.

Unterwegs unterhielten sie sich zwanglos. Chance erkundigte sich nach David, wie er sich eingelebt und ob er schon Freunde gefunden hatte.

Kate seufzte. »Er verbringt die meiste Zeit mit dem Chief, was natürlich wunderbar ist. Auf jeden Fall besser als die Jungs, mit denen er sich in L. A. rumgetrieben hat. Ich wünschte nur, er hätte ein paar Freunde in seinem Alter. Nachdem die Sommerkurse vorbei sind, gibt's nicht mal den Schimmer einer Hoffnung, dass das passiert.«

Chance beruhigte sie. »Er ist ein guter Junge. Mit der Zeit werden die anderen Kids das auch feststellen. Und in der Zwischenzeit macht er wenigstens keinen Ärger.«

Das war wahr, Gott sei Dank. Aber in letzter Zeit zog er sich wieder sehr zurück, verbrachte zunehmend mehr Zeit in seinem Zimmer. Trotzdem, ihr Sohn war wohl kaum Chance' Problem. »Was ist mit dir? Hast du noch mehr Rinder verloren?«

Chance schüttelte den Kopf. »Wir haben in letzter Zeit scharf aufgepasst. Bis jetzt hatten wir keine weiteren Probleme.«

Sie bogen in die Hauptstraße von Polson ein. Chance fuhr auf den Parkplatz hinter einem Fachwerkhaus und lenkte den Truck rückwärts gegen ein großes Rolltor.

»Während hier das Futter eingeladen wird, das ich das letzte Mal, als ich in der Stadt war, bestellt habe, können wir rübergehen und den Sheriff besuchen.«

Kate wartete, bis Chance um das Auto herumging und die Tür öffnete. Normalerweise war sie zu emanzipiert für solche Sachen, aber der Truck war einfach so hoch, dass sie eigentlich keine Wahl hatte. Und ehrlich gesagt, war es irgendwie ein gutes Gefühl, mit einem Mann unterwegs zu sein, der altmodische Manieren hatte.

Sie liefen los in Richtung Gerichtsgebäude, das zwei Straßen entfernt lag. Kate musste sich anstrengen, um mit seinen langen Beinen Schritt zu halten. Als er merkte, dass er zu schnell ging, verlangsamte er seine Schritte.

»Tut mir Leid, ich bin nicht an so jemand Kleinen gewöhnt.«

Verkniffen wehrte sie ab. »So klein bin ich nun auch wieder nicht.«

Eine seiner Augenbrauen zuckte nach oben. Er sah aus, als müsse er sich ein Grinsen verkneifen. »Mein Fehler«, entschuldigte er sich mit einem leichten Zucken der Mundwinkel.

Sie bogen um eine Ecke und folgten dem langen betonierten Gehsteig, der zu dem zweistöckigen Backsteingebäude führte, in dem das Büro des Sheriffs untergebracht war. Chance schob die schwere Glastür am Eingang auf und sie betraten die Lobby.

»Lass mir eine Minute Zeit«, bat er. »Es wird nicht lang dauern.«

Kate schlenderte herum, während er mit dem Sheriff sprach, vertrieb sich die Zeit, indem sie die Gemeindeposter an den Wänden las: The Silver County Fair and Rodeo in zwei Wochen, das 103rd Annual Arlee Powwow, das für nächsten Sonntag geplant war, die 4-H Horse Show auf dem Festplatz von Polson am Ende des Monats. Sie lächelte bei dem Gedanken, wie anders doch das Leben hier war.

»Kate?«

Sie drehte sich um, als sie Chances Stimme hörte, und er bedeutete ihr, ihm zu folgen.

»Du hast ihn überredet?«, flüsterte sie, als sie bei ihm angelangt war.

»Es hat ihm nicht gefallen, aber er hat sich widerwillig bereit erklärt. Ich hab ihm gesagt, er ist mir was schuldig, nachdem ich den Mund gehalten habe über das, was bei seiner Junggesellenparty am Abend, bevor er letztes Jahr wieder geheiratet hat, passiert ist.«

Kate lachte. »Dann bin ich wohl jetzt diejenige, die dir was schuldig ist.«

Chances blaue Augen sprühten förmlich. »Vielleicht. Wenn ja, dann fällt mir sicher etwas ein, wie du dich revanchieren kannst.«

Kate gab keine Antwort, aber ihre Beine fühlten sich plötzlich zittrig an. Was würde Chance McLain dafür wollen? Bilder von seinem hoch gewachsenen, sehnigen Körper nackt und auf ihr liegend, trieben ihr die Schweißperlen zwischen ihre Brüste. Kate drückte energisch den Rücken durch und zwang sich, an das bevorstehende Treffen zu denken.

Sheriff Barney Conrad erwartete sie stehend. Er war fast so groß wie Chance, schlank und fit, mit braunen Haaren und nussbraunen Augen. Er war um die vierzig mit einem Lächeln, das ein bisschen viel Zähne zeigte. Aber sie waren weiß und gerade und sein Mund hatte einen freundlichen Schwung. Trotzdem konnte sie sich den Gedanken nicht verwehren, dass er ein ausgekochter Politiker war.

»Mrs. Rollins. Es ist mir eine Freude, Sie kennen zu lernen. Chance sagt, Sie sind neu in Montana. Willkommen in Silver County.«

»Danke, Sheriff.«

Er führte sie in sein privates Büro und schloss die Tür aus Kathedralenglas. Er nahm die Akte, die auf seinem Tisch lag, und reichte sie ihr. »Ihnen ist klar, dass diese Akten vertraulich sind. Normalerweise hat niemand außerhalb dieses Büros Zugang dazu. Aber in diesem Fall gibt es ja mildernde Umstände und da können wir die Regeln schon ein bisschen verbiegen, nur dieses eine Mal.«

Die mildernden Umstände waren wohl sein Verhalten bei der Junggesellenparty. Kate lächelte. »Danke, Sheriff. Nachdem ich nie Gelegenheit hatte, meine Großmutter kennen zu lernen, würde ich gerne so viel wie möglich über sie erfahren. Auch die Art, wie sie starb, ist für mich von Bedeutung.« *Besonders die Art, wie sie starb,* verbesserte sie sich stumm und öffnete die Akte.

Sie hatte noch nie den Bericht eines Sheriffs gelesen, aber so, wie's aussah, war alles rechtmäßig. Fallnummer, Datum des Vorfalls. Name der beteiligten Parteien. Als Nächstes kam eine Beschreibung der Verstorbenen, Nell Mary Beth Hart. *Mary Beth.* Das war der richtige Name ihrer Mutter. Sie hatte ihn von Mary Beth Lambert Hart zu Celeste Heart geändert, weil das mehr Glamour im Klang hatte, fand sie.

Es war eine Überraschung, dass Nell ihren Namen mit ihrer Tochter geteilt hatte, eine Art ironisches Band, nachdem sie im Leben so weit voneinander entfernt gewesen waren.

Kate las weiter. Der Deputy, ein Beamter namens Greer, beschrieb die Szene: Er wäre auf eine Frau gestoßen, um die siebzig, etwa ein Meter sechzig groß, Gewicht circa fünfzig Kilo. Sie lag auf dem Boden des Esszimmers des Hauses 48

Sandy Creek Road in Lost Peak. Der Beamte fuhr mit weiteren Details des Unfallortes fort und dem, was seiner Meinung nach passiert war.

In Antwort auf einen 911er-Ruf von Mrs. Aida Whittaker, einer engen Freundin der Verstorbenen, die zu einem Besuch eingetroffen war, fuhr ich etwa um 3 Uhr 12 nachmittags vor dem Haus vor. Beim Betreten des Hauses entdeckte ich die weibliche Leiche kaukasischer Abstammung, die mir seit zehn Jahren persönlich als Nell Hart bekannt war. Die Verstorbene war allem Anschein nach zumindest schon ein paar Stunden tot. Eine Untersuchung des Tatorts zeigte an, dass sie über einen Läufer gestolpert war, der sich in ihren Füßen verheddert hatte. Durch den darauf folgenden Sturz war sie mit dem Hinterkopf gegen die Ecke einer Anrichte aufgeschlagen. Sie hatte ein Schädeltrauma erlitten, das heftige Blutungen zur Folge hatte.

Der Körper wies ansonsten keine Spuren von Fremdeinwirkung auf. Es gab weder Anzeichen für gewaltsames Eindringen noch für einen Kampf.

Kate las weiter und versuchte, sich nicht von der Vorstellung, wie die alte Frau allein auf dem Boden ihres Hauses starb, rühren zu lassen.

Sie warf Chance einen Blick zu. »Hier steht, es hätte keine Spuren von gewaltsamem Eindringen gegeben. Weißt du zufällig, ob Nell ihre Türen immer abgesperrt hat?«

»Ich bezweifle es. Hier in der Gegend macht das keiner.«

Kate ging den Bericht ein letztes Mal durch, prägte sich die Einzelheiten ein, sah aber nichts, was von Bedeutung schien. Sie gab die Akte zurück.

»Ich danke Ihnen, Sheriff Conrad. Ich glaube, ich verstehe, was passiert ist. Wenn ich dann jetzt noch den Autopsiebericht sehen könnte, wäre ich –«

»Oh, tut mir Leid. Ich dachte, das hätten Sie gewusst. Silver County ist klein und bei weitem nicht reich. In Fällen wie diesen, wo die Todesursache so klar auf der Hand liegt, wird keine Autopsie gemacht. Es erspart der Familie ein gewisses Maß an Kummer und dem County eine beachtliche Summe Geld.«

»Aber –«

»Das ist Montana«, warf Chance behutsam ein. »Deine Großmutter war zweiundsiebzig Jahre alt. Wenn Leute dieses Alter erreichen, passieren manchmal unglückliche Dinge. Wir hier draußen haben gelernt, das zu akzeptieren.«

Kate schluckte eine Entgegnung hinunter. Vermutlich hatte Chance Recht. Auch in der Stadt hatten Leute oft tödliche Unfälle. Es war nichts Ungewöhnliches. Es war ein Teil des Lebens.

Warum hatte sie aber dann dieses dumpfe Gefühl, dass hier etwas nicht stimmte?

Sie schenkte dem Sheriff das liebenswürdigste Lächeln, das sie zu Stande brachte. »Ich weiß Ihre Hilfe zu schätzen, Sheriff Conrad. Tut mir Leid, wenn ich Ihnen irgendwelche Probleme gemacht habe.«

Sein Politikerlächeln erstrahlte. »Überhaupt kein Problem, Mrs. Rollins. Dafür sind wir ja da – denen zu dienen, die uns brauchen.«

Chance legte seine Hand auf ihren Rücken und sie wandten sich in Richtung Türe.

»Danke, Barney«, rief er über seine Schulter. Nachdem sie das Gebäude verlassen hatten, gingen sie schweigend zurück zum Pick-up. Der Wagen war voll geladen und bereit, als sie dort ankamen. Chance bezahlte das Futter, half ihr hinauf ins Führerhaus, stieg auf der anderen Seite auf den Fahrersitz und schloss die Tür.

Er musterte sie eindringlich. »Du bist verflucht still. Ich dachte, wenn du den Bericht gelesen hast, würdest du dich besser fühlen.«

Sie versuchte ein Lächeln, aber es misslang ihr. »Danke für die Hilfe.«

»Was ist, Kate? Warum ist es so wichtig? Was verschweigst du mir?«

Sie starrte in ihren Schoß und erinnerte sich an den Schuss, der sie fast getötet hatte, die Qual, die sie in dieser Nacht im Gesicht ihrer Großmutter gesehen hatte, dachte an Chet Munston und die schrecklichen Zeitungsberichte, wünschte, sie könnte ihm die Wahrheit erzählen.

Und wusste, dass er sie für verrückt halten würde.

»Ich weiß nicht, Chance. Etwas daran lässt mir keine Ruhe. Irgendetwas stimmt nicht.«

Er legte eine Hand auf die ihre. »Es ist doch ganz normal, denke ich, dass man sich fragt, was passiert ist, wenn man jemanden aus der Familie verliert. So viel ich mitgekriegt habe, ist deine ziemlich klein. Das macht es wahrscheinlich noch schlimmer.«

Kate gab keine Antwort. Sie hatte eigentlich keine Familie, nur sie und David und ein paar entfernte Cousins.

»Es ist fast fünf Uhr«, sagte Chance mit einem Blick auf seine große Chromuhr. »Warum gehen wir nicht rüber ins El Rio und ich kauf dir eine Margarita? Du bist ein Mädchen aus Kalifornien. Du musst Margaritas mögen.«

Das tat sie, obwohl sie schon seit Ewigkeiten keine mehr getrunken hatte. Sie rang sich ein Lächeln ab. »Hört sich echt gut an.«

Chance startete den Pick-up. Sie fuhren den unteren Teil des Flathead Lake entlang, an dem Polson lag, und erreichten ein Restaurant mit Aussicht auf den See. So früh war der

Parkplatz noch nicht voll, aber ein paar Autos standen schon vor dem Eingang. Ein weißer Jeep Cherokee fuhr vor, gerade als Chance die Tür öffnete und ihr herunterhalf. Sie merkte, wie grimmig sein Gesicht wurde.

»Was ist?« Sie folgte seinem Blick zu den Männern, die aus dem Cherokee stiegen.

»Lon Barton und ein paar von seinen Kumpels. Mein Pech, dass ich denen ausgerechnet heute Abend begegnen muss.« Sein genervter Gesichtsausdruck signalisierte, dass er Pläne hatte, in denen er nur sie beide vorgesehen hatte und Kate spürte ein sanftes, unerwartetes Kribbeln von Verlangen.

»Komm«, sagte er. »Wir waren zuerst da und diese Margaritas klingen immer noch gut.« Sie ließ es zu, dass er ihre Hand nahm und sie zur Eingangstür des Restaurants dirigierte, und sie Lon Barton und seinen Männern um etliche Sekunden zuvorkamen. Das Lokal war überraschend schick nach Montana-Maßstäben: hellblau und zitronengelb gestrichen, mit hellem Holzboden, Deckenventilatoren und hübschen Mosaikkacheln. Es sah eher aus wie ein Restaurant, das man in Newport Beach erwartet.

Chance führte sie in die Bar rechts, die ebenfalls im Santa-Fe-Stil eingerichtet war. Sie setzten sich an einen der Seitentische und er bestellte einen Krug Margarita.

»Einen Krug?« Kate beäugte ihn misstrauisch. »Du versuchst doch nicht etwa, mich betrunken zu machen und dann die Situation auszunützen, oder?«

Seine Mundwinkel zuckten nach oben. Gott, so ein sexy Mund. »Nein, aber es ist keine schlechte Idee. Es wäre interessant zu sehen, wie du bist, wenn du mal die Deckung fallen lässt.«

Kate nippte an ihrem Drink. Mit einem Mal brauchte sie

dessen beruhigende Wirkung. Er war kalt und gefrostet, nicht direkt so wie die, die sie von zu Hause gewohnt war, aber auch nicht schlecht. »Ich lasse nicht oft die Deckung fallen.«

»Wem sagst du das?« Er nahm einen Schluck von seinem Drink. »Die Frage ist nur: Warum nicht?«

Kate wandte den Blick ab, hob nonchalant die Schultern. »Es steht zu viel auf dem Spiel, denk ich.«

»Was zum Beispiel? Oder werde ich jetzt wieder zu persönlich?«

Sie nahm einen Schluck Margarita. »Ja. Aber in diesem Fall, glaube ich, hast du ein Recht, es zu wissen.«

»Ich höre.« Er nahm noch einen Schluck und leckte sich das Salz mit der Zunge ab. Fasziniert beobachtete Kate dieses Schauspiel und für eine Minute vergaß sie, was sie sagen wollte.

Sie trank noch etwas von ihrer Margarita. »Die Wahrheit ist, meine Scheidung ist noch nicht endgültig durch. Technisch gesehen gehst du mit einer verheirateten Frau aus.«

Eine seiner Augenbrauen schnellte nach oben. »Ich lasse das nicht zur Gewohnheit werden. In deinem Fall kann ich wohl eine Ausnahme machen. Nachdem ich dich jetzt in die Stimmung gebracht habe, offen zu sein: Was ist das Problem?«

Kate seufzte. »Mein Fast-Exmann. Tommy ist schon von Anfang unserer Beziehung an ein Problem. Jetzt will er eine größere Abfindung, was die Sache in die Länge gezogen hat. Er hat gedroht, das Sorgerecht für David einzuklagen, wenn er die nicht kriegt. Schließlich hab ich mich bereit erklärt, ihm fünf Jahre lang Alimente zu zahlen, nur um ihn dazu zu kriegen, zu kooperieren.«

»Du machst Scherze.«

»Ich wünschte, dem wäre so.«
»Nicht gerade meine Kragenweite, der Typ.«
»Nein. Das wäre er wohl nicht. Und zumindest die letzten zehn Jahre war er meine auch nicht.«
»Warum bist du dann geblieben?«
»Hauptsächlich wegen David. Weil ich nicht wollte, dass meinem Sohn das Gleiche passiert wie mir. Ich bin ohne Vater aufgewachsen und das genügte eigentlich. Aber schließlich wurde mir klar, dass ein Vater wie Tommy nicht viel besser ist als gar kein Vater.«
»Ich wollte immer eine Mutter, aber mein Vater hat nie wieder geheiratet. Er war der Meinung, Frauen wären nur für eine Sache gut. Glücklicherweise war er nicht oft da und ich hab nicht viel von dem, was er behauptete, angenommen.«
»Dann glaubst du also nicht, dass Frauen nur für eins gut sind?«
Er griente. »Frauen sind für eine Menge Dinge gut. Ich will aber nicht abstreiten, dass Sex ziemlich weit oben auf der Liste steht.«
Sie musste lächeln. Auf ihrer Liste hatte Sex nie weit oben gestanden. Mit Tommy war es lediglich eine Pflicht. Nachdem sie seine endlosen Affären entdeckt hatte, war er sowieso von der Liste verschwunden.
Sie musterte Chance kurz. Er beobachtete sie wieder auf seine eindringliche Art und ihr Inneres schmolz wie ein warmer Butterwürfel. Wie würde Sex mit einem Mann wie Chance sein? Und, gütiger Gott, wagte sie das zu riskieren, um es herauszufinden?
Sie tranken ihre Gläser aus und widmeten sich danach dem Abendessen. Kate hatte nicht mehr mexikanisch gegessen, seit sie L. A. verlassen hatte. Wenn man bedachte, dass

sie 1500 Meilen von der mexikanischen Grenze entfernt waren, waren die Enchiladas überraschend gut, und die Chile Verde, die Chance bestellte, waren richtig köstlich. Zusätzlich verteilten das Fleisch und der Käse die Margaritas gnädig, die sie vorhin getrunken hatten.

Es war noch nicht ganz acht Uhr, als sie das Restaurant verließen, aber beide begannen kurz nach Sonnenaufgang zu arbeiten. Sie traten hinaus auf den Parkplatz, als sie den Mann entdeckte, der, wie Chance sagte, Lon Barton war.

Er war groß und blond, vielleicht ein paar Jahre älter als Chance, aber anstatt dem Managerimage, das sie erwartet hatte, trug Barton sein gelbblondes Haar ein bisschen zu lang und hatte einen dicken blonden Schnurrbart. Er hatte ein rot kariertes Hemd und Blue Jeans an und glich mehr einem Holzfäller als einem reichen Minenbesitzer.

»Du bist es tatsächlich, McLain?« Barton kam auf sie zu und Chance fluchte leise vor sich hin. »Ich hab gedacht, ich hätte dich vorhin gesehen«, fuhr Barton fort. »Wie läuft's denn so auf der Running Moon?«

Chances Miene wurde finster. »Könnte besser gehen. Ich könnte immer noch sechs lebendige Rinder haben, wenn sie nicht das Wasser getrunken hätten, das du oben im Reservat vergiftet hast.«

Barton erstarrte. »Ich hab gar nichts vergiftet. Wenn deine Rinder tot sind, ist das dein Problem, McLain. Das hat nichts mit mir zu tun.« Er wandte seine Aufmerksamkeit Kate zu und nahm zackig eine rote Baseballmütze vom Kopf, auf der stand: LIFE IS SOLID GOLD.

»Ich glaube, wir sind uns noch nicht begegnet.« Er reichte Kate eine Hand. Sie war glatt und blass, bemerkte sie, als sie sie widerwillig schüttelte, nicht rau von der Arbeit, ein krasser Gegensatz zu dem Arbeiterlook, den er ansonsten pflegte. »Ich bin Lon Barton. Es ist mir eine Freude, Sie kennen zu lernen, Mrs. ...«

»Rollins. Kate Rollins.«

»Natürlich. Sie sind die neue Besitzerin des Lost-Peak-Café. Ich hab schon viel über Sie gehört.«

»Ich hab auch schon von Ihnen gehört, Mr. Barton.«

»Lon. Bitte. In den nächsten paar Monaten werden wir uns sehr oft sehen. Da können wir doch gleich die Formalitäten lassen.«

Chance schob sie ein bisschen hinter sich. »Ich glaube nicht, dass sie dich allzu oft sehen wird, Barton. Wenn du darauf zählst, diese Mine am Silver Fox Creek zu bauen: Das wird nicht passieren.«

Die drei Barton-Begleiter rückten etwas näher. Der Größte der Gruppe stellte sich vor die anderen. »Oh, es wird passieren, McLain«, sagte er. »Ob's dir gefällt oder nicht.«

»Langsam, Duke«, warnte Barton, aber der Mann wich keinen Zentimeter zurück. Er war größer als Lon, etwa so groß wie Chance, aber mit breiterer Brust und Schultern. Sein fleischiges Gesicht war leicht gerötet und wie ein altes Sprichwort sagte: Er sah aus, als würde er zum Frühstück Nägel fressen.

»Du solltest deine Wachhunde besser an der Leine lassen«, warnte Chance Barton. »Wenn nicht, könnten sie vielleicht jemandem wehtun.«

»Ja«, sagte Duke und machte einen Schritt nach vorn, »und der Jemand wirst du sein!« Er holte mit schwerer Faust aus, aber Chance hatte den Schlag erwartet und wich locker zurück.

»Ich bin froh, dass du das gemacht hast, Mullens. Ich such schon seit zwei Jahren nach einer Gelegenheit, dir zu zeigen, wo's lang geht.« Chances harter gerader Schlag von der

Schulter aus traf Duke Mullens genau am Kinn. Der Mann taumelte rückwärts und wäre fast zu Boden gegangen. Als er sein Gleichgewicht wieder gefunden hatte, blitzten seine Augen vor Mordlust.

Sorge um Chance packte sie. Sie wollte nicht, dass er verletzt würde und Duke Mullens sah aus, als könnte er genau das machen.

Mullens federte zweimal auf den Fußballen hin und her, spuckte in den Dreck und stürmte auf Chance los. Ein paar rasche linke Haken überrumpelten Chance und eine harte Rechte beförderte ihn zu Boden.

»Chance!« Kate wollte zu ihm, aber Barton packte sie am Arm.

»Halten Sie sich da raus, Kate. Sonst erwischt man womöglich Sie.«

»Wir können sie nicht einfach kämpfen lassen. Können Sie nichts dagegen unternehmen?«

Sein Mund unter dem dicken blonden Schnurrbart verzog sich zu einem Grinsen. »Lassen wir ihnen ihren Spaß. Es juckt sie schon seit zwei Jahren in den Fingern.«

»Warum?«

»Böses Blut, könnte man sagen. Duke hat vor ein paar Jahren Chance eine seiner Frauen abgestaubt. Das mag er wohl nicht so gern.«

Duke hat Chance eine seiner Frauen abgestaubt. Bei den Worten wurde ihr leicht übel. War es das, worum es hier ging? Eifersucht wegen einer seiner früheren Geliebten? Kate gab keine Antwort, stand nur zitternd da und beobachtete mit wachsendem Entsetzen, wie die beiden Männer sich auf dem Parkplatz hin- und herprügelten.

Inzwischen blutete Duke Mullen heftig aus der Nase, Chance hatte eine Platzwunde am Augenwinkel und Blut lief über sein linkes Auge und die Wange hinunter, färbte sein weißes Hemd scharlachrot. Er zischte seinem Gegner einen Fluch zu und verpasste ihm einen mächtigen Schlag, der jeden normalen Mann umgehauen hätte. Stattdessen senkte Mullens den Kopf, rammte Chance wie ein Stier und die beiden Männer rumpelten krachend zu Boden.

Chance rollte sich auf ihn und platzierte ein paar gute Treffer, bevor Mullens ihn wegstieß und sich taumelnd wieder aufrichtete. Chance war bereit. Er ignorierte das Blut, das ihm ins Auge tropfte, verpasste Mullens eine harte Linke in den Bauch, gefolgt von einem Schlag auf das Kinn des größeren Mannes. Ein letzter, harter Schlag, und Mullens segelte rückwärts in den Dreck. Diesmal stand er nicht auf.

»Das war für Sherry«, sagte Chance und wischte sich das Blut mit dem Handrücken vom Mund. Er bückte sich, hob seinen Stetson vom Boden auf, klatschte ihn auf den Kopf und schritt auf sie zu. Wortlos packte er ihren Arm, und sie musste fast rennen, als er sie zum Truck zerrte.

Ein kurzer Griff und die Tür flog auf. Chance schwang sie präzise in den Sitz. Sekunden später rasten sie vom Parkplatz, Kies stieg hinter ihnen als Fontäne hoch, als sie auf die Straße einbogen und in Richtung Highway 93 und Lost Peak losdonnerten.

Kates Herz klopfte immer noch bis zum Hals. Aber jetzt, nachdem Schock und Angst nachließen, bebte sie vor Wut. Selbst das dunkelrote Blut, das über Chances hagere Wange tropfte, konnte ihren Zorn nicht zügeln.

»Also gut, du hast jetzt deinen Spaß gehabt, deinen nächsten Kampf wirst du mit mir haben.« Sie richtete einen funkelnden Blick auf den Mann, der mit zusammengebissenen Zähnen auf die Straße vor sich starrte. »War das alles wirklich notwendig? Du musstest dich wie ein Tier prügeln, weil irgendeine Frau, mit der du was hattest, dich für irgendeinen anderen Mann hat sitzen lassen?«

Einen Augenblick lang krallten sich seine langen braunen Finger um das Lenkrad, dann seufzte er. »Sherry ist lediglich eine gute Freundin. Wir sind vor Jahren in der High-School miteinander gegangen. Seitdem ist sie mehr eine Schwester für mich gewesen.«

»Red weiter.«

»Duke und ich haben im Varsity Squad zusammen Fußball gespielt. Er war damals schon ein Wichser. Und jetzt ist er ein noch größerer.«

»Das ist wohl kaum eine Entschuldigung dafür, sich auf dem Parkplatz mit ihm zu prügeln.«

Sein Mund wurde schmal. »Vor zwei Jahren hat Sherry den unglücklichen Fehler gemacht, mit ihm auszugehen. Bevor der Abend zu Ende war, hat Mullens sie vergewaltigt.«

Kate hatte das Gefühl, ihr Atem verklebte ihre Lunge. Vergewaltigung bei einer Verabredung. Es passierte zu oft. »Wenn das wahr ist, wieso ist er dann nicht im Gefängnis?«

»Weil Sherry ihn nicht angezeigt hat. Sie dachte, niemand würde ihr glauben. Sie kannte Duke seit vielen Jahren. Sie war schon eine Weile geschieden und fühlte sich wahrscheinlich einsam. An diesem Abend, als sie Duke nach Hause brachte, lud sie ihn in ihre Wohnung ein. Es war zwei Uhr früh und beide hatten getrunken. Sie wollte ihm einen Kaffee machen, bevor er in seine Wohnung zurückfuhr. Stattdessen prügelte er auf sie ein, sobald sie in dem Apartment waren, zerrte sie aufs Sofa und vergewaltigte sie.«

Kate starrte auf die Muskeln, die entlang seines Kinns zuckten. Die Scheinwerfer vorbeifahrender Autos zogen vorbei und warfen Schatten über seine ausgeprägten Wangenknochen.

»Selbst wenn das passiert ist«, sagte sie nun etwas besänftigt, »war es nicht deine Schuld. Du hattest nichts damit zu tun.«

»Wie ich schon sagte, Sherry ist eine Freundin. Mullens ist auch das Schwein, das die meiste Drecksarbeit für Barton erledigt. Was heißt, er ist wahrscheinlich der Typ, der für das Einlassen der Abwässer verantwortlich ist, die meine sechs Rinder umgebracht haben.«

Was immer sie noch für Gegenargumente hatte, sie verblassten. Sie lebte jetzt in Montana. Offensichtlich regelten die Leute hier ihre Probleme noch mit Fäusten. Sie öffnete ihre Handtasche, zog ein Papiertaschentuch heraus und tupfte das Blut an Chances Mundwinkel weg.

Sie spürte, wie sich seine Mundwinkel nach oben zogen. »Danke.«

»Keine Ursache.« Sie tupfte das Blut über seinen Augen ab und wischte es von seiner Wange. Dann steckte sie das Tuch zurück in ihre Tasche.

Chance warf ihr einen Blick aus dem Augenwinkel zu. »Du weißt, dass das nicht direkt der Abend war, den ich geplant hatte.«

»Wirklich nicht? Und ich hab gedacht, du hast das Ganze inszeniert, um mich zu beeindrucken.«

»Wenn ich das hätte, hätte ich den Teil weggelassen, bei dem Mullens mir die Hucke vollgehauen hat.« Er schob sein Kinn hin und her. »Duke hat einen Schlag wie ein Maulesel. Gott sei Dank ist er ungeschickt.«

»So wie du aussiehst, würde ich sagen, du solltest dafür dankbar sein.«

Er lachte und lehnte sich im Sitz zurück. Der Rest der Fahrt verlief schweigend. Als sie an ihrem Haus angelangt waren, brachte er sie zur Tür.

»Ich nehme an, du wirst mich nicht bitten, reinzukommen?«

»Wohl eher nicht.«

»Ich verspreche, das nächste Mal werde ich mich wie ein Gentleman benehmen.«

»Nächstes Mal? Nach dem, was heute Abend passiert ist? Wer sagt, dass es ein nächstes Mal geben wird?«

Sein Gesichtsausdruck wurde eindringlich, seine Augen so blau, dass sie wie Neonlichter flammten. »Ich sage es, Kate.« Er beugte sich vor und küsste sie, der sanfteste, süßeste Kuss, den sie je bekommen hatte. Dann stöhnte er und die Sanftheit verflog.

Sein Mund bemächtigte sich des ihren mit totaler Hingabe, heiß und ruhelos, besitzergreifend, ihr sagend, was er begehrte. Seine Zunge glitt hinein und Hitze durchflutete ihren Bauch, sickerte wie Flüssigkeit in ihr Innerstes. Ihre Beine zitterten, ihr Herz raste wie verrückt. Sie spürte den Schnitt auf seinen Lippen, schmeckte den kupfrigen Geschmack von Blut. Sie merkte, wie sie auf ihn zuschwankte, sich auf die Zehen stellte, sich fester an seinen sehnigen Körper presste.

Seine Hände glitten nach unten, packten ihren Po, hoben sie ein bisschen und drückten sie gegen seinen Unterleib. Er war eisenhart und pulsierte, größer als sie je gedacht hatte, dass ein Mann sein könnte, und wölbte sich gegen den Reißverschluss seiner Jeans. Ein Buschfeuer schien in ihr aufzulodern. Jede Sekunde würde sie sich in Rauch auflösen.

Chance küsste die rechte Seite ihres Halses, dann umfing er eine Brust, massierte ihren Nippel, bis er steif und empfindsam wurde.

»Ich wünschte, ich hätte heute Abend nicht alles vermasselt«, flüsterte er und ließ langsam locker, obwohl sie das gar nicht mehr wollte. Dann drückte er einen letzten sanften Kuss auf ihren Mund. »Ich hatte Pläne mit dir, in die Duke Mullens nicht einbezogen war. Ich mach es wieder gut, das verspreche ich.«

Kate stand einfach da. Nachdem sie mit angesehen hatte, wie er sich wie ein Höhlenmensch prügelte, hatte sie jeden Grund, sich zu weigern, ihn wieder zu sehen. Stattdessen machte ihn die Tatsache, dass er sich für eine Frau, die er als Freundin betrachtete, geprügelt hatte, noch attraktiver. So ein Mann wie er war ihr noch nie begegnet. »Wie wär's mit Samstagabend?«, fragte er und ging eine Verandastufe nach unten. »Du führst den Laden. Du kannst dir einen Abend freinehmen, wenn du willst. Ich würde dir gerne die Ranch zeigen. Wir könnten dort zu Abend essen.«

Sie würde sie zu gerne besichtigen. Aber ihr gesunder Menschenverstand raunte ihr dringend zu, Nein zu sagen. Bei dem Tempo, in dem sich die Sache entwickelte, würde sie früher oder später in Chances Bett enden. Dafür war sie noch nicht bereit. Sie war sich nicht sicher, ob sie es jemals sein würde. Und wie stand es mit den Konsequenzen? Chance hatte wesentlich mehr Erfahrungen mit Frauen als sie mit Männern. Was, wenn sie für ihn nur ein One-Night-Stand bedeutete?

Und noch schlimmer: Was, wenn ihr Exmann dahinter kam? Er könnte wieder Ärger wegen David anfangen.

Kate sah beiseite. »Ich halte das für keine gute Idee.«

»Warum nicht?«

»Die Scheidung, zum einen.«

»Meine Köchin ist äußerst diskret. Und die Knechte sind nicht so dumm zu klatschen. Keiner wird je wissen, dass du da warst.«

»Chance, ich weiß nicht...«

Er kam wieder zurück auf die Veranda und nahm ihr Gesicht zwischen seine Hände. »Doch das tust du, Kate. Du weißt, was passieren wird, und ich auch.« Er küsste sie, sehr liebevoll, sehr gründlich, dann wich er zurück. »Aber ich werde dich nicht drängen. Du kannst dir Zeit nehmen, so viel du brauchst.« Er stieg von der Veranda. »Ich werde dich um sechs Uhr abholen. Ich möchte dich ein bisschen herumführen, bevor wir essen.«

Kate schwieg, sah ihm nur nach, wie er wegging, seine langbeinigen Schritte ihn zu seinem Pick-up brachten.

Ich werde dich nicht drängen. Du kannst dir Zeit nehmen, so viel du brauchst. Die Worte hatten eine beruhigende Wirkung. Der Druck war weg. Sie konnten einfach zusammen sein und sich amüsieren.

Kate seufzte, als sie ins Haus ging. Selbst wenn er vorhatte, sie zu verführen, würde das ihre Meinung nicht ändern. Egal wie oft sie versuchen würde, sich ein Treffen mit ihm auszureden, letztendlich wusste sie, dass sie gehen würde.

Sie wollte ihn sehen. Sie wollte mit ihm zusammen sein. Gütiger Gott, sie wollte von ihm geliebt werden. Es war das Irrsinnigste, was sie überhaupt tun konnte.

12

Chance fuhr etwas langsamer als sonst zur Ranch zurück und ließ im Geiste die Ereignisse der heutigen Nacht noch einmal an sich vorüberziehen. Seine Knöchel waren zerkratzt und wund, brannten, als seine Finger sich um das lederbezogene Lenkrad spannten.

Die Platzwunde über seinem Auge verfärbte sich violettbläulich. Seine Lippe war aufgerissen und geschwollen – eine Tatsache, die er vergessen hatte, als er Kate geküsst hatte.

Er dachte an sie und begann leise vor sich hin zu schimpfen. Verflucht, er hatte sich heute Abend wie ein Narr benommen, sich von seinem Jähzorn leiten lassen. Er hatte schon geahnt, dass es Ärger geben würde in der Sekunde, in der er Lon Barton und Duke Mullens entdeckt hatte. Er hätte in dem Moment in seinen Truck steigen und wie der Teufel in die andere Richtung fahren sollen.

Aber in Wahrheit tat es ihm kein bisschen Leid. Mullens hatte die Prügel verdient für das, was er getan hatte. Der Dreckskerl sollte im Gefängnis sitzen.

Chance seufzte, zumindest war der erste Teil des Abends ziemlich gut verlaufen. Er mochte Kate Rollins, mochte ihre Intelligenz und ihren Mumm, den sie gebraucht hatte, um aus der Stadt in einen Ort wie Lost Peak zu ziehen. Ihm gefiel sogar die Tatsache, dass sie immer wieder Nein zu ihm sagte. Nicht viele Frauen taten das. Besonders nicht diejenigen, um die er so geworben hatte wie um Kate.

Kate hatte etwas, das heutzutage vielen Menschen fehlte. Und obendrein hatte sie den begehrenswertesten, sexysten zierlichen Körper, den er je gesehen hatte. Kate war nicht groß und elegant wie Rachael. Sie besaß nicht diese fast unwirkliche Schönheit, dieses hochnäsige Ich-bin-die-heißeste-Braut-in-der-Stadt-Gehabe, das ihn bei Rachael so angezogen hatte. Kate war bodenständig, eine Frau ohne Firlefanz, und trotzdem war sie weich und feminin, üppig auf eine Art, die ihn total anmachte. Er konnte sich vorstellen, wie all dieses rote Haar auf dem Kissen ausgebreitet war. Seine Jeans spannten sich jedes Mal, wenn er daran dachte, seine Hände mit diesen prachtvollen Brüsten zu füllen.

Chance bremste den Pick-up und bog von der Straße ab,

durch das große Kieferntor, das zur Running Moon führte. Er hatte schon viele Frauen hierher gebracht, um ihnen die Ranch zu zeigen, aber nur sehr wenige hatte er in sein Haus geladen. Es war wie seine private Höhle, seine Zuflucht vor den Problemen, die ihn erwarteten, sobald er zur Tür hinausging. Merkwürdig, aus irgendeinem seltsamen Grund freute er sich darauf, Kate sein Haus zu zeigen.

Chance fuhr die lange Kiesauffahrt hoch, die zu dem großen, einstöckigen Blockhaus führte, drückte den Garagenöffner auf der Sichtblende über seinem Kopf und fuhr in die Dreiergarage.

Er stieg aus dem Truck und blieb kurz stehen, um hinaus in die Finsternis zu schauen. Die Nacht war frisch und klar, so schwarz, dass man jeden Stern sehen konnte, und da gab es einen ganzen Diamantenschwarm von ihnen. Er liebte Nächte wie diese. Wenn er nicht von Kopf bis Fuß blau geprügelt worden wäre, seine Kleider zerrissen und blutverschmiert – wäre er mit Kate auf den Gipfel des Lookout Mountain gefahren und sie hätten zusammen die Sterne bewundern können.

Irgendwie wusste er, dass ihr das gefallen hätte. Und ihm hätte es gefallen, nur bei ihr zu sein.

Chance runzelte die Stirn. Zum ersten Mal erfasste ihn Unbehagen über die Richtung, die seine Gedanken einschlugen. Seit Jahren hatte ihn keine Frau so angezogen, möglicherweise noch nie zuvor. Solange er denken konnte, war es klar gewesen, dass Rachael die Frau war, die er heiraten würde. Er kannte sie schon seit ihrer Kindheit, hatte sich zu ihr hingezogen gefühlt, von dem Tag an, an dem sie von ihrem teuren College im Osten nach Hause gekommen war, sehr erwachsen. Sie hatte ausgesehen, als wäre sie gerade vom Titel der *Vogue* entstiegen – und genau das war auch ihr Ziel.

Sie waren den ganzen Sommer lang miteinander unterwegs gewesen. Dann startete sie nach New York City zu ihrem Modeljob, was eine stillschweigende Vereinbarung nach sich zog: Irgendwann, wenn sie beide bereit waren, sich endgültig zu binden, würden sie heiraten.

Im Lauf der Zeit würde Rachael die Circle Bar F erben. Das Erbe ihrer Kinder würde doppelt so groß sein wie die Running Moon. Und, noch wichtiger, die Heirat war Eds Wunsch – und Chance verdankte Ed alles.

Rachael zu heiraten war das Beste für alle Beteiligten. Um die Welt reisen als berühmtes Cover-Model konnte Rachael nur eine begrenzte Zeit. Im Modegeschäft zählte allein Jugend und Schönheit, und es dauerte nicht lange, bis eine Frau einfach zu alt war. Bevor das passierte, würde Rachael bereit sein, eine Familie zu gründen.

Und er würde sich gut um sie kümmern. Darauf würde Ed zählen.

Chance dachte an ihr exquisites, schönes Gesicht, ihre silberblonden Haare und ihre schlanke, knabenhafte Figur. Er versuchte sich vorzustellen, wie es wäre, mit Rachael verheiratet zu sein, zu ihr nach Hause zu kommen, staubig und müde nach einem harten Arbeitstag auf der Ranch.

Statt einer großen, eleganten Blondine war die Frau, die ihm spontan in den Sinn kam, zierlicher, mit einer Mähne dicker dunkelroter Haare und sanften, üppigen Rundungen. Er konnte sich vorstellen, wie ihre Weichheit seine Müdigkeit vertrieb.

Chance schüttelte den Kopf, voller Unbehagen bei dieser Vorstellung. Er konnte es sich nicht leisten, sich mit Kate einzulassen, zumindest nicht langfristig. Daraus würde nie etwas werden. Er war bereits jemand anderem verpflichtet.

Auf der anderen Seite wiederum lagen die Hochzeitspläne mit Rachael noch Monate entfernt, vielleicht sogar Jahre.

Chance drückte den Knopf, schloss damit das Garagentor und ging ins Haus. Seine Sorgen waren unbegründet. Kate suchte keine dauerhafte Beziehung. Sie war noch nicht einmal geschieden von dem letzten Typen, den sie geheiratet hatte. Sie wollte nicht mehr von ihm als er von ihr. In der Zwischenzeit konnten sie einander einfach genießen.

Ein Klopfen an der Haustür unterbrach seine Gedanken. Er hielt auf halbem Weg zu seinem Zimmer inne.

Sein Vormann, Roddy McDarnell, steckte den Kopf zur Tür herein. »Tut mir Leid, wenn ich dich störe, Chance. Ed Fontaine war vorhin da. Hat gesagt, ich soll dir ausrichten, dass das Gericht endlich die einstweilige Verfügung gegen Consolidated wegen dem Leck oben am Beaver Creek bewilligt hat.«

»Also ist der alte Frank Mills endlich in die Hufe gekommen.« Es war verdammt schwierig gewesen, genug Beweise zu sammeln, um einen Richter zu überzeugen. Aber wie es schien, war es endlich gelungen. »Es war, verdammt noch mal, auch höchste Zeit.«

»Das hat Ed auch gesagt. Er dachte, du wolltest es gleich wissen.«

Diesmal würde man hoffentlich aus Consolidated genug Geld rausholen, um sie schmerzhaft für das Leck zahlen zu lassen und sie sich weitere solche Schweinereien gründlich überlegen würden. Zufrieden machte sich Chance weiter auf den Weg nach oben. »Danke, Roddy.«

Der Mann rührte sich nicht. »Bist du okay, Chance?«

Chance musterte kurz das Blut auf seiner Hemdbrust. »Hatte eine kleine Meinungsverschiedenheit mit Duke Mullens. Wir haben sie geregelt.«

Roddy grinste, was bei ihm Seltenheitswert hatte. »Ein bisschen regeln schadet Mullens nie.«

Chance lächelte breit und ging weiter die Treppe hoch, mit den Gedanken bei Consolidated Metals. Jetzt kam es nur darauf an, dass der Richter, der das Urteil sprechen würde, nicht auf Lon Bartons Gehaltsliste stand.

Lon Barton bog auf den Parkplatz ein und hielt vor dem Gebäude des Hauptquartiers von Consolidated Metals an der Mine von Beaver Creek. Alle vier Türen des Cherokee schwangen auf und die Männer stiegen aus. Mit einem flüchtigen Winken in Lons Richtung machten sie sich auf den Weg zu ihren Autos.

»Bis morgen, Boss.« Duke Mullens schickte sich ebenfalls an, zu seinem Chevy Pick-up zu gehen.

»Warte mal, Duke. Da gibt's noch was, was ich mit dir besprechen möchte.« Mullens blieb stehen. Er sah furchtbar aus, beide Augen waren fast zugeschwollen, blau-schwarz verfärbt, die Nase gebrochen und die Lippen aufgedunsen. Duke hatte heute Abend gegen McLain verloren – und das gefiel ihm ganz und gar nicht. Lon fragte sich, wie lange es dauern würde, bis er eine Revanche einforderte.

Mullens stellte sich neben ihn ans Auto. »Ja, Boss, was ist los?« Ein Hauch von Neugier klang in seiner heiseren Stimme.

Duke war immer begierig darauf, Lons Befehle auszuführen, und das nicht nur wegen der Bezahlung. Seine Jobs waren oft gefährlich und voller Risiko. Manchmal verlangten sie auch die raue Tour. Das war der Teil, der Duke stets am besten gefiel. Zweifellos hoffte er, was immer es war, hätte etwas mit Chance McLain zu tun.

»Diese Rollins. Nach allem, was ich höre, führt sie die

Kampagne, uns daran zu hindern, dieses Zyankaliverbot zu kippen. Ich will alles wissen, was du über sie herausfinden kannst.«

Dukes Interesse steigerte sich. »Sie ist eine heiße kleine Braut. Diese feuerroten Haare und die großen, runden Titten. Die würde ich selber mal gern in die Finger kriegen.«

»Wie ich höre, ist sie aus L. A. Ruf Sid Battistone an. Schau, was der ausbuddeln kann.« Battistone war ein Privatdetektiv, den Lon schon etliche Male an der Westküste eingesetzt hatte. »Und schnüffel auch hier in der Gegend ein bisschen rum. Versuche rauszufinden, warum sie in ein so gottverlassenes Nest wie Lost Peak gezogen ist.«

»Kriegst du, Boss. Sonst noch was?«

»Im Moment nicht. Erst warten wir mal ab, was dabei rauskommt. Könnte vielleicht spannend werden.«

Duke winkte, als er zu seinem Pick-up ging, und stieg ein. Mullens wurde gut bezahlt. Und abgesehen von dem Schlamassel heute Abend, machte er seinen Job gut. Es würde nicht lange dauern, bis Lon alles wusste, was es über Kate Rollins zu wissen gab.

Er fragte sich, was für Geheimnisse sie hatte. Und was er mit ihnen anfangen könnte, sobald er sie kannte.

In dieser Nacht träumte Kate. Es war ein Traum, den sie schon öfter gehabt hatte, beunruhigende Gedanken über die Nacht der Schießerei. Im Traum schwebte sie nach oben, trieb über den Operationstisch, weg von ihrem Körper. Sie stieg durch die Finsternis in einen langen, schwarzen Tunnel in Richtung auf das schöne Licht am Ende. Als sie es endlich erreichte, sah sie die herzlichen vertrauten Gesichter von Menschen, die sie einmal gekannt hatte. Das lächelnde Gesicht ihrer Mutter und die Gesichter verlorener Freunde.

Nell Hart war unter ihnen, in dem schlichten, blau bedruckten Hauskleid, das sie auf dem Foto getragen hatte. Sie versuchte, etwas zu sagen, aber Kate konnte sie nicht hören. Sie flehte, streckte die Hände nach ihr aus, versuchte ihr etwas zu sagen. Es war wichtig. Dringend.

Kate versuchte, sie zu berühren, versuchte verzweifelt, sie zu verstehen. *Was ist es?*, flehte sie stumm. *Sag mir, was du mir sagen willst!* Aber wie bei den Träumen vorher blieb es still.

Kate wälzte sich rastlos unter ihrer Bettdecke herum, versuchte, sich den beunruhigenden Bildern zu entziehen, mühte sich, aufzuwachen. Am Rand ihres Bewusstseins formte sich ein Gedanke ganz hinten in ihrem Kopf, zuerst vage, dann wurde er deutlicher und schließlich kristallklar.

Mord.

Kate wachte mit einem Schlag auf. Sie bebte am ganzen Körper und war in kalten Schweiß gebadet. Ihr Mund fühlte sich trocken an und ihre Nerven waren zum Zerreißen gespannt. Ihre Haare waren feucht und verfilzt und klebten ihr an Hals und Schultern. Sobald sie bei klarem Verstand war, begann der Traum zu verblassen. Aber diesmal erinnerte sie sich lange genug daran, um den letzten einzelnen Gedanken zu registrieren.

»Mord«, flüsterte sie in die Dunkelheit ihres Schlafzimmers, zitternd, obwohl der Raum nicht kalt war. Konnte das tatsächlich wahr sein? War das die Botschaft, die ihr ihre Großmutter hatte geben wollen? Oder war es nur ein morbider Trick ihrer Phantasie?

Kate setzte sich im Bett auf, den Rücken unbequem an das antike, geschnitzte Kopfende gelehnt. Vielleicht war nichts von all dem überhaupt passiert. Kein gleißendes weißes Licht. Keine Gesichter aus der Vergangenheit. Vielleicht war das Ganze nur ein bizarrer Schwindel, den ihr Unterbewusstsein heraufbeschworen hatte. Kate rieb sich die Augen, sie fühlte sich schlapp und ausgelaugt. Sie warf einen Blick auf die Digitaluhr an ihrem Bett. Erst vier Uhr früh. Sie wollte nicht aufstehen, aber jetzt war sie hellwach und würde unmöglich wieder einschlafen können.

Sie streckte die Hand aus, schaltete die Nachttischlampe an, warf den hübschen, blauen Quilt zurück, den sie auf Nells Bett gefunden hatte, als sie ins Haus einzog, schnappte sich ihren gelben Frotteemorgenmantel und tapste ins Badezimmer.

Als sie herauskam, fühlte sie sich ein bisschen besser. Um David nicht womöglich aufzuwecken, nahm sie die Taschenlampe, die sie für Notfälle neben dem Bett stehen hatte, schlich hinaus auf den Korridor und knipste sie an. Es war dunkel im Haus. Die Bodenbretter knarzten, als sie die schmale Treppe zum Speicher im zweiten Stock hochstieg.

Schon seit sie hier war, hatte sie die Sachen ihrer Großmutter durchsehen wollen. Aber es gab einfach so viel zu tun, dass ihr die Zeit durch die Finger geronnen war. Dann war gestern eine Kopie des Testaments mit der Post gekommen. Kate war fast enttäuscht, als sie keine anderen Verfügungen außer der ihren darin fand. Keiner hatte vom Tod ihrer Großmutter profitiert, wie sie insgeheim gehofft hatte.

Bei dem Gedanken seufzte sie. Wieder eine neue Sackgasse. Sie war fast schon bereit, die Suche aufzugeben. Aber der Traum hatte sie wachgerüttelt, ließ nicht zu, dass sie aufgab. Sie war gezwungen, von vorne anzufangen und diesen letzten endgültigen Schritt zu wagen.

Es war staubig oben im Speicher. Kate tastete sich vorbei an einem Stapel alter Stühle, einer schirmlosen Lampe, einem Paar altmodischer Langlaufskier und gelangte schließlich zu dem riesigen Stapel von Schachteln.

Nachdem Nell gestorben war, hatte Aida Whittaker die Regelung ihres Nachlasses übernommen und Kleider, Modeschmuck, sämtliche Rechnungen und Nells Korrespondenz im Speicher eingelagert

Kate suchte, bis sie die Kartons mit der Aufschrift STEUER, PERSÖNLICHE UND GESCHÄFTSKORRESPONDENZ fand, dann zog sie den kleinen Schaukelstuhl aus Ahorn heran, den sie nicht fertig gebracht hatte, wegzuschmeißen, und begann, die erste Schachtel im Stapel durchzukramen.

Mal angenommen, dass Nell tatsächlich ermordet worden war – was ziemlich unwahrscheinlich war, nachdem sie keinen einzigen Beweis in dieser Richtung hatte –, musste es ein Motiv geben. Wer wollte schon eine harmlose alte Frau umbringen? Was könnte irgendjemand davon profitieren? Und wenn es Mord war, wie hatte der Mörder geschafft, es wie einen Unfall aussehen zu lassen?

Zufällige Morde passierten natürlich. Serienmörder quälten und töteten oft Opfer, auf die sie zufällig gestoßen waren. Wenn man bedachte, dass es keinerlei Anzeichen für einen Kampf gab, dann schien das ziemlich unwahrscheinlich. Nell Hart war allem Anschein nach eine starke, selbstbewusste Frau gewesen. Sie hätte sich nicht kampflos in ihr Schicksal gefügt. Nein, sie hätte ihren Gegner kennen müssen, ihm vertrauen.

Das Motiv war der Schlüssel. Wenn sie das Warum finden könnte, könnte sie damit anfangen, am Wie zu arbeiten.

Die Sonne ging bereits auf, als sie die vorletzte Schachtel voll vergilbtem, altem Papier halb durchsucht hatte. Bis jetzt war ihre Suche auch nicht fruchtbarer gewesen als ihre anderen Versuche zuvor. Kate öffnete die letzte Akte in der Schachtel.

Sie enthielt Dokumente, einige von ihnen schon mehrere

Jahre alt, die Besitzurkunde für das Haus, die Hypothek auf allen Besitz – voll bezahlt – für das Café, eine Rechnung für ein paar Rinder, die Zach Hart gekauft hatte. Weder Nell noch ihr Mann hatten offenbar jemals etwas weggeworfen.

Kate zog einen weiteren Umschlag heraus. Er war zerfleddert, sah aber gar nicht so alt aus. Darin befand sich eine weitere Urkunde. Sie trug das Datum vom 18. April 1972, zehn Jahre, nachdem Zach Hart gestorben war und drei Jahre, bevor ihre Großmutter das Lost-Peak-Café gekauft hatte. Kate rechnete kurz. Nell war dreiundvierzig Jahre alt gewesen.

Sie sah sich das Dokument genauer an. Im Gegensatz zu den anderen Grundstücken, die ihre Großmutter im Lauf der Zeit besessen hatte, gehörte ihr das hier gemeinsam mit jemand anderem: Silas Marshal. Silas gehörte der Kramladen auf der anderen Seite der Straße. Er war der Mann, der so nett gewesen war, David einen Teilzeitjob zu geben, als sie neu in Lost Peak waren. Vor zwei Tagen hatte Silas sie besucht. Wie es schien, hatte er David den Diebstahl des Kaugummis verziehen. Silas bot ihm seinen alten Job wieder an und David hatte, begeistert von einem Extrataschengeld, zugestimmt.

Sie mochte Silas Marshal.

Kate klopfte nachdenklich mit dem Dokument gegen ihr Kinn, dann sah sie hinunter auf die Druckbuchstaben auf dem Deckblatt. Joint Tenancy Deed. Es war die Art Urkunde, wie Ehepaare sie verwendeten, eine, die das Recht des Überlebenden sicherte. Wenn eine der Parteien starb, gingen alle Rechte auf die andere Partei über.

Sie fragte sich, wieso ihre Großmutter einen solchen Partnervertrag mit Silas Marshal geschlossen hatte. Und warum hatte er ihn nie erwähnt? Es war doch sicher purer Zufall, dass Silas der einzige andere Mensch war, den Kate gefunden hatte, der von Nells Tod profitierte.

Sie studierte die juristische Beschreibung und fand raus, dass das Land irgendwo in Silver County war. Sie fragte sich, wo es war und ob es echten Wert hatte – oder nicht. Sie weigerte sich weiter zu denken. Sicher war das Grundstück nur eine wertlose Ödnis.

Trotzdem würde sie, wenn sie mit ihrer Frühstücksschicht fertig war, von ihrem Büro aus First American Title anrufen. Sie würde prüfen, ob das Grundstück zum Zeitpunkt von Nells Tod Nell und Silas gemeinsam gehört hatte. Wenn ja, würde sie um eine Karte bitten, die den Standort des Grundstücks zeigte und die steuerliche Schätzung seines Wertes anfordern.

Möglicherweise hatte sie ja den ersten Hinweis zu einer Lösung des Rätsels gefunden.

Zwei Tage vergingen, bis Kate die Chance hatte, mehr zu erfahren. Sie füllte gerade die Kaffeetasse des letzten Mittagskunden und dachte über das nach, was sie bei First American Title erfahren hatte, als das Fliegengitter aufschwang und der Chief hereinkam.

Kate lächelte und trug die Kaffeekanne zu der Nische, in die er sich gesetzt hatte.

»Wollen Sie eine Tasse?«, fragte sie.

Der Chief nickte und hielt ihr die schwere weiße Porzellantasse hin. Kate füllte sie, machte aber keine Anstalten zu gehen. »Haben Sie eine Minute Zeit, Chief? Ich möchte Sie gerne etwas fragen.«

»Jede Menge Zeit«, sagte Chief und bedeutete ihr, sich auf die rosa gepolsterte Kunstlederbank ihm gegenüber zu setzen. Kate stellte die Kanne auf den Tisch.

»Ich weiß, dass Sie meine Großmutter gekannt haben.«

Chief nickte. Seine Melone ruhte neben ihm auf dem Sitz

und so wurden seine zwei langen silbergrauen Zöpfe sichtbar. Er war das absolute Klischee eines Reklame-Indianers. Innerlich lächelte Kate bei dem Gedanken, dass er sich wahrscheinlich absichtlich so anzog und sich über das Gaffen der Touristen amüsierte.

»Wussten Sie, dass Nell und Silas Marshal gemeinsam ein Grundstück besaßen?«

Er überlegte einen Moment, dann leuchtete das Licht der Erinnerung aus seinen Augen. »Silas wollte Land neben seiner Ranch kaufen, aber er brauchte Geld. Er und Nell waren befreundet. Nell hat angeboten, es ihm zu leihen. Sagte, sie könnten Partner werden, das Land wäre eine gute Investition.«

»Warum? Was war denn so Besonderes daran?«

»Großes Wasser. Tiefer Brunnen. Leute brauchen immer Wasser. Machte Silas' Besitz wertvoller.«

»Ich verstehe.« Was absolut nicht der Fall war. Allmählich kam sie zu dem Schluss, dass die Entdeckung des Dokuments gar kein wertvoller Hinweis war. Für einen Brunnen würde doch niemand töten – oder doch?

»Danke, Chief.«

»Ihr Sohn. Der wird mal ein ganz guter Fischer.«

Kate lächelte erfreut. »Wirklich?«

»Gestern hat er eine große Braune erwischt. Aber er musste sie wieder freilassen.«

»Das ist schon in Ordnung. Ich bin mir sicher, er hat vor allem beim Fangen Spaß.«

»Er ist ein guter Junge.«

»Ja, das ist er.« Kate ging mit der Kaffeekanne zurück in die Küche, dachte an David und wünschte, ein paar von den hiesigen Jungs in seinem Alter würden ihm eine Chance geben.

Myra stand gleich hinter der Tür. Sie schnappte sich einen Lumpen, als Kate hereinkam. »Höchste Zeit, dass du deinen freien Nachmittag anfängst, nicht wahr?«

Kate sah auf die Uhr. »Da hast du wohl Recht. Ich habe die Broschüren fast fertig, aber die Layouts für die T-Shirts muss ich noch vollenden. David hat mir dabei geholfen. Wir haben beschlossen, den Slogan ›Silver Fox Creek – wertvoller als Gold‹ zu nehmen.«

Myra lächelte. »Das klingt richtig gut.«

»Bist du sicher, dass du heute Abend ohne mich zurechtkommst? Samstag haben wir das meiste Geschäft. Vielleicht sollte ich Chance anrufen und –«

»Bonnie kann hart zupacken und die Gäste mögen sie wirklich gern. Wir schaffen das schon.« Myra beäugte sie über den Rand ihres Kochlöffels. »Wie steht's mit dir? Wirst du's schaffen? Du kriegst doch nicht etwa kalte Füße, oder?«

Wenn es überhaupt ein Problem gab, dann war das eher das Gegenteil: Allein bei dem Gedanken an Chance wurde ihr schon heiß, und zwar an weitaus gefährlicheren Stellen als an ihren Füßen. »Machst du Scherze? Wenn ich einen Funken Verstand hätte, würde ich wie ein ängstlicher Hase in Lichtgeschwindigkeit vor Chance McLain davonhoppeln.«

»Das willst du doch nicht wirklich! Und ich glaube, Chance wäre sehr enttäuscht, wenn du so handeln würdest.«

»Ich hab das Gefühl, ich rutsche da zu tief rein, Myra. Ich hab keine Zeit für so was. Ich hab ein Geschäft zu führen und einen Sohn, an den ich denken muss. Ich bin nicht hierher gezogen, um mich mit einem Mann einzulassen.«

»Chance ist nicht einfach irgendein Mann, Schätzchen. Ich glaube, das ist dir schon klar geworden.«

Kate widersprach nicht. Chance war total anders als all die

typischen, pseudosensiblen Typen aus L.A., die sie vor ihm gekannt hatte. Er war stärker, selbstsicherer, leidenschaftlicher in Dingen, die für ihn wichtig waren.

Vielleicht war es das, was ihr am besten an ihm gefiel. Dass er sich Dinge so zu Herzen nahm. Viele Männer sahen gut aus, wenn auch nur selten auf eine so eindrucksvolle männliche Art.

Kate band ihre Schürze ab und hängte sie neben die Tür. Sie hatte zugesagt, ihn zu besuchen und bis jetzt war ihr keine Ausrede eingefallen. Außerdem, wenn sie bei Chance war, könnte sie ihn wegen dem Land fragen, das Silas Marshal zusammen mit ihrer Großmutter gehört hatte. Sie musste wissen, was für eine Art Brunnen auf dem Grundstück war und was genau es wert war. Sie war sicher, dass es wieder eine Sackgasse war und wenn ja, könnte sie sich eventuell dazu entschließen, die ganze Sache fallen zu lassen.

Wenn sie das tat, würde sie auch damit leben müssen, dass ihre Nah-Tod-Erfahrung in jener Nacht einfach ihre zu große Phantasie verursacht hatte. Es gab kein Leben nach dem Tod.

In Wahrheit aber wollte Kate glauben, dass da ein wunderschöner Ort auf sie wartete, wenn sie starb. Sie wollte glauben, dass sie ihre Mutter und ihre Freunde wieder sehen würde. Das Rätsel lösen, wenn es da eins gab, würde beweisen – zumindest für sie –, dass ein solcher Ort real war.

Kate wollte zumindest jede Möglichkeit ausschöpfen.

13

Chance fuhr kurz vor sechs vor dem Haus vor. Er rechnete damit, dass Kate ihn warten lassen würde. Das war so eine merkwürdige Frauenangewohnheit, aber es machte ihm nichts aus. Er hatte sich in Nells altem Haus immer zu Hause gefühlt, und jetzt noch mehr mit den bequemen Polstermöbeln und den farbigen Akzenten, die Kate seit ihrem Einzug hinzugefügt hatte.

Er klopfte an der Tür und hörte Schritte die Treppe hintergaloppieren.

David riss die Tür auf. »Hi, Chance. Mom hat gesagt, Sie führen sie heute Abend aus.«

»Genau.« Er trat ein, nahm seinen breitkrempigen Hut ab. »Das heißt ... wenn du nichts dagegen hast.«

David zuckte mit den Schultern. »Es tut ihr gut, wenn sie ab und zu mal ein bisschen rauskommt.«

»Was ist mit dir, Davy? Hast du denn die Tage viel zu tun?«

»Chief und ich waren unterwegs beim Fischen. Heute Abend schlaf ich bei Myra. Einer ihrer Enkel ist in der Stadt. Er heißt Ritchie. Ich glaub, der ist in meinem Alter. Wir schauen uns das Footballspiel im Kabelfernsehen an.«

»Das hört sich prima an.«

»Ich hab meinen Job im Kramladen wieder. Sobald ich genug gespart habe, kauf ich mir eine Angel. Hoffe, Sie haben nichts dagegen, wenn ich Ihre bis dahin behalte.«

»Wie ich schon sagte, ich hab ein paar in Reserve. Ach, hör mal, ich hab eine Idee. Morgen ist doch Sonntag, stimmt's?«

»Und?«

»Du arbeitest doch nicht, oder?«

»Ich fang erst nächsten Mittwoch an.«

»Wie würde es dir gefallen, morgen mit dem Pferd in die Berge zu reiten? Jeremy Spotted Horse und sein Sohn Chris kommen mit. Wir wollen rauf zum Moose Lake. Da gibt's ein paar echt gute Angelplätze.«

Davids Gesichtsausdruck füllte sich mit der Art von Sehnsucht, die Chance bei ihm an dem Tag entdeckt hatte, an dem er sich solche Mühe beim Angeln gegeben hatte. Es war offensichtlich, dass er mitwollte. Dann verschwand die Sehnsucht hinter einer Maske von Gleichgültigkeit und David schüttelte den Kopf. »Nein danke. Ich hasse Pferde. Sie sind hässlich und riechen. Ich mag Autos.«

Chance verfluchte sich insgeheim. Wenn der Junge nicht fischen konnte, dann konnte er sicher auch nicht reiten. »Also, das ist wirklich zu schade. Wir haben einen ganzen Stall voller Remuda oben auf der Ranch. Ein paar von denen müssten dringend geritten werden. Ich hab mir gedacht, du wärst genau der Richtige für den Job ... sobald du reiten gelernt hast.«

David schob trotzig sein Kinn vor. »Ich glaube nicht. Ich bin nicht an Pferden interessiert.« Er drehte sich um und machte sich wieder auf den Weg nach oben. Ich werd meiner Mom sagen, dass Sie da sind.« Mit offenen Schuhbändern an seinen Turnschuhen und weiten Jeans, die ihm fast von den schmalen Hüften rutschten, polterte er nach oben und verschwand den Gang entlang. Chance hörte ihn nach seiner Mutter schreien und ein paar Minuten später stand sie oben am Treppenabsatz.

»Du kommst zu früh«, rief sie herunter.

»Nur ein bisschen. Ich werd im Wohnzimmer warten, wenn du noch nicht fertig bist.«

»Ich brauch nur eine Minute. Ich muss nur meine Handtasche holen.«

Chance nickte, nicht wirklich überrascht. Kate gehörte nicht zu der Sorte, die die üblichen weiblichen Spielchen spielten. Das war eins der Dinge, die er an ihr mochte. Ein paar Minuten später kam sie zurück, mit einem Pullover in der Hand, nachdem es kühler geworden war, und einer kleinen weißen Ledertasche, die sie um die Schulter geschlungen hatte. Heute Abend sah sie besonders hübsch aus, in einer hellblauen Seidenbluse und passenden hellblauen Jeans. Sie trug knöchelhohe englische Reitstiefel und hatte ihr dunkelrotes Haar mit einem hellblauen Band zusammengerafft.

Als sie die Treppe herunterkam, beobachtete er, wie ihre Brüste auf und ab wippten, sich an der durchsichtigen Seide rieben, und sein Unterleib reagierte prompt. Kate musste den Ausdruck auf seinem Gesicht bemerkt haben, denn ihre Wangen färbten sich rosig. Bis sie unten angelangt war, waren ihre Nippel feste kleine Knöpfe und er musste sich schwer zusammennehmen, um nicht die Hand auszustrecken und zuzugreifen.

Verdammt, er war jetzt schon steif und sie hatten noch nicht einmal das Haus verlassen. Er hatte ihr versprochen, dass er sie nicht bedrängen würde und das hatte er ernst gemeint. Aber heute Abend würde er größte Beherrschung beweisen müssen.

Er biss die Zähne zusammen und versuchte sich das Gesicht eines Hereford-Rindes vorzustellen, so wie er es in der High-School gemacht hatte, irgendetwas, nur um nicht an Sex zu denken. Er war mit mehr Frauen, als er zählen konnte, zusammen gewesen, aber keine von ihnen hatte eine solche Wirkung auf ihn gehabt wie Kate. Glücklicherweise funktionierte seine verzweifelte List, und er entspannte sich ein bisschen.

»Fertig?«

Sie nickte und er legte locker eine Hand auf ihre Taille. Dann führte er sie zur Tür hinaus, die Vordertreppe hinunter und zum Pick-up.

»Was ist das?« Kate starrte auf das glänzende Chromteil unter der Tür.

»Das ist ein Trittbrett.« Er sah beiseite, versuchte so zu tun, als hätte er das verdammte Ding nicht nur gekauft, damit sie ein bisschen leichter einsteigen konnte. »Ich brauchte sowieso einen Satz davon. Hab mir gedacht, dann hol ich sie eben gleich.«

Kate lächelte zu ihm hoch. »Sie sind toll.« Sie kletterte mit wesentlich weniger Mühe hinein als sonst und er war ein bisschen stolz auf sich. Sie war zugegebenermaßen kleiner als jede andere Frau, mit der er bis jetzt ausgegangen war. Na und? Mit ein paar durchdachten Hilfestellungen machte das überhaupt keinen Unterschied.

Er konnte sich den Gedanken nicht verkneifen, wie es wohl wäre, mit ihr ins Bett zu gehen. Interessant. Definitiv interessant. Er stöhnte bei dem Gedanken, dass er es heute Nacht wahrscheinlich wieder nicht herausfinden würde.

Kate saß auf dem Beifahrersitz des Pick-up und versuchte, ihre überdrehten Nerven in den Griff zu kriegen. So, er brachte sie also hinauf, um ihr seine Ranch zu zeigen. Es war nur natürlich, dass er stolz darauf war. Abendessen in seinem Haus war keine große Sache. Er hatte eine Köchin, also würden sie nicht allein sein. Außerdem hatte Chance altmodische Werte und sie glaubte nicht, dass er eine Frau zu etwas drängen würde, was sie nicht bereit zu geben war.

Die Frage war, wie bereit war sie?

Überhaupt nicht, redete sie sich ein. Vielleicht würde sie nie bereit sein. Sie entspannte sich ein bisschen und so fuhren sie angeregt plaudernd zur Ranch. Chance erzählte ihr das Neueste von Consolidated Metals, erwähnte die einstweilige Verfügung, die das Gericht verhängt hatte. Sie redeten über David, und Chance erzählte von dem Angelausflug, zu dem er David eingeladen hatte und der Abneigung, die der Junge gegen Pferde hatte.

»Er hat nicht wirklich etwas gegen Pferde«, erwiderte sie. »Zumindest glaube ich das nicht. Jimmy Stevens, einer der Jungs, die er in der Schule kennen gelernt hat, hat ihn schikaniert, weil er nicht reiten kann. Das hat seinen Stolz ziemlich verletzt. Jetzt will er nicht zugeben, dass er es wirklich gerne lernen würde.«

»Wie steht's mit dir? Bist du jemals geritten?«

»Ich hab Stunden genommen, als ich noch ein paar Jahre jünger war. Ich bin aber englisch geritten und besonders gut war ich nie. Aber ich fand's toll. Es hat mir gefehlt, als ich es aufgeben musste.«

»Warum das?«

»Wegen meines Jobs, hauptsächlich. Ich hab immer länger und länger gearbeitet. Wenn ich dann freihatte, wollte ich mich um meinen Sohn kümmern.«

»Und was war mit deinem Mann?«

»Tommy war immer zu beschäftigt, zu fasziniert von seiner Band. Der einzige Fehler, den ich bei Tommy gemacht habe, ist, dass ich ihn nicht schon viel früher verlassen habe.«

Chance warf ihr einen beziehungsreichen Blick zu, schwieg aber. Er fuhr den Pick-up durch das große Kieferntor, das zur Ranch führte, und ein paar Minuten später parkten sie vor einem riesigen Blockhaus. Das Gebäude war einstöckig, mit Giebelfenstern in den oberen Räumen und einer langen, überdachten Veranda vorne.

»Es ist wesentlich größer, als ich es mir vorgestellt habe«, staunte Kate. »Ich hab mir dich immer in einer schrulligen kleinen Hütte vorgestellt.«

Chance lachte amüsiert. »Na ja, ich habe das Haus, das mein Vater gebaut hat, erweitert. Das Haus, in dem ich meine Kindheit verbracht habe, war wesentlich kleiner. Aber ich mag es, wenn ich Platz habe. Außerdem dachte ich mir, dass ich eines Tages Kinder haben möchte.«

Kate verkniff sich einen Kommentar, aber ein komisches kleines Kribbeln tanzte durch ihren Bauch. Sie hatte immer weitere Kinder gewollt. Sie hatte sie nur nicht mit Tommy haben wollen. Wie wäre es, eine Familie mit Chance zu haben? Kate schüttelte den Kopf, verdrängte das Bild. Chance hatte jede Menge Frauen. Wenn er auf der Suche nach einer Frau wäre, hätte er schon längst eine gefunden.

Und sie war ganz sicher nicht auf der Suche nach einem Ehemann. Das hatten wir zur Genüge, schönen Dank auch.

Trotzdem machte es Spaß, mit Chance zusammen zu sein. Sie fühlte sich wohl mit ihm wie nur selten bei einem Mann.

»Komm«, sagte er. »Ich führ dich rum.« Mehr als eine Stunde spazierten sie über die Ranch, die am Fuß der riesigen Mission Mountains eingebettet lag. Chance führte sie in eine Scheune, wo sein Vorarbeiter, Roddy McDarnell, damit beschäftigt war, Pferde zu beschlagen.

»Wir beschlagen sie nicht alle gleich«, sagte Chance. »Die Jungs arbeiten in ziemlich felsiger Landschaft östlich von hier. Also beschlagen wir diese Herde extra zum Einsatz auf steinigem Gebiet.«

Er zeigte ihr den Geräteschuppen, ein riesiges Gebäude aus Metall, das eher aussah wie ein Flugzeughangar. An einem Ende stand ein Heubinder, zusammen mit zwei John-Deere-Traktoren, zahllose Farmmaschinen und Geräte und einige Schlitten, mit denen im Winter Heu transportiert wurde. Sie passierten den so genannten Wurfschuppen, wie er sagte, und Kate blieb stehen, um sich umzusehen.

»Was ist das?« Sie zeigte auf ein langes stangenähnliches Objekt, das mit mehreren Metern Kette verbunden war.

»Kälberzieher. Manchmal sind die Kälber zu groß, um normal rauszukommen, die Ketten steigern die Zugwirkung. Zwei Männer braucht es, um das Ding zu bedienen, aber es hilft der Kuh, ihr Kalb sicher und gesund zur Welt zu bringen.«

Er erklärte ihr, dass die meisten Kälber im Frühling auf die Welt kamen. »So haben sie eine bessere Überlebenschance. Da machen wir auch die Brandzeichen, sprühen, impfen und kastrieren.«

Sie verließen die Scheune und gingen zu einem der Korrals, wo eine Gruppe Cowboys auf dem Zaun balancierte und die Männer in der Arena beobachteten.

»Ein paar von den Leuten nehmen am Polson-Rodeo teil. Hauptsächlich im Team, ein paar von ihnen sind Kälberfänger. Der große Typ, der da drüben auf dem Zaun sitzt, das ist Billy Two Feathers. Er ist ein Lakota Sioux. Er hat sich für das Bullenringen eingetragen.«

Es war alles so anders als das, was sie gewohnt war. Es war, als würde sie eine Zeitreise machen, in die Bilder eines Westerns einsteigen, was sie absolut hinreißend fand. »Wirst du auch teilnehmen?«

»Machst du Scherze? Nachdem mir beim Bullenreiten ein paar Mal fast der Schädel eingetreten wurde, bin ich irgendwann zur Vernunft gekommen.«

Kate sah hinüber zu den Männern, die Einfangen im Team übten, jetzt wo die Arbeit des Tages beendet war. Große, grobknochige Rinder schossen aus einem langen, schmalen Pferch, dann galoppierten zwei Reiter hinter ihnen her, wirbelten steife Nylonseile über ihren Köpfen. »Ich war noch nie bei einem Rodeo.«

Chance sah sie bass erstaunt an. »Du verulkst mich.« Einen Moment lang verlor sie den Gesprächsfaden. Es war erstaunlich, welche Wirkung diese strahlenden blauen Augen auf sie hatten.

»Ich bin ein Mädchen aus der Stadt, weißt du noch?«

»In L.A. gibt's Rodeos. Sogar im Madison Square Garden in New York.«

»Das gibt es bestimmt. Mir ist nur nie in den Sinn gekommen, zu einem zu gehen.«

Chance grinste. »Dann nehm ich dich mit. Der Jahrmarkt in Polson fängt in zwei Wochen an. Das Rodeo ist am ersten Wochenende. Schreib's in deinen Kalender. Wir haben eine Verabredung.«

Kate lächelte und dachte daran, wie viel Spaß es machen würde, mit einem garantiert echten Cowboy ein Rodeo zu besuchen. Wenn ihr vor einem Jahr jemand prophezeit hätte, sie würde ein Café im ländlichen Montana führen, zum Dinner auf eine Ranch fahren und wirklich zu einem Rodeo gehen, hätte sie ihn für total verrückt gehalten.

Chance beendete seine Führung durch die Ranch und brachte sie zurück zum Haus, wo er ganz bewusst den Haupteingang mit der schweren, geschnitzten Eingangstür nahm.

Kate blieb in dem mit Schiefer gepflasterten Foyer stehen und legte den Kopf zurück, um alles aufnehmen zu können. »Es ist bildschön, Chance.« Die goldgelben Wände waren aus Kiefernstämmen gebaut. Der Raum ging über zwei Etagen mit breiten Bohlenböden, die von bunten gewebten Teppichen bedeckt waren. Ein mächtiger, steinerner Kamin beherrschte den Raum, umgeben von bequemen Ledersofas.

»Das ursprüngliche Haus dient jetzt als Küche und Gästeflügel«, sagte Chance. »Diesen Teil hab ich gebaut – das Wohnzimmer, das Esszimmer und die Hausherrenräume.«

»Nach allem, was ich sehe, ist es dir phantastisch gelungen.«

»Komm, ich zeig dir den Rest.« Er dirigierte sie den Gang entlang zu den Schlafzimmern im Gästetrakt, von denen jedes im Westernstil dekoriert war, mit Indianerteppichen und Bettdecken, antiken Möbeln und lederbezogenen Stühlen. Im Esszimmer, erleuchtet von einem mächtigen Lüster aus Geweihen, stand ein langer, geschnitzter Holztisch, groß genug, um ein Dutzend Leute unterzubringen. Dann erreichten sie das Arbeitszimmer, das von einem kleineren Steinkamin, passend zu dem im Wohnzimmer, geheizt wurde.

Kate blieb neben seinem mächtigen Eichenschreibtisch stehen, auf dem ein ultramoderner Computer thronte. »Ich sollte wohl nicht überrascht sein, aber ich bin es. Dein gutes Alter-Junge-Image ist ein für alle Mal zerschmettert.«

Chance lachte. »Offen gesagt bin ich froh, das zu hören.« Er ging zum Computer, schaltete ihn ein, setzte sich davor und loggte sich ins Internet ein. »Ob du's glaubst oder nicht, wir haben unsere eigene Website – *www.runningmoon.com*. Wir zeigen da ein paar von unseren preisgekrönten Herefords und eine Liste von Quarterhorse-Hengsten, die zum Decken bereit sind. Es ist eine gute Möglichkeit für unsere Kunden, mit uns in Verbindung zu bleiben – und es bringt neue Käufer. Es ist einfach zeitgemäßes Geschäftsgebaren.«

»Ja, das ist es.«

Er loggte sich raus aus dem Internet und schaltete den Computer aus. »Erzähl mir nicht, du bist auch im Internet.«

»Das Café braucht wohl kaum eine Website, aber ohne meinen Computer wäre ich verloren, und natürlich habe ich eine E-Mail-Adresse. Es ist eine wunderbare Möglichkeit, mit Freunden in Kontakt zu bleiben.«

Chance lächelte. »Eine Lady des einundzwanzigsten Jahrhunderts.«

»Das bin ich wohl.« Sie wanderte durch das Arbeitszimmer, bewunderte die Westernkunst an der Wand und ein paar sehr gute Tieraufnahmen. »Sind das Arbeiten von Jeremy Spotted Horse?«

Chance stellte sich neben sie. »Ein paar seiner frühen Fotos. Ich hab ein paar neuere Sachen oben in meinem Schlafzimmer.«

Kate warf ihm einen neckischen Blick zu. »Und ich hab erwartet, dass du sagst, du willst mir deine Stahlstiche zeigen.«

Chance lachte nur. Kate ging langsam durch den Raum, sah sich jedes der Fotos an. Ganz besonders bewunderte sie eines von einem riesigen Grizzlybären, der in einem Feld gelber Bergblumen auf seinen Tatzen lag.

»Er hat wirklich Talent, nicht wahr?«

»Er hat definitiv den Dreh raus. In letzter Zeit hat er ein bisschen von der Anerkennung, die er verdient, bekommen, aber es war nicht leicht.«

»Nichts ist jemals leicht, weißt du noch?«

Diese unglaublichen blauen Augen richteten sich auf ihr Gesicht und ließen es glühen, als ihr etwas zu spät einfiel, dass es bei dieser Andeutung um die Liebe gegangen war. Er stand so nahe, dass sie die Hitze seines Körpers spüren konnte, sein Old-Spice-Rasierwasser riechen.

»Ich würde dich wirklich gerne küssen«, sagte er leise.

Ihr Inneres verkrampfte sich, rollte sich zu einem ordentlichen kleinen Ball. Sie hatte keine Ahnung, dass sie antworten würde: »Warum machst du es dann nicht?«

Chance zögerte keinen Herzschlag lang. Er beugte sich vor, neigte den Kopf zur Seite und presste seine Lippen auf die ihren. Sie waren fest und doch gleichzeitig weich und ein elektrischer Schlag durchfuhr im Zickzack ihre Glieder. Sie lehnte sich ihm entgegen, ihre Brüste drückten sich gegen seine Brust.

Chance intensivierte den Kuss, kostete sie sanft, erforschte mit seiner Zunge ihre samtene Mundhöhle. Er nahm ihr Gesicht zwischen seine Hände und küsste sie noch heftiger. Sie spürte die Spannung in seinem Körper, das leichte Zittern, das durch seine hoch gewachsene, schlanke Gestalt jagte. Dann löste er sich von ihr, beendete den Kuss, ehe sie bereit dazu war.

Eine ihrer Hände ruhte auf seiner Brust, aber sie hatte keine Ahnung, wie sie da hingeraten war. Unter ihren Fingern schlug sein Herz viel zu schnell und die dunkle Haut über seinen Wangenknochen wirkte leicht gerötet.

Chance atmete tief durch und räusperte sich. »Warum machst du's dir nicht bequem, während ich Hannah sage, dass wir bald essen können?«

»Hannah? So heißt deine Köchin?«

Er nickte. »Sie lebt in der Hütte, die du hinter der Scheune gesehen hast. Sie wird das Essen auf den Tisch stellen und dann hat sie den Rest des Abends frei.«

Kate fühlte sich mit einem Mal unbehaglich. Sie hatte gedacht, es würde noch jemand im Haus sein, aber jetzt waren es nur sie zwei. Es gelang ihr, sich ein Lächeln abzuringen. »Klingt gut. Ich bin am Verhungern.«

Sein glühender Blick bewies, dass auch er hungrig war, aber nicht auf Essen. Und ehrlich gesagt, hätte sie statt einem Filet Mignon auch lieber noch einen seiner berauschenden Küsse gehabt.

Aber so setzten sie sich artig und aßen zartes Roastbeef, Kartoffeln, grüne Bohnen und Salat. Es war eine herzhafte Mahlzeit, ein Männeressen, und es war köstlich.

»Deine Hannah ist eine sehr gute Köchin.«

Chance nickte und schluckte den Bissen, an dem er gekaut hatte. »Sie hat schon für uns gearbeitet, bevor mein Vater starb. Hannah Foster war für mich so eine Art Mutter.«

Sie erschien ein paar Minuten später im Esszimmer, eine matronenhafte Frau um die sechzig, mit breiten Hüften und grauen Haaren, eine echte Tante Bea, dachte Kate.

Chance schob seinen Stuhl zurück und stand auf. »Hannah, das ist eine Freundin von mir, Kate Rollins. Sie ist die neue Besitzerin des Lost-Peak-Café.«

Hannah musterte sie scharf. »Ja?«

Kate nickte höflich. »Hallo, Hannah.« Die ältere Frau musterte sie weiter so ungeniert, dass sie sich am liebsten verkrochen hätte. Es war offensichtlich, dass sie den Mann, den sie von klein auf unter ihren Fittichen hatte, beschützen wollte. Kate fragte sich, was man wohl brauchte, um Hannahs Inspektion zu bestehen.

»Ist mir eine Freude, Sie kennen zu lernen«, sagte die Frau schließlich. »Ich höre, das Essen ist immer noch gut unten im Café – besonders der Applepie.«

Kate lächelte. »Ich hatte Glück, dass Myra einverstanden war, wiederzukommen. Ich weiß nicht, was ich ohne sie angefangen hätte.«

Hannah nickte, als wüsste sie Kates Ehrlichkeit zu schätzen und wandte sich an Chance. »Das Dessert ist auf dem Ofen – Aprikosencobbler. Kaffee ist auch fertig. Wenn du sonst noch was brauchst, brüll einfach.«

»Wir kommen schon zurecht«, sagte Chance. »Danke, Hannah.« Die ältere Frau verschwand wieder in der Küche und ein paar Minuten später hörte Kate, wie die Tür zuschlug.

»Ich denke, jetzt sind wir auf uns allein gestellt«, sagte Chance etwas betreten. Liebenswert betreten, dachte Kate und die Tatsache, dass es stimmte, ließ ihre Nervosität verebben.

»Du bringst nicht oft Frauen hierher, nicht wahr?«

»Nein«, gestand er. Chance füllte ihr Weinglas mit einem überraschend raffinierten Cabernet aus dem Napa Valley nach und sie nahm noch einen Schluck.

»Warum mich?«

Sie waren beide mit Essen fertig. Chance ließ sich gegen die hohe Lehne seines ledergepolsterten Stuhls fallen. »Ehrlich gesagt, ich bin mir nicht sicher. Ich respektiere, was du getan hast. Es gehörte viel Mumm dazu, einen Spitzenjob aufzugeben und an einen Ort wie Lost Peak zu ziehen. Aber du hast das Richtige getan – sowohl für dich als auch für deinen Sohn. Ich denke, ich wollte dir zeigen, wie und wo ich lebe. Vielleicht hatte ich gehofft, dass es dir gefällt.«

Freude durchströmte Kate. *Ich respektiere, was du getan hast.* Wie viele Männer gab es, die je so etwas sagen würden? »Du hast einen wunderschönen Platz hier, Chance. Das Haus, die Ranch, alles. Du kannst mit Recht stolz sein auf das, was du geschaffen hast.«

Chance schien erfreut von ihren Worten. Er schob den Stuhl zurück. »Komm. Es zieht ein Gewitter auf. Soll ich uns ein Feuer machen? Wir können unser Dessert und den Kaffee im Wohnzimmer nehmen.«

»Klingt herrlich. Seitdem wir hier leben, hatten wir keine Gelegenheit für ein Kaminfeuer. Ich kann es kaum erwarten, Nells Holzofen auszuprobieren.«

»Ich kann dir aus persönlicher Erfahrung sagen, er funktioniert astrein.« Er verschwand durch eine Tür neben dem Kamin nach draußen und kam ein paar Minuten später mit einem Arm voller Holz zurück und wiederholte das Ganze. Dann kniete er sich vor den großen Steinkamin, schichtete das Holz hinein und innerhalb kürzester Zeit prasselte ein stattliches Feuer.

Kate stellte sich neben ihn, als er sich aufrichtete. »Es ist nicht zu übersehen, dass du darin Übung hast.« Einen Moment lang standen beide da und starrten in die Flammen, dann spürte Kate, wie er sie ansah, und drehte sich langsam zu ihm.

»Ich hatte in vielen Dingen viel Übung«, murmelte er und neigte sich zu ihr. Der Kuss, den er nun für sich beanspruchte, war nicht der sanfte, zärtliche Kuss, den sie erwartete. Es war ein heftiger, fordernder Kuss, der ihr den Atem raubte und ihr Begehren weckte, ein wilder, leidenschaftlicher Kuss, der ihre Beine zittern und ihr Herz wie eine Trommel schlagen ließ.

Sie erwiderte den Kuss mit einer Rücksichtslosigkeit, die ihr bis jetzt fremd war, ihre Nägel gruben sich in seine Schultern, ihre Brüste schmerzten, ihre Nippel schwollen. Sie pressten sich an sein Denimhemd, rieben, bewegten sich, die Reibung war exquisit, entlockte ihrer Kehle ein Stöhnen.

»Kate«, flüsterte er und küsste sie noch eindringlicher, seine Hände glitten in ihr Haar. Das hellblaue Band löste sich und ihre schweren Locken fielen, ringelten sich um seine Finger. Sie konnte sein kaum gezügeltes Verlangen spüren und ihr Blut begann in ihren Ohren zu rauschen.

»Wir können das nicht tun«, flüsterte sie, als er sie zu sich hinunterzog auf das große Bärenfell und ihren Körper mit seinem bedeckte.

Er küsste ihre Kehle, die Kuhle am Ansatz ihres Halses

über den Knöpfen ihrer Bluse. »Sag mir, warum nicht.« Sein Mund bewegte sich tiefer, befeuchtete die hellblaue Seide. Sein Atem strich heiß über eine Brustspitze. »Sag's mir und ich höre auf.«

Ihre Augen schlossen sich, die Wonne war so intensiv, dass sie das Gefühl hatte zu schmelzen. »Ich, ich... möchte nicht, dass du aufhörst.«

Jeder Muskel in seinem Körper spannte sich. Sie spürte seine Stärke, die Macht. »Mein Gott, Katie, du wirst nie wissen, wie sehr ich das aus deinem Mund hören wollte.« Chance küsste sie wieder, kostete das Innere ihres Mundes, streichelte bis in den letzten Winkel mit seiner Zunge. Mit zitternden Händen begann er ihre Bluse zu öffnen, ein Knopf nach dem anderen.

Kate hinderte ihn nicht. Sie hatte die Wahrheit gesagt. Sie wollte von ihm geliebt werden. Nur dieses eine Mal wollte sie die Berührung eines Mannes spüren, der sie begehrte, eines Mannes, der Gefühle in ihr auslösen konnte, deren Existenz sie nicht einmal geahnt hatte, Dinge, die sie sich nur heimlich vorgestellt hatte, verbotene Träume.

Chance streifte die Bluse von ihren Schultern, ein Rascheln von Seide, das ihre Haut kribbeln ließ. Ein hübscher, weißer Spitzen-BH schob ihre Brüste zu weichen blassen Hügeln zusammen. Chance sah sie an, als wären sie eine heilige Opfergabe.

»Unglaublich«, flüsterte er und drückte seinen Mund in die schmale Kerbe zwischen ihnen, küsste den gerundeten Ansatz, ließ seine Zunge in das Spitzenkörbchen gleiten und um einen Nippel streichen. Glühende Hitze stieg in ihr auf, bildete ein heißes, feuchtes Zentrum in ihrer Mitte und nur mit Mühe unterdrückte Kate einen Schluchzer purer Wollust. Sie bäumte sich unbewusst auf, gab Chance ihren Hals und ihre Schultern preis. Er küsste sie dort, öffnete den Verschluss ihres BHs und warf ihn beiseite.

Sein Blick wanderte nach unten, heftete sich auf ihre nackten Brüste und das Blau seiner Augen schien zu glimmen. »Gott, bist du schön.« Er streckte die Hand aus, umfing eine Brust, strich behutsam mit dem Daumen über eine Knospe und beobachtete, wie sie sich zusammenzog und sich steil emporreckte. »Und so verdammt sexy.«

Er hob die Fülle in seine Handfläche, beugte den Kopf und seine Zähne umschlossen die steife Spitze. Ein festes, aber zartes Zupfen ließ die Hitze bis in ihre Zehen fluten. Seine Zunge umkreiste die Spitze und Kate stöhnte leise. Dann nahm er so viel Brust er kriegen konnte in den Mund und lodernde nasse Hitze umfing sie.

Kate schloss die Augen und versuchte, das Zittern zu unterdrücken, das ihren Körper erfasst hatte. Chance rutschte auf dem Fell zurück, kniete sich dann über sie und küsste sie erneut leidenschaftlich. Sie wollte jetzt die Konturen seines Körpers kennen lernen, die Beschaffenheit seiner Haut. Mit fahrigen Händen knöpfte sie sein Jeanshemd auf und schob es von seinen Schultern. Sie waren breit und hart, mit dicken Muskelbändern bepackt, ebenso wie seine Brust, die mit feinem, lockigem schwarzem Haar überzogen war, das sich wie ein Pfeil nach unten zwischen die sehnigen Rillen seines Bauchs zogen.

Kate presste ihren Mund auf seine warme, dunkle Haut und spürte, wie sich seine Muskeln zusammenzogen. Sie umrundete einen flachen, kupferfarbenen Nippel mit ihrer Zunge und hörte ihn stöhnen.

Chance nahm ihr Gesicht zwischen seine Hände. »Ich kann mich nicht erinnern, dass ich je eine Frau so begehrt habe.« Er küsste sie heftig, gründlich, seine Finger bewegten sich nach unten, um eine Brust zu liebkosen. Er bedeckte ihren Mund mit einem weiteren sengenden Kuss und in wenigen Minuten waren sie beide nackt. Im Schein des prasselnden Feuers war er ganz dunkle Haut und harte männliche Muskeln, sein Schwanz ragte nach vorn, die Größe und Länge etwas beängstigend.

Es blitzte draußen vor dem Fenster. Das Echo des Donners folgte, aber Kate hörte es kaum. Seine Hand fand die weichen, roten Locken zwischen ihren Beinen und er begann sie sanft zu streicheln. Er schien genau zu wissen, wo er sie berühren musste, *wie* er sie berühren musste, und Wollust durchfuhr sie mit der Wucht eines Tornados. Chance öffnete ihre Schenkel mit einem Knie und legte sich zwischen sie. Sie spürte seine Erregung gegen sie pochen, groß und heiß und hart.

»Chance...?«

»Schon in Ordnung, Darling.« Er strich ihr Haar zurück. »Ich werde dir nicht wehtun.« Ein sanfter, zärtlicher Kuss folgte, dann einer von verzehrender Leidenschaft, als er mühelos in sie glitt.

Er war riesig, pulsierend, dehnte sie bis an die Grenze, aber diese Fülle steigerte nur ihre Lust. Sie klammerte sich an seine Schultern und bäumte sich ihm entgegen, um ihn noch tiefer in sich aufzunehmen. Der Rhythmus steigerte sich, Chance bewegte sich schneller, tiefer, härter, verlor langsam die Kontrolle.

Ihr Körper kribbelte, verkrampfte sich, ihre Muskeln waren gespannt wie Bogensehnen. Zwei weitere heftige Stöße – und die Spannung in ihr zerbarst, schleuderte sie in einen mächtigen Orgasmus. Ihr Körper erschauderte, während eine Woge der Lust nach der anderen über sie brandete. Chance erreichte kurz danach seinen Höhepunkt, mit starren Muskeln, den Kopf weit zurückgelehnt, entfuhr ein leises Grollen seiner Kehle.

Er hielt sich lange, lustgefüllte Sekunden über ihr, dann verebbte die Spannung und er legte sich langsam auf sie, rollte von ihr hinunter und zog sie fest an sich, ihren Kopf auf seinen Arm bettend.

»Alles in Ordnung?« Er drehte sich und strich mit den Lippen über ihre Schläfe.

Kate nickte und lächelte selig. Schläfrigkeit machte sich breit und eine wunderbare, faule Zufriedenheit. Die Hitze des Feuers hielt sie warm und das dicke Bärenfell war weich auf ihrer Haut. Ihre Augenlider fielen zu. Sie kuschelte sich näher an Chance und trieb in einen friedlichen Schlaf.

Der Rhythmus seines Herzens verlangsamte sich endlich wieder auf normal, versuchte nicht mehr, sich durch seine Brust zu hämmern. Er hörte den Wind durch die Bäume heulen und sah durch die Fenster in der Ferne Blitze zucken. Aber das Feuer im Kamin knisterte wohlig und warf goldene Schatten über die Frau, die neben ihm auf dem Fell lag.

Chance ließ seinen Blick über sie wandern, wozu er bis jetzt noch keine Zeit gehabt hatte. Die Dringlichkeit, das brennende Bedürfnis, sie zu nehmen, war einfach zu groß gewesen.

Jetzt bemerkte er, wie glatt ihre Haut, wie weich und fraulich ihr ganzer Körper war. Ihre Brüste waren groß und fest, die Nippel rosig und noch aufgerichtet. Die dunkelroten Locken zwischen ihren Beinen schimmerten feucht im Schein des Feuers, obwohl er noch so viel Verstand besessen hatte, ein Kondom zu benutzen.

Er hatte ihre Weichheit fühlen wollen, hatte eins mit ihr werden wollen, ein Teil von ihr werden wollen – etwas, was er bis jetzt noch nie von irgendeiner Frau gewollt hatte. Er wollte sie direkt in seine Haut absorbieren und diese Tatsache machte ihm eine Höllenangst.

Er hatte gedacht, wenn er einmal mit ihr geschlafen hatte, würde die Anziehung verblassen. Wenn er diese üppigen Brüste einmal gefühlt hatte, wenn er sich erst einmal an ihrem zierlichen fraulichen Körper ergötzt hatte, dann würde er seine Objektivität wiedergewinnen, die Kontrolle. Aber bei Kate Rollins klappte das irgendwie nicht.

Er beobachtete, wie sie schlief und dachte, wie schön sie aussah, mit diesen wundervollen roten Haaren, die sich um ihre Schultern ringelten – und schon wieder begann sein Körper sich zu regen. Er streckte die Hand aus, strich mit dem Finger über eine Brust, umkreiste behutsam einen Nippel und beobachtete, wie er sich zusammenzog.

Sie war eine leidenschaftliche Frau, reagierte ganz unglaublich, obwohl er nicht glaubte, dass ihr das klar war. Er fuhr mit seinem Finger zart an ihren Rippen hinunter, umkreiste ihren Nabel, bewegte sich tiefer, streichelte das Fleisch, das teilweise unter den feuchten roten Locken verborgen war. Seine Erregung wuchs, bis sie fast schmerzlich war.

Er wollte sie noch einmal nehmen, diesmal langsam, hatte das von der Sekunde an, in der sie ihr Liebesspiel beendet hatten, gewollt. Er stemmte sich über sie, beugte sich, um seitlich an ihrem Hals zu knabbern und schob sich sanft in sie. Sie war warm und nass und er glitt leicht hinein, rammte sich bis zum Anschlag hinein. Sie riss die Augen mit einem Stöhnen der Lust auf, das ihn zum Lächeln brachte. Er hatte gehofft, sie würde nicht wütend sein über seine Weckmethode. Als sie sich ihm entgegenbäumte wie eine träge Katze, wusste er, dass sie absolut nicht böse war. Chance küsste sie sanft und begann sie weiter zu überzeugen.

14

Kate erwachte, als das erste graue Licht des Morgens ins Zimmer rieselte. Draußen blies ein Wind und leichter Regen trommelte gegen die Fensterscheiben. Sie horchte auf die Geräusche, war einen Moment lang desorientiert, nicht ganz sicher, wo sie war. Sie sah sich um: ein riesiges Bett aus handbehauenen Baumstämmen, ein antiker Garderobenständer neben der Tür, an dem ein schwerer Schaffellmantel hing, ein staubiger schwarzer Stetson und ein Paar Sporen. Mehrere kunstvoll gerahmte Tierfotos hingen an den Wänden.

Sie erinnerte sich vage, dass Chance sie in sein Zimmer getragen hatte.

Kate schoss hoch. Gütiger Himmel, sie war immer noch in Chances Bett. Sie hätte schon vor Stunden zu Hause sein sollen. Was würde David denken, wenn sie erst im Morgengrauen nach Hause kam? Sie packte den blauen Frotteemantel, der an einem Haken an der Badezimmertür hing, rammte ihre Arme in die Ärmel, die mindestens fünfundzwanzig Zentimeter zu lang waren und knotete rasch den Gürtel zu. Sie suchte hektisch nach ihren Kleidern, als die Tür aufgestoßen wurde und Chance eintrat.

»Kein Grund zur Panik. David hat die Nacht bei Myra verbracht, weißt du noch?«

Sie atmete hörbar auf und seufzte. »Das ist richtig, ich hab's vergessen.« Sie sah ihn misstrauisch an. »Woher weißt du das?«

Er trug ein Frühstückstablett mit zugedeckten Tellern und einer gelben Bergblume in einer kleinen Vase.

»David hat es mir erzählt. Und bevor du deiner Phantasie womöglich die Zügel schießen lässt: Das hatte überhaupt nichts damit zu tun, dass du in meinem Bett gelandet bist. Ich habe es nicht geplant. Genauer gesagt, ich habe alles getan, um mir diesen Gedanken auszutreiben. Dann hab ich dich geküsst und, na und… da ist es irgendwie passiert.« Er stellte das Tablett auf einen antiken Schiffskoffer, der unter dem Fenster stand.

»Ich dachte mir, dass du vor David zu Hause sein willst und, äh… ich wusste, dass du müde sein würdest. Deshalb hab ich dich ein bisschen länger schlafen lassen.«

Röte schoss ihr in die Wangen. *Er wusste, dass sie müde sein würde?* Natürlich war sie müde! Sie hatten sich fast die ganze Nacht lang geliebt. Außerdem war sie angenehm erschöpft und köstlich befriedigt. Das Liebesspiel mit Chance McLain war völlig anders als alles, was sie bis jetzt in dieser Richtung erlebt hatte.

Trotzdem war es dumm, idiotisch gewesen, es zu tun. Chance war die Art Mann, von der Frauen träumten. Stark, gut aussehend, männlich – fabelhaft im Bett. Die Sorte, in die man sich wahnsinnig verliebte.

Die Sorte, die einem das Herz brach.

Er zog einen Stuhl für sie heran und hockte sich selbst auf einen kleinen Schemel. »Ich hoffe, du magst Speck und Eier. Ich bin ein ganz guter Koch, solange es nichts zu Kompliziertes ist.«

Sie lächelte ihn nervös an. »Speck und Eier klingt gut, aber…«

Er war gerade dabei, ihr die Tasse mit diesem herrlich duftenden Kaffee einzugießen, als er innehielt. »Aber was? Aber du wünschst dir, du wärst zu Hause anstatt noch in meinem Bett? Du wünschst dir, du müsstest mir nicht gegenübersitzen, nach dem, was wir diese Nacht getan haben?«

Sie wandte sich ab, raffte den weiten Mantel noch enger

um sich. »Ich denke, das drückt es ziemlich genau aus.« Sie seufzte, fühlte sich beschämt, wollte aber trotzdem, dass er sie verstand. »Ich war bis jetzt nur mit einem einzigen anderen Mann zusammen, Chance. Nachdem ich herausgefunden habe, dass er mich betrügt, endete sogar das. Und um die Wahrheit zu sagen, Tommys Vorstellung von Sex hat sich wesentlich von deiner unterschieden.«

Er ließ sie nicht aus den Augen. Sein Blick war mitfühlend und ernst. »Willst du damit sagen, dass dein Mann dich nicht befriedigen konnte?«

Ihre Röte übertraf noch den Farbton einer reifen Tomate. »Ich glaube, er ist nie auf den Gedanken gekommen, es zu versuchen.«

Chances Mundwinkel zuckten nach oben. »Ich nehme das als Kompliment.«

Kate konnte nicht umhin, sich daran zu erinnern, wie warm und weich sich dieser Mund angefühlt hatte, als er über ihren Körper geglitten war. Ein kleines unwillkürliches Schaudern durchrieselte ihren Körper. Sie wandte sich ab, wünschte sich wieder, sie wäre irgendwo anders, nur nicht hier, und müsste nicht über ihr empörendes Verhalten in der vergangenen Nacht diskutieren. Sie hatte eine Seite von sich erfahren, von der sie keine Ahnung hatte. Sie war sich nicht sicher, ob sie ihr gefiel.

»Warum essen wir nicht?«, lenkte Chance ab und half ihr damit aus der Verlegenheit. »Danach bring ich dich nach Hause.«

Kate nickte stumm. Je früher sie fertig war und angezogen, desto früher konnte sie flüchten. Sie brauchte Zeit, um das auf die Reihe zu kriegen, was sie getan – und gefühlt – hatte. Sie musste ein paar Entscheidungen treffen.

Sie beendeten das Mahl in Rekordzeit und Chance zeigte

ihr, wo er ihre Kleider aufgehängt hatte. Ein paar Minuten später verließen sie das Haus, schlichen sich durch die Haustür, während Hannah in der Küche summend ihrer Arbeit nachging.

Auf der Fahrt den Berg hinunter war es still im Truck. Auf der Suche nach einem Thema, das nichts mit Sex zu tun hatte, kam sie auf die Frage, die sie Chance am Abend zuvor hatte stellen wollen. Irgendwie, sobald er sie geküsst hatte, war sie ihr einfach entfallen.

»Gestern Abend… früher am Abend, ich meine, bevor…« Ihr Gesicht wurde heiß und Chance gluckste kurz. Kate ignorierte das und fuhr rasch fort: »Ich wollte dich fragen, ob du zufällig etwas über die zwanzig Morgen Land, die Silas Marshal zusammen mit meiner Großmutter besessen hat, weißt. Chief hat mir erzählt, da wäre so eine Art Brunnen drauf.«

»Chief hat dir das erzählt?«

Sie verkniff sich ein Lächeln. »Genauer gesagt waren seine Worte: ›großes Wasser, tiefer Brunnen‹. Ich dachte, du wüsstest vielleicht ein bisschen mehr darüber.«

Chance grunzte, und seine Miene wurde grimmig. »Ich kenn das Stück Land. Jeder hier in der Gegend tut das. Ich wünschte, mein Vater hätte das Grundstück gekauft, als es vor Jahren zum Verkauf stand. Leider hat er das nicht.«

»Was für eine Art Brunnen ist es denn?«

»Artesisch. Ob du's glaubst oder nicht, dieser Brunnen bringt mehr als siebenhundert Gallonen die Minute. Noch wichtiger, es entspringt einer felsigen Gesteinsschicht, die sich meilenweit hinzieht in eine Gegend, wo es fast unmöglich ist, Wasser zu finden.«

»Chief sagte, der Brunnen war neben Silas' Land. Aber wo ist das?«

»Ein paar Meilen den Berg hoch auf der Nordseite des Silver Fox Creek. Er liegt direkt neben dem Land, das Consolidated Metals erschließen will. Deswegen wollten die Gauner es so dringend kaufen. Ja. Sie hatten dort oben ein halbes Dutzend andere Brunnen gegraben und jedes Mal eine Niete gezogen. Sie haben Nell und Silas ein kleines Vermögen geboten, aber deine Großmutter hat sich geweigert zu verkaufen. Sie wusste, was es für das umliegende Land und die Tiere bedeuten würde, wenn Consolidated dort die Mine baut.«

»Und Silas?«

»Silas wollte verkaufen. Er sagte, es wäre doch nur ein gutes Geschäft, wenn man bedenkt, wie viel Profit sie damit machen würden. Zwei Wochen nach dem Tod deiner Großmutter hat er einen Deal mit Consolidated abgeschlossen. Wir müssten uns vielleicht keine Sorgen wegen der Mine machen, wenn er nicht so gehandelt hätte. Ohne Wasser hätte die Firma ein paar mächtige Probleme gehabt. Sobald sie den Brunnen besaßen, war eines ihrer größten gelöst.«

Als sie Chances letzte Worte hörte, wurde die Luft, die sie einatmete, zu Eis. Sie hatte sich nicht die Mühe gemacht, das Katasteramt zu fragen, ob Silas das Land noch besaß. Aber Silas hatte das Land knapp nach dem Tod ihrer Großmutter verkauft. Und er hatte einen riesigen Profit gemacht.

»Kate...«

Sie sah ihn von der Seite her an, war leichenblass. Ihr war seltsam schwindelig, so als ob sie gleich umkippen würde.

Chance fuhr den Truck neben die Straße. »Was ist denn, Kate? Verdammt, du bist weiß wie die Wand.«

»Ich bin gleich wieder in Ordnung. Es ist nur...« *Dass ich endlich ein Motiv für den Mord an Nell gefunden habe.* Silas Marshal hatte durch Kates Tod ein kleines Vermögen verdient. War es möglich, dass er sie getötet hatte?

»Das hat doch etwas mit Nell zu tun, oder?«

Sie hörte ihn kaum. »Es... es geht mir wieder gut. Aber ich muss nach Hause, wenn's dir nichts ausmacht.«

»Verdammt, Kate. Ich kenne jeden Zentimeter deines Körpers. Ich habe dich berührt. Ich war in dir. Kannst du mir nicht genug vertrauen, um mir zu verraten, was da vorgeht?«

Eine Woge von Scham durchbrandete sie, aber seine Worte enthielten so viel Wahrheit, dass sie sie nicht ignorieren konnte. »Selbst wenn ich's dir sagen würde, würdest du's mir nicht glauben.«

»Versuch's doch. Ich könnte dich überraschen.« Das kam so ernst, dass sie es einfach riskieren musste.

Sie holte tief Luft. »Also gut. Ich glaube, meine Großmutter wurde ermordet. Heute Morgen hast du mir, glaube ich, geholfen, ein Motiv zu sehen.«

Chances Blick war so eindringlich, dass sie sich abwenden musste. Er nahm seinen Stetson ab, warf ihn auf das Armaturenbrett und fuhr sich mit der Hand durch die Haare. »Großer Gott.« Er drehte sich zu ihr. »Okay. Du bist jetzt so offen gewesen. Warum erzählst du mir nicht den Rest?«

»Sonst gibt es nichts zu erzählen.« Zumindest nichts, was er auch nur im Entferntesten akzeptieren würde. »Ich hatte dieses... Gefühl..., dass etwas am Tod meiner Großmutter nicht stimmt. Ich habe nachgeforscht und versucht, etwas zu finden, was beweist, dass ich Recht habe.«

»Nur weil ein Mann Profit aus einem Unfalltod macht, heißt das noch lange nicht, dass er zu einem Mord fähig ist.«

»Das weiß ich. Aber wie du schon sagtest, es gab da eine Menge zu gewinnen. Ein Grundstück, das ›ein kleines Vermögen‹ – das waren deine Worte – wert ist. Und die Chance, eine große Goldmine zu bauen.«

»Nells Tod war ein Unfall«, sagte Chance bestimmt. »Es gab kein gewaltsames Eindringen, kein Zeichen für einen Kampf, kein Grund zu glauben, dass es Mord war. Deine Großmutter ist gefallen und mit dem Kopf aufgeschlagen.«

»Ja, ist sie. Daran habe ich keinen Zweifel.« Sie sah ihm gerade ins Gesicht. »Was ich mich frage, ist, ob sie jemand gestoßen hat.«

Chance starrte reglos geradeaus und die Stille wurde allmählich unbehaglich. Endlich griff er nach dem Schlüssel, startete den Motor und fuhr dann den Rest des Weges stumm zu Kates Haus. Es war offensichtlich, dass sie stark aufgewühlt war, aber es gab nichts, was er sagen konnte, das sie beruhigen könnte. Als er sie zur Tür brachte, dankte sie ihm ziemlich abwesend dafür, dass er ihr die Ranch gezeigt hatte und ignorierte dabei die Stunden der Leidenschaft, als wären sie nie passiert.

Chance passte sich dem Spiel an. »Ich werde dich später anrufen«, sagte er und versuchte genauso sachlich zu sein wie sie. Als er zum Truck zurückging, musste er an ihr Gespräch von vorhin denken. Sie hatte so ein Gefühl gehabt, hatte sie gesagt. Schon bevor sie nach Lost Peak kam. Das ergab überhaupt keinen Sinn, obwohl er selbst auch oft seinem Bauchgefühl folgte und damit nur selten falsch lag.

Trotzdem, ein Mord war doch sehr weit hergeholt. Besonders, wenn der Hauptverdächtige Silas Marshal war. Silas war siebzig. Solange Chance denken konnte, waren Silas und Nell befreundet gewesen. Es wurde sogar gemunkelt, dass sie einige Jahre, nachdem Zach gestorben war, eine kurze Affäre gehabt hatten.

Das beruhte natürlich alles nur auf Spekulation. Trotzdem war offensichtlich, dass Silas etwas für Nell übrig gehabt hatte, genauso wie die alte Frau für ihn. Es war höchst unwahrscheinlich, dass Silas sie hätte umbringen wollen, egal wie viel Geld auf dem Spiel stand.

Er wünschte, das Thema wäre nie zur Sprache gekommen, riss die Tür seines Pick-up auf und war gerade hineingeklettert, als Myra mit David in ihrem verbeulten alten Suburban in den unteren Kiesweg einbog. Chance dankte insgeheim Gott, dass er Kate vorher abgeliefert hatte.

Myra parkte hinter dem Restaurant und verschwand dann in der Küche, während David die Straße zum Hause hochjoggte. Bevor er sein Ziel erreicht hatte, überholte ihn ein weißer Ford Taurus mit dem Nummernschild einer Autovermietung und parkte neben Chance' Pick-up. Chance beobachtete, wie die Tür aufging und im selben Moment, als David vorbeijoggte, stieg ein übergewichtiger Mann aus.

Der Junge musterte den Mann kurz, und selbst aus der Entfernung konnte Chance sehen, wie er blass wurde. David ignorierte Chance, als wäre er gar nicht da, stürmte die Verandatreppe hoch und riss die Tür auf.

»Das ist der Kerl, Mom!« Seine dünne Stimme klang noch höher als sonst. »Der fette Kerl aus L.A. Komm schnell!«

Chance blieb mehrere lange Sekunden sitzen. Er wusste, er sollte den Motor anlassen und zurück zur Ranch fahren. Er sagte sich, dass, was immer da vorging, Kate keine Einmischung von ihm haben wollte. Der Typ war etwa einen Meter fünfundsiebzig groß, trug Jeans und eine Dodgers Baseballmütze und stieg die Verandatreppe hoch. Und Chance redete sich ein, es würde ihn nichts angehen.

Dann sah er die Angst in Kates Gesicht, als sie die Fliegengittertür aufriss und dachte: *Von wegen!*

Bevor er seine Meinung ändern konnte, war er schon aus dem Truck und bewegte sich auf den feisten Mann zu, der vor ihrer Tür stand.

Kate starrte den Mann in Jeans und Turnschuhen auf ihrer Veranda an. Sie sah, wie Chance auf ihn zulief, dachte daran, was jetzt geschehen würde, und spürte, wie die Welt gefährlich in Richtung Katastrophe kippte.

»Das ist Privatbesitz, Mr. Munson«, sagte sie und betete, sie würde ihn dazu kriegen zu gehen, bevor Chance bei ihnen angelangt war. »Ich hab Sie nicht hierher gebeten und ich möchte, dass Sie sofort gehen.«

»Ich bin nur vorbeigekommen, um mit Ihnen zu reden. Ich hatte verdammte Schwierigkeiten, Sie zu finden, Mrs. Rollins. Ich denke, das Mindeste, was Sie tun können, ist, mir ein paar Minuten Ihrer Zeit zu geben.«

»Und ich denke, Sie sollten sofort gehen.«

Chance hatte die Veranda erreicht, stellte sich zwischen sie und zog sie hinter sich. »Wer zum Henker sind Sie?«

Munson wurde blass, aber er wich nicht zurück. »Mein Name ist Chet Munson. Ich bin Reporter für den *National Monitor*. Und Sie sind ...«

»Das geht Sie gar nichts an. Was haben Sie hier zu suchen? Was hat ein schmieriges Blatt wie der *Monitor* mit Kate zu schaffen?«

Oh, lieber Gott, sie wollte nicht, dass er es erfuhr. »Es ist unwichtig, Chance. Ich will nur, dass er geht.«

Chets Blick wurde tückisch, sein Reporterinstinkt ließ die Alarmglocken schrillen. Er witterte eine neue Möglichkeit, die Informationen zu kriegen, die er wollte. Er wandte sich Chance zu. »Ich bin hier, um eine Fortsetzungsgeschichte über die Schießerei zu recherchieren.«

»Welche Schießerei?«

»Es spielt keine Rolle, Chance. Ich will nur, dass er –«

»Letzten März in L. A. Kate Rollins wurde das Opfer von Schüssen aus einem vorbeifahrenden Auto. Sie wäre fast gestorben. Sie war fast zehn Minuten tot, bevor sie der Arzt wieder beleben konnte. Es stand in allen Zeitungen. Deshalb bin ich hier.«

Chance musterte sie fragend. »Warum hast du mir das nicht erzählt?«

»Es war nicht wichtig. Ich –«

Munson unterbrach sie, bevor sie zu Ende reden konnte, mit einem ekelhaft selbstzufriedenen Ausdruck. »Sie wollen damit sagen, sie hat nichts von ihrer Reise ins ›Jenseits‹ erzählt? Kate hat tatsächlich einen Einblick in den Himmel gehabt – das behauptet sie zumindest. Sie hat mit ihrer Mutter geredet, während sie dort war und natürlich mit allen anderen ihrer toten Freunde – sogar mit ihrer Großmutter. So viel ich weiß, hat ihr die alte Lady irgendeine Art Botschaft gegeben. Stimmt's, Mrs. Rollins?«

Kate versteinerte und es lief ihr eiskalt den Rücken hinunter. »Woher wissen Sie das?«

Munson grinste wölfisch. »Ich hab so meine Möglichkeiten, Dinge rauszufinden. Ich werde dafür bezahlt, Geschichten aufzudecken.«

Aber sie hatte doch niemandem von Nell erzählt. Na ja, praktisch niemandem. Nur Sally und Dr. Murray und einem der Mädchen im Büro, die eine Reihe Bücher über NTE gelesen und sie angefleht hatte, ihr zu erzählen, was passiert war. Kate stöhnte innerlich. Mein Gott, warum hatte sie nicht den Mund halten können?

»Kate…?« Sie konnte die Unsicherheit in Chance' Stimme hören, ein etwas kratziger Unterton, wie eine Feile, die über Stein ratscht. Ihre Brust zog sich zusammen, die Luft brannte in ihrer Lunge.

»Ich will, dass Sie gehen«, sagte sie zu Munson. »Jetzt. Sofort. Wenn nicht, rufe ich den Sheriff.«

»Aber, aber, nicht so hastig, Kate. Der *National Monitor* ist bereit, Ihnen einen schönen Batzen Geld zu zahlen. Jeder will wissen, wie's im Himmel ist.«

Sie begann zu zittern. Wenn sie ihn nicht bald dazu brachte zu gehen, würde sie sich zum Narren machen. Sie atmete aus, aber es klang mehr wie ein Schluchzen. In dem Moment, in dem Chance das hörte, packte er Chet Munson am Kragen seiner Jacke und hievte ihn so hoch, bis er nur noch auf den Zehen balancierte.

»Mrs. Rollins hat Sie gebeten zu gehen. Ich unterstütze ihre Bitte. Verschwinden Sie von diesem Grundstück und kommen Sie nie wieder. Wenn nicht, kann ich für nichts garantieren.«

Munsons Gesicht war talgig weiß geworden. »In Ordnung, in Ordnung, ich geh ja schon.«

Chance stellte ihn auf die Füße, ließ ihn los und glättete höflich die Falten, die Munsons Revers aufwies. »Lost Peak ist eine sehr kleine Stadt. Sie sind hier nicht willkommen. Jetzt nicht und auch nicht in der Zukunft. Habe ich mich klar ausgedrückt?«

Munson taumelte ein paar Schritte rückwärts. »Ja, ja, absolut klar.«

»Dann passen Sie auf, dass Sie nicht womöglich über sich selbst stolpern, wenn Sie hier jetzt wie der Blitz verschwinden.«

Munson nickte heftig und wieselte zu seinem Auto. Die Reifen drehten durch und Kiesregen flog in die Luft, als er hastig mit dem Auto wendete, dann das Gaspedal durchtrat und zur Straße hinunterraste, die zum Highway 93 führte.

Einen Moment lang wünschte sich Kate, die Bretter unter ihren Füßen würden sich auftun und sie könnte unter der Veranda verschwinden.

»Mom?« Davids Stimme, sehr hoch und dünn, drang zu ihr.

»Ist schon gut, David. Er ist weg und ich glaube, er wird sich so schnell nicht mehr herwagen. Geh rauf in dein Zimmer.«

Dieses eine Mal gab David keine Widerworte, trampelte nur eilig die Treppe hoch. Sie vermutete, dass er eventuell Chance nicht in die Quere kommen wollte.

Ehrlich gesagt, Kate auch nicht.

Er stand direkt vor ihr, so nahe, dass sie die Spannung spürte, die immer noch durch seinen Körper pulsierte. »Wirst du mir sagen, was zum Teufel da vorgeht?«

Wie konnte sie? Was sollte sie ihm sagen? Sie versuchte, ihre zugeschnürte Kehle freizukriegen und räusperte sich. »Nichts geht hier vor. Dieser grässliche Mann ist weg und damit ist die Sache beendet. Ich hoffe, er kommt nie wieder.«

»Das war's? Das ist alles, was du sagen willst?«

Sie schluckte mit größter Mühe. »Ich... ich bin wirklich dankbar für deine Hilfe.«

Grimmige blaue Augen bohrten sich wie Laserstrahlen in sie. »Was ist mit der Schießerei? Was ist mit deiner Reise ins Jenseits? Was ist mit Nell?«

»Was... was ist mit ihr?«

»Komm schon, Kate. Deshalb doch diese ganze Mordgeschichte, oder? Deshalb untersuchst du ihren Tod. Weil du glaubst, sie hätte dir irgendeine Art von Botschaft gegeben.«

Ihr Herz holperte und sie war überzeugt, dass sie ihren nächsten Satz wegen Sauerstoffmangel nicht herausbringen würde. »Was mit mir passiert ist, hat nichts mit dir zu tun. Ich wäre dankbar, wenn du es einfach ignorierst. Wenn nicht um meinetwillen, dann um Davids.«

»Ignorier es einfach«, wiederholte er mit einer Stimme, als ob sie den Verstand verloren hätte.

»Das habe ich gesagt. Außerdem geht es dich wirklich nichts an.«

Ein Muskel zuckte in seiner Wange. »Es geht mich etwas an, nachdem du gestern Abend bei mir geblieben bist. Oder hast du das schon wieder vergessen?«

Vergessen? Wie in Gottes Namen sollte sie die wunderbarste Nacht ihres Lebens vergessen? Aber das eine hatte nichts mit dem anderen zu tun und es war offensichtlich, dass er ihr nicht glauben würde, wenn sie ihm die Wahrheit erzählte.

Sie schüttelte nur den Kopf. »Ich glaube, es wäre besser, wenn du jetzt gehst, Chance.«

»Verflucht noch mal, Kate.«

Ihr Mund begann zu zittern. Sie wollte nicht, dass er das sah. »Bitte...«

Chance malmte mit dem Kiefer. »In Ordnung, gut, ich werde gehen, wenn es das ist, was du willst.« Er grummelte etwas über sture Weiber vor sich hin und stürmte in Richtung Pick-up. Kate stand unglücklich da und beobachtete, wie er hineinkletterte, den Motor startete, den Gang hineinrammte und die lange Kiesauffahrt hinunterraste. Sie sah ihm nach, bis der Truck um eine Kurve verschwand, dann drehte sie sich um und ging zurück ins Haus.

David kam die Treppe herunter, als Kate gerade raufgehen wollte.

»Ich kann nicht glauben, dass der Typ uns gefunden hat«, sagte er. »Glaubst du wirklich, dass er nicht zurückkommen wird?«

Sie sah die Sorge in seinem Gesicht und Schuldgefühle regten sich. In nur zwei Wochen würde David mit der Schule anfangen. Wenn die Kinder von ihrer Reise ins »Jenseits« erfuhren, würden sie ihm nur Ärger machen.

»Ich glaube, das wagt er sich nicht mehr. Munson ist ein Feigling. Er will sicher keinen Ärger mit Chance.«

»Ich hoffe, du hast Recht«, murmelte Dave. Er blieb am Fuß der Treppe stehen. »Er ist doch nicht sauer, oder? Chance, meine ich.«

Ihre Hände krallten sich in das Geländer. »Nein, Schatz, bestimmt nicht. Er musste nur zurück zur Ranch.«

David nickte, als würde er die Geschichte akzeptieren, aber sicher war sie sich nicht. »Was hältst du davon, wenn Ritchie und ich zum Fischen gehen? Er kann es zwar noch nicht, aber er sagt, er würde es echt gerne lernen.«

Ritchie, Myras Enkel. Sie zwang sich zu einem halbwegs überzeugenden Lächeln. »Ich finde das eine fabelhafte Idee. Ihr beide habt euch wohl gestern Abend gut verstanden?«

»Ritchie ist total cool, Mom. Er ist aus San Francisco, aber er hat die Berge wirklich gern. Er hat sogar gesagt, ich könnte ihn vielleicht mal in San Francisco besuchen.«

»Oh, Schatz, das ist ja wunderbar. Warum fragst du nicht, ob Ritchie zum Abendessen bleiben kann? Ich glaube, Myra wird nichts dagegen haben.«

»Toll, Mom, danke.« Wie der Blitz verschwand er durch die Tür und lief zum Café, wo er seinen neuen Freund treffen wollte. Kate schickte Myra ein stummes Danke dafür, dass sie die beiden Jungs zusammengebracht hatte. Kate wünschte nur, er würde irgendwo in der Nähe leben statt so weit weg in der Stadt.

Sie ging weiter die Treppe hoch, streifte ihre Stiefel ab und warf ihren Pullover aufs Bett. Voller Sehnsucht nach einem guten, heißen Bad ging sie ins Badezimmer, warf die Bluse und die Jeans, die sie gestern Abend getragen hatte, in den Wäschekorb, bückte sich und drehte die Hähne der altmodischen Wanne mit den Klauenfüßen an.

Als sie aus ihren weißen Spitzenhöschen stieg, konnte sie den klebrig-süßen Duft von Sex riechen, und ein Strom hitziger Erinnerungen durchflutete sie.

Gütiger Himmel, sie hatte mit Chance McLain geschlafen. Sie hatten sich wild, erotisch, unglaublich leidenschaftlich geliebt. Es war die erregendste, aufregendste Nacht ihres Lebens gewesen.

Wie hatte daraus so eine Katastrophe werden können?

Kate spürte die schwere Last einer Depression und zwang sich, hinüber zur Wanne zu gehen. Sie prüfte das Wasser. Es war glühend heiß, genau wie sie es mochte. Sie stieg vorsichtig hinein und senkte sich mit einem wohligen Seufzen in die tröstende Wärme. Wenn sie die Augen schloss, sah sie immer noch Chet Munson vor ihrer Türschwelle stehen und über ihre Reise in den Himmel schwadronieren. Jetzt dachte Chance zweifellos, dass sie aus einer Irrenanstalt entsprungen wäre. Sie würde ihn nie wieder sehen.

Kate lehnte sich in der Wanne zurück und stöhnte. Sie hatte sich ständig gewarnt, sich nicht mit ihm einzulassen. Stattdessen war sie mit ihm ausgegangen und zu allem Überfluss mit ihm im Bett gelandet.

Die Wahrheit allerdings war, ihr lag etwas an Chance McLain. Mehr als sie je gewünscht hatte. Sie wollte ihn wieder sehen. Sie wollte mit ihm zusammen sein.

Chet Munsons Eröffnungen hatten zweifellos jede Möglichkeit dafür im Keim erstickt.

Kate schloss die Augen und versuchte, nicht an Chance zu denken. Sie versuchte, nicht an die Ungläubigkeit in seinem Gesicht zu denken, während er sich anhörte, was Chet Munson sagte. Sie wollte sich nicht vorstellen, was er jetzt von ihr denken musste.

Sie versuchte es, aber alle Versuche scheiterten kläglich.

15

Chance polterte durch die Tür des Antlers Saloon, ein altes Brettergebäude auf der gegenüberliegenden Seite und ein Stück die Straße hinunter vom Lost-Peak-Café. Das Lokal war verraucht, der Boden mit Erdnussschalen übersät, aber irgendwie hatte es einen altmodischen Charme. Das war der Grund, warum es nach mehr als fünfzig Jahren immer noch bestand.

Er setzte sich auf einen der roten Kunstleder-Barhocker vor der langen Bar aus Eiche und stemmte einen Stiefel auf die angelaufene Messingstange.

»Chance! Bisschen früh, um dich hier zu sehen, stimmt's?« Maddie Webster lächelte, während sie den Bartresen vor ihm abwischte.

Eventuell konnten ihm zwei oder drei kräftige Tequilas helfen. Aber Maddie hatte Recht. Es war viel zu früh. »Wie wär's mit einem Red Beer? Du hast Moose Drool vom Fass, stimmt's?«

Sie nickte. »Kommt sofort.« Während Maddie sich ums Bier kümmerte, starrte Chance blicklos auf die altmodische Rückwand der Bar. Er bemerkte Jeremy Spotted Horse erst, als der ihm über die rechte Schulter blinzelte.

»Du siehst aus, als wäre gerade ein Güterzug entgleist.«

Chance seufzte. »Danke. Ungefähr so fühle ich mich auch.«

»Du gehörst doch sonst nicht zu denen, die am frühen Morgen trinken. Dir muss ja ganz schön was über die Leber gelaufen sein. Willst du's mir erzählen?«

Chance schnaubte. Er wusste, dass er den Mund halten sollte. Quatschen wäre Kate gegenüber nicht fair. Obwohl ihm das im Moment scheißegal war. »Nur ein bisschen Ärger mit den Weibern. Nichts, wobei du helfen kannst.«

»Ja, also, da bist du nicht allein. Willow war stocksauer wegen dem Geld, das ich für eine neue Nikon-Linse ausgegeben habe. Sie hat das ganze Haus niedergebrüllt, also hab ich mich lieber unsichtbar gemacht.«

»In ein, zwei Stunden wird sie sich beruhigt haben. Das tut sie doch immer.«

Jeremy grinste. »Ja, das ist eins von den Sachen, die ich an ihr mag. Sie schmollt nie.«

Chance dachte an Kate und konnte sich einer gewissen Bitterkeit nicht erwehren, weil sie sich geweigert hatte, sich ihm anzuvertrauen. Er nahm einen Schluck Bier und betrachtete Jeremy, der sich auf den Hocker neben ihn gesetzt hatte. »Hast du je daran gedacht, wie es sein könnte zu sterben?«

Jeremy grunzte. »Schmerzlich.«

»Ich meine nicht den Teil mit dem Sterben, ich meine danach. Du weißt schon, was man im Jenseits vorfinden könnte, wenn du tot bist. Hast du dir je vorgestellt, was da draußen warten könnte?«

»Ich muss es mir nicht vorstellen, ich hab's gesehen. Viele von uns haben das.«

»Was willst du damit sagen?«

»Ich rede von einer Vision Quest. Wenn ein Indianer eine Vision sucht, reist er ins *Schi-mas-ket* – dem Land des Großen Geistes. Daher kommen unsere Visionen.«

»Ich erinnere mich, als wir noch Jungs waren, hast du davon geredet. Drei Tage auf dem Berg. Kein Essen, kaum Wasser. Ich hatte es ganz vergessen.«

»Das war etwas, was ich nie vergessen werde. Am Ende des dritten Tages war ich durstig, schier erfroren und hungrig genug, um einen ganzen Büffel zu verspeisen – roh. Aber die Stunden haben sich schließlich bezahlt gemacht.«

»Was ist passiert?«

»Meine Vision kam endlich. Ich habe meinen Urgroßvater gesehen, Many Feathers. Er hat mit mir geredet, dann hat er sich vor meinen Augen in einen Adler verwandelt. Wir beide stiegen in den Himmel über den Bergen. Ich erinnere mich, wie viel man von dort oben sehen konnte – Rehe, Elche, Bären, riesige Kiefernwälder, tosende Flüsse. Ich wollte wie ein Adler sein, alles so klar sehen wie er, und ich wollte mich daran erinnern können. Das war meine Suche. Das ist der Grund, warum ich fotografieren lernte.«

Chance hatte ein ganz merkwürdiges Gefühl. Er nahm einen Schluck von seinem Bier, das Einzige, was sein Magen heute Morgen ertrug. »Kate sagt, sie war im Jenseits. Sie sagt, sie hat dort ihre toten Freunde gesehen. Sie behauptet, sie hätte mit Nell Hart gesprochen. Sie glaubt, Nell könnte ermordet worden sein.«

Jeremy pustete in die Tasse Kaffee, die Maddie eingegossen und vor ihn gestellt hatte. »Interessant.«

»Das kann man wohl sagen.«

»Ist das der Ärger, den du vorhin gemeint hast?«

Er nickte und Jeremy zuckte mit den Schultern. »Kate hatte also eine Vision – wo ist da das Problem? Die Salish würden finden, dass sie das zu einer ganz besonderen Frau macht.«

Chance stützte die Ellbogen auf die Bar und fuhr sich mit beiden Händen durch die Haare. »Sie wollte nicht darüber reden. Sie dachte, ich würde das, was sie erlebt hatte, nicht glauben.«

»Würdest du?«

»Ich weiß es nicht, wahrscheinlich zu der Zeit nicht. Sie will nicht, dass irgendjemand in Lost Peak davon erfährt. Ich glaube, das ist einer der Gründe, warum sie hierher gezogen ist. Offensichtlich stand etwas darüber in der Zeitung. Es war wahrscheinlich schlimm für ihren Sohn.«

»Eine Vision zu haben ist kein Grund, sich zu schämen.«

Etwas von der Spannung in seinem Körper löste sich. Zum ersten Mal an diesem Morgen atmete Chance freier. »Nein, ist es wohl nicht.« Er war froh, dass er mit Jeremy gesprochen hatte. Er vertraute ihm und er wusste, dass Kate ihm auch vertrauen konnte.

»Vielleicht solltest du ihr das sagen.«

Chance brummte und fühlte sich ein bisschen wie ein Narr. Das, was Jeremey glaubte, stellte er nie in Frage, auch das nicht, was seine indianischen Freunde glaubten. Warum war es so schwer zu glauben, dass Kate etwas Ähnliches erlebt hatte?

»Ich werde noch ein bisschen darüber nachdenken.« Er zog ein paar Dollar aus der Tasche und warf sie auf die Bar. »Das Wetter klärt allmählich auf. Gehen wir immer noch fischen heute?«

Jeremy nickte. »Um zwölf bei dir. Chris freut sich schon die ganze Woche drauf.«

Chance ließ sein kaum berührtes Bier auf der Bar stehen, stand vom Hocker auf und ging zur Tür. »Ich werde die Pferde gesattelt und bereit haben«, rief er über die Schulter. »Wir sehen uns um zwölf.«

Nachdem Kate ihr Bad beendet hatte, fühlte sie sich besser. Sie ermahnte sich, dass sie Wichtigeres zu tun hatte, als sich wegen Chance McLain zu ärgern, ging den Gang hinunter zu ihrem Büro und schaltete ihren Computer an. Sie wollte Informationen aufspüren und das Internet war dazu die schnellste Möglichkeit, die sie kannte.

Angenommen, Nell war tatsächlich ermordet worden – immer noch eine sehr wackelige Behauptung –, dann war das Haus der vermutliche Tatort. Wenn das der Fall war, dann könnte sie Beweise direkt vor ihrer Nase haben. Die Polizei würde bei dieser Art Untersuchung forensische Techniken einsetzen. Diese Möglichkeit hatte sie nicht, nur ihre unbestätigten Verdachtsmomente. Wenn sie irgendwelche Beweise finden wollte, würde sie sie selbst ausbuddeln müssen.

»In Ordnung«, murmelte sie, »dann sehen wir mal, was wir rausfinden können.« Sie loggte sich bei Yahoo ein, tippte »Forensische Wissenschaft« und ließ die Suchmaschine anlaufen.

Die Liste, die erschien, war sehr lang. Sie begann eine Website nach der anderen zu durchforsten, begann mit *www.tncrimlaw.com/forensic*, Carpenter's Forensic Science Resources. Die Website hatte eine eigene Liste von Linkvorschlägen: forensische Medizin und Pathologie, forensische DNS-Analyse, forensische Chemie und Toxikologie, kriminalistische und Spurensicherung – die Quellen waren endlos.

Sie begann mit den allgemeinen forensischen Homepages und machte sich an die Arbeit.

Drei Stunden später läutete das Telefon und Kate musste sich aus ihrer Computertrance lösen, um ranzugehen. Sie erkannte den nöligen Tonfall ihres Exmannes und holte tief Luft, um sich zu sammeln.

»Hallo, Tommy.«

»Kaitlin – es tut gut, deine Stimme zu hören.« Kaitlin! Er nannte sie nur so, wenn er etwas von ihr wollte. Kate presste ihre Finger an ihre Nasenwurzel und versuchte, die Kopfschmerzen zu vertreiben, die plötzlich hämmernd einsetzten.

»Ich will schon die ganze Zeit mit dir reden«, verkündete

Tommy. »Ich habe gerade die endgültigen Papiere über die Scheidungsvereinbarung gekriegt.«

Also das *war* eine gute Nachricht.

»Ich habe nachgedacht, Kate. Wir waren fast dreizehn Jahre verheiratet. Das sind zu viele Jahre, um sie einfach wegzuwerfen. Vielleicht waren wir zu hastig. Weißt du, was ich meine? Wir müssen an David denken. Um seinetwillen sollten wir die ganze Sache abblasen. Es noch mal versuchen.«

Ihre Schultern verspannten sich. Wut brodelte wie heißes Öl in ihrer Kehle. Wen glaubte er damit zu täuschen? Tommy war ihre Ehe scheißegal, genau wie sein Sohn.

»Was ist los, Tommy? Nachdem du jetzt selbst für deinen Unterhalt aufkommen musst, ist dir gerade klar geworden, wie teuer das Leben ist?«

Sie konnte durchs Telefon hören, wie er mit den Zähnen knirschte. »Immer einen klugen Spruch drauf, was, Kate?«

»Ich bin wesentlich klüger, als ich es war, so viel ist sicher. Klug genug, um es zu erkennen, wenn du mich reinlegen willst.«

»Du genießt es, mich zur Schnecke zu machen – das hast du immer schon. Ich muss verrückt gewesen sein zu glauben, dass du dich geändert hast.«

Ihre Finger klammerten sich um den Telefonhörer. »Du bist tatsächlich verrückt, wenn du auch nur eine Sekunde lang glaubst, dass ich je auf den Gedanken kommen würde, zu dir zurückzukehren.«

»Du Miststück.«

Kate seufzte in den Hörer. »Unterschreib einfach die Papiere, Tommy. Bringen wir diese Sache ein für alle Mal hinter uns.«

»Ich werde die Scheißpapiere unterschreiben. Darauf kannst du wetten. Aber eines Tages wird es dir Leid tun.«

Das Telefon klickte laut in ihrem Ohr und Kate legte den Hörer behutsam auf. Er hatte David erwähnt, aber nur, weil er etwas von ihr wollte. Er hatte sich nicht danach erkundigt, ob es seinem Sohn gut ging, hatte nicht darum gebeten, ihn sprechen zu dürfen. Es hätte sie nicht überraschen sollen, aber irgendwie tat es das doch.

Die endgültige Scheidungsvereinbarung hatte sie noch nicht bekommen. Die Post brauchte in Montana eine Ewigkeit, aber die Papiere waren unterwegs. Bald würde die Scheidung endgültig sein und sie konnte diesen Teil ihres Lebens abhaken.

Sie wandte ihrer Aufmerksamkeit wieder dem Computer zu und griff nach dem Stapel Informationen, die sie ausgedruckt hatte. Dann überprüfte sie die Notizen, die sie gemacht hatte.

Wenn sie damit fertig war und all die bestellten Bücher gelesen hatte, würde sie zumindest eine Vorstellung haben, wie das Ganze funktionierte. Sie war noch nicht bereit, tatsächlich nach Beweisen zu suchen. Aber früher oder später würde sie genug wissen, um es zu versuchen.

In der Zwischenzeit hatte sie vor, mit dem Leichenbestatter zu reden. Laut einer der Websites waren Beerdigungsunternehmer schon oft in Fällen, in denen keine Autopsie durchgeführt worden war, über etwas Ungewöhnliches gestolpert, was sie dann der Polizei gemeldet hatten. Soweit sie wusste, war das in Nells Fall nicht passiert, aber es war einen Versuch wert.

Heute Nachmittag hatte sie sowieso frei. Eine kurze Fahrt zum Dorfman-Beerdigungsinstitut in Polson, wohin man Nell Harts Leiche nach dem Unfall gebracht hatte, wäre keine große Mühe. Es war ein weiterer Punkt auf ihrer Liste und würde keinen großen Aufwand erfordern.

Kate nahm den Stapel mit Recherchenmaterial, ging zurück in ihr Schlafzimmer und machte es sich bequem, um das Ganze durchzuforsten.

Nach einem erholsamen Ausflug in die Berge kamen Chance, Jeremy und Chris spätnachmittags zurück zur Ranch. Das Fischen war erfolgreich gewesen und das Wetter klar geblieben, trotzdem hatte sich Chance mindestens ein Dutzend Mal gewünscht, er könnte zurückreiten und mit Kate sprechen. Er konnte es nicht, durfte es nicht. Noch nicht. Er fürchtete, dass sie sich nach wie vor ihm verschließen würde.

Also hatte er am Montagmorgen Skates und zwei andere Pferde gesattelt und seine Ankunft so berechnet, dass die Mittagsschicht vorbei war und Kate im Haus sein würde.

Er führte die beiden sanften Stuten querfeldein und nahm den Weg, der zu der Zaunlinie hinter ihrem Haus führte. Er hoffte, Kate würde inzwischen etwas geneigter sein, sich anzuhören, was er zu sagen hatte. Und das Pferd für David mitzubringen war eine kleine zusätzliche Versicherung. Kate könnte sich weigern, ihn zu begleiten, aber sie würde es nicht fertig bringen, es ihrem Sohn zu verbieten... angenommen, er könnte den Jungen überreden, sich ihnen anzuschließen.

Er löste den Draht an dem provisorischen Tor in dem Zaun zwischen ihren Grundstücken und ritt auf ihren achtzig Morgen großen Besitz, durchwatete Little Sandy Creek und führte die Stuten in ihren hinteren Hof. Der alte Anleinpfosten, der seit achtzig Jahren hier seinen Platz hatte, stand immer noch. Er band die Pferde fest, ging zum Haus und klopfte an Kates Hintertür.

Ein paar Minuten später öffnete sie sie. »Chance...?

Was… was machst du hier?« Sie war offensichtlich überrascht, ihn zu sehen und er konnte es ihr nicht verdenken, so wie er sich beim letzten Mal, als er hier war, benommen hatte.

Er musterte sie von Kopf bis Fuß und stellte fest, dass sie noch hübscher aussah als beim letzten Mal. Sie trug enge Jeans, die ihren Po so umspannten, wie er es nur zu gerne mit den Händen getan hätte, und ein rot kariertes Hemd, das ein klein wenig zu eng über ihrer Brust war, wenn sie sich bewegte. Ihre Wangen glühten rot und die Augen waren so grün wie das Gras vor ihrer Tür.

Er räusperte sich und sah ihr direkt ins Gesicht. »Ich hatte gehofft, du hättest vielleicht Zeit zu reden. Mir ist eingefallen, dass du gesagt hast, du reitest gern. Ich habe mir gedacht, wir könnten ein paar Stunden in die Berge reiten und vielleicht David überreden mitzukommen.«

Sie betrachtete ihn mit einem Anflug von Argwohn. Sie hätte vielleicht Nein gesagt, wenn der Junge nicht genau in diesem Moment durch die Tür gepoltert wäre. Er schien noch überraschter, ihn zu sehen, als seine Mutter. Offensichtlich hatten sie beide geglaubt, Munsons Enthüllung hätte ihre knospende Freundschaft beendet. Chance fluchte insgeheim.

»Hi, Davy.«

»Hi, Chance.« Ein misstrauischer Blick des Jungen wanderte über die Pferde.

»Ich weiß, dass du noch nicht mit deiner Arbeit im Laden angefangen hast. Ich dachte, du und deine Mom, ihr habt vielleicht Lust, reiten zu gehen.«

»Ich hab's Ihnen doch gesagt, ich hasse Pferde.«

»Ja, das tu ich auch manchmal. Besonders, wenn eins seinen Dickschädel durchsetzen will. Aber ansonsten kann man auch eine Menge Spaß mit ihnen haben.« Er ignorierte Kate und band die kleine weiß besockte Fuchsstute los, die er für David geplant hatte. Sie war fünfzehn Jahre alt und so sanft, dass sie praktisch jeder reiten konnte.

»Das ist Mandy. Sie ist ein ganz braves Mädchen. Ich dachte mir, du möchtest es vielleicht mal mit ihr versuchen.«

David schüttelte den Kopf. »Nein danke.«

Verdammt, das lief nicht so leicht, wie er sich das vorgestellt hatte. Chance strich mit der Hand über den glatten Hals der Stute. »Sie braucht ganz dringend Bewegung. Ich hatte gehofft, du würdest es tun... du weißt schon, als eine Art Gefallen.«

»Gefallen? Wie meinen Sie das? Bitten Sie mich um Hilfe?«

»So wie's aussieht, ja. Mandy liegt mir ziemlich am Herzen. Ich lass nicht jeden auf ihr reiten. Ich hab mir gedacht, dir könnte ich sie anvertrauen.«

David war sichtlich hin- und hergerissen. Chance sah die Unentschlossenheit in seinem Gesicht. Er wollte mitreiten, wollte aber auch nicht wie ein Idiot dabei wirken. »Sie haben mir Ihre Angel geliehen, da bin ich Ihnen schon was schuldig.«

»Wie ich schon sagte, es ist mir zuwider, darum zu bitten.«

»Wissen Sie, ich hab nie reiten gelernt.« David kam näher, bis er neben dem Steigbügel stand.

»Man muss sich erst ein bisschen dran gewöhnen. Mit ein bisschen Übung wirst du, da bin ich mir sicher, recht gut werden.«

David sah hoch zu ihm. »Glauben Sie das wirklich?«

»Ich erkenne Potenzial, wenn ich es sehe. Hier, steck deinen Fuß einfach in den Steigbügel, pack das Sattelhorn, und dann kannst du dich hochziehen.« Mit einem kleinen Schubser von Chance fand sich David im Sattel. Er steckte seinen Fuß in den Steigbügel auf der anderen Seite.

»Ich musste raten, wie lang ich sie einzustellen hatte«, sagte Chance. »Wie fühlen sie sich an? In etwa die richtige Länge?«

»Ich denke schon.«

»Steh mal auf. Wenn du zwei Finger zwischen dich und den Sattel kriegst, dann sind sie wohl richtig.« David gehorchte und es war okay.

»Gut. So, und so arbeitest du mit dem Zügel.« Während der nächsten halben Stunde zeigte Chance dem Jungen, wie er das Tier dazu kriegen konnte zu wenden, stehen zu bleiben und loszutraben. Während der ganzen Zeit beobachtete Kate die beiden wortlos, mit skeptischer Miene.

»Du machst das toll, Davy. Wenn deine Mom ihr Okay gibt, können wir drei zusammen ausreiten.«

»Ich weiß nicht, Chance«, wiegelte Kate ab. »Jeremy hat mir heute Morgen einige Dias gebracht. Ein paar von ihnen zeigen das Leck oben am Beaver Creek. Ich wollte sie in die Diashow einbauen, die wir für einige Umweltschutzgruppen zusammenstellen.«

Chance ging zu ihr auf die hintere Veranda. »Komm mit uns, Kate, bitte.«

»Ach, mach schon, Mom. Ich reite nicht mit, wenn du nicht mitkommst.«

Wie Chance gehofft hatte, ließ sie sich von dem Jungen überreden. »Also gut. Aber ich kann nicht zu lange wegbleiben.«

Er nahm ihre Hand und führte sie zu der kleinen Stute, Tulip, ein sehr leicht zu reitendes zwölf Jahre altes Quarterhorse mit bequemen Gangarten. Er half Kate, sich in den Sattel zu schwingen und schnallte die Steigbügel ein bisschen kürzer.

»Bereit?«, fragte er. Kate nickte, sah aber nicht sonderlich erfreut aus. Chance ließ die Pferde im Schritt zurück durch den Fluss waten und führte sie im Gänsemarsch durch das Tor zu seinem Land und hinauf in die Hügel und hoffte, die nächsten paar Stunden würden besser verlaufen als die bisherigen.

Kates kleine Stute folgte Davids Fuchsstute und Chance' Paint den schmalen Weg entlang. Sie musste zugeben, dass es ein gutes Gefühl war, wieder zu reiten. Es war zwar anders im Westernsattel, aber genauso belebend, wie sie es in Erinnerung hatte.

Sie ritten durch die dichten Wälder und hinaus auf weitläufige Weiden, passierten Herden von weißgesichtigen Rindern und gelegentlich ein Reh oder einen Hasen.

Nachdem sie eine Stunde unterwegs waren, zügelte Chance sein Pferd unter einer Kiefer am Rand des Flusses. »Der Cedar Creek ist normalerweise ein ziemlich gutes Fischwasser.« Er schwang sich von seinem Pferd, ging zu David und half ihm abzusteigen.

»Ich habe eine Fliegenangel mitgebracht. Ich dachte mir, du möchtest vielleicht das Abendessen angeln, während ich mit deiner Mom rede.«

David musterte sein Gesicht und die beiden tauschten einen wissenden Blick. Er war nicht dumm und Chance behandelte ihn auch nicht so. Also nahm David die Angel, die Chance ihm reichte, zusammen mit einer kleinen Schachtel Fliegen und trollte sich zum Fluss.

Während David in das flache Bachbett watete und seinen Köder auswarf, wandte Chance Kate seine Aufmerksamkeit zu. Sie konnte seinen warmen blauen Blick spüren, als ob er die Hand ausgestreckt und sie berührt hätte.

»Ich bin froh, dass du uns begleitet hast«, sagte er. Sie war ebenfalls abgestiegen, lockerte die Zügel und ließ die kleine Stute grasen. »Du hast mich mit einem Trick dazu gebracht, und das weißt du auch. Du hast meinen Sohn als Köder mitgenommen. Du weißt, dass ich es ihm nicht abschlagen konnte.«

Sein Grinsen zeigte keinerlei Reue. »Schuldig im Sinne der Anklage. Ich glaube nicht, dass David etwas dagegen hatte, oder?«

Sie konnte sich das Lächeln nicht verkneifen. »Ich finde es wunderbar, wie du ihn dazu überredet hast, es zu versuchen.«

»Jetzt muss ich nur noch seine Mom überzeugen.«

Kate wartete, während Chance eine Decke aus seiner Satteltasche zog und sie unter dem Baum ausbreitete. Er band die Pferde ein Stückchen entfernt zum Grasen an und kam zurück zu ihr. Sie saß nun auf der Decke, die Beine unter sich verschränkt.

»Du warst heute verdammt still.« Er setzte sich im Schneidersitz neben sie, zupfte einen langen Grashalm ab und drehte ihn in der Hand. Seine Finger waren lang und dunkel und sie konnte nicht umhin, sich daran zu erinnern, was für ein Gefühl es war, sie auf ihrem Körper zu spüren.

»Ich hatte nicht erwartet, dich wieder zu sehen.«

»Hast du wirklich geglaubt, irgendetwas, das ein Idiot wie Chet Munson sagt, könnte mich von dir fern halten?«

Sie sah hoch zu ihm. »Ehrlich gesagt, ja, das hab ich.«

»Weil du glaubst, wenn du mir erzählst, was in L.A. passiert ist, würde ich dich für verrückt halten.«

»Ich weiß, wie schlimm es sich anhört. Deshalb hab ich es dir gar nicht erst erzählt. Alle anderen halten mich für verrückt, warum solltest du das nicht auch?« Kate schloss kurz die Augen und kämpfte gegen den Drang, sofort auf die Stute zu steigen und so schnell wie möglich nach Hause zu reiten.

»Ich möchte deine Version von dem, was passiert ist, hören. Dann muss ich entscheiden, was ich glaube oder nicht.«

Kate glättete eine Falte in der Decke. Vielleicht war es tatsächlich an der Zeit, dass er es erfuhr. Inzwischen wusste er sowieso fast alles. »In Ordnung, aber sag nicht, ich hätte dich nicht gewarnt.«

Die nächsten zwanzig Minuten erzählte sie ihm von der Nacht der Schießerei und was sie, als sie klinisch tot war, »erlebt« hatte. Sie ließ nichts aus, nicht einmal den Teil mit ihrer Großmutter und die Botschaft, die sie nur unvollständig empfangen hatte.

»Mir ist klar, dass das völlig irre klingt. Aber ich glaube, es ist wirklich passiert.« Sie berichtete ihm von dem Foto von Nell, das sie gefunden hatte. »So erkannte ich, wer die Frau war. Ich hatte ihr Gesicht nie zuvor gesehen, bis ich das Foto fand.«

Chance ließ den schwarzen Hut, den er auf einem Knie platziert hatte, kreiseln. »Und du glaubst, sie hat versucht, dir zu sagen, dass sie ermordet wurde?«

»Ich bin mir nicht sicher. Ich glaube, es war etwas über ihren Tod oder die Art, wie sie starb. Ich träume seitdem häufig davon. In den Träumen versucht sie nach wie vor, mir zu sagen, dass sie ermordet wurde.«

Sie beobachtete seine Miene, wartete darauf, Abweisung darin zu lesen. Stattdessen lächelte er wehmütig.

»Meine Großmutter war eine reinrassige Blackfoot-Indianerin. Sie glaubte an das Land des Großen Geistes. Sie redete mit mir darüber, als ich noch ein kleiner Junge war. Ich habe jahrelang nicht mehr daran gedacht. Jeremy Spotted Horse und viele Männer im Reservat haben Visionen erlebt. Manchmal erfahren sie dabei Dinge über die Vergangenheit oder die Zukunft. Eine Vision Quest nennen sie das. Es wäre sicher unfair anzunehmen, dass das, was sie glauben, echt ist, und das nicht zu glauben, was du erzählst.«

Es schnürte ihr die Kehle zu. Tränen stiegen ihr in die Augen. Bis zu diesem Moment hatte sie nicht gewusst, wie viel ihr daran lag, dass er ihr glaubte. Sie tastete in ihrer Jeanstasche nach einem Kleenex, fand aber keins. Chance zog ein ausgebleichtes rotes Tuch aus seiner hinteren Hosentasche und tupfte ihr über das Gesicht.

»Ist schon in Ordnung, Darling. Ich wollte dich nicht zum Weinen bringen.«

Sie nahm ihm das Tuch aus der Hand, wischte sich den Rest der Tränen ab und gab es dann zurück. »Ich muss wissen, ob es wahr ist, Chance. Wenn ja, dann war alles, was mir in dieser Nacht passiert ist, echt. Ich war tatsächlich dort. Ein solcher Ort existiert wirklich.«

»Ich denke, ich verstehe, warum es für dich so wichtig sein muss. Ich würde auch gerne glauben, dass ein solcher Ort existiert.« Er steckte das Tuch zurück in seine Hosentasche. »Ich werde nicht hier sitzen und behaupten, ich wäre überzeugt, dass Nell Hart ermordet wurde. Aber wenn du ein bisschen rumbohren willst, halte ich das nicht für falsch. Und ich werde dir helfen, so gut ich kann.«

Sie wäre ihm gerne um den Hals gefallen. Sie wollte ihn dringend küssen, direkt hier unter der Kiefer. »Ich danke dir, Chance. Du ahnst nicht, wie viel mir das bedeutet.«

Er richtete sich auf und zog sie mit sich hoch. »Nächstes Mal hab bitte keine Angst davor, mir zu vertrauen. Ich werde dich nicht im Stich lassen, Kate.«

Kate nickte stumm und Chance warf einen Blick zum

Fluss, sah, dass David stromaufwärts ganz ins Angeln vertieft war, und nahm sie in den Arm. »Ich denke ständig an Samstagnacht. Gott, ich denke jede verdammte Minute daran, mit dir im Bett zu sein.« Er küsste sie, zuerst sanft, dann zunehmend leidenschaftlich. Ihre Knie zitterten, als er sie losließ.

»Wann kann ich dich wieder sehen?« Ein flehentlicher Unterton klang in seiner Stimme, als er ihren Hals küsste.

»Ich weiß nicht, ich –«

»Wie wär's mit Samstagabend? Wir gehen tanzen. Jedes zweite Wochenende haben sie im Antlers eine Country-Western-Band. Es ist wirklich lustig.«

Sie lachte. »Ich habe keine blasse Ahnung, wie man auf Country-Western tanzt, aber ich würde es sehr gerne mal versuchen.«

»Toll. Wunderbar.« Er beugte den Kopf und streifte mit dem Mund ihre Lippen. »Phantastisch.« Er schaute kurz zu David, der gerade einen großen silbernen Fisch an der Angel hatte, und grinste. »Ich glaube, allmählich kriegt er das Leben auf dem Land in den Griff.«

Kate folgte seinem Blick und ihr Herz zog sich ein bisschen zusammen. »Sieht so aus.«

»Wir werden ihm Zeit lassen, mit seinem Fisch anzugeben, bevor er ihn wieder freilässt. Dann sollten wir uns auf den Heimweg machen. Beim ersten Mal wirst du fiesen Muskelkater vom Reiten kriegen.«

Nachdem er ihre Pferde und Habseligkeiten und schließlich auch David eingesammelt hatte, ritten sie wiederum etwas über eine Stunde zum Haus zurück – was David viel zu wenig war.

»Heute Abend wirst du das nicht mehr sagen«, warnte ihn Chance lachend. »Es dauert eine Weile, bis sich deine Muskeln dem Sattel angepasst haben. Wenn du willst, können wir am Mittwoch wieder reiten, wenn du von der Arbeit nach Hause kommst.«

»Ja!« David stieß seine Faust begeistert in die Luft und Kate lachte. Chance lächelte ihr zu und sein Blick ließ ihre Haut kribbeln.

»Um wie viel Uhr am Mittwoch?«, fragte David. »Fünf Uhr? Das ist doch nicht zu spät, oder?«

»Um diese Jahreszeit wird es erst um zehn dunkel. Davor können wir noch ein paar Stunden reiten.«

»Super! Dann sehen wir uns am Mittwoch.« David rannte davon und polterte ins Haus. »Das war wunderbar, Chance. Du ahnst nicht, wie dankbar ich für das bin, was du für David tust.«

Er wandte sich ab, sah ein bisschen beschämt drein. »Ich mag deinen Jungen. Ich hoffe, ich kann helfen, ihm beizubringen, sich anzupassen.« Er nahm die Zügel seines Pferdes mit einer Hand, schwang sich in den Sattel und packte die Zügel der beiden anderen Pferde mit der anderen Hand. Unter den abgetragenen Jeans spannten sich die Muskeln in seinen Schenkeln und Kate wurde plötzlich heiß.

»Also, dann werde ich mal besser losreiten«, sagte er, wie sie hoffte, mit leichtem Widerwillen. »Ich hab zu arbeiten und ich kann mir vorstellen, du auch.«

Das hatte sie tatsächlich. Die Diashow, an der sie arbeitete und ihr anderes, noch wichtigeres Projekt. Morgen würde sie nach Polson fahren. Sie hoffte auf ein Wunder, das wusste sie, auf etwas, das ihr bei ihrer Suche helfen würde.

Aber Kate war nicht entmutigt. Sie wusste besser als jeder andere, dass Wunder passieren konnten.

16

Lon Barton lehnte sich in seinem gepolsterten Ledersessel zurück und überflog die Akte, die Duke Mullens gerade hereingebracht hatte.

»Das glaub ich einfach nicht. Das verfluchte Weib war Vizepräsident einer der größten Werbeagenturen im Land.«

»Ja, und nach dem, was hier steht, hat sie echt Kohle verdient in L. A.«

»In Sids Notizen steht, dass sie eine der besten Führungsleute in dem Gewerbe war. Sie würde finanziell ziemlich gut dastehen, wenn da nicht ihre Scheidung wäre. Der Kerl hat sie ausgenommen wie eine Weihnachtsgans.«

»Na ja, normalerweise ist es halt der Typ, der bluten muss«, schimpfte Duke.

Lon las weiter. Sid Battistone war gründlich, das musste man ihm lassen. Aber bei dem, was er verlangte, sollte er das auch sein. Die Akte berichtete von Kates vaterloser Kindheit und dass ihre Mutter bei einem Autounfall starb, als Kate achtzehn war. Die Akte enthielt einen Berg von Informationen über ihren Taugenichts von Mann, einschließlich der Anklagen wegen Drogenbesitz, die Tommy Rollins vor sechs Jahren gehabt hatte, und die Tatsache, dass er praktisch seit dem Tag ihrer Heirat von Kate gelebt hatte.

Er kam zum nächsten Absatz. »Was zum Teufel ist das?«

Duke stellte sich hinter ihn, damit er über Lons Schulter mitlesen konnte. »Verrückt, was? Ich glaub, das ist der Grund, warum sie hier raufgezogen ist – um von den Reportern und dem ganzen Zeug wegzukommen nach der Schießerei.«

Lon griff nach einem Zeitungsausschnitt aus der L. A.

Times. FRAU BERICHTET ÜBER LEBEN NACH DEM TOD. Lon überflog den Artikel, von Minute zu Minute verblüffter.

»Herrgott – hier steht, Kate Rollins hätte Schüsse aus einem vorbeifahrenden Auto knapp überlebt und wäre fast zehn Minuten tot gewesen, bevor sie wieder belebt werden konnte. Während dieser Zeit behauptet sie, ein Nah-Tod-Erlebnis gehabt zu haben. Der Artikel zitiert sie, dass sie angeblich im ›Jenseits‹ mit ihren toten Verwandten gesprochen hätte. Glaubst du das? Die Frau muss total übergeschnappt sein.«

»Ja, und rate mal: Sie schnüffelt hier herum, seit sie da ist, stellt Fragen über ihre Großmutter. Vor ein paar Wochen ist sie nach Polson gefahren und hat darum gebeten, den Bericht des Sheriffs über Nell Harts Tod einsehen zu dürfen. Sie hat ein halbes Dutzend Kunden nach ihr gefragt, ihre Telefonaufzeichnungen überprüft. Sie hat sogar Aida Whittaker angerufen.«

»Ich frage mich, was zum Henker die rausfinden will.«

»Ich weiß es nicht, aber am Sonntag war ein Typ aus L. A. in Lost Peak, der nach ihr gesucht hat. Tom Webster sagt, er wäre auch in die Bar gekommen, sagte, er wäre Reporter für den *National Monitor*.«

»Den *National Monitor*? Ist das nicht eines dieser dämlichen Skandalblätter, die man in Kramläden zu kaufen kriegt?«

»Genau.«

»Finde den Kerl – wer immer es ist. Finde raus, was er über Kate Rollins weiß. Ein Mensch mit ihrem Hintergrund, jemand, der wirklich weiß, wie man diese Antiminenkampagne steuert, könnte uns richtig großen Ärger machen. Ich will, dass das Zyankaliverbot gekippt wird und ich werde nicht zulassen, dass mir dabei irgendeine Rothaarige mit großen Titten in die Quere kommt.«

»Keine Sorge, Boss, ich werd mich drum kümmern.«

Duke Mullens Grinsen war wölfisch, als er das Zimmer verließ.

Am Mittwochabend erschien Chance wie versprochen, um mit David auszureiten. Kate hatte ihre freien Abende getauscht, damit sie am Samstagabend tanzen gehen konnte, was hieß, dass sie arbeitete, als Chance David abholte. David erzählte ihr dann später, dass auch Chris Spotted Horse dabei gewesen wäre.

»Er ist Indianer, Mom«, berichtete er aufgeregt, als sie an diesem Abend vom Café nach Hause kam. »Und er ist wirklich okay. Er geht in diese Indianerschule – Two Eagle River? Aber er lebt nicht weit von der Stadt weg. Chris sagt, er geht gerne fischen, also werden wir losziehen, wenn ich Samstag von der Arbeit komme.«

»Schatz, das ist wunderbar.« Kate hätte Chance McLain umarmen können. Aber allein schon der Gedanke an ihn weckte wesentlich mehr Gelüste als eine dankbare Umarmung. Sie verdrängte die äußerst erotischen, höchst unangebrachten Gedanken.

Am Donnerstag tauchten Chance und Jeremy Spotted Horse zum Mittagessen im Café auf. Kate servierte ihnen ihren Hackbraten, hergestellt nach ihrem Geheimrezept. Myra war toll im Applepiebacken, aber Kate hatte auch so ihre Kochtalente.

»Der ist phänomenal«, lobte Chance und tunkte die Sauce mit dem hausgemachten Brot auf. »Wie hast du den gemacht?«

Kate feixte. »Ich könnte es dir sagen, aber dann müsste ich dich umbringen.«

Chance lachte, ein tiefes, maskulines, viel zu erotisches

Lachen. Sie wandte sich Jeremy zu, bevor sich unanständige Gedanken in ihrem Kopf breit machten. »Diese Dias, die Sie zugesteuert haben, Jeremy, sind hervorragend. Das Layout für die Präsentation steht schon. Ed wird Kopien machen lassen und sie nächste Woche zu den diversen Umweltorganisationen bringen.«

»Das ist toll, Kate.« Der groß gewachsene Salish-Indianer schlang ein weiteres Stück des Hackbratens hinunter. »Ich hab noch einen Haufen Landschaftskram, wenn Sie's brauchen.«

»Vielleicht komme ich auf Ihr Angebot zurück.« Sie warf einen Blick auf die Uhr an der Wand. »Braucht ihr zwei sonst noch was? Ich mach ein bisschen früher Schluss. Ich hab was in Polson zu erledigen und ich –«

»Wie wär's mit ein bisschen Gesellschaft?« Chance wischte sich den Mund mit einer Papierserviette ab. »Ich hab ein paar Besorgungen zu machen. Da spar ich mir eine Extrafahrt.« Er fixierte sie mit einem glühenden Blick und ihr Magen machte seinen üblichen kleinen Hopser.

»Das wäre toll.«

Chance stand auf und warf das Geld für die Rechnung auf den Tisch. »Ich seh dich auf der B-Seite, Partner«, sagte er und warf Jeremy einen Blick zu, aus dem sie nicht schlau wurde.

»Lass dir keine falschen Fuffziger andrehen, Kemosabe.«

Chance grinste und Kate lachte. Es war nicht zu übersehen, dass die beiden Männer sehr enge Freunde waren. Kate mochte Jeremy. Sie konnte es nicht erwarten, seinen Sohn Chris kennen zu lernen und Chance hatte versprochen, dass sie seine Frau Willow beim Tanz Samstagabend treffen würde.

Die beiden warteten im Café, während sie zum Haus

hocheilte, Jeans und ein gelbes Baumwollhemd anzog und dann zurückkam. Chance erbot sich zu fahren und sie machten sich auf den Weg zum Highway 93.

In knapp einer Stunde kamen sie in Polson an. Chance war anscheinend nicht überrascht, als sie ihn bat, an Dorfman's Bestattungsinstitut anzuhalten. Er parkte davor, als wäre das ganz alltäglich, und führte sie hinein.

»Hallo. Kann ich Ihnen helfen?«

Kate drehte sich um, als sie diese sanfte männliche Stimme ansprach.

»Ich bin Marvin Dorfman. Was kann ich für Sie tun?« Er war ein kleiner, etwas schwammiger Mann mit blasser, leicht sommersprossiger Haut und schütteren, fahlblonden Haaren. Sein Lächeln war unverrückbar auf seinem Gesicht installiert.

»Ich freue mich, Sie kennen zu lernen. Ich bin Kate Rollins und das ist Chance McLain. Wir sind hier, um mit Ihnen über eine Frau namens Nell Hart zu reden. Mrs. Hart war meine Großmutter. Sie starb im Januar letzten Jahres.«

»Mrs. Hart...«, wiederholte er. Seine hellen Brauen zogen sich zusammen. »Lassen Sie mich in meinen Akten nachschauen.« Er verschwand in seinem Büro und sie und Chance folgten durch die offene Tür. Das Bestattungsinstitut war klein und mit hellem Holz ausgestattet, die Wände waren in einem beruhigenden Blauton gestrichen. Durch eine andere Tür sahen sie einen der Schauräume für die Familie, mit mehreren Reihen gepolsterter Stühle und Gazevorhängen vor dem Bereich für den Sarg.

Kate wandte ihre Aufmerksamkeit wieder Marvin Dorfman zu, der eine Akte aus einem metallenen Aktenschrank nahm und eine dieser kleinen Lesebrillen auf seine Nase setzte. Er klappte die Akte auf und begann zu lesen.

»Ah, ja, Mrs. Hart. Ich hätte mich normalerweise sofort erinnert – ich erinnere mich immer an die Verschiedenen, die wir versorgt haben. Aber in dieser Woche hatte ich einen furchtbaren Grippeanfall. Ich musste an dem Tag, an dem Mrs. Hart ankam, früher weg. Ich war nur am Anfang dabei, um dafür zu sorgen, dass sie bequem untergebracht wurde.«

Bequem untergebracht. Kate fragte sich, was dieser spezielle Euphemismus bedeutete. »Dann haben Sie die Leiche gesehen?«

»Aber ja. Wie ich schon sagte, ich war da, als sie gebracht wurde.«

»Es interessiert mich, ob Ihnen vielleicht zufällig etwas Ungewöhnliches an ihr aufgefallen ist? War da etwas an den Verletzungen, die sie erlitten hat, das eventuell im Widerspruch zu dem Sturz stand, durch den sie starb?«

Er runzelte die Stirn. »Im Widerspruch? Sie fragen, ob es irgendwelche anderen Verletzungen gab, außer denen, die das Trauma an ihrem Kopf verursachten?«

»Genau das fragt sie«, mischte Chance sich ein.

Dorfman sah hinunter auf die Akte, dann hob er den Kopf. »Wenn wir irgendetwas Ungewöhnliches festgestellt hätten, hätten wir das dem Büro des Sheriffs gemeldet.« Er sah wieder hinunter und Kate beobachtete, dass er etwas in der Akte studierte.

»Darf ich das sehen?«

»Wir würden es vorziehen, wenn Sie das nicht tun. Es ist oft schmerzlich für Familienmitglieder zu sehen –«

»Geben Sie der Lady die Akte«, befahl Chance und Dorfman reichte sie ihr gehorsam.

Kate schnappte nach Luft. Dorfman hatte nicht gewollt, dass sie die Fotos der nackten Leiche ihrer Großmutter sah, die Scham nur mit einem sehr kleinen Handtuch bedeckt.

Die waren sicher gleich nach dem Eintreffen ihrer Großmutter im Bestattungsinstitut gemacht worden.

»Ich hoffe, Sie finden die Bilder nicht zu schlimm«, sagte Mr. Dorfman mit tröstlicher Stimme. Er hatte eine beruhigende, beschwichtigende Art, die ihn perfekt für seinen Beruf machte. Seltsamerweise war er zudem anscheinend ehrlich. »Wir dokumentieren gerne jeden Fall. Die Informationen sind strikt vertraulich und nur für unsere Akten.«

Da waren Fotos von Nell, wie sie auf dem Rücken lag, auf der Seite und auf dem Bauch. Auf einem Bild konnte Kate das dunkle Blut, das an ihrem Hinterkopf geronnen war, erkennen. Auf einem anderen sah man Nells Rippen und auch ihre Hüftknochen. Sie war eine zerbrechliche alte Frau gewesen. Eine steife Brise hätte genügt, um sie umzuwehen.

Kate wollte gerade die Akte zurückgeben, als sie eine leichte Verdunklung der Haut auf Nells beiden Oberarmen entdeckte.

»Was ist das?« Sie zeigte auf die Stelle auf dem Foto.

»Erste Ansätze für Blutergüsse vielleicht. Es ist ein bisschen schwer, das lediglich anhand der Fotos festzustellen.«

»Warum hat der Bericht des Sheriffs das nicht erwähnt?«

»Wahrscheinlich, weil sich die Druckstellen unter der Kleidung von Nell Hart befanden, als der Deputy sie das erste Mal sah. Ihr Kleid wurde erst hier entfernt. Der Deputy wäre normalerweise bei dieser Prozedur dabei gewesen. Aber soweit ich mich erinnere, war das der Nachmittag, an dem der Schulbus über ein eisiges Bankett gerutscht war und der Deputy wurde zur Unterstützung gerufen, bevor er hier mit der Verstorbenen ankam.«

»Wenn das Blutergüsse sind: Besteht die Möglichkeit, dass sie beim Abtransport der Leiche verursacht wurden?«

»Absolut nein. Wir sind äußerst vorsichtig, wenn wir abtransportieren. Außerdem ist es unmöglich, dass sich ein Bluterguss bildet, sobald das Herz aufhört zu schlagen.«

Kate spürte, wie sie ein Kälteschauer durchfuhr. Was immer passiert war, um diese Druckstellen zu erzeugen, war geschehen, bevor Nell starb. »Warum wurde das nicht gemeldet?«

»Ältere Leute kriegen sehr leicht blaue Flecken. Und es gab keinen Verdacht auf Fremdeinwirkung.«

»Also hat es niemand gemeldet?«

»Ich glaube nicht. Wie ich schon sagte, ich war an diesem Tag sehr krank. Ich überließ die Versorgung von Mrs. Hart einem meiner Assistenten.«

»Und sein Name ist …?«, fragte Chance.

»Walter Hobbs.«

»Ist Mr. Hobbs hier?«, fragte Kate.

»Zurzeit nicht. Er ist pensioniert. Er kommt nur, wenn wir zu wenig Personal haben. An diesem Nachmittag war mein regulärer Assistent ebenfalls an Grippe erkrankt. Es war praktisch wie eine Epidemie.«

»Haben Sie die Telefonnummer von Mr. Hobbs?«, fragte Chance. Dorfman nickte und schrieb höflich Name, Adresse und Telefonnummer auf die Rückseite einer seiner Visitenkarten. Er schien wirklich ein sehr zuvorkommender Mann.

»Wäre es möglich, dass Sie mir diese Fotos für eine Weile leihen?« Kate hielt inne. »Ich verspreche, dass ich sie zuverlässig zurückbringe.«

Er zögerte nur einen Moment. »Natürlich. Ich wäre aber dankbar, wenn ich sie wiederkriegen würde. Wir legen Wert darauf, dass unsere Akten vollständig sind.«

»Danke, Mr. Dorfman. Sie waren eine sehr große Hilfe.«

»Wir freuen uns immer, wenn wir den Familienmitgliedern helfen können. Dafür sind wir da.«

Sie verließen das Bestattungsinstitut und gingen zurück zu Chance' Truck. Kate schwieg unterwegs, ihr Kopf schwirrte wie ein Bienenstock.

»Dorfman hat Recht«, begann Chance behutsam, als er den Motor anließ und losfuhr. »Selbst wenn das Blutergüsse sind, alte Leute kriegen leicht blaue Flecken. Nell hätte praktisch alles machen können, um die zu kriegen.«

»Oder jemand hat sie an den Armen gepackt und sie gegen diese Anrichte gestoßen.«

»Überleg doch mal, Kate. Wie groß sind die Chancen, dass sich deine Großmutter den Kopf hart genug anstößt, um sie sterben zu lassen? Wenn sie jemand umbringen wollte, dann ist das wohl kaum eine zuverlässige Möglichkeit.«

Kate schwieg lange, dann seufzte sie. »Du hast Recht, nehme ich an. Trotzdem lässt es mir keine Ruhe. Irgendetwas stimmt da einfach nicht, Chance.«

»Dann bleiben wir dran. Ich muss mit Frank Mills reden. Wir werden diesen Hobbs aus Franks Büro anrufen.«

Doch Walter Hobbs war nicht zu Hause. Nachdem er keinen Anrufbeantworter hatte, machte sich Kate eine geistige Aktennotiz, ihn noch einmal anzurufen, sobald sie zu Hause war.

Sie wartete im Empfangsbereich von Mills Büro und stand auf, als Chance zurückkam. »Ich glaube es einfach nicht«, knurrte er.

»Was denn?«

»Consolidated Metals hat keinen Einspruch gegen die Anklage wegen Umweltverschmutzung eingereicht.«

»Das ist doch eine gute Nachricht, oder?«

»In dem Fall nicht. Sie haben angeboten, das zu zahlen, was sie für eine angemessene Entschädigung halten, nämlich fünfundzwanzigtausend Dollar. Mickrige fünfundzwanzigtausend Dollar – und der Richter hat zugestimmt. Eine solche Summe ist nicht mal ein Tropfen auf den heißen Stein bei dem Schaden, den dieses Arsenleck verursacht hat. Und es ist nicht genug, um sie daran zu hindern, es wieder zu tun.«

»Oh, Chance, das ist ja schrecklich.«

Er blieb stumm, aber ein Muskel zuckte in seiner Wange. Auf dem ganzen Heimweg grübelte er, war wortkarg und beantwortete ihre Fragen einsilbig.

Als sie schließlich an ihrem Haus angelangt waren, brachte er sie zur Tür.

»Tut mir Leid, dass ich keine bessere Gesellschaft war.«

»Und so richtig Spaß hatten wir auch nicht.«

»Samstagabend machen wir's besser. Lass uns schwören, dass wir diesen ganzen Scheiß vergessen – zumindest für eine Nacht.«

Kate lächelte. »Ich bin dabei.«

Er beugte den Kopf und gab ihr einen schnellen, harten Kuss auf den Mund. »Das muss bis dahin reichen.« Er deutete mit dem Kopf in Richtung Fenster, wo David durch die gestärkten Gardinen spähte.

»Verflucht. Wie zum Teufel soll ich das bis Samstagabend aushalten?« Kate stockte der Atem, als er sich vorbeugte und sie noch einmal küsste. Sie spürte die Wölbung, die seine Levi's spannte, dann machte er schnell kehrt und flüchtete in seinen Pick-up.

Der Samstag zog sich endlos hin. Sobald die Mittagsschicht beendet war, ging Kate nach oben in ihr Büro, um Walter Hobbs anzurufen, aber er war immer noch nicht zu Hause. Sie versuchte an ein paar Storyboards zu arbeiten, konnte sich aber nicht konzentrieren. Stattdessen machte sie eine Reihe von Anrufen bei den Freiwilligen auf ihrer Liste und verdingte sich dazu, eine Postkartenkampagne an hiesige Politiker zu starten.

Schließlich wurde es doch später Nachmittag und Jeremy kam mit Chris, der fast so groß wie David war, aber eine kräftigere Brust und breitere Schultern hatte. Seine Augen waren so obsidianschwarz wie die seines Vaters, aber Chris' Haare unter einem verbeulten Cowboyhut waren kurz geschnitten. Er hatte hohe Wangenknochen und glatte, dunkle Haut. Kate war sich sicher, dass er der Schrecken der weiblichen Population der Two-Eagle-River-School war.

»Es freut mich echt, Sie kennen zu lernen, Mrs. Rollins«, sagte er, ohne eine Spur der Hochnäsigkeit, die viele wirklich attraktive Jungs hatten.

»Ich freu mich auch, dich kennen zu lernen, Chris.«

Jeremy schlug nun vor: »Ich hab mir gedacht, ich bring sie an einen Platz, wo das Fischen eine reine Freude ist. Nachdem wir wahrscheinlich nicht vor Einbruch der Dunkelheit zurück sind, hab ich mir überlegt ... vielleicht hätten Sie nichts dagegen, wenn David über Nacht bleibt. Meine Tochter Shannon ist fast sechzehn. Sie ist sehr verantwortungsvoll. Sie wird da sein, während ihre Mutter und ich beim Tanz sind.«

»Darf ich, Mom, bitte?«

Kate nagte an ihrer Lippe. Ihr gefiel die Vorstellung nicht, dass die beiden Jungs allein waren mit nur einem Mädchen im High-School-Alter zur Aufsicht. Aber sie wollte, dass David Freunde fand, und Jeremy und sein Sohn schienen sehr geeignet dafür zu sein.

Sie musterte David, bemerkte seinen hoffnungsvollen Blick. Er hasste Babysitter. Er fand, er wäre zu alt dafür. Eventuell war er das ja auch. Sie sah zu Jeremy. An seinem Ausdruck war nicht zu erkennen, dass Chance vielleicht dahintersteckte. Sie gab sich einen Ruck.

»Myra hat gesagt, sie würde im Haus bleiben, bis ich nach Hause komme, aber ich denke, ich könnte ihr sagen, dass David bei Chris übernachtet.«

»Danke, Mom, du bist die Beste!«

»Wie ich schon sagte, Shannon ist wirklich zuverlässig. Und Willow und ich werden nicht allzu lange bleiben. Sie sorgt sich um die Kinder, wenn wir nicht zu einer einigermaßen vernünftigen Zeit nach Hause kommen«, beruhigte Jeremy noch einmal.

Kate lächelte. »Dann ist das wohl abgemacht.« David schnappte sich seine Angelausrüstung und die kleine Gruppe verließ das Haus. Danach wanderte Kate ziellos durchs Haus und versuchte, sich die Zeit bis zum Tanz zu vertreiben.

17

Aus dem Spätnachmittag wurde Abend. Punkt acht Uhr stand Chance vor ihrer Tür, bekleidet mit seiner Jeans für besondere Gelegenheiten und einem blauen Westernhemd mit silbernen Kragenspitzen.

»Ich hoffe, dein Magen ist in der Stimmung für Huhn oder gefrorene Pizza«, sagte er. »Das ist so ungefähr alles, was das Antlers zu bieten hat, aber es ist wirklich nicht so schlecht.«

»Machst du Scherze? Ich hab die Nase so voll von meiner eigenen Kocherei, da ist gefrorene Pizza eine wahre Delikatesse.«

Chance packte sie an einer Hand und drehte sie zu sich. »Du siehst phantastisch aus.«

Kate lächelte und freute sich geradezu übermäßig über dieses Kompliment. »Danke.« Sie trug ein Outfit, das sie sich aus einer Laune heraus an einem Tag in Missoula gekauft hatte: ein schmaler, marineblauer Rock mit passender Weste mit Indianermustern, cremefarbene Baumwollbluse und silberner Conchogürtel. Nachdem sie keine Cowboystiefel besaß, trug sie ihre knöchelhohen englischen Reitstiefel.

Der Antlers Saloon war bereits gesteckt voll. Wochenendtanz war ein großes Ereignis in einer Stadt von der Größe Lost Peaks. Die Band, Rocky Mountain Mist, Mutter, Vater und Sohn, bereitete sich auf einer provisorischen Bühne vor. Sie hatte aber noch nicht angefangen zu spielen. Aus einer Jukebox tönten Westernmelodien und mehrere Paare drehten sich bereits auf der Tanzfläche.

Kate lauschte Garth Brooks, der »The Beaches of Cheyenne« sang und stellte erstaunt fest, wie gut ihr Countrymusic inzwischen gefiel. Myra hatte ihr erzählt, dass sie im Café, so lange sie denken konnte, immer schon Countrymusic gespielt hatten. Irgendwie passte es hierher. Kate hatte es nicht übers Herz gebracht, es zu ändern. In den folgenden Monaten hatte sie tatsächlich angefangen, sie zu mögen, obwohl sie eingeschworener Rock-and-Roll-Fan war. Jetzt, obwohl sie alle Arten von Musik mochte, stellte sie fest, dass sie immer öfter EAGLE 94,5 einschaltete, den Countrysender im Radio.

»Hier drüben, Kate.« Chance winkte sie rüber zu einem leeren Tisch in der Ecke, den er gefunden hatte, weg von den Lautsprechern. Sie setzten sich und bestellten Pizza und Bier.

»So, nachdem wir jetzt einen Platz haben«, verkündete er, »gibt es etwas, das ich schon die ganze Zeit machen wollte.«

Sie zog eine Augenbraue hoch. »Und das wäre?«

Er beugte sich vor und küsste sie ganz zart auf den Mund. »Nur das. Ich möchte, dass du daran denkst, wenn wir tanzen... und daran, was ich mit dir machen werde, wenn wir damit fertig sind.«

Irgendwie litt sie plötzlich an Sauerstoffmangel. Ihr Magen hüpfte mal wieder und Hitze durchströmte sie. Sie wusste genau, was Chance vorhatte. Wenn sie die Augen schloss, konnte sie fast spüren, wie er sich in ihr bewegte. Sie konnte seinen Mund auf ihrer Haut fühlen, seine liebkosenden Hände... Sie riss die Augen auf. Röte schoss ihr in die Wangen.

Chance kicherte leise. »Siehst du? Es funktioniert schon.«

Kate warf ihm einen gespielt indignierten Blick zu. »Sei dir deiner ja nicht zu sicher, Cowboy.«

Chance grinste breit. Er sah aus wie ein Mann, der genau wusste, was er wollte. Und heute Abend hatte er vor, es zu kriegen. So wie er ständig ihren Mund und dann ihre Brüste lüstern anstarrte, wunderte es sie, dass er sie nicht sofort hier auf die Tischplatte zerrte, um sie zu lieben.

Ihr wurde immer heißer und sie begann zu schwitzen, als die Band zu spielen anfing und einen Texas-Two-Step losschmetterte. Chance packte ihre Hand und hievte sie hoch.

»Komm, Darling, ich werde dir zeigen, wie man das in Montana macht.«

Sie dachte, das hätte er bereits, sprach es aber nicht aus. Er zog sie eng an sich, drückte seine Wangen an die ihre und wickelte sich praktisch um sie.

Himmel, wie gut er sich anfühlte.

»Folge mir einfach. Ich verspreche, es ist nicht so schwer.«

Komischerweise war es das auch nicht. Er zeigte ihr die Schritte ein paar Mal, bis ihre Füße sie gespeichert hatten. In jungen Jahren war sie eine sehr gute Tänzerin gewesen. Es dauerte nicht lange, bis sie sich an seine Führung gewöhnt hatte und sich dem Rhythmus der Musik hingab. Er bewegte sich so, wie er alles andere machte: mit einer natürlichen, lockeren Anmut, die ihm anscheinend angeboren war. Es gelang ihr sogar, ein paar von den schwierigen Rückwärts-Vorwärts-Drehungen zu machen, während sie sich im Uhrzeigersinn über den Tanzboden bewegten.

»Du hast mir nicht gesagt, wie begabt du bist«, lobte er beeindruckt.

»Ich hab dir gesagt, dass ich gerne tanze. Außerdem hab ich auch nicht gewusst, wie gut du darin bist.«

Eine dicke schwarze Augenbraue rutschte nach oben. »Hast du nicht? Ich hatte irgendwie gehofft, dass ich dir das klargemacht habe.«

Röte schoss ihr in die Wangen. Sie wusste, wie gut er war. Verdammt gut. Und diese funkelnden blauen Augen signalisierten, er hatte vor, es heute Nacht erneut zu beweisen.

Sie legten eine Pause ein, als Jeremy Spotted Horse hereinkam. »Komm, ich möchte dir Willow vorstellen.« Als Chance sie durch die Menge führte, erkannte Kate die Frau. Sie war ein paar Mal Gast zum Mittagessen im Café gewesen. Willow war schön, groß und gertenschlank, mit großen, dunklen Augen und rabenschwarzen Haaren bis zur Schulter. Sie trug rote Jeans, ein rot kariertes Cowboyhemd und Stiefel. Unter ihren dichten, glatten Haaren baumelten lange silberne Ohrringe.

Sie wurden einander vorgestellt und dann setzten sich die vier an den Tisch.

»Ich mag Ihren Sohn«, sagte Willow, womit sie Kates Herz im Sturm gewann. »Ich glaube, er ist sehr intelligent. Wie seine Mutter, denke ich.«

»Oh, danke. Das haben Sie wirklich sehr nett gesagt. Ja, David war immer gut in der Schule, zumindest bis er anfing, mit den falschen Jungs rumzuhängen. Ich bin froh, dass er einen Freund wie Chris gefunden hat.«

»Sie tun sich bestimmt gegenseitig gut. Ihr David mit seinen Computern. Mein Chris mit seiner Liebe zur Natur.«

Kate lächelte, Willow gefiel ihr von Minute zu Minute besser. »Ich finde, das ist eine sehr effektive Kombination.« Sie unterhielten sich eine Weile angeregt, dann wurde die Musik langsamer und die Band spielte einen Countrywalzer.

»Ich wette, du hast das schon mal getanzt«, neckte sie Chance und führte sie zurück auf den Tanzboden.

Dachte sie auch – bis sie mit Chance McLain langsam tanzte. Er zog sie eng an sich und sie spürte ihn überall, fühlte, wie seine Jeans an ihr rieben, die Seidigkeit seiner Haare, die sich um ihre Finger lockten. Sie konnte sein Aftershave riechen und den leicht salzigen Geschmack seiner Haut spüren.

Er zog sie noch fester an sich, presste ihre Brüste gegen seine Brust. »Mein Gott, Katie…« Er knabberte an ihrem Hals und kleine Hitzewellen huschten über ihre Haut. Einer seiner Schenkel bewegte sich intim zwischen ihren Beinen und sie fühlte seine wachsende Erregung. Er war hart wie ein Stein, als die Musik endete und sie hörte ihn leise fluchen.

»Ich bin mir nicht sicher, ob das eine so gute Idee war«, schimpfte er, als er dicht hinter ihr zurück zum Tisch ging. Kate verkniff sich ein heimliches, erfreutes Lächeln, dass sie so eine Wirkung auf ihn hatte. Dann, kurz bevor sie ihren Tisch erreicht hatten, entdeckte sie Silas Marshal, der gerade hereinkam.

Er ging zum hinteren Teil der Bar, bei seiner stattlichen Größe musste er sich bücken, um einem Balken auszuweichen. Er erinnerte sie immer noch an Abraham Lincoln, aber jetzt fragte sie sich, ob er nicht wesentlich stärker war, als er aussah.

Und wie dringend er wirklich das Stück Land gewollt hatte, das ihm gemeinsam mit Nell Hart gehört hatte.

»Ich bin gleich wieder da«, sagte sie zu Chance. »Ich brauche einen Pitstop.« Sie wusste, dass sie es nicht tun sollte, aber Kate schlängelte sich in Silas Richtung durch die Menge und blieb direkt vor ihm stehen.

»Silas – nett, Sie zu sehen.«

Er lächelte. »Freut mich auch, Sie zu sehen, Kate.«

»Wie macht sich denn David? Diesmal keine Probleme, hoffe ich.«

»Er war nur ein bisschen durcheinander nach dem Leben in der Stadt und den ganzen Veränderungen. Ich glaube, er hat seine Lektion gelernt.«

»Ich denke schon.«

»Zu schade, dass Nell nie Gelegenheit hatte, ihn kennen zu lernen. Ich glaube, sie wäre stolz auf Sie beide gewesen.«

»Danke, Silas.« Es war wirklich nett, dass er das sagte und für sie das perfekte Stichwort. Sie konnte einfach nicht widerstehen. »Apropos Nell. Ich hab ein bisschen auf dem Speicher aufgeräumt und da bin ich zufällig auf die Urkunde über das Grundstück gestolpert, das Ihnen beiden zusammen gehört hat.«

Im Licht der Neonbierreklame sah sie, wie sein Adamsapfel auf und ab hüpfte. »Wir haben das Grundstück über zwanzig Jahre lang gehabt.«

»Nachdem Nell gestorben ist, haben Sie's wohl verkauft?«

Er sah weg. »Mein Sohn wollte Geld leihen, um ein Haus zu kaufen. Es ist schwer für die Jungen, bei den hohen Preisen heutzutage eine Anzahlung zu machen.«

»Ja, das kann ich mir vorstellen. So viel ich weiß, wollte Nell nicht verkaufen.«

Er räusperte sich. »Es war ein wirklich guter Deal – ein

großer Profit für uns beide – aber Nell wollte einfach nicht hören. Manchmal konnte sie sehr stur sein.«

Kate rang sich ein Lächeln ab. »Na ja, letztendlich hat es keine Rolle gespielt. Sobald Nell tot war, haben Sie das Land ja gekriegt und es verkauft.«

Sein langes Gesicht wurde blass. Er sah aus, als würde er am liebsten weglaufen. »Ich muss gehen. Ich bin mit ein paar Freunden verabredet.«

»Hat mich gefreut, mit Ihnen zu reden, Silas.«

»Mmhm.« Er ging, als könne er gar nicht schnell genug wegkommen und Kate kehrte an den Tisch zurück und dachte an seine Reaktion.

»Na, habt ihr euch gut unterhalten?«, fragte Chance und fixierte sie über den Rand seines Bierglases.

»Ich hab mich erkundigt, wie sich David macht.«

Er zog skeptisch eine Augenbraue hoch. »Hast du das?«

»Ja, das habe ich«, erwiderte sie etwas trotzig.

»Was genau hast du ihn noch gefragt?«

Kate ließ sich in den Stuhl fallen. »Also gut, ich hab ihn auf das Land angesprochen, das ihm und Nell gemeinsam gehörte. Mach mich fertig.«

»Ich dachte, wir hätten uns darauf geeinigt, dass wir all das heute Abend vergessen.«

»Ich weiß, aber... Verdammt. Die Gelegenheit hat sich ergeben und ich konnte nicht widerstehen.«

»Bitte, vergiss es, Kate, bitte. Zumindest heute Abend.«

Sie fühlte sich wie ein Spielverderber. Er hatte sie hierher eingeladen, um Spaß zu haben, nicht um nach Beweisen für einen Mord zu suchen. »Du hast Recht. Es tut mir Leid.« Sie nahm einen Schluck Bier. Es war eiskalt und ein bisschen schaumig. Es passte wunderbar zur Pizza. »Ich habe es schon ganz vergessen.«

Er schenkte ihr eins seiner sexy Lächeln. »Braves Mädchen.«

»Kommt, Leute.« Willow stand auf. »Sie spielen einen Formationstanz.«

»Ohne mich«, sagte Chance und schüttelte den Kopf. »Ich passe bei Herdentanz. Außerdem muss ich mal für Königstiger.«

»Dann bleibst du übrig, Kate. Jeremy und ich werden dir die Schritte zeigen. Es ist ganz leicht, wenn du's ein paar Mal probiert hast.«

Es sah wirklich aus, als würde es Spaß machen. Kate folgte ihnen auf die Tanzfläche, wo keiner mehr mit Partnern tanzte und die halbe Bar sich der Band gegenüber aufstellte. Sie nahm einen Platz zwischen Willow und einem großen, gut aussehenden Cowboy ein, der ihr schon beim Reinkommen aufgefallen war. Chance hatte ihn begrüßt. Sie erinnerte sich, dass er ihn Ned genannt hatte.

»Sie spielen ›Boot-Skootin'-Boogie‹«, sagte Willow, sie hopste in ihren grellroten Cowboystiefeln auf und ab. »Eins meiner Lieblingslieder.« Ihr kam es wie eine Ewigkeit vor, bis sie sich die Schritte gemerkt hatte, aber schließlich hatte Kate sie kapiert und es machte echten Spaß.

Willow lachte. »Sie sind eine Naturbegabung, Kate. Ich hab Wochen gebraucht, bis ich alle Schritte intus hatte.«

Kate fühlte sich recht geschmeichelt, dass sie so lernfähig war – und genau in diesem Moment drehte sie sich in die falsche Richtung und prallte voll gegen den Cowboy namens Ned.

»Schon in Ordnung, Süße.« Er grinste. »Du kannst mich jederzeit anrempeln.«

Er sah wirklich gut aus, war groß, mit breiter Brust und trug Stiefel und einen weißen Strohhut. Angeblich lieben alle

Frauen einen Cowboy – oder würden es. Sie hatte bereits einen eigenen, aber der starrte sie an, als wolle er sie auffressen, und das war ein verdammt gutes Gefühl.

Kate lachte über etwas, das Ned sagte, und beugte sich etwas näher, damit sie ihn trotz der Musik verstehen konnte. Dann sah sie zurück zum Tisch und entdeckte, dass Chance sie mit einem Blick so finster wie ein sternenloser Himmel anstarrte.

Die Musik endete, aber als sie sich umdrehte, um zum Tisch zurückzugehen, packte Ned ihren Arm. »Wie wär's mit einem Tanz, Süße?«

Sie hätte Nein sagen sollen. Zu jeder anderen Zeit an jedem anderen Ort hätte sie das auch. Aber aus dem Augenwinkel sah sie Chance an der Wand stehen, die Arme über der Brust verschränkt und ein kleiner Dämon ließ es einfach nicht zu.

»In Ordnung.« Es war ein Two-Step, glücklicherweise. Und er tanzte nicht sonderlich eng mit ihr. Und trotzdem, als der Tanz zu Ende war und sie zurück zum Tisch ging, konnte sie sehen, dass sie einen schweren Fehler begangen hatte.

»Der Spaß ist vorbei«, knurrte Chance. »Wir gehen.«

Kate benetzte ihre mit einem Mal trockenen Lippen. »Aber ich dachte –«

»Ich sagte, wir gehen. Jetzt.«

Kate widersprach nicht, verabschiedete sich kurz von Jeremy und Willow und ließ sich von Chance durch die Tür hinausdirigieren. Er half ihr wortlos in den Pick-up, startete den Motor und fuhr aus dem Parkplatz.

Er nahm die kurvige Bergstraße ein bisschen schneller, als er sollte. Kate war klug genug, ihn nicht zu bitten, langsamer zu fahren.

»Wohin fahren wir?«, fasste sie schließlich den Mut zu fragen.

»Zum Lookout Mountain.«

»Wo ist das?«

Chance bog in eine enge Straße ein, auf eine Lichtung, die an drei Seiten von Bäumen umstellt war und vorne zum Tal hin offen war. Er bremste abrupt und stellte den Motor ab. »Direkt hier.«

Kate verstummte. Ihre Nerven waren bis zum Zerreißen gespannt und ihr Herz hämmerte bis zum Hals. Als Chance aus dem Wagen sprang und die Tür zuknallte, machte sie einen Satz, als hätte jemand eine Pistole abgeschossen.

Er kam zu ihrer Seite des Trucks, riss die Wagentür auf und schwang sie auf den Boden.

»Okay. Was zum Teufel sollte das?«

Sie zupfte an einem imaginären Fussel auf ihrem Ärmel. »Ich hab keine Ahnung, was du meinst.«

»Von wegen! Du hast das mit Absicht getan. Du hast versucht, mich eifersüchtig zu machen.«

Sie legte den Kopf zurück und musterte ihn. »Warst du eifersüchtig?«

»Verflucht, ja.«

Sie wandte sich schuldbewusst ab. »Es tut mir Leid. Mir war nicht klar –«

»Quatsch. Du hast genau gewusst, was du tust. Was ich wissen will, ist: warum?«

Kate seufzte. Die Katze war sozusagen aus dem Sack. Es war wohl besser, das Verbrechen zu gestehen und es hinter sich zu bringen. »Du willst die Wahrheit? Also gut, hier ist sie. Es war noch nie ein Mann wegen mir eifersüchtig. Ich hab Tommy geheiratet, als ich siebzehn war. Er war nicht die Bohne eifersüchtig. Ihm war es völlig egal, wenn sich ein anderer Mann zu mir hingezogen fühlte. Ich dachte... ich dachte, dir würde es etwas ausmachen. Ich wollte wissen, was das für ein Gefühl ist.«

»Du wolltest wissen, was das...?« Er drehte sich abrupt von ihr weg, riss sich den Hut vom Kopf und knallte ihn auf die Haube des Trucks.

»Nur einmal«, sagte sie. »Nur einmal. Ich wollte es wissen.«

Er fuhr sich mit der Hand durch sein lockiges schwarzes Haar. »Schön, jetzt weißt du es. Nachdem du diese Erfahrung auf meine Kosten gemacht hast, willst du vielleicht auch wissen, was für ein Gefühl das für mich war?«

Sie öffnete ihren Mund, aber er ließ sie nicht zu Wort kommen.

»Ich hätte mit Ned Cummings am liebsten den Boden gewischt. Ned ist ein Freund und ich wollte ihn umnieten. Ich hab gesehen, wie du ihn angelächelt hast und ich hätte dich am liebsten an deinen prachtvollen roten Haaren rausgeschleift und dir mein Brandzeichen aufgedrückt. Ich wollte sichergehen, dass dich keiner von den Kerlen je wieder anfasst.«

Er sah hinunter zu ihr und etwas Heißes, Hungriges flackerte in seinen Augen. »Ich wollte dir die Kleider vom Leib reißen. Ich wollte mich in dich rammen. Ich wollte all das tun.«

Seine Hand umfasste ihren Nacken und er zog sie an sich zu einem harten, strafenden Kuss. Einen Moment lang versuchte sie sich zu wehren, verängstigt von der Brutalität, die sie entfacht hatte. Dann aber wurde der schmerzende Kuss sanfter und seine Zunge glitt in ihren Mund. Hitze durchbrandete sie, ließ jede Faser ihres Fleisches erglühen. Sie fühlte sich schwindelig, desorientiert, als würde sie von einer

Klippe fallen. Er küsste sie schier endlos, und sie musste sich an seine Schultern klammern, darum kämpfen, aufrecht zu bleiben.

»Er hat in mir den Wunsch geweckt, dich auf der Stelle zu nehmen«, flüsterte er, während sich sein Mund ihren Hals entlangbewegte. »Noch heftiger, als es ohnehin schon war.« Seine Hände fanden ihre Brüste und er massierte sie durch ihre Bluse. Er schob ihre Weste von ihrer Schulter und riss einen Knopf ab, als er versuchte, ihre Bluse zu öffnen.

Ihr Kopf sank nach hinten. Er küsste ihren Hals, ihr Schlüsselbein, öffnete ihren BH und füllte seine Hände mit ihren Brüsten. Seine Lippen, weich und heiß, wanderten über ihre Haut, bewegten sich tiefer, und sein Mund nahm die schwere Fülle gierig auf. Er nuckelte an ihren Knospen, liebkoste sie abwechselnd mit seinen Zähnen und Kate hörte sich stöhnen.

Sie zitterte am ganzen Körper, ihre Beine waren wie Gummi, ihr Inneres pochte vor Verlangen. Noch ein leidenschaftlicher Kuss und er streifte ihren schmalen Rock über ihre Hüften nach unten. Der elastische Bund machte es leicht. Sie fragte sich vage, ob das der Grund gewesen war, dass sie ihn angezogen hatte, zusammen mit den halterlosen Strümpfen und dem Hauch von blauem Satinbikinihöschen, das sie darunter trug.

Just in diesem Moment sah er nach unten, entdeckte das Höschen und seine Augen brannten sich förmlich in sie. »Du willst wissen, was es für ein Gefühl ist, einen Mann eifersüchtig zu machen?« Er hob sie auf die Stoßstange und stellte sich zwischen ihre Beine. Sie hörte das Zippen des Reißverschlusses an seinen Jeans, als er ihn nach unten zog. Er befreite seine Männlichkeit, seine Finger fanden ihre Nässe und er begann sie geschickt zu streicheln.

»Du willst wissen, was es für ein Gefühl ist?« Sie war nass, glitschig und bereit – er hob sie hoch und schlang ihre Beine um seine Taille. »So fühlt sich das an«, knurrte er und rammte sich in sie.

Kate wimmerte und klammerte sich an seinen Nacken, nahm sein heißes, hartes Fleisch begierig auf.

»Ich werde dich nicht teilen, Katie. Nicht mit Ned Cummings und auch mit sonst niemandem.« Er stieß nach oben, füllte sie noch mehr, glitt raus und wieder rein, in immer rasenderem Tempo. Seine Zunge stieß sich mit demselben entschlossenen Rhythmus seines Körpers in ihren Mund, ließ sie erzittern, am Rande der Erfüllung balancieren. Wollust durchströmte sie wie Lava, katapultierte sie zu einem mächtigen Höhepunkt.

Chance jedoch hörte nicht auf, pumpte weiter in sie, bis sie noch einmal kam, mit einem gutturalen, lang gezogenen Aufschrei. Mit zwei tiefen, kraftvollen Stößen folgte er ihr in einen gewaltigen Orgasmus.

Schluchzend presste sie sich an seine Schulter, bebte von der Wucht ihrer Gefühle. Sie spürte, wie seine Hände sanft durch ihr Haar strichen.

»Es tut mir Leid, Kate.« Er drückte einen Kuss auf ihre Stirn. »Ich war einfach so aufgewühlt. Ich hoffe, ich hab dir nicht wehgetan.«

Sie holte zittrig Luft und dachte an die intensive, überirdische Lust, die er ihr bereitet hatte. »Du hast mir nicht wehgetan.«

Chance stellte sie kopfschüttelnd wieder auf die Beine. »Ich weiß nicht, was du an dir hast, Kate. Irgendwie komm ich nicht dahinter.«

Aber Kate sah allmählich sehr deutlich, was Chance McLain bei ihr für Verhaltensmuster auslöste, die sie nie zuvor bei sich beobachtet hatte. Gott steh mir bei, dachte sie, egal wie ich mich abmühe, dagegen anzukämpfen, ich verliebe mich in ihn.

Es war fast zwei Uhr früh, bevor Chance in die Garage auf der Ranch einfuhr. Durch eine kleine Verschwörung mit Jeremy hatte er gewusst, dass Kate heute Abend allein sein würde. Er wollte unbedingt eine weitere Nacht mit ungestörtem Liebesspiel.

Stattdessen hatte er sie nach Hause gebracht. Nach dem, was an der Bar und später oben am Lookout Mountain passiert war, war klar, dass er es sich nicht leisten konnte, sich noch enger mit Kate einzulassen.

Verflucht, was zur Hölle war mit ihm los?

Klar, er war schon früher eifersüchtig gewesen. Er war kein Mann, der gerne teilte, was ihm gehörte. Am Anfang war er bei Rachael eifersüchtig gewesen, aber damals war er jünger. Im Lauf der Jahre hatte er seine tobenden Hormone in den Griff gekriegt und sie beide hatten sich auf eine relativ offene Beziehung geeinigt. Sie traf sich mit anderen Männern. Er traf sich mit anderen Frauen. Durch eine stillschweigende Vereinbarung ließ sich keiner von ihnen auf mehr ein. Es funktionierte für beide gut.

Heute Abend war das anders gewesen. Er war nicht einfach eifersüchtig gewesen, sondern außer sich vor Wut. Er wollte nicht, dass Kate mit anderen Männern flirtete. Er konnte den Gedanken nicht ertragen, dass sie mit Ned Cummings zusammen wäre und nicht mit ihm. Nachdem er sie so wild und erotisch geliebt hatte, war ihm klar geworden, wie viel sie ihm tatsächlich bedeutete, wie wahnsinnig er sie begehrte – und in welchem verdammten Schlamassel er nun steckte.

Bis über beide Ohren steckte er drin und er wusste nicht genau, was er dagegen unternehmen könnte.

Chance stieg die Treppe hoch und fragte sich, ab wann die Sache gefährlich geworden war. Bei anderen Frauen war er von Anfang an ehrlich gewesen. Er hatte stets klargemacht, dass er nicht an einer dauerhaften Beziehung interessiert war. Unbewusst hatte er bei Kate geahnt, dass sie bei einer solch absoluten Ehrlichkeit sich nie mit ihm eingelassen hätte.

Herrgott, wenn er doch nur nicht so scharf auf sie wäre!

Er musste die Dinge mit ihr klären, musste ihr die Wahrheit sagen. Alles andere war unfair Kate gegenüber.

Und ihm gegenüber war es auch unfair.

Morgen würde er mit ihr reden, ihr erklären, wie die Dinge standen. Wie sie sein mussten. Vielleicht würde sie es verstehen. Vielleicht wäre sie sogar erleichtert, hoffentlich. Er wollte sie weiterhin sehen. Nach dieser Nacht konnte er sowieso nur an eins denken: sie wieder zu lieben.

Unglücklicherweise klingelte am nächsten Morgen um acht Uhr das Telefon. Es war Rachael.

Und sie war nicht in New York City.

Sie war gerade auf der Ranch ihres Vaters eingetroffen.

18

Kate stand am Sonntagmorgen spät auf, ein bisschen steif, aber lächelnd bei der Erinnerung an gestern Nacht. Sie sah auf ihre Nachttischuhr. David würde sicher bald von Chris Spotted Horse zurückkehren. Sie duschte also rasch und zog sich an, Jeans und ein dunkelgrünes Sweatshirt.

Kurz nach zehn fuhr Jeremys Schrottmühle von Pick-up vor. Eine der Türen ging auf und David sprang heraus. Er grinste und winkte Chris zum Abschied zu. Es war offensichtlich, dass die beiden dicke Freunde werden würden und Kate bedankte sich im Geist bei Chance.

Bei dem Gedanken an ihn huschte ihr Blick zum Telefon, versuchte es zu beschwören zu läuten. Es war ein so schöner Tag, perfekt für einen Ausritt für sie drei. Aber er rief nicht an, also packten sie und Dave ein Picknick ein und begaben sich zu einer Wanderung in die Wälder, die sich hinter ihrem Haus erstreckten.

Kate hatte auch eine Dose Pfefferspray in ihren Rucksack gepackt. Nachdem sie in Grizzlygebiet lebten, hatte Chance auf dem Spray bestanden und David eine Dose mitgegeben an dem Abend, an dem er mit ihm und Chris ausgeritten war.

»Man kann sich schwer vorstellen, dass man sich einem angreifenden Grizzly in den Weg stellt«, hatte Chance sehr ernst gesagt, »den Atem anhält und darauf wartet, dass der verdammte Bursche nah genug kommt, dass man ihm Pfeffer auf die Schnauze sprühen kann. Aber die meisten Holzfäller sagen, es ist besser als gar nichts.«

Sie fragte sich, was er heute machte und ob er vielleicht an sie dachte. Gestern Abend, als sie auf der Veranda vor dem Haus gestanden hatten, hatte sie sich für ihr Benehmen in der Bar entschuldigt und ihm versichert, dass es nicht zu ihren Gewohnheiten gehörte, einen Mann eifersüchtig zu machen. Inzwischen hatte sich sein Zorn gelegt und er schien nun auch die amüsante Seite der Angelegenheit zu erkennen.

»Ist schon in Ordnung«, hatte er gefeixt. »Normalerweise benehme ich mich nicht wie ein Stier, der Rot sieht.« Er grinste breit. »Aber ich bin verdammt froh, das Ned Cummings dich nicht um noch einen Tanz gebeten hat.«

Die neue Woche begann und das Wetter schlug um, aber das Café machte weiter gute Geschäfte. Der Profit war seit der Wiedereröffnung stetig gewachsen, teils wegen Aida Whittakers langjährigem guten Ruf und Service, den Kate bewusst pflegte und teils, weil sie sehr gut mit Geld umgehen konnte, die Warenkosten und die Nebenkosten gering hielt.

Sie hatte ein kleines, bequemes Einkommen aus Geldern, die sie während ihrer Jahre bei Menger und Menger investiert hatte. Aber die Extraeinkünfte aus dem Café kamen sehr gelegen und sie war stolz darauf, dass das Geschäft ein lebensfähiges, profitables Unternehmen war.

Dennoch hatte sie nach wie vor ihre Arbeitszeiten so gelegt, dass ihr viel Zeit für sich und ihren Sohn blieb. In letzter Zeit hatte sie nach der Mittagsschicht, während David noch im Laden arbeitete, eine Weile an der Antiminenkampagne gearbeitet und hatte dann im Internet gekramt oder Bücher über Forensik gelesen.

Am Mittwoch stieg sie noch einmal auf den Speicher, um die Durchsuchung der Kisten, die Aida dort gelagert hatte, abzuschließen. Nells Papiere hatte sie schon fast alle durchgesehen. Es war Zeit, die Kleider, den Schmuck und die persönlichen Sachen zu prüfen. Danach könnte David das Zeug runtertragen und sie würde es der Heilsarmee stiften.

Kate saß in dem schmalen Ahornschaukelstuhl und arbeitete sich seufzend durch einen Stapel von Kleidungsstücken ihrer Großmutter, hauptsächlich Pullover und schwere Wollhosen. Ein kleines, herzförmiges rosa Duftkissen lag unten in der Schachtel, zusammen mit einem Paar abgetragener gestrickter Hüttenschuhe.

Sie hatte bis jetzt immer nur Antipathie für ihre Großmutter empfunden. Die Feindschaft zwischen Nell und ihrer

Mutter hatte bei Kate eine tief sitzende Abneigung gegen sie hinterlassen. Trotzdem, während sie die Kleidungssachen inspizierte, konnte sie nicht umhin, sich zu fragen, wie Nell tatsächlich gewesen war und wie eine Frau ihr einziges Kind so im Stich lassen konnte. Der Wind war stärker geworden und er pfiff mit einem seltsam klagenden Geräusch unter den Fensterbänken durch. Es war jetzt September, die Temperatur war gefallen, die Blätter färbten sich gelb und rot und begannen von den Bäumen zu fallen. David würde nächste Woche mit der Schule anfangen, ein Gedanke, der für ihn nicht mehr so Furcht erregend war, nachdem er Freunde gefunden hatte. Da würden noch andere kommen, glaubte er allmählich zuversichtlich. Dank Chance, Jeremy und Chief klaffte die Lücke zwischen dem Stadtjungen aus L.A. und den Jungs vom Land in Montana nicht mehr gar so breit wie vorher.

David konnte jetzt ein bisschen fischen und reiten und Chance hatte versprochen, ihn in einen Sicherheitslehrgang für Jäger einzuschreiben.

»Bist du irre?«, hatte Kate zuerst argumentiert. »Ich will nicht, dass mein Sohn mit einem Gewehr rumballert. Das Letzte, was er braucht, ist, mit noch mehr Gewalt konfrontiert zu werden.«

»Jagen gehört hier zum Leben, Kate. Jeder Junge hier kann mit einem Gewehr umgehen. Selbst wenn David sich entschließt, nicht zu jagen, muss er wissen, wie er sich und seine Familie schützen kann. Jeder Mann sollte das können.«

Sie hatte keine Ahnung, warum es so logisch klang, wenn Chance das erklärte. Aber wenn David es eines Tages lernen wollte, dann würde sie es erlauben, das wusste sie.

Kate stellte eine weitere, muffig riechende Schachtel neben die, die sie bereits durchsucht hatte, und begann mit der dritten: lange Flanellnachthemden, lange Unterwäsche und dicke Wollsocken. Die Baumwoll-BHs hatten Körbchengröße D, was Kate ein Schmunzeln entlockte. Nell war eine zierliche Frau gewesen und nun war offensichtlich, woher Kate und ihre Mutter ihre stattlichen Oberweiten hatten.

Sie kramte weiter und fand eine kleine Schachtel auf dem Boden des Kartons. Kate hob sie heraus, öffnete den Deckel und entdeckte lauter alte Briefe. Sie waren vergilbt und verblasst und manche von ihnen voller Wasserflecken.

Ein komisches, kribbeliges Gefühl durchrieselte sie, Erwartung, gemischt mit Widerwillen. Die Briefe waren privat. Sie gehörten Nell. Trotzdem wusste Kate ohne jeden Zweifel, dass sie keine Ruhe haben würde, bis sie jeden einzelnen gelesen hatte.

Nach zwei Stunden hatte sie die erste Hälfte geschafft. Da waren Briefe von alten Freunden aus der High-School, Korrespondenz von Paaren, die Freunde der Harts gewesen waren, Briefe von Geschäftsfreunden. Sie zu lesen war, als ob sie ein Fenster zu Nells Leben öffnete, die Art Menschen kennen lernte, die sie mochte, einige der Gründe entdeckte, warum sie sie gemocht hatte.

Wie üblich wirkte sie wie ein anständiger, gütiger Mensch. Zumindest sahen sie ihre Freunde so. Kate und ihre Mutter waren anscheinend die Einzigen, die erlebt hatten, was für eine Frau sie wirklich war.

Kate nahm nun das nächste Papierbündel, drehte es in der Hand. Es bestand aus etwa einem Dutzend Briefen, Umschläge und Handschrift waren alle gleich. Die breite blaue Schrift schien eher maskulin als feminin und ihr Puls beschleunigte sich etwas. Sie trugen den Poststempel Walnut Creek, Kalifornien. Aber als Kate den ersten Brief herauszog, erkannte sie, dass sie von jemandem stammten, der in Lost

Peak wohnte. Sein Name stand auf dem Umschlag. Innen waren sie mit *Mit liebevollen Grüßen, Silas* unterschrieben.

Kates Hand zitterte, als sie das erste Blatt entfaltete und zu lesen begann. Zuerst redete Silas über das Wetter und erzählte ihr von seinem Sohn, einem Mann namens Milton, der offensichtlich ein zweites Mal geheiratet hatte und »diesmal sehr gut zurechtkommt«.

Der zweite Brief enthielt Ähnliches, einfach ein Plausch zwischen alten Freunden. Es war offensichtlich, wie sehr Silas seinen Sohn liebte und er zwar seinen Aufenthalt in Kalifornien genoss, aber sich darauf freute, zurück nach Lost Peak zu kommen.

Ihm fehlten seine Freunde, schrieb er, und wie es schien, gehörte auch Nell dazu – Nellie nannte Silas sie. Seine Worte verrieten Zuneigung und Kate hielt es für absolut möglich, dass die beiden in den jüngeren Jahren ein Liebespaar gewesen waren.

Sie war gerade mit dem letzten Brief fertig – etwas enttäuscht, weil sie nicht irgendwelche geheimen Informationen entdeckt hatte – und hatte sich gerade das letzte Bündel gegriffen, als sie David von unten rufen hörte. *Morgen*, versprach sie sich im Stillen und legte die vergilbten Umschläge, diesmal in verblasstem Rosa mit winzigen Röschen an den Ecken, beiseite.

Das Wochenende kam. Chance meldete sich nicht. Er kam weder ins Café noch zu ihr nach Hause und allmählich machte sich Kate Sorgen. Das letzte Mal, als sie sich geliebt hatten, war es für sie sensationell gewesen, aber möglicherweise für Chance nicht. Vielleicht hatte sie ihn falsch verstanden. Vielleicht war sie ihm, abgesehen von ein paar heißen Nächten, schnurzegal.

Wenn dem so war, dann wünschte Kate, sie könnte genauso unbeteiligt reagieren. Stattdessen träumte sie nachts von ihm, träumte davon, wie sie sich liebten, und wachte heiß, feucht und verschwitzt auf. In einer Nacht erwachte sie tatsächlich von einem lustvollen Orgasmus, als ihr Traum noch einmal die Nacht im Lookout Mountain erstehen ließ.

Gütiger Gott, es war ja geradezu peinlich, was in ihr vorging!

David ging am Montag das erste Mal in die neue Schule und Kate begab sich wie üblich zur Arbeit ins Café, in der Hoffnung, Chance würde sie endlich anrufen und ihr irgendeine plausible Erklärung für sein Schweigen geben. Doch er rührte sich nicht und allmählich kam sie zu dem Schluss, dass ihre kurze Affäre vorbei war. Sie sagte sich, es würde keine Rolle spielen. Männer hatten schließlich ständig kurze, heiße Affären. Es gab keinen Grund, warum sie nicht auch mal eine haben sollte. Na und? Doch die Wahrheit war, er fehlte ihr, und zwar nicht nur wegen des heißen Sexes, den sie miteinander gehabt hatten. Ihr fehlte der Klang seiner Stimme, die Wärme seines Lächelns, die solide Kraft, die ihr irgendwie das Gefühl gegeben hatte, selbst stärker zu sein.

Das war die traurige Wahrheit. Kate sehnte sich nach diesem Mann und es würde nicht so leicht werden, ihn zu vergessen.

Trotzdem war sie entschlossen, genau das zu tun. Es hatte nie eine wirkliche Verpflichtung zwischen ihnen gegeben. Keiner von ihnen hatte über seine Gefühle geredet – und irgendwie war das auch gut so. Sie hatte sich immer ein bisschen zurückgehalten, ihr Herz geschützt, so gut sie es vermochte. Sie hatte gewusst, dass das Risiko hoch war, hatte ihm dieses letzte kleine Stückchen von sich vorenthalten, und jetzt war sie froh darüber.

Das redete sie sich zumindest ein, während sie an diesem Morgen die Kunden anlächelte, versuchte sie *nicht* zu fragen, wo er war oder was er tat. Sie kämpfte so heftig dagegen an, dass sie fast davon überzeugt war, dass der hoch gewachsene Cowboy, der am Vormittag das Café betrat, nicht Chance sein konnte.

Doch dann erkannte sie ihn und die Erleichterung, die sie durchflutete, ließ ihr die Knie weich werden.

Kate Rollins, du hast da ein ernsthaftes Problem.

Das Café war voll. Chance wartete auf einen freien Platz und setzte sich dann in eine Nische am Fenster. Kate ging zu ihm und füllte seine Kaffeetasse. Sie versuchte sich nonchalant zu geben, so zu tun, als hätte sie nicht eine Woche lang jeden Tag an ihn gedacht.

»David hat heute seinen ersten Tag in der neuen Schule«, sagte sie nach der nüchternen Begrüßung. »Er war nervös, aber ich glaube, diesmal kommt er zurecht.«

Chance sah hoch, aber in seinem Gesicht konnte sie nichts lesen. »Ich glaube, er wird sich jetzt nicht mehr wie ein Außenseiter vorkommen.«

Sie zog Block und Bleistift aus der Tasche ihrer Uniform. »Bereit zu bestellen?«, fragte sie mit einem professionellen Lächeln.

Chance hatte nicht einmal in die Speisekarte geschaut. »Ehrlich gesagt, bin ich nicht zum Essen hier. Ich hatte gehofft... wenn's ein bisschen ruhiger wird... hätten wir Gelegenheit zu reden.«

Da war etwas in seiner Stimme, etwas Reumütiges, Schroffes, das nichts Gutes verhieß. Ihr Magen krampfte sich auf die Größe einer Murmel zusammen. »Klar. In einer halben Stunde kann ich wahrscheinlich weg.«

Chance nickte wortlos. Er lächelte nicht. Stattdessen sah

er unglaublich grimmig drein. »Dann gib mir bitte nur einen Kaffee.«

Ihr Mund wurde trocken. Sie begann sich zu wappnen gegen was immer er sagen würde. Die Glocke über der Tür bimmelte, ein neuer Gast kam herein und sie war geradezu dankbar, sich um ihn kümmern zu müssen. Zwei weitere Männer kamen herein: Jake Dillon, der fünfzig Jahre alte Witwer, dem das Mercantile gehörte, und ein glatzköpfiger Mann namens Harvey Michaelson, ein Einheimischer, der ein paar Meilen den Silver Fox Creek herauf lebte. Beide hatten freiwillige Arbeit für die Antiminenkoalition geleistet.

Sie setzten sich an einen Tisch und drehten die umgestülpten Kaffeetassen um.

»Wie läuft's denn, Jungs?« Kate goss ihnen dampfend heißen Kaffee bis zum Rand ein.

Jake legte seine große, abgearbeitete Hand um die Tasse. »Ziemlich gut, glaube ich. Wir haben die Postkartenkampagne richtig gut in Schwung gebracht.«

»Ja«, grummelte Harvey, »ein bisschen zu gut.«

Die Kaffeekanne in ihrer Hand stockte über dem Tisch. »Was meinen Sie damit?«

»Er meint, wir haben letzte Woche beide einen anonymen Brief gekriegt, der uns unmissverständlich warnt, uns aus Minenangelegenheiten rauszuhalten.«

»Das ist ein Witz.«

»Ich wünschte, es wäre einer«, sagte Jake düster. »Deshalb sind wir heute hier. Wir haben uns gedacht, das möchten Sie wissen.«

Kate unterdrückte einen Hauch von Besorgnis. »Na ja, wir haben gewusst, dass so etwas passieren könnte. Habt ihr mit Ed Fontaine geredet?«

»Wir haben die Briefe gestern zu ihm nach Hause gebracht.«

»Was ist mit Chance?«

»Noch nicht.«

»Also, der sitzt da drüben in der Nische. Ich bin mir sicher, er wird es wissen wollen.«

Die Männer drehten ihre Köpfe in die angegebene Richtung und schoben ihre Stühle zurück. Während sie rüber zu Chance gingen, servierte Kate einem der Gäste einen Hamburger mit Pommes, einem anderen ein Stück Pie und kassierte Geld von Gästen, die gingen. Sie wollte gerade zu Chance, Jake und Harvey gehen, als das Fenster in einer Explosion von Scherben detonierte und ein schwerer Gegenstand in den Raum segelte.

Gäste schrien. Jake Dillon duckte sich gerade noch rechtzeitig, um nicht getroffen zu werden.

»Verflucht und zugenäht!« Chance war aufgesprungen und rannte schon durch die Tür, bevor der große Stein unter einen Tisch rollte und liegen blieb. Er stürmte auf die Straße und sah, wie ein großer schwarzer Pick-up die Straße hinunterraste. Er hetzte ihm noch ein Stück hinterher, versuchte das Nummernschild zu erkennen, aber der Truck bog schon um eine Ecke und verschwand außer Sichtweite.

Die Tür donnerte hinter ihm zu, als er wieder hereinkam und sich neben Kate stellte, die den Stein unter dem Tisch hervorholte.

»Ich hab leider das Nummernschild nicht mehr lesen können. Es war auf jeden Fall ein ganz neuer Ford mit verlängertem Führerhaus.«

Kate bemerkte, dass der Stein mit einem Stück Papier umwickelt war, das aussah, als wäre es von einer Einkaufstüte abgerissen. Sie schnipste das Gummiband ab, entfaltete das

Papier und entzifferte laut: Geh nach Haus, Luder. Wir wollen dich hier nicht in Lost Peak.

Ihre Hände zitterten und Gänsehaut lief ihr über den Rücken. Sie hatte so schwer daran gearbeitet, in Lost Peak akzeptiert zu werden. Sie wollte hier für sich und David eine Heimat schaffen. Sie wollte keinen Ärger mit den Nachbarn.

Chance packte sie bei den Schultern. »Es ist okay, Kate. Sie versuchen nur, dir Angst einzujagen, damit du die Kampagne aufgibst.«

Sie dachte an die Zeitungsartikel in L.A., die Probleme, die sie gezwungen hatten fortzugehen und begann noch heftiger zu zittern, den Brief hielt sie immer noch umklammert.

»Verflucht!« Chance zog sie an sich. »Ist schon in Ordnung, Darling. Sie wohnen wahrscheinlich nicht mal hier. Wahrscheinlich sind es nur ein paar Typen, die für Barton arbeiten.«

Für einen Moment klammerte sie sich an ihn, absorbierte seine Kraft, die Wärme seines Körpers, und vertrieb damit etwas von ihrer Angst. »Glaubst du das wirklich?«

Er schob sie sanft zurück und nahm den Brief aus ihrer Hand. »Du hast gehört, was Jake und Harvey gesagt haben. Sie haben beide letzte Woche solche Briefe gekriegt.«

Sie sah hinüber zu den Männern und fühlte sich dämlich, weil sie sich von Barton und seinen Gorillas hatte einschüchtern lassen. »Du hast Recht. Wir wussten, dass das passieren kann. Es kam nur so überraschend…«

»Und…?«

»Und mir gefällt es wirklich hier. Ich möchte nicht fortgehen müssen.«

Jake Dillons Mund wurde zu einem dünnen Strich. »Keiner zwingt irgendjemanden fortzugehen. Du hast dir hier in

Lost Peak einen Platz geschaffen und Barton und seine Aufwiegler haben dabei gar nichts zu sagen.«

Kate schenkte ihm ein Lächeln. »Danke, Jake.« Sie drehte sich zu der Hand voll Gäste um, die noch im Café verharrten. »Tut mir Leid mit dem Ärger. Wie die meisten wissen, versuchen wir Consolidated Metals daran zu hindern, eine Mine am Silver Fox Creek zu bauen.« Sie deutete mit dem Kopf auf das zerbrochene Fenster. »So wie's aussieht, machen wir das recht gut.«

Schwaches Gelächter quittierte ihren kleinen Scherz, löste die Spannung und ließ die Gäste etwas beruhigt weiteressen.

Kate musterte das zerstörte Fenster. »Ich kann nicht glauben, dass sie bereit sind, so weit zu gehen.«

»Glaub es nur«, knurrte Chance. »Barton will diese Mine bauen. Er will, dass das Zyankaliverbot gekippt wird und ihm missfällt es ganz und gar, dass unsere Bemühungen ihn eventuell daran hindern könnten.«

Kate drehte sich um und ging in die Küche. Sie nahm einen Besen und eine Schaufel aus einem Besenschrank und kehrte zurück in den Speiseraum.

»Wir sollten den Sheriff rufen, bevor du das aufkehrst«, riet Chance.

Er hatte natürlich Recht, aber bei der Vorstellung, Mr. Politisch Korrekt, Sheriff Barney Conrad, gegenübertreten zu müssen, wurde ihr leicht übel. »Das sollten wir wohl, aber ich hab ein Geschäft zu führen. Ich werde ihn später anrufen.«

»Kate...«

»Bitte, Chance.« Er schwieg und sobald der letzte Gast gegangen war, hievte sie den Staubsauger heraus, um die letzten Splitter zu beseitigen.

»Warum überlässt du das nicht mir?«, bot Chance mit sanfter Stimme an und streckte die Hand nach dem Griff aus.

»Nein danke.« Sie war einfach noch zu erregt, um sich helfen zu lassen. So wunderte es sie nicht, als Chance sich seinen Hut aufsetzte und zur Tür marschierte.

»Du hast momentan genug im Kopf. Wir können ein andermal reden.«

»In Ordnung.«

»Und vergiss nicht, den Sheriff anzurufen.«

Kate sah ihm mit gemischten Gefühlen nach. Ihre weibliche Intuition sagte ihr, dass, was immer ihr Chance zu sagen hatte, es nicht angenehm sein würde. Ein andermal könnte sie das ertragen.

Heute nicht.

Nicht, wo das Lokal voller Scherben war und sie bedroht wurde.

»Fahr zur Hölle, Lon Barton«, fluchte Kate laut. »Du wirst mich nicht von hier verjagen.«

Chance strich mit den Fingern über den langen Mahagoniesstisch, der so auf Hochglanz poliert war, dass er sich darin spiegeln konnte. Darüber hing ein Kristalllüster, dessen Prismen hunderte von farbigen Lichtreflexen zauberten. Fontaine House ähnelte einem französischen Chateau, ein bisschen fehl am Platz für eine Ranch in Montana, aber Eds Frau Gloria hatte darauf bestanden. Was immer Gloria Fontaine wollte, Ed Fontaine sorgte dafür, dass sie es bekam.

Sie war zehn Jahre jünger gewesen als Ed, eine schöne blonde Studentin im letzten Semester, der er bei einer Viehversteigerung in Denver begegnet war. Ed hatte sich auf den ersten Blick in sie verliebt und nachdem er ihr extravagant den Hof gemacht hatte, hatte sie eingewilligt ihn zu heiraten. Gloria zog auf die Ranch, schenkte ihm noch im selben Jahr eine Tochter und wurde der Mittelpunkt von Eds Welt.

Für Gloria schien jeden Tag die Sonne, soweit es Ed betraf. Als sie sechzehn Jahre später an Brustkrebs starb, hatte Ed mit ihr sterben wollen. Aber er musste an Rachael denken. Sie war erst fünfzehn und sogar noch schöner als ihre Mutter. Ed überschüttete sie mit Aufmerksamkeit und Rachael wurde die Sonne, der Mond und der Mittelpunkt seiner Welt.

»Und, was meint ihr Kinder dazu?« Eds Stimme holte Chance aus seinen Gedanken.

»Ich halte es für eine wunderbare Idee.« Rachael richtete die volle Batterie ihres Lächelns auf ihn. Perfekte rosa Lippen. Perfekt gerade weiße Zähne. Sie war groß und elegant schlank, ihre Haut blass und glatt wie Alabaster. Kinnlanges silberblondes Haar, das in sanften Wellen ihr Gesicht umrahmte und wie vierundzwanzigkarätiges Gold im Kerzenschein schimmerte. »Was denkst du, Chance?«

Was dachte er? Er hatte keine Zeit gehabt zu denken. Rachael war vor einer Woche unerwartet per Flugzeug hereingeschneit und seither war sein Leben in Aufruhr. Jetzt wollte Ed, dass sie ihre Verlobung auf der Party bekannt gaben, die Ed Ende der Woche zu Rachaels Ehren geben wollte.

Was dachte er? Bis vor ein paar Minuten hatte er geglaubt, er würde noch jahrelang Junggeselle bleiben. Jetzt sollte er plötzlich in wenigen Tagen eine Verpflichtung fürs Leben eingehen.

»Da bleibt uns nicht viel Zeit. Ich werde keine Gelegenheit haben, dir einen Ring zu kaufen.« Lahme Ausrede. Verdammt, was war nur los mit ihm? Er sollte froh sein, dass Ed versuchte, die Dinge auf die Reihe zu bringen. Er wollte eine Familie, oder? Rachael war siebenundzwanzig, ihre biologische Uhr tickte. Es war Zeit, dass sie beide sich zusammentaten und mit der Zukunft, die sie planten, vorankamen.

»Der Ring wird kein Problem sein«, sagte Ed. »Es gibt ein paar schöne Läden in Missoula. Einer von denen soll dir was leihen, bis das Gewünschte für Rachael eintrifft.«

Sie würde etwas Großes, Auffälliges wollen, das wusste er. Auch wenn sie nie darüber geredet hatten. Aber alles an Rachael roch nach Klasse und nach Geld. Nur ein sehr teurer Diamant wäre geeignet. Er konnte es sich leisten. Er gab nur selten für etwas anderes als die Ranch Geld aus.

»Ich glaube, wir sollten es tun.« Rachael ließ ihre großen blauen Augen blitzen und ihr Lächeln war so breit, dass sich ein Grübchen in ihrer Wange bildete.

»Und was ist mit dem Datum?«, drängte Ed. Es war offensichtlich, dass es ihm eilig war. Chances Blick wanderte zu dem schweren Chromrollstuhl, in dem Ed saß, und sein Inneres verknotete sich. Mehr als zwanzig Jahre lang hatte er versucht, den Unfall, der Ed in diesen Stuhl gebracht hatte, abzubüßen. Seine Schuldgefühle waren vereitert, fraßen an seinen Eingeweiden wie eine entzündete Wunde, aber es gab keine Medizin, die er nehmen konnte, um sie zu heilen.

Er stärkte sich mit einem kräftigen Atemzug. Es gab nur eins, was er noch tun konnte, und zwar das hier. »Ich finde es eine tolle Idee. Ich wünschte nur, ich wäre derjenige gewesen, der den Vorschlag gemacht hat.«

Er schob den Stuhl zurück, stand auf und ging um den Tisch herum zu Rachaels Platz. Als sie ihr Gesicht hob und ihn anlächelte, beugte er den Kopf und küsste sie auf den Mund. »Wenn du das auch willst, dann machen wir uns morgen auf die Suche nach diesem Ring.«

»Oh, Chance!« Rachael sprang auf und schlang ihre Arme um seinen Hals. Er musste feststellen, wie zerbrechlich sie sich anfühlte, lauter scharfe Kanten und zarte kleine Knochen, als ob man ein gefangenes Vögelchen hält. »Ich weiß nicht, warum wir so lange gewartet haben. Wir hätten uns schon früher entscheiden sollen.«

Er zwang sich zu lächeln. »Wenn ich mich recht erinnere, hab ich vor ein paar Jahren versucht, dich dazu zu kriegen, mich zu heiraten. Du warst diejenige, der die Karriere als Model am Herzen lag.«

»Richtig. Aber jetzt bin ich bereit, das alles aufzugeben.«

»Wirklich?«, fragte Chance, mit einem Mal sehr ernst.

»Na ja, also ich möchte schon noch ab und zu ein paar Modeljobs machen. Ich würde mich ziemlich langweilen, wenn ich immer nur auf der Ranch sitze und nichts zu tun habe.«

»Aber du willst doch eine Familie gründen?«

»Natürlich will sie das«, antwortete Ed für sie.

»Natürlich will ich das«, stimmte Rachael zu. »Ich habe die Welt gesehen. Ich war Model für jedes Modemagazin im Land. Ich habe bewiesen, was immer ich beweisen musste.« Sie schenkte ihm noch eines ihrer hinreißenden Lächeln. »Aber ich war noch nie Ehefrau. Ich war noch nie Mutter. Ich bin endlich bereit dazu.«

Chance streifte sanft ihre Arme von seinen Schultern. »Wann willst du heiraten?«

»Je eher, desto besser«, sagte Ed.

»Sei nicht ätzend, Daddy. Chance braucht eventuell ein bisschen Zeit, um sich an den Gedanken zu gewöhnen.«

»Er hat Zeit gehabt. Viel zu viel Zeit, wenn du mich fragst. Was sagst du dazu, Junge?«

»Was ist mit der Hochzeit, Rachael? Willst du eine richtig große?«

Sie lächelte, rollte ihre großen blauen Augen. »Ja, nun...«

»Natürlich will sie das. Und mein kleines Mädchen soll sie haben – die größte verdammte Hochzeit in der Geschichte von Silver County.«

»Da brauchen wir einige Zeit, um die zu planen«, fuhr Rachael fort, in überschwänglicher Begeisterung. »Wie wär's mit in sechs Monaten? So viel Zeit brauch ich, um alles zu organisieren.«

Sechs Monate. In nur sechs Monaten würde er ein verheirateter Mann sein. Wann war diese Vorstellung so bedrohlich geworden?

»Ich flieg übernächste Woche zurück nach New York«, sagte sie. »Ich hab ein paar Modeljobs zu erledigen, muss alles packen und meine Wohnung untervermieten. Dann komm ich zurück und helfe bei den Hochzeitsvorbereitungen.«

Chance nickte betäubt. Er konnte nicht umhin, sich zu fragen, was ihren plötzlichen Sinneswechsel bewirkt hatte. In den letzten paar Jahren war Rachaels Karriere das Wichtigste auf dieser Welt gewesen. Aber wahrscheinlich langweilte sie das inzwischen, wie so viele ihrer anderen Abenteuer. Er betete insgeheim, dass sie der Job als Ehefrau und Mutter nicht auch irgendwann langweilen würde.

»Also gut. Dann ist das geregelt«, sagte er. »Morgen besorgen wir einen Ring. Am Samstagabend geben wir die Verlobung bekannt.« Er küsste sie kurz auf den Mund. »In sechs Monaten wirst du Mrs. Rachael McLain sein.«

Der Name fühlte sich auf seiner Zunge komisch an. Aber er würde sich daran gewöhnen müssen.

»Ich glaube, jetzt wäre ein Toast angebracht.« Ed rief nach einer Flasche Champagner und einer der Dienstboten kam mit einer Flasche Dom Perignon in einem verzierten Silbereimer an. Ed ließ den Korken knallen und goss ihn in gekühlte Waterford-Kristallflöten.

»Auf meine Tochter, die schönste Frau der Welt – abgesehen von ihrer Mutter. Und meinem zukünftigen Schwiegersohn, einen Mann, der der Sohn ist und immer sein wird, den ich nie hatte.«

Chance spürte, wie es ihm die Kehle zuschnürte. Ed war wie ein Vater für ihn gewesen und er hatte immer gewusst, dass dieses Gefühl erwidert wurde, aber bis heute Abend hatte es Ed nie ausgesprochen.

»Auf die Zukunft«, sagte Ed mit belegter Stimme und alle nahmen einen Schluck Champagner.

Der Abend zog sich noch eine Weile hin, Pläne wurden geschmiedet und verworfen, es wurde über die Party gesprochen, die am Samstagabend hier stattfinden sollte und die jetzt offiziell eine Verlobungsparty wurde.

Am Ende des Abends war Chance' Magen zu einem festen Klumpen mutiert und eine schwere Wolke des Trübsals lag auf seinem Herzen. In den letzten paar Tagen hatte sein Leben eine bizarre Wende genommen und die Kontrolle darüber war ihm, wie es schien, total entglitten. Er heiratete Rachael, konnte aber nicht aufhören, an Kate zu denken.

Er hätte nie damit anfangen sollen, sie zu treffen, hätte sich vor dem verdammten Café fern halten sollen, wie Jeremy ihn mehr als einmal gewarnt hatte. Stattdessen hatte er sie unverdrossen verfolgt, bis er es geschafft hatte, sie in sein Bett zu kriegen. Das einzige Problem war, er wollte, dass sie auch dort blieb.

Es war unmöglich, das wusste er. Jetzt hatte er sich verpflichtet. Was zwischen ihnen war, war vorbei. Er musste einfach einen Weg finden, es ihr zu sagen.

Ein Bild von Kate erschien vor seinem inneren Auge, ihr prachtvolles rotes Haar über sein Kissen gebreitet. Er erinnerte sich an ihr Lachen, süß und voll wie Sahne, erinnerte sich an das Gefühl ihrer Arme um seinen Hals, als sie sich in wiegendem Rhythmus über den Tanzboden bewegten, ihre weichen Brüste an seine Brust gedrückt. Rachael hatte er nie ins Antlers mitgenommen. Rachael hasste Countrymusic. Sie fand, sie wäre proletenhaft.

Trotzdem war sie eine schöne, begehrenswerte Frau und jeder Mann wäre glücklich, sie zu heiraten.

»Chance?« Beim Klang von Rachaels Stimme zuckte er herum. »Du siehst aus, als wärst du Lichtjahre entfernt.«

Nicht so weit, dachte er, nur etwa zwanzig Meilen. »Tut mir Leid.«

»Randy bringt Daddy ins Bett. Vielleicht könnten wir spazieren gehen oder so was?«

Er wusste, was sie anbot. Sie waren seit ihrer Ankunft auf der Ranch kaum länger als zwei Stunden allein gewesen. Sie hatten nicht die Zeit gefunden, sich zu lieben. Rachael war zwar keine so leidenschaftliche Frau wie Kate, aber sie erwartete, dass er sie begehrte. Sex war ihre Methode, sich begehrenswert zu finden – und es bestand kaum Zweifel, dass sie das war.

Trotzdem, heute Abend, wo ihm so viel durch den Kopf ging, war Sex mit ihr das Letzte, was er wollte. »Wir sind keine pubertierenden Jugendliche mehr, Rachael. Ich werde dich nicht in irgendeinem Heustadel auf irgendeinem verfluchten Heuhaufen nehmen. Und ich glaube, dein Vater würde es nicht schätzen, wenn er mich in deinem Bett findet – Verlobung hin oder her.«

Sie seufzte, strich sich mit einer Hand durch ihr goldenes Haar. »Du hast wohl Recht. Warum sag ich Daddy nicht einfach, dass ich Samstagabend nach der Party bei Sarah Davies übernachte? Er wird wissen, dass es eine Lüge ist, aber lass uns doch alle den Schein wahren.«

Er nickte stumm.

Rachael küsste ihn voll auf den Mund und Chance erwiderte ihren Kuss. Ihre Lippen fühlten sich glatt und kühl an und er dachte spontan an zwei andere, die voller, heißer, weicher waren.

»Gute Nacht, Rach.«

»Gute Nacht, Chance.«

Ich sollte mich glücklich schätzen, dass ich sie habe. Und das wiederholte er wie eine Gebetsmühle den gesamten Rückweg zu seiner Ranch.

19

Am Donnerstagmorgen bekam Kate einen Anruf von KGET-TV, der lokalen Fernsehstation in Missoula. Er kam von einer Frau namens Diana Stevens, eine der Moderatorinnen aus der Nachrichtenabteilung. Sie wollte ein Interview über die Bemühungen der Antiminenkoalition.

»Wäre es möglich, dass Sie heute Nachmittag verfügbar sind?«

»Absolut«, sagte Kate. Die Medien waren der Schlüssel zu jeder erfolgreichen Kampagne. Je mehr Leute wussten, was passierte, desto besser standen die Chancen, das Begehren von Consolidated zu stoppen.

»Wir sind gegen drei Uhr bei Ihnen«, versprach die Moderatorin. Sobald sie aufgelegt hatte, rief Kate Ed Fontaine an. Das Interview würde besser laufen, wenn mindestens zwei Gesprächspartner da waren und Ed war sowohl in Silver als auch in Missoula County sehr bekannt. Unglücklicherweise war er nicht zu Hause. Seine Haushälterin sagte, seine Tochter wäre zu Besuch und sie wären zusammen irgendwohin gefahren.

Kate hatte nicht gewusst, dass Ed eine Tochter hatte, aber sie fand, es war schön für ihn, dass sie da war. Chance war der Nächste auf der Liste. Er und Ed wussten am meisten über Consolidated Metals, die Geschichte ihrer Verstöße und was die Folgen wären, wenn es ihnen gelang, das Zyankaliverbot zu stoppen. Sie nahm den Hörer auf und wollte schon seine Nummer wählen, als sie irgendetwas Undefinierbares daran hinderte. Sie hatte nichts von ihm gehört, seit er ins Café geschneit war. Er könnte glauben, das wäre nur eine Ausrede, um mit ihm zu reden. Und das wollte sie nicht.

Jeremy arbeitete in der Fabrik, das wusste sie. So blieb nur noch Jake Dillon. Er war greifbar, im Laden gleich auf der anderen Seite der Straße. Sie hatte Jake von Anfang an gemocht, noch mehr, seit er ihr an jenem Tag im Café zu Hilfe gekommen war. Und seit er in die Kampagne eingestiegen war, hatte er unermüdlich mitgearbeitet.

Sobald die Mittagszeit absolviert war, lief Kate hoch zum Haus, stellte Farbbroschüren, T-Shirts und ein paar von den Fotos, die Jeremy von der Sickergrube gemacht hatte, zusammen, die sie zu beeindruckenden Zwanzig-auf-fünfundzwanzig-Zentimeter-Glanzfotos hatte vergrößern lassen. Eins zeigte unzählige tote Fische, die auf dem Beaver Creek trieben, ein anderes zeigte braunes, sterbendes Blattwerk an einem landschaftlich schönen Teil des Big Pine River. Richtig schön ekelhaft. Andere zeigten die Bemühungen der Salish-Kootenai, den riesigen Schlackehaufen zu entfernen, den man in ihrem Reservat abgeladen hatte und der in das Wasser über Chance' Land eingeflossen war und sechs seiner Rinder getötet hatte.

Sie trug alles ins Hinterzimmer des Cafés und verteilte es auf einem Tisch, den sie vor das Storyboard, das sie erstellt hatten, platziert hatten. Jake Dillons Unterstützung hatte sie sich lange vorher vergewissert.

Diana Stevens erschien Punkt drei Uhr an diesem Nachmittag, eine junge Frau um die dreißig, sehr gepflegt, in einem kurzen, marineblauen Rock, passender Jacke und Pumps mit zehn Zentimeter Absatz. Sie war so fehl am Platz in Lost Peak, dass Kate fast gegrinst hätte.

Sie führte die Frau und ihren Kameramann, einen großen, schlaksigen Mann mit langen Haaren und Bart, ins Hinterzimmer, wo Jake schon wartete. Sie begrüßten sich und dann machte sich die Crew an die Arbeit.

»Heute interviewen wir Kaitlin Rollins, die Frau, die so unermüdlich hinter den Kulissen der Silver-Fox-Creek-Antiminenkoalition gearbeitet hat und einen ihrer Freiwilligen, Jacob Dillon, einem langjährigen Einwohner von Lost Peak.«

Sie ging die Liste von Kates Referenzen durch, die sehr einflussreich und lang war. Diana Stevens hatte ihre Hausaufgaben gut gemacht.

»Einige unserer Zuschauer haben uns gefragt, warum sie so hart an dieser Sache arbeiten, wo es doch ein Gesetz gibt, das jeden neuen Abbau mit Zyankali in dieser Gegend verbietet.«

»Tatsache ist, Diana, dass die Minenindustrie, größtenteils unterstützt von Consolidated Metals, augenblicklich im Begriff ist, einen Widerspruch gegen das Verbot einzureichen, das letztes Jahr verabschiedet wurde. Sie haben daraus kein Geheimnis gemacht. Wie Sie vielleicht gelesen haben, behauptet Consolidated, das Verbot wäre illegal. Sie zitieren das Minengesetz von 1872, das jedem, der eine Mine betreiben will, das absolute Recht dazu gibt, es auf bundeseigenem Land zu machen. Nachdem die geplante Silver Fox Mine diese Parameter erfüllt, glauben sie, sie können das Verbot kippen und die Mine wie geplant bauen. Was bedeutet, dass alle Arbeit, die Gruppen wie die Montana Wilderness Association, der Sierra Club, die Clark-Fork-Koalition und andere geleistet haben, Gefahr läuft, vergeblich gewesen zu sein.«

»Consolidated besitzt bereits das nötige Land und die Wasserrechte«, warf Jake Dillon ein. »Wenn ihre Bemühungen Erfolg haben, werden wir eine nagelneue Heap-Leach-Mine am Silver Fox Creek haben.«

»Und noch mehr so schädliche Auswirkungen wie die, die Sie auf den Fotos sehen.« Kate wandte sich zum Tisch und die Kamera schwenkte auf die ausgelegten Fotos, nahm eine Gräulichkeit nach der anderen auf.

»Wir wollen die Art von Umweltproblemen nicht, die Beaver Creek und dutzende andere Gebirgsflüsse hatten«, sagte Jake. »Wir wollen die wilde Schönheit des Silver Fox Creeks erhalten.«

Das Interview endete mit Kates Zusammenfassung der augenblicklichen Bemühungen der Antiminenkoalition und der Pläne, die für die Zukunft ausgearbeitet wurden. Diana war anscheinend sehr zufrieden mit dem Verlauf des Interviews und verabschiedete sich mit dem Versprechen, in ein paar Wochen zurückzukommen und ein Interview zu machen, an dem auch Chance McLain und Ed Fontaine beteiligt sein würden.

»Alles in allem«, sagte Jake lächelnd, nachdem die Frau gegangen war, »war das ein sehr erfolgreicher Nachmittag.«

Kate lächelte zurück. »Danke für die Hilfe, Jake.«

»Kein Problem. Ein paar Fernsehberichte ab und zu sind gut fürs Geschäft.«

Kates Lächeln verblasste ein bisschen bei dem Gedanken.

Sie war nach Lost Peak gekommen, um ihrer zweifelhaften Berühmtheit zu entkommen. Gott bewahre, dass sie dadurch wieder an die Oberfläche kam.

»Was meinst du, Rachael?« Chance stand neben ihr am Verkaufstisch von Bookman's Jewellers an der Higgins Street in Missoula.

Rachael hob eine schlanke Hand und drehte sie hin und her, sodass der Diamant im grellen weißen Licht des Ladens funkelte. »Ich bin mir nicht sicher. Es ist schwer, sich vorzustellen, wie er mit einem größeren Diamanten in der Mitte aussehen wird.«

Der Juwelier beugte sich vor, drehte ihre Hand, um sich den Ring genau anzusehen. »Nicht nur in der Mitte größer, Miss Fontaine. Jeder Stein wird größer sein. Der Ring wird spektakulär sein – das kann ich Ihnen definitiv versprechen.« Es war ihr zweiter Ausflug nach Missoula, der erste endete nach einem langen Tag in diversen Läden, dann nach Durchblättern von Katalogen – und all das ohne Ergebnis.

Endlich lächelte Rachael. »Ich glaube, er hat Recht. Mit einem Vierkaräter in der Mitte und einem Zweikaräter in Baguetteschliff auf jeder Seite sollte er prachtvoll sein.«

Für achtzigtausend Dollar sollte er das auch, dachte Chance. Er fragte sich, ob Kate einen so großen, teuren Ring gewollt hätte und wusste mit Sicherheit, sie würde nicht im Traum daran denken, einen solchen Ring auch nur anzuprobieren. Fast hätte er geschmunzelt. Hätte. Wenn er sich bei dem Gedanken nicht so mies gefühlt hätte.

»Dann bist du glücklich mit dem?« Er nahm den Ring, den sie zurück auf den Tresen gelegt hat.

»Natürlich bin ich das – welches Mädchen wäre das nicht? Er ist hinreißend – oder zumindest wird es dann der sein, den

Mr. Bookman bestellt.« Sie schenkte ihm ein strahlendes Lächeln, schlang ihre Arme um seinen Hals. »Danke, Chance. Daddy hat immer gesagt, du wirst gut für mich sorgen.«

Mr. Bookman setzte ein gewinnendes Lächeln auf. »Inzwischen können Sie diesen hier tragen, bis Ihrer eintrifft. Wir sind versichert, also brauchen Sie sich deshalb keine Sorgen zu machen.«

»Danke«, sagte Chance. Er nahm den Ring und steckte ihn an Rachaels linken Ringfinger. »So, jetzt ist es wohl offiziell.«

Ihr Mund verzog sich zu einem sexy Lächeln. »Ja, das ist es wohl.« Sie beugte sich vor und küsste ihn, ließ ihre Zunge durch seinen Mund gleiten. Vor einem Jahr hätte das heißes Verlangen nach ihr ausgelöst, jetzt hatte er nur einen Gedanken – nämlich sie möglichst schnell zur Ranch ihres Vaters zurückzubringen. Großer Gott, hoffentlich würde sich seine Stimmung bessern, bevor er Samstagnacht mit ihr ins Bett ging.

Rachael strahlte ihn an. »Wir werden so glücklich sein, Schatz. Alles wird perfekt sein.«

Aber nichts war jemals perfekt. Außer vielleicht Rachaels perfekte Lippen. Das Leben war hart. Zeiten konnten hart werden. Er hoffte, sie würde sich als die Art Frau erweisen, die tatsächlich in guten wie in schlechten Zeiten zu ihm stand.

Aber er dachte nicht lange darüber nach. Egal als welche Art von Ehefrau Rachael sich erweisen würde, seine Entscheidung war gefallen, der Kurs vorgezeichnet, bestimmt von dem richtungweisenden Schicksal, das ihn mit zwölf Jahren ereilte.

In guten wie in schlechten Zeiten. In Reichtum und Armut. Solange wir beide leben.

Das bedeutet Heirat.
Und so würde es für ihn sein.

Freitag kam. Das Rodeo in Polson fand an diesem Wochenende statt, aber Chance hatte sich nicht mehr gemeldet. Kate hatte ihn die ganze Woche lang nicht gesehen, also würden sie wohl auch nicht hinfahren. Am frühen Nachmittag kehrte sie voll düsterer Gedanken zu dem liegen gebliebenen letzten Briefbündel auf dem Speicher zurück.

Draußen war es frisch und klar, die Sonne warf herrliche Lichtreflexe durch die bunten Blätter der Bäume – ein perfekter Herbsttag in den Bergen. Trotzdem dümpelte ihre Laune im Keller. David war noch nicht aus der Schule zurück und das Haus war seltsam still. Nur das Quietschen der Holztreppe war zu hören, als sie in den staubigen Speicher hinaufstieg, und wenig später das rhythmische Knarzen des schmalen Ahornschaukelstuhls, auf dem sie saß und sich gedankenverloren hin und her wiegte.

Die Tür des Speichers hatte sie offen gelassen, nur für den Fall, dass Chance anrief und sie nicht womöglich das Klingeln überhörte. Sie griff sich die Briefe aus der Schachtel. Auch sie waren vergilbt und brüchig vor Alter, das blassrosa Schreibpapier war zu einem Elfenbeinton mit einem Hauch von Rosa verblasst. Aber ein leichter Duft von Rosen stieg auf und mischte sich mit den muffigen Gerüchen des Speichers.

Sie legte die Briefe in ihren Schoß und löste das schmale rosa Satinband, das sie zusammenhielt. Dann blieb sie ein paar Minuten reglos sitzen und starrte sie nur an.

Es war offensichtlich, dass die Korrespondenz einen Zeitraum von mehreren Jahren umfasste, und wieder waren alle von derselben Hand geschrieben. Die Schrift in den ältesten, verblasstesten Briefen war gestochen scharf, schöne, anmutige Striche der Feder, als der Autor noch jung war. Im Lauf der Jahre wurde die Schrift unregelmäßiger und weniger lesbar.

Kate hob den ersten Brief vom Stapel und ihre Hand begann zu zittern. Das Kuvert war zwar abgestempelt, aber nie abgeschickt worden. Und es war nicht an Nell adressiert.

Jeder Brief in dem Stapel war an Kates Mutter adressiert.

Kate nahm jetzt zögerlich das erste Kuvert vom Stapel, voller Angst davor, was sie finden würde, wenn sie es öffnete. Schließlich raffte sie ihren Mut zusammen und ratschte mit dem silbernen Brieföffner, der in der Schachtel lag, das Siegel auf.

Das Papier war so steif, dass es an den Falten brach, als sie es entfaltete. Eine Sekunde setzte ihr Herz aus. Sie war sich nicht ganz sicher, woher sie es wusste, aber sie brauchte die Unterschrift gar nicht zu lesen, um zu wissen, dass Nell diesen Brief geschrieben hatte.

Ein schmerzhafter Stich durchfuhr sie. Obwohl die Briefe nie aufgegeben wurden, hatte Nell ihrer Tochter geschrieben, immer und immer wieder, ein vergeblicher Versuch, sie zu erreichen.

Kate starrte auf die winzige Blümchenborte am oberen Rand der Seite, dann begann sie zu lesen.

Meine liebste Mary Beth,

ich weiß, dass dich dieser Brief unmöglich erreichen kann, nachdem ich keine Ahnung habe, wo du bist. Du bist mir entglitten wie der Sand unter der Flut, wie Rauch, der durch den Kamin aufsteigt. Du bist fort und vielleicht wird dich nichts mehr je zu mir zurückbringen. Aber ich sehne mich so nach deiner Gegenwart und ich stelle fest, während ich diese Worte schreibe, dass mir das ein bisschen Trost bringt, ein Gefühl, dass du irgendwie noch hier bist.

Mein liebstes Kind, wie ich mir wünsche, dass wir noch einmal von vorne anfangen könnten, dass ich nie die furchtbaren Worte ausgesprochen hätte, die dich vertrieben haben, dass ich dich in die Arme nehmen und dich und das Kind, das du unterm Herzen trägst, beschützen könnte. Aber jetzt ist es zu spät.

Du wirst nie wissen, wie sehr ich die Dinge, die ich sagte, bereue. Bereue wie brutal ich auf dich losgegangen bin. Obwohl es in Wahrheit mehr aus Zorn auf Jack Lambert geschah, für das, was er meinem kostbaren Kind angetan hat, und nicht auf dich, weil du seinem unheilvollen Charme erlegen bist. Aber das konntest du natürlich nicht wissen. Wo bist du, meine Mary, mein liebes, kleines Mädchen? Geht es dir gut? Bist du in Sicherheit? Wächst das Kind noch in dir?

Ich verzehre mich vor Angst um dich, wie das jede Mutter würde.

Ich bitte dich, wo immer du bist, komm nach Hause.

Die schlichte Unterschrift lautete: *In Liebe, Mutter.*

Kate starrte auf das Papier hinunter, die Worte verschwammen durch die Tränen, die sich in ihren Augen gesammelt hatten. Sie schluckte gegen den Kloß in ihrem Hals an, dachte an den Schmerz in Nells Worten, die heftigen Gefühle, die da festgehalten waren.

Sie öffnete nun Brief um Brief.

Meine liebe Mary Beth,

immer noch kein Wort von dir nach all den Jahren. Wie ich diesen Verlust betraure! Ich verzehre mich vor Sorge darüber, was aus dir geworden ist. Bist du glücklich und wohlbehalten? Bist du glücklich, wo immer du bist? Und was ist mit deinem Kind? Ich versuche oft, mir vorzustellen, ob es ein Sohn oder eine Tochter war. Ein kleiner Junge, der seinem großen, gut aussehenden Großvater ein bisschen ähnlich sieht, oder ein kleines Mädchen, so hübsch, wie du es immer warst? Wie sehr du mir doch fehlst, Mary. Wenn du nur das Herz finden könntest, mir zu verzeihen.

Gütiger Gott, wie sehr hatte sie sich geirrt, wie furchtbar, schmerzvoll geirrt. Sie dachte an ihre Mutter und konnte sich eines Anflugs von Zorn nicht erwehren. Warum hatte ihre Mutter nie versucht, den Bruch zu heilen? Warum war sie nie nach Hause zurückgekehrt?

Aber tief in ihrem Inneren wusste Kate, dass Celeste Heart, die Frau, die Mary Beth geworden war, dazu viel zu stolz war, zu stur sogar, um überhaupt zuzugeben, dass sie einen Fehler gemacht hatte. Wegen ihres eisernen, unbeugsamen Stolzes hatten beide von ihnen einen Verlust erlitten, der nie wieder gutzumachen war.

Es quälte sie, an die Familie zu denken, die sie nie gekannt hatte, die Großmutter, deren Liebe sie hätte haben können, als sie ein so schrecklich einsames Kind war. Kate steckte den Brief behutsam zurück in seinen verwitterten, verblassten Umschlag und öffnete den nächsten.

Als sie zwei Stunden später mit allem durch war, wusste sie, dass sie sich in Nell Hart geirrt hatte – und ihre Mutter sowieso.

Sie hatte auch entdeckt, dass es Nell in den letzten paar Jahren, nachdem Celeste bereits tot war, gelungen war, den Wohnsitz ihrer Enkelin aufzuspüren. Und das auch nur durch puren Zufall. Nell hatte einen alten Film gesehen und ihre Tochter in einer winzigen Nebenrolle erkannt. Als der Nachspann des Films lief, hatte Nell darin den Namen gefunden und aufgeschrieben.

Mary Beth Lambert war jetzt Celeste Heart.

Laut ihrer Briefe hatte Nell einen Detektiv angeheuert,

um sie aufzuspüren. Der Mann entdeckte, dass Mary Beth bei einem Autounfall acht Jahre vorher ums Leben gekommen war. Doch er forschte weiter nach der Tochter, die sie geboren hatte, Kaitlin Rollins. Leider hatte Nell Angst vor einem Treffen gehabt.

Sie hatte lediglich Kate all ihre Besitztümer hinterlassen – was Kate letztendlich nach Lost Peak gebracht hatte.

»Zumindest kenn ich nun die Wahrheit, Großmutter«, sagte Kate in die Stille des Speichers, aber sie fühlte sich gequält und elend, wütend und beunruhigt. »Vielleicht waren die Briefe das Geheimnis, das du mir mitteilen wolltest. Vielleicht war es das, was ich finden sollte.«

Wenn das der Fall war, dann war das Rätsel gelöst. Da gab es nichts mehr zu entdecken, keinen Mord. Als sie den Speicher verließ, war Kate schon fast überzeugt, dass es stimmte.

Inzwischen wollte sie an nichts anderes mehr denken als an die Briefe. Immer wieder schossen ihr Passagen durch den Kopf: *Wo bist du, Mary? Bitte verzeih mir. Bitte komm nach Hause.*

Sie kannte zwar jetzt die Wahrheit über die Frau, die Nell Hart war, aber mit der Wahrheit kam auch der Zorn über all diese vergeudeten Jahre.

Je länger sie darüber nachdachte, desto zorniger wurde sie. Nell hatte einen einzigen Fehler gemacht, harsche Worte gesprochen, die sie den Rest ihres Lebens bedauerte. Warum hatte ihre Mutter nicht versucht zu verstehen? Aber Celeste hatte nicht einmal versucht, sie zu erreichen! Kate verspürte eine schreckliche Trauer um Nell.

Und ein Stück ihres Herzens erblühte in Liebe zu ihr.

Das Café war im Begriff zu schließen. Er hatte den Zeitpunkt absichtlich so eingerichtet. Chance parkte den Pick-up vor dem Eingang und stellte den Motor ab. Dann blieb er einen Moment sitzen und versuchte, Mut zu fassen.

Er musste Kate sehen, musste ihr die Wahrheit gestehen. Er konnte es nicht mehr vor sich herschieben. Mit einem Seufzer der Resignation verließ er den Truck, riss die Tür zum Café auf, ging hinein und stellte sich neben Kate, die gerade die Kasse abschloss. Ihr Haar war zu dem ordentlichen kleinen Knoten gebunden, den sie immer trug, wenn sie arbeitete, aber er wusste, wie seidig es sich anfühlte, wenn die Haarnadeln weg waren, wenn es in einer Mähne von Locken um ihre Schultern fiel.

Ihre Brüste schwankten ein bisschen, während sie arbeitete, zwei perfekte Kugeln mit großen, dunkelrosa Spitzen, erinnerte er sich. Ihre Taille sah winzig aus über ihren sanft geschwungenen Hüften und sogar in der schlichten rosa Uniform war sie für ihn die erotischste Frau, die er kannte.

Sie hob den Kopf und sah ihn und sanfte Röte stieg ihr ins Gesicht. »Chance...«

»Wir müssen reden, Kate. Ich dachte, wir könnten ein bisschen spazieren fahren.«

Sie warf einen Blick auf die Wanduhr. »David wird zu Hause auf mich warten.«

»Es ist wichtig.«

Sie biss sich auf die Unterlippe, dann nickte sie. »Ich werde Myra bitten, bei ihm zu bleiben, bis ich wieder da bin. Ich glaube, es wird ihr nichts ausmachen.«

Offenbar hatte es geklappt. Kate kam ein paar Minuten später zurück, schnappte sich ihre marineblaue Wolljacke vom Garderobenständer neben der Tür und Chance führte sie hinaus zu seinem Truck. Er zögerte einen Moment, bevor er ihre Taille umfasste und ihr half hineinzuklettern, fürchtete, sie zu berühren.

In zwei langen Wochen hatte er fast vergessen, wie weich und feminin sie war, wie sehr er sich zu ihr hingezogen fühlte, wie heftig sie reagiert hatte, wenn er sie küsste.

Fast, aber nicht ganz.

Selbst die Stunden, die er mit Rachael verbracht hatte, konnten Kate nicht aus seinem Kopf löschen.

»Wohin fahren wir?«, fragte sie, den Blick auf die Straße gerichtet.

»An einen Platz, den ich kenne, ein Stück weg von hier.« Sie hätten direkt im Café bleiben sollen. Er hätte es kurz und süß machen müssen und dann sofort abhauen. Aber ein Blick auf die Unsicherheit in ihrem Gesicht und er wusste, dass er es so nicht ablaufen lassen konnte. Sie war nicht einfach ein kurzer, bedeutungsloser Fick und er wollte nicht, dass sie das dachte. Er wollte, dass sie verstand, warum er ihre Beziehung beendete. Er wollte, mehr als alles andere, dass sie, wenn das vorbei war, immer noch Freunde waren.

Er bog von der Straße in einen kleinen Kiesweg ein. Er hatte daran gedacht, wieder zum Lookout Mountain zu fahren, aber die Erinnerungen waren noch zu frisch und zu heiß. Er wagte nicht, das zu riskieren.

Er stellte den Wagen am Straßenrand ab, zog eine Decke hinter dem Sitz heraus, auf die sie sich setzen konnten, und half Kate aus dem Truck. Sie schien nervös, irgendwie abgelenkt. Er fragte sich, ob er der Grund dafür war oder ob ihr etwas anderes auf der Seele lag.

»Ich habe dich gestern Abend im Fernsehen gesehen«, sagte er, nur um ein bisschen Konversation zu machen, »mit dieser Moderatorin, Diana Stevens, in den Sechsuhrnachrichten.«

Sie nickte, sah ein bisschen verunsichert aus. »Ich hoffe, ich hab's einigermaßen hingekriegt.«

»Du warst phantastisch.«

»Sie kommen in ein paar Wochen wieder. Sie wollten dich und Ed interviewen.«

»Ja, gut, ich bin sicher, wir können ihnen noch ein paar zusätzliche Sachen mitteilen.« Er breitete die Decke unter einer Kiefer aus und sie setzten sich beide.

Es war ruhig hier, wunderbar friedlich. Der Vollmond stieg über den Bäumen empor, sodass sie über die Wiese schauen konnten, die sich vor ihnen ausbreitete. In einem nahe gelegenen Bach plätscherte Wasser über Steine.

»Irgendwas Neues über Nell?« Er wusste nicht, warum er fragte. Deshalb war er nicht hergekommen. Er war einfach noch nicht bereit, die Worte auszusprechen, die alles zwischen ihnen beenden würden.

Kate seufzte. »Ehrlich gesagt, ja. Ich glaube, ich bin dahinter gekommen, was sie versuchte, mir zu sagen.«

Er drehte sich zu ihr, erkannte etwas Dunkles und Schmerzliches in ihren Augen. »Was war es?«

»Ich hab ihre Briefe gefunden, Chance. Sie waren oben im Speicher. Briefe, die sie an meine Mutter geschrieben hat. Ich hab immer gedacht, Nell hat sie im Stich gelassen. Ich hab sie dafür gehasst. Ich hab dir das nie erzählt, aber es ist wahr. Ich hasste sie, weil sie nicht da war, als wir sie gebraucht hätten, und weil sie meine Mutter so schlecht behandelt hatte. Aber so war es nicht.«

Sie erzählte ihm von ihrer Mutter, wie sie sich nach Hollywood abgesetzt und ihren Namen geändert hatte. Wie Celeste sie auf ihre eigene Art geliebt hatte, aber so in ihre Karriere verstrickt gewesen war, so geblendet von dem Gedanken, ein Star zu werden, dass sie fast nie da war und als Mutter ziemlich versagt hatte. Sie hatte zwar stets nur kleine Rollen gespielt, aber das war Celeste egal gewesen.

Kate erzählte ihm, wie Nell versucht hatte, sie zu finden,

wie sie Jahr um Jahr Briefe geschrieben hatte. Schmerzerfüllte, kummervolle Briefe, in denen sie ihre Tochter anflehte, nach Hause zu kommen.

»Es war nicht ihre Schuld, Chance. Sie hat einen Fehler gemacht, aber sie hat ihn bereut. Sie wollte die Sache in Ordnung bringen. Sie hat um meine Mutter getrauert, bis zu dem Tag, an dem sie gestorben ist. Ich hab ihr die ganze Zeit die Schuld gegeben, aber es war nicht ihre Schuld. Es ist nur... so unfair.«

Sie weinte, als sie fertig war. Er zog sie in seine Arme und sie kuschelte sich an seine Brust.

»Es ist schon gut, Darling. Wenigstens weißt du es jetzt. Wenn es das war, was sie dir sagen wollte, kann sie jetzt vielleicht ihren Frieden finden.«

Sie sah hoch zu ihm, ihre Wangen waren tränennass, die Augen leuchteten im silbrigen Mondlicht. Er wischte die Nässe mit seinen Fingerspitzen ab, fühlte die kühle Feuchtigkeit unter seiner Hand. Er hatte nicht vor, sie zu küssen. Es war nicht der Grund, warum er hier war. Er wusste, dass es falsch war, aber er konnte nicht anders. Seine Lippen streiften ihre und es war, als würde ein Feuer entfacht.

»Katie...«, flüsterte er und küsste sie noch einmal sanft. Er spürte, wie ihre Finger in sein Haar glitten, ein bisschen zittrig und er begann ebenfalls zu zittern.

»Liebe mich, Chance.«

Er schüttelte den Kopf. Er konnte sie nicht lieben. Nicht heute Abend. Und nie wieder. »Wir müssen reden. Es gibt etwas, was ich –«

Ihre weichen Lippen brachten ihn zum Schweigen. Sie passten sich seinen perfekt an, verschmolzen mit ihnen, drangen tiefer vor. Ihre Zunge berührte seinen Mundwinkel, glitt über seine Unterlippe – und er war verloren.

Er konnte nicht aufhören, sie zu küssen, konnte nicht aufhören, sie zu berühren. Ihre Brüste rieben sich an ihm, rund, weich, verlockend. Ihre Jacke war offen. Er knöpfte ihre rosa Nylonuniform auf und griff hinein, zog ihren weißen Spitzen-BH herunter und ihre Brüste sprangen heraus. Sie waren blass und voll und ihre Nippel waren sexier als alle anderen, die er bis jetzt gesehen hatte. Er saugte an jedem, küsste sie, liebkoste sie.

Er sagte sich, hör auf, versprach sich, dass er das würde, aber Kate beugte sich über ihn, drängte ihn hinunter auf die Decke, riss die Druckknöpfe seines Hemdes auf. Ihre Jacke war weg. Ihre zierlichen Hände glitten über seine Brust, ihre Zunge umkreiste eine Warze, dann griff sie nach unten und öffnete seine Jeans.

Sein Schaft sprang heraus. Sie berührte ihn dort, streichelte ihn, legte ihre Finger darum. Er war so hart, so unglaublich hart.

»Gott, Katie...«

»Bitte, Chance. Ich brauche dich. Ich will nicht mehr denken, nicht heute Abend. Ich will nur fühlen.«

»Katie...« Ihre Hände strichen über ihn, erforschten ihn, ließen seine Männlichkeit heiß pulsieren. Er wollte in ihr sein, wollte sich in sie stoßen, bis der Schmerz aufhörte. Er wusste, dass er das nicht durfte. Er würde Rachael heiraten. Kate verdiente etwas Besseres. Zum Teufel, sie wäre besser dran, wenn sie ihm nie begegnet wäre.

Sie beugte sich vor und küsste ihn, drückte diese prachtvollen Brüste gegen seine Brust. Seine Hand glitt um ihren Hals und er verstärkte seinen Kuss, plünderte ihren Mund, nahm sie mit seiner Zunge Ihr herrliches rotes Haar löste sich aus dem ordentlichen Knoten. Er zog die letzte Nadel heraus und es wallte auf ihre Schulter herunter.

Sein Körper erbebte, spannte sich. Er fühlte sich, als würde er brennen.

Nur dieses eine letzte Mal, sagte er sich. Nur dieses eine letzte Mal würde er sie nehmen und die Erinnerung bei sich bewahren für all die Jahre, die er ohne sie verbringen würde.

Er nahm ihr Gesicht zwischen seine Hände und küsste ihre Augen, ihre Nase, ihren schönen, sinnlichen Mund.

»Ich bin verrückt nach dir, Katie.« Es war falsch, das zu sagen, das Schlimmste, was er sagen konnte, und er meinte jedes Wort.

»Chance…«, flüsterte sie und beugte sich hinunter, um ihn wieder zu küssen. Dann hob sie ihren schmalen rosa Nylonrock, streifte ihr Höschen und ihre Strümpfe ab und hockte sich auf ihn, dort auf der Decke, senkte sich auf ihn und brachte ihn schier um den Verstand.

Gott, sie war unglaublich. So sehr Frau, die Art, von der er immer geträumt hatte, einst, vor langer Zeit. Sie begann sich zu bewegen, ritt ihn wie einen Hengst, ihre üppigen Locken peitschten um ihr Gesicht. Er konnte spüren, wie sie ihn packte, ihn warm und nass umfing. Ihre Brüste wippten verlockend vor seinem Gesicht. Er umfing jede mit einer Hand.

Er war kurz vor dem Höhepunkt, heiß und so steif, dass es schmerzte, aber er hielt sich zurück, ließ sie ihre Lust ausleben, beobachtete den Ausdruck auf ihrem Gesicht, als sie kam, dann packte er ihre Hüften und rammte sich in sie, ließ sie noch einmal kommen.

Sein eigener Höhepunkt kam hart und schnell, durchbohrte ihn wie ein Messer, ließ seine Eingeweide erbeben. So etwas hatte er noch nie erlebt und würde es wahrscheinlich auch nie wieder.

Er zog Kate herunter zu sich und wartete, bis ihr Puls sich

verlangsamt hatte. Sie war so zierlich, dass sie wunderbar unter seinen Arm passte, er verspürte den Wunsch, sich um sie zu kuscheln. Und ließ ihn erneut Verlangen nach ihr spüren.

Er hatte immer noch nicht mit ihr geredet. Wie konnte er das jetzt? Verdammt. Er hasste sich, wollte – und konnte – aber das, was passiert war, auch nicht ungeschehen machen. Für nichts auf der Welt.

Er würde warten, bis er sie nach Hause gebracht hatte und sie auf dem Sofa saßen. Jetzt würde es noch schwerer sein, weil Kate ihm heute Abend etwas Besonderes gegeben hatte, einen Teil von ihr, den sie ihm bis jetzt vorenthalten hatte. Er kam sich vor wie ein Dieb, aber es tat ihm immer noch nicht Leid, nicht bei diesem wunderbaren Geschenk.

Sie fuhren schweigend nach Hause und seine Nervosität kehrte zurück. Was in aller Welt konnte er sagen, ohne ihr wehzutun? Wie konnte er es ihr begreiflich machen?

Leider war Kate, als sie am Haus ankamen, an seiner Schulter eingeschlafen. Sie sah aus wie ein niedliches, verschmustes Kätzchen, wie sie da so eingekuschelt lag, und er musste gegen den Gedanken ankämpfen, sie noch einmal zu lieben.

Herrgott, ich kann es ihr jetzt nicht sagen.

Morgen würde er zu beschäftigt sein mit Eds Partyvorbereitungen. *Sonntag.* Am Tag nach der Party würde er früh vorbeikommen und erklären, ihr alles erzählen, ihr begreiflich machen, dass er keine Wahl hatte. Und das Timing würde sicherlich besser sein.

Er wickelte sie fester in ihre marineblaue Jacke und trug sie vorbei an Myra, die die Tür aufhielt, ins Haus und die Treppe hoch. Er widerstand dem Drang, sie auszuziehen, legte sie behutsam auf ihre Decke und ging zurück nach unten.

»Habt ihr zwei euch gut amüsiert?« Myra beäugte die Reihe Druckknöpfe an seinem Hemd, die er vergessen hatte, zuzumachen, und die nackte Brust, die durch die Öffnung schimmerte.

Chance spürte, wie er errötete. »Ja. Danke fürs Aufpassen auf David.«

»Kein Problem. Er ist ungefähr vor einer Stunde ins Bett gegangen.«

Chance nickte stumm, verabschiedete sich und stieg in den Truck. Einen Moment lang blieb er still sitzen und fragte sich, wie der Abend so hatte entgleisen können. Wie kam es, dass jedes Mal, wenn er mit Kate zusammen war, alles aus dem Ruder lief?

Er holte tief Luft und startete den Truck. Am Sonntag würde er alles mit ihr klären. Er würde ihr über alles die Wahrheit erzählen, eine Möglichkeit finden, ihr begreiflich zu machen, warum es so sein musste.

Er würde es versuchen. Aber Chance war sich ziemlich sicher, dass es ihm nicht gelingen würde.

20

Am Samstagmorgen gab es im Café viel zu tun. Nach dem Mittagessen ließ der Betrieb nach, sodass Kate Zeit zum Denken hatte. Zu viel Zeit. Jedes Mal, wenn sie an ihr Verhalten am Abend zuvor dachte, wurde sie knallrot im Gesicht.

Wie konnte ich nur?, stöhnte sie insgeheim. Sie hatte Chance praktisch angefallen. Sie erinnerte sich, wie sie sein Hemd aufgerissen hatte, erinnerte sich an die brennenden

Küsse und wie sie ihn zum Höhepunkt geritten hatte. Lieber Gott, so schamlos hatte sie sich noch nie in ihrem Leben benommen!

Kate seufzte, als sie die letzten Teller von den Tischen geräumt hatte. Großer Gott, was hatte sie zu einem so irrsinnigen Verhalten getrieben?

Sie wusste, dass die Briefe die Wurzel dafür waren. Ihre Gefühle waren in Aufruhr gewesen, seit sie sie gelesen hatte. Sie waren es immer noch. Ein paar süße Momente lang gestern Abend hatte sie die Vergangenheit vergessen wollen.

Sie wusste, dass Chance es schaffen würde, sie vergessen zu lassen.

»*Ich bin verrückt nach dir, Katie.*« Die Worte waren kostbarer als Gold. Sie hatte sich in diesen Worten verloren, durch sie die Kontrolle verloren. Sie war in ihn verliebt. Daran bestand kein Zweifel, nicht der geringste. Und diese Liebe hatte sie ihm gestern Nacht gezeigt.

Sie stand da mit einem fettigen Teller halb gegessener Spiegeleier und fragte sich, ob er vielleicht an sie dachte, als die Glocke über der Tür bimmelte und Jake Dillon eintrat.

»Morgen, Kate.« Jake war etwa einsachtzig, mit stahlgrauen Haaren und einem kleinen Bauch, der über seine Westerngürtelschnalle hing. Jake kam mindestens dreimal die Woche zum Mittagessen ins Café.

»Hallo, Jake, ich komme gleich zu dir.«

Er stand allerdings immer noch, als sie aus der Küche zurückkam, um seine Bestellung aufzunehmen. Heute war er offensichtlich nicht zum Essen hier.

»Was gibt's? Doch hoffentlich nicht schon wieder Ärger mit Consolidated Metals?«

»Nein, nein. Gar nichts in der Richtung. Ich hab mich nur gefragt, ob du mir einen Gefallen tun könntest.«

»Klar. Was denn?«

»Heute Abend ist großer Ringelpietz bei Ed Fontaine. Gehst du dahin?«

»Ehrlich gesagt, ich hab nichts davon gewusst. Ich bin nicht eingeladen.«

»Praktisch jeder ist dort. Ich bin sicher, das war nur ein Versehen, weil du hier in der Gegend neu bist und so. Ich hab Ed gesagt, ich komme, aber da allein hingehen ist mir echt zuwider. Glaubst du, du könntest mit mir hingehen – nur so als Freund, meine ich. Ich will da echt nicht allein hin.«

Kate zögerte. Sie und Ed hatten viele Stunden zusammen mit der Arbeit an der Kampagne verbracht. Warum hatte er das Fest nicht vorher erwähnt? Sie fragte sich, warum Chance sie nicht gebeten hatte mitzukommen, und ein unbehaglicher Schauder lief ihr über den Rücken. Vielleicht half er Ed bei den Vorbereitungen, hatte keine Zeit und nahm einfach an, sie würde sowieso da sein. Wie Jake schon sagte, es war wahrscheinlich nur ein Versehen. Chance hätte doch sicher niemand anderen eingeladen.

Ich bin verrückt nach dir, Katie. Das hätte er nicht gesagt, wenn er es nicht gemeint hätte. Chance gehört nicht zu der Sorte Mann, die log.

»In Ordnung, Jake. Ich komme gerne mit. Ich kann aber nicht lange bleiben. David wird allein zu Hause sein.«

Nächste Woche hatte er Geburtstag, seinen dreizehnten. Alt genug, um keinen Sitter zu brauchen – solange Kate nicht zu spät nach Hause kam und Myra durch einen Telefonanruf sofort da war, wenn er sie brauchte.

»Wir fahren zurück, wann immer du möchtest. Danke, Kate.«

Jake verließ das Lokal. Kate absolvierte ihre Mittagsschicht und arrangierte, dass Bonnie die Abendschicht übernahm. Leider konnte Bonnie erst gegen sechs Uhr anfangen, was bedeutete, dass sie und Jake ein bisschen zu spät zur Party kommen würden. Sie zog ein kurzes schwarzes Cocktailkleid von Escada an, das sie in ihren modebewussten Tagen in L. A. gekauft hatte, eine Perlenkette, auf die sie Monate gespart hatte, und schwarze Pumps.

»Verflucht, Lady, du siehst toll aus. Wenn dieser alte Cowboy zehn Jahre jünger wäre, würde er Chance McLain ein bisschen ins Handwerk pfuschen.«

Es war das erste Mal, dass jemand eine Andeutung über ihre Beziehung zu Chance machte und Kate merkte, dass sie immer noch lächelte. Die Vorstellung gefiel ihr.

»Ich glaube, du könntest ihm nach wie vor ein bisschen ins Handwerk pfuschen, Jake.« Er sah wirklich gut aus, in einem dunkelbraunen Anzug im Westernlook, beigem Cowboyhemd und brauner Schnurkrawatte. Seine Stiefel waren auf Hochglanz poliert und er stieg vorsichtig um die Schlammpfützen in der Einfahrt, als er ihr in seinen funkelnden Chevy Blazer half.

»Ich war noch nie bei Ed«, erzählte ihm Kate, während sie zur Ranch fuhren.

»Das ist ein irrer Edelschuppen, das kann ich dir sagen. Seine verstorbene Frau hat es bauen lassen. Du wirst überrascht sein, wenn du es siehst.«

Jake hatte nicht zu viel versprochen. Das französische Château war auf dem Abhang so fehl am Platz wie eine Prostituierte in der Kirche.

Trotzdem war es geschmackvoll gebaut und makellos gepflegt. Die Party war bereits in vollem Gang, als sie ankamen, und das Haus so voller Leute, dass sie kaum einen Platz fanden. Überall huschten Kellner herum, zweifellos importiert aus Missoula, der nächsten Stadt. Sie trugen silberne Tabletts und boten verschiedenste Hors d'œuvres und Champagner an.

»Ed versteht es wirklich, eine Party auszurichten«, lobte Kate und nahm ein Glas Champagner.

Jake nahm ein Canapé von einem Silbertablett und steckte es in den Mund. »Kann man wohl sagen.«

Sie begrüßten Maddie und Tom Webster, blieben kurz stehen, um mit Harvey Michaelson zu sprechen, und machten sich dann auf den Weg nach unten, in den riesigen Unterhaltungsraum. Es gab einen Poolbillardtisch, eine vier Meter lange Bar und den größten Fernseher, den sie je gesehen hatte – und das Zimmer war längst nicht voll. Der Rest der Möbel war entfernt worden und in der Mitte war eine Tanzfläche aufgebaut. Am gegenüberliegenden Ende hatte man eine provisorische Bühne aufgestellt.

Sie hatte Ed immer noch nicht entdeckt und auch keine Spur von Chance. Ihre Nerven begannen zu vibrieren und sie nahm noch einen Schluck Champagner zur Stärkung. *Vielleicht hätte ich nicht kommen sollen.* Als Jake einen Freund entdeckte und weiter in den Raum hineinging, blieb sie zurück, stellte sich in den Schatten des Eingangs. Der Raum begann sich zu füllen. Die Leute strömten in Richtung Bühne. Ein paar Minuten später erschienen Ed und Chance auf der Bühne und die Menge, die sich davor versammelt hatte, verstummte allmählich.

»Willkommen, ihr alle«, rief Ed. »Ich hoffe, ihr amüsiert euch.«

Alle applaudierten. Jemand pfiff.

»Wie einige von euch wissen, ist dieser Ringelpietz zu Ehren meiner Tochter Rachael. Sie kommt nicht allzu oft nach Hause und, na ja, da wollten wir ihr eben zeigen, wie sehr wir uns über ihr Hiersein freuen. Rachael, Schatz, komm rauf zu deinem Dad.«

Die Menge teilte sich, als sie mit vollkommener Anmut durch eine Seitentür trat und die hölzerne Treppe hochschritt. Sie trug ein hauchdünnes, knielanges Designerseidenkleid, mit einem verwaschenen Muster in Blau- und Grüntönen, das sicher ein Vermögen gekostet hatte. Kinnlange blonde Haare glänzten wie eine Goldkappe über einem Gesicht, das jeder Bildhauer geliebt hätte. Sie war atemberaubend, wahrscheinlich die schönste Frau, die Kate je gesehen hatte.

Ihr Vater nahm ihre Hand und küsste sie. Dann streckte er den Arm aus und legte ihre Hand in die von Chance. Rachael lächelte hoch zu ihm. Als Chance das Lächeln erwiderte und seine Finger mit ihren verschlang, drehte sich Kate der Magen um.

Sie waren ein perfektes Paar. Chance, dunkel und attraktiv wie der Teufel, Rachael ein goldener Engel, Kate wurde speiübel.

»Ich hab euch heute Abend nicht nur zu einer Party eingeladen«, verkündete Ed. »Heute Abend will ich voller Stolz verkünden, dass es bald eine Hochzeit geben wird. Jetzt ist es offiziell. Meine Tochter Rachael – nachdem sie zu verdammt lange in der Stadt war – kommt endlich nach Hause, um Chance McLain zu heiraten.«

In dieser Sekunde absoluter Stille, die sich über den Raum legte, entglitt das Glas Kates gefühllosen Fingern und zerschmetterte auf dem polierten Hartholzboden. Chance musste es gehört haben. Die Menge nicht, sie brach in Jubel aus. Ihre Blicke trafen sich über den vielen Köpfen und er wurde aschfahl. Er flüsterte tonlos ihren Namen in dem Augenblick, in dem sie sich umdrehte und die Treppe hoch entfloh.

O mein Gott, mein Gott. Ihr Herz verkrampfte sich, ihre

Lunge kollabierte fast. Glastüren führten zur Terrasse. Sie eilte auf sie zu und rannte hinaus in die Nacht. Tränen rollten ihre Wangen hinunter. Sie hetzte einen gewundenen, mit Backsteinen gepflasterten Weg hinunter, stolperte über einen Stein und zuckte zusammen, als ihr der Schmerz in den Knöchel schoss, lief aber weiter.

Ihre Beine zitterten. Sie zitterte am ganzen Körper, sie war benommen und ihr war übel und schwindelig. Sie glaubte zu hören, wie jemand ihren Namen rief und schwenkte vom Weg ab in die Dunkelheit, hastete über das Gras in Richtung Stallungen. Ihr Knöchel pochte. Eine kalte Brise fegte raschelnd durch die Bäume und ihre nackten Arme überzogen sich mit Gänsehaut, aber sie spürte es nicht.

Sie erreichte den Zaun an der Koppel und klammerte sich an den Pfosten, ihr Körper erbebte unter den Schluchzern, die sie bis jetzt unterdrückt hatte. Riesige Wogen von unermesslichen Qualen brandeten über sie. Gütiger Gott, wenn sie doch nur aufwachen könnte und diesen entsetzlichen Albtraum, in den sie gestolpert war, abstellen könnte. Doch tief in ihrem Herzen wusste sie, dass es grausame Wirklichkeit war.

Sie hörte seine Stimme, leise, barsch, verzerrt von etwas, das sich seltsam wie Schmerz anhörte. »Katie... mein Gott, es tut mir so Leid.«

Sie wirbelte herum und schlug ihn mit aller Kraft ins Gesicht. »Geh weg von mir. Komm ja nie wieder in meine Nähe.« Sie drehte sich um und humpelte eiligst in seitlicher Richtung zum Haus.

Chance holte sie ein. »Ich weiß, ich hätte es dir sagen müssen. Ich wollte es... ich habe es versucht, aber irgendwie kam immer etwas dazwischen.«

»Irgendwie kam immer etwas dazwischen?« Sie blieb stehen und wandte sich zu ihm. »Wie zum Beispiel was? Sex? Ich dachte, wir wären zumindest Freunde. Ich dachte, egal was zwischen uns passiert, würdest du mich mit einem gewissen Maß an Respekt behandeln.«

»Wir sind Freunde, Kate. Mehr als Freunde.«

»Wie konntest du dann zulassen, dass ich mich so blamiere wie gestern Abend? Wie konntest du zulassen, dass ich einen solchen Narren aus mir mache?«

»So war es nicht und das weißt du auch.«

»Wie war es dann? Warum hast du's mir nicht gesagt, Chance?«

Im Mondlicht sah sein Gesicht kantig und schroff aus, sein Kiefer war so angespannt, dass es wie aus Stein gemeißelt aussah. »Ich weiß, dass ich dir wehgetan habe. Ich wollte morgen früh zu dir kommen, ich wollte dir alles erklären. Ich dachte, hoffte, ich könnte es dir vielleicht begreiflich machen.«

»Was soll ich begreifen? Dass du deines neuesten Spielzeugs überdrüssig warst?« Ihre Stimme kippte. »Gott, wie konnte ich nur so dämlich sein?« Sie marschierte los, aber er packte sie am Arm.

»Du musst mich anhören, Kate. Es gibt Dinge, die du nicht weißt, Dinge, die ich erklären muss. Ich wünschte, ich hätte es getan. Gott, du ahnst gar nicht, wie sehr ich mir wünsche, ich hätte es getan.«

»Das reicht! Ich will kein Wort mehr hören. Geh wieder rein, Chance – verschwinde aus meinem Leben und leb deines weiter.« Sie sah ihn mit einem kühlen, verbitterten Lächeln an. »Deine Verlobte wartet.«

Diesmal versuchte er nicht, sie aufzuhalten, als sie ging. Als sie in den Schatten seitlich des Hauses gelangte, tauchte ein untersetzter silberhaariger Mann neben ihr auf, ein alter Mann, leicht gebeugt, mit ledriger, verwitterter Haut.

»Ich werde Jake Dillon sagen, dass du dich nicht wohl fühlst und dass ich dich nach Hause bringe.«

Kate schluckte und zwang sich zu nicken. »Danke, Chief.«

»Warte hier.« Er drückte sie auf eine schmiedeeiserne Bank, die sie nicht einmal gesehen hatte, und sie blieb dankbar sitzen. Inzwischen fror sie entsetzlich und zitterte immer noch. Und sie konnte nicht aufhören zu weinen.

Gott, wie sie ihn hasste.

Noch vor Stunden hatte sie ihn geliebt.

Sie dachte, sie hätte ihn gekannt, aber sie hatte sich geirrt. Und sie hätte sich nicht vorstellen können, wie sehr es wehtat, ihn zu verlieren.

Das Wochenende verging und Kate kehrte an ihre Arbeit zurück. Ihre Augen waren immer noch etwas gerötet, die Haut unnatürlich blass. Sie wusste, dass sie aussah wie eine wandelnde Leiche.

Sie stand gerade in der Küche und bereitete sich auf die ersten Gäste vor, als Myra sich neben sie stellte. »Ich nehme an, dass ich auf deiner Freundesliste momentan ziemlich weit unten rangiere.«

Kate wurde schwer ums Herz. »Offensichtlich hast du von Chances Verlobung gehört. Bitte erzähl mir nicht, dass du gewusst hast, dass er mit jemand anderem liiert ist, und hast es mir nicht gesagt.«

»Lieber Himmel, nein. Ich hätte dich nie ermutigt, wenn ich so was auch nur geahnt hätte. Ich wusste, dass er früher oft mit ihr zusammen war. Ich hab gedacht, es ist vorbei zwischen den beiden. Sie war schon seit Monaten nicht hier und sie war sowieso nie das richtige Mädchen für ihn.«

Kate biss die Zähne zusammen und kämpfte gegen ein

Schluchzen an. »Chance hat das offensichtlich nicht so gesehen.«

Myra seufzte. Sie steckte einen Stift in ihre messingblonden Haare unter dem Haarnetz und kratzte sich damit. »Irgendwas stimmt da nicht. Er ist nicht in Rachael verliebt – war's noch nie. Das konnte ein Blinder mit dem Krückstock sehen, wenn die beiden zusammen waren.«

»Warum heiratet er sie dann?«

»Das weiß ich nicht mit Sicherheit. Aber er und Ed sind sich mächtig nah, schon seit Chance ein Junge war. Sein Vater hat sich nie um ihn geschert. Hollis McLain war ausschließlich damit beschäftigt, sein Imperium aufzubauen. Er war ihr nächster Nachbar und er hatte nie einen Sohn. Er hat Chance irgendwie adoptiert.«

»Also, was immer der Grund dafür ist, in sechs Monaten heiratet er. Und er hatte nicht mal den Anstand, es mir zu sagen.« Kate blinzelte nun gegen die Tränen an. Sie würde nicht weinen, nicht schon wieder. Sie hatte genug um Chance McLain geweint.

»Das sieht ihm gar nicht ähnlich, dass er so was macht. Chance hat sich immer große Mühe gegeben, Frauen fair zu behandeln. Der Junge muss unendlich scharf auf dich gewesen sein, Kate.«

Kate schluckte gegen den Kloß an, der immer wieder ihren Hals zuschnürte. »Na ja, nachdem er sein Mütchen bei mir gekühlt hat, kann er sich wieder seiner Schönheitskönigin widmen und sie können glücklich bis ans Ende ihrer Tage leben.«

»Möglicherweise wird er das tun, aber ich habe den starken Verdacht, dass sein Leben mit Rachael Fontaine die reine Hölle sein wird.«

Dazu sagte Kate nichts. Sie wollte nicht über Chance reden. Sie wollte nie wieder an ihn denken. Das allerdings würde leider nicht passieren. Chance steckte in ihrem Herzen wie ein schmerzender Dorn, den sie nicht rausziehen konnte. Wenn er mit Rachael unglücklich war, das war ihr total egal. Sie wollte, dass er litt – oder etwa nicht? Nach dem, wie er sie behandelt hatte, wollte sie das natürlich.

Aber selbst während sie Bestellungen aufnahm und die Speisen servierte, musste sie immer wieder an den Schmerz in diesen sonst strahlenden blauen Augen denken, als Chance ihr an diesem Abend in Eds Haus nach draußen gefolgt war.

Kate seufzte, als sie sich einen Teller mit Brokkolisuppe griff. Vielleicht hatte er sie tatsächlich ein bisschen gern gehabt. Eigentlich aber spielte es keine Rolle. Was immer er da abgezogen hatte, er hatte ihr sehr, sehr wehgetan.

Und Kate würde ihm nie verzeihen.

Eine Woche verging schleppend. Nachdem sie kaum schlafen konnte, war Kate am Ende ihrer Schicht total erschöpft. Trotzdem wusste sie, dass sie zu Hause sofort wieder an Chance denken würde und das wollte sie unbedingt vermeiden.

»Ich glaub, ich geh rüber und gönn mir ein Bier«, sagte sie zu Myra. »Hast du Lust mitzukommen?«

Myras blonde Augenbrauen zuckten nach oben. »Du gehst rüber ins Antlers?«

Sie war in ihrem ganzen Leben noch nie alleine in eine Bar gegangen. Vielleicht war es an der Zeit, dass sie es tat. »Warum nicht? Ich mag Tom und Maddie und heute Abend kann ich wirklich einen Drink gebrauchen.«

Myra feixte. »So gefällst du mir, Mädel.«

Sie beendeten ihre Arbeit und gingen quer über die Straße.

Die Bar war praktisch menschenleer, bis auf ein paar Ortsansässige, die Kate nicht kannte, aber schon ein- oder zweimal in der Stadt gesehen hatte, und die mollige, fröhliche Maddie Webster, die hinter der Bar arbeitete.

»Ja hallo, Ladies!«

»Hast du da hinten eventuell eins von diesen Moose Drools?«, fragte Myra.

»Klar. Wie steht's mit dir, Kate?«

»Ein Bud Light wäre toll.«

»Sollste haben.« Maddie brachte die Biere, stellte sie auf die Bar und Kate nahm einen Schluck. Es war kalt und erfrischend und schon bald spürte sie einen Hauch von Entspannung.

Maddie wischte einen imaginären Fleck auf der Bar vor ihnen weg. Sie wirkte ein bisschen verlegen. »Was da draußen bei Ed passiert ist… Ich kann mir denken, dass das eine ziemliche Überraschung war.«

Kate spielte mir ihrem Bierkrug. »Das kann man wohl sagen.«

»Ich kann nicht glauben, dass er dir's nicht gesagt hat.«

»Ja, wenn du's schon nicht glauben kannst, solltest du mal versuchen, wie's aussieht, wenn du an meiner Stelle wärst.«

»Wenn du mich fragst, war das eine ganz schön miese Nummer von ihm.«

Kate zuckte mit den Schultern und wünschte, sie würden über etwas anderes reden, wünschte, dass ihr Herz nicht allein schon bei der Erwähnung seines Namens zu schmerzen anfing. »Er hat sie halt wieder gesehen und erkannt, wie sehr er sie liebt.«

Maddie zischte ein abfälliges Geräusch. »Ist dir Rachael Fontaine je begegnet?«

»Nein.«

Was immer Maddie damit sagen wollte, Myra schien damit einverstanden. »Sie hat vielleicht ein schönes Gesicht, aber es gibt viele Sachen, die weitaus wichtiger sind.«

»Das kannste laut sagen.« Maddie ließ den nassen Lappen über die Bar kreisen. »Chance ist ein Narr, so einen Strohkopf wie Rachael zu heiraten. Vor allem, nachdem er eine Frau wie dich kennen gelernt hat.«

Kate wurde rot, aber ihr wundes Herz fühlte sich ein bisschen besser an. »Danke, Maddie.«

Die mollige Frau ging zum anderen Ende der Bar, um den anderen Gästen nachzuschenken, dann kam sie zurück und setzte ihr Gespräch fort. »Ich hab vor ein paar Tagen gehört, dass du Fragen wegen deiner Oma Nell gestellt hast.«

»Das stimmt.« Aber diese Jagd hat sie aufgegeben. Sie hatte die Briefe gefunden, Nells Geheimnis entschlüsselt. Ihre Suche war beendet.

»Was für Fragen?«, hakte Maddie nach.

»Ich wollte ein bisschen mehr darüber wissen, wie sie gestorben ist. Ich wollte wissen, was an dem Tag des Unfalls passiert ist.«

Maddie schüttelte traurig den Kopf. »Deine Großmutter war ein echter Schatz. Sie fehlt uns allen. Es war ein trauriger Tag für uns alle, als sie gestorben ist.«

»Wie hast du davon erfahren?«

»Aida Whittaker ist hier gewesen. Sie hat sie gefunden, das weißt du ja. Sie waren seit Jahren befreundet. Es hat Aida schwer mitgenommen, das kann ich dir sagen.«

»Ich habe Nells Briefe oben im Speicher gefunden«, berichtete Kate leise. »Nachdem meine Mutter weg war, hat Nell versucht, sie zu finden. Sie muss jahrelang gesucht haben.«

»Nell hat Mary Beth geliebt«, sagte Maddie. »Es hat sie

fast umgebracht, als das Mädel mit diesem Taugenichts Jack Lambert durchgebrannt ist – ohne jemand beleidigen zu wollen.«

Kates Mundwinkel zuckten amüsiert. »Keine Sorge.« Sie trank einen weiteren Schluck Bier. »Ich habe auch ein paar Briefe gefunden, die Silas ihr geschrieben hat. Ich glaub, die beiden waren ziemlich gute Freunde.«

»Mehr als das. Silas war jahrelang in deine Oma verliebt. Er war total fertig, als sie starb. Er ist hier reingekommen, besoffener als ein Cowboy am Zahltag, und hat wie ein Kind geweint. Hat gesagt, er und Nell hätten an dem Tag einen bösen Streit gehabt. Sagte, jetzt könnte er ihr nie mehr sagen, wie Leid es ihm tut.«

Der Bierkrug stoppte auf halbem Weg zu Kates Mund. »Nell und Silas hatten an dem Tag, an dem sie starb, einen Streit?«

»Das hat er gesagt. Hat gesagt, er wär bei ihr gewesen, um mit ihr über den Verkauf von dem Land, das ihnen gemeinsam gehörte, zu reden, und er und Nell hätten angefangen zu streiten. Ein paar Stunden später war sie tot.«

Ein Gefühl von Unbehagen beschlich sie. »Davon hab ich nichts im Bericht des Sheriffs gelesen.«

»Glaub nicht, dass Silas es je erwähnt hat. Du weißt, wie es ist, wenn man eine Bar besitzt – du bist jedermanns Beichtvater.«

»Ich hab ihn nach dem Unfall gefragt, aber er hat nie erzählt, dass er Nell an diesem Tag gesehen hat.«

»Wahrscheinlich leidet er immer noch drunter.«

Vielleicht. Vielleicht litt er schlimmer, als irgendjemand ahnte. »Bist du mit deinem Bier fertig?«, fragte Kate Myra. Mit einem Mal hatte sie es eilig zu gehen.

Myra leerte geübt ihren Krug. »Jetzt ja.«

»Danke für den Drink, Maddie.« Kate rutschte von ihrem Barhocker, zog ihre Jacke über ihre Uniform und wartete, bis Myra ebenfalls angezogen war.

Sie hatte sich eingeredet, ihr Verdacht wäre unbegründet. Sie hatte sich mit den Briefen überzeugt, dass sie sich geirrt hatte, dass Nells Botschaft nichts mit Mord zu tun hatte. Jetzt würde sie nicht ruhen, bis sie noch einmal mit Silas Marshal geredet hatte. Heute Abend würde sie es nicht tun, aber früher oder später würde sich die Gelegenheit dazu ergeben.

Und sie fragte sich, was genau Silas sagen würde, wenn dieser Zeitpunkt kam.

21

Es schien, als würden die Nächte ineinander fließen. Kate schlief nach wie vor unruhig und Nell erschien regelmäßig in ihren Träumen. Sie konnte sich nur an Bruchteile davon erinnern, wachte aber auch an diesem Morgen mit dem vagen Gefühl auf, dass irgendetwas nicht in Ordnung war. Sie fühlte sich müde und nervös, während sie beobachtete, wie David in den großen gelben Schulbus stieg, der zur Ronan Middle School fuhr.

Dann trank sie den Rest ihres Kaffees aus, drapierte einen Pullover um ihre Schultern und machte sich auf ins Café.

Es war noch zwanzig Minuten bis zur Öffnungszeit und sie erstarrte, als sie einen großen, schlaksigen, dunkelhaarigen Mann durch die Hintertür in die Küche gehen sah.

Chance McLain.

Der Zorn ließ sie den Rücken kerzengerade durchdrücken. Es machte sie wütend, dass er so blendend aussah, frisch rasiert, die lockigen schwarzen Haare sorgfältig gekämmt – bis auf die Kerbe, wo sein schwarzer Filzhut gesessen hatte. Er hielt ihn mit einer schwieligen Hand vor seine Jeans und sie versuchte, nicht an die intimen Dinge zu denken, die diese geschickten dunklen Finger mit ihr gemacht hatten.

Countrymusic spielte leise im Hintergrund. *Easy on the eyes... hard on the heart.* Wahrere Worte waren nie gesungen worden.

Schließlich ging sie zu ihm. »Das Café öffnet in zwanzig Minuten. Gäste benutzen normalerweise die Vordertür.«

»Ich muss mit dir reden, Kate.«

»Es gibt nichts, was du sagen könntest, an dem ich interessiert wäre. Wenn du jetzt bitte einfach gehen könntest.«

»Ich weiß, dass du wütend bist. Gib mir zehn Minuten. Mehr verlange ich nicht. Zehn Minuten und ich verschwinde für immer aus deinem Leben.«

»Du bist bereits aus meinem Leben raus.« Kate wandte sich zu Myra. »Würdest du Mr. McLain bitte erklären, dass ich zu beschäftigt bin, um jetzt mit ihm zu reden? Ich muss in ein paar Minuten alles fertig haben, um aufzusperren.«

»Verdammt, Kate –«

Myra trat vor ihn, als Kate in die Küche rauschte. »Ein andermal wäre vielleicht besser, Chance. Gib ihr ein bisschen Zeit. Eventuell ist sie dann bereit, zuzuhören.«

Chance warf einen letzten Blick in ihre Richtung, knurrte etwas Unverständliches und schlug die Tür ein bisschen zu fest hinter sich zu.

Myra sah sie über den Tresen hinweg an. »Du solltest dir wirklich anhören, was er zu sagen hat.«

»Warum? Er wird jemand anderen heiraten. Ich bin nicht

interessiert daran, eine Beziehung fortzusetzen, wann immer seine Freundin nicht in der Stadt ist.«

Myra seufzte nur und wandte sich ab. Sie band ihre Schürze über ihre Uniform und machte sich an die Arbeit.

Im Café gab es viel zu tun. Nach der Mittagsschicht ging Kate nach Hause und führte ein paar Telefonate mit Umweltgruppen. Heute hatte sie auch die Abendschicht übernommen, weil David nicht zu Hause wäre.

Sie musste lächeln, als sie an Brian Holloway dachte, der neue Freund aus der Schule. Heute Abend war ein Pfadfindertreffen bei Brian zu Hause. Brian und Chris Spotted Horse, der auch Pfadfinder war, hatten David überredet, sich das einmal anzugucken.

Nachdem die Schule dreißig Minuten mit dem Bus entfernt lag und die Holloways nur ein paar Straßen weiter von der Schule wohnten, hatte Mr. Holloway, der auch Pfadfinderführer war, angerufen und gefragt, ob David bei seinem Sohn übernachten dürfe.

Kate hatte voller Freude zugestimmt. Als David gefragt hatte, ob er zu den Pfadfindern gehen könnte, fühlte sich Kate, als ob ihre Gebete erhört worden wären. Er wurde allmählich ein Teil der Gemeinde, befreundete sich mit Kindern, die aus guten, intakten Familien stammten.

Als die Abendschicht zu Ende war, schloss Kate das Café und ging den kurzen Weg den Berg hoch zum Haus. Sie runzelte die Stirn über die Dunkelheit, die es umgab. Sie dachte, sie hätte eine Lampe im Wohnzimmer angelassen, aber anscheinend hatte sie es vergessen. Sie kramte den Haustürschlüssel heraus, als sie die Holztreppe zur Veranda hochstieg, öffnete die Tür, ging in den dunklen Eingang und griff nach dem Lichtschalter.

Kate stockte der Atem, als eine Hand aus der Dunkelheit

schoss und ihr grob den Mund zuhielt. Ein dicker Arm packte sie um die Taille und zog sie an einen mächtigen Männerkörper. Sie versuchte zu schreien, aber eine behandschuhte Hand hinderte sie daran.

»Du solltest besser still sein, wenn du weißt, was gut für dich ist.«

Sie krallte sich an seine Hand vor ihrem Mund und versuchte sich loszustrampeln, als er sie ins Wohnzimmer schleifte. Aber der Mann war mindestens dreißig Zentimeter größer und wahrscheinlich hundert Pfund schwerer als sie. *O mein Gott!* In der Stadt hatte sie immer Angst gehabt, dass so etwas passieren könnte, aber nicht hier draußen. Ganz bestimmt nicht hier draußen.

Sie tastete in Panik hinter sich, versuchte, sein Gesicht zu zerkratzen, erwischte aber nur eine Hand voll weichen Strickstoff und merkte, dass er eine Skimaske trug. Ihr stockte der Atem und das Blut gefror ihr in den Adern.

O Gott, o Gott. Sie holte tief Luft und ging im Geist ihre Möglichkeiten durch. Das dauerte nicht lange, weil sie eigentlich keine hatte. Es war niemand in der Nähe und sie war zu weit weg vom Restaurant, dass irgendjemand ihre Schreie hören könnte. Sie konnte nicht zum Telefon, konnte es nicht mal aus der Gabel schlagen. Sie musste sich selbst helfen.

Kate trat, so fest sie konnte, nach hinten, drehte sich gleichzeitig – und mit einem Mal war sie frei. Sie ließ einen Schrei los, der Tote aufgeweckt hätte, falls jemand in der Nähe war und begann zu rennen, aber der Mann hatte sie sofort eingeholt und schlug sie nieder, bevor sie die Haustür erreichen konnte, so heftig, dass ihr die Luft wegblieb.

Sie ignorierte den Schmerz in ihren Rippen, rang nach Luft und versuchte seine Skimaske herunterzuzerren. Es gelang ihr, ihm zumindest einen langen Kratzer an seinem dicken Hals zu verpassen.

Er gab ihr eine schallende Ohrfeige. »Du kleines Luder. Willst du die harte Schiene?« Eine weitere Ohrfeige folgte und sie stöhnte.

»Ich bin hier, um dir eine Nachricht zu bringen. Du verabschiedest dich aus der Antiminenkoalition. Wenn nicht, dann wird man dir richtig wehtun.« Durch die Öffnung in der Skimaske sah sie, wie seine Lippen sich zu einem lüsternen Grinsen verzogen. »Und nur für den Fall, dass du's vergisst, werde ich dir ein bisschen was geben, damit du dich erinnerst.«

Kate schrie, als er den Ausschnitt ihrer Uniform packte und sie bis zur Taille aufriss. Feiste Hände zerrissen ihren BH, dann begann er ihren Rock hochzuschieben. Sie versuchte zu schreien und bekam dafür noch eine brutale Ohrfeige. Eine Woge von Übelkeit durchflutete sie und um sie herum drehte es sich. Sie versuchte, sich von ihm wegzuschlängeln, versuchte, von ihm wegzukommen. Aber je heftiger sie sich wehrte, desto erregter wurde er.

Sie hörte, wie er seinen Reißverschluss öffnete, dann war da plötzlich ein anderes Geräusch und sein massiger Körper erstarrte. Kate versuchte erneut zu strampeln, sie schluckte und versuchte zu schreien, aber ihr Mund war so trocken, dass nur ein Krächzen herauskam.

Da flog die Tür auf und Chance stürmte herein. »Du Hurensohn!«

Ihr Angreifer sprang auf, als wäre er federleicht und würde keine zweihundert Pfund wiegen. Sie rollte sich schützend zu einem Ball zusammen, es gelang ihr, sich hinzuknien und ihren Rock herunterzuschieben. Ihr Strümpfe waren zerrissen, ihre Bluse klaffte.

In der Dunkelheit des Wohnzimmers hörte sie nun das Geräusch von Möbeln, die gegen die Wände krachten. Eine Lampe flog durch die Luft. Im Mondlicht, das durch die Fenster schien, sah sie, wie Chance einen Schlag austeilte, der den Kerl über den Boden schlittern ließ. Er war jedoch in Sekundenschnelle wieder auf den Beinen, raste los und krachte durch die Tür zur Küche. Chance rannte im Dunkeln hinter ihm her und übersah den Stuhl, den der Mann ihm in den Weg geschoben hatte. Er rumpelte voll dagegen, ging zu Boden und versuchte fluchend, sich wieder aufzurichten. Als es ihm endlich gelang, war ihr Angreifer schon aus der Tür und flitzte in Richtung Wald.

Chance folgte ihm nicht. Stattdessen kehrte er ins Wohnzimmer zurück, schaltete das Licht neben dem Sofa an und lief zu der Stelle, wo sie zusammengekauert an der Wand lehnte und die Reste ihrer zerfetzten Bluse festhielt.

Chance half ihr auf die Beine, aber sie zitterte so heftig, dass sie sich kaum aufrecht halten konnte. Er musste erkannt haben, dass sie gleich zusammenklappen würde, weil er wieder heftig fluchte und sie in seine Arme hochnahm.

Er trug sie zum Sofa und setzte sich mit ihr auf dem Schoß, die Arme schützend um sie geschlungen. Sie dachte an seinen Verrat und wusste, sie sollte sich aus seiner Umarmung befreien, hatte aber nicht die Kraft dazu.

»Wie schlimm bist du verletzt?«, fragte er.

Sie schluckte, versuchte das unkontrollierte Beben zu unterdrücken. »Nicht... nicht zu schlimm. Er hat mich ein paar Mal geschlagen. Er hat versucht zu... Wenn du nicht gekommen wärst, hätte er... hätte er...«

»Schsch. Ich weiß. Ist schon in Ordnung. Jetzt kann er dir nicht mehr wehtun.« Er sah sich um, seine Schultermuskeln waren immer noch gespannt. »Wo ist David?«

»Bei einem Pfadfindertreffen. Er übernachtet bei einem Freund.« Ein neuerlicher Schauder durchfuhr sie bei dem Gedanken, was hätte passieren können, wenn ihr Sohn zu Hause gewesen wäre.

Chance drückte sie unwillkürlich fester an sich. »Ich frage mich, woher der Dreckskerl wusste, dass du allein sein würdest.«

»Ich bin mir ... nicht sicher, dass er's gewusst hat.«

»Was meinst du damit?«

»Ich weiß nicht genau. Er hat die Sache einfach so durchgezogen. Er wollte, dass ich aufhöre... aufhöre, für die Kampagne zu arbeiten.«

Chances Gesicht wurde grimmig. »Mein Gott, Kate. Als ich dich gebeten habe zu helfen, hätte ich nie gedacht, dass so etwas passieren könnte.«

Ihre Augen fielen zu. Sie musste aufstehen, sich von ihm entfernen, die Wärme und die Sicherheit, die sie in seinen Armen empfand, aufgeben. Als ob er ihre Gedanken spürte, setzte er sie neben sich auf das Sofa, zog die Häkeldecke von der Lehne und wickelte sie behutsam damit ein.

»Ich rufe den Sheriff an.« Er ging zum Telefon, wählte 911 und schilderte der Einsatzleitung kurz, was passiert war.

»Ein Deputy ist unterwegs. Es wird eine Weile dauern – das tut es immer –, aber er wird kommen, so schnell es geht.«

Kate schwieg. Ihr Kiefer schmerzte und ihre Lippen begannen anzuschwellen. Chance ging ins Badezimmer und kam mit einem kalten, nassen Waschlappen zurück. Kate nahm ihn dankbar und hielt ihn an ihr Kinn.

»Wo sind deine Aspirin?«

»Oben im Bad.«

Ein paar Minuten später kam er mit dem Fläschchen zurück, holte ihr ein Glas Wasser und wartete, während sie die Pillen schluckte.

Kate stellte das Glas auf den Couchtisch und wandte sich zu ihm. »Was machst du hier, Chance? Wie kommt es, dass du zufällig hier warst?«

»Ich wollte mit dir reden. Das will ich immer noch. Aber jetzt ist nicht der richtige Zeitpunkt dafür.«

Niemals war der richtige Zeitpunkt, wenn es nach Kate ging. Sie lehnte sich im Sofa zurück und versuchte, den schmerzenden Kiefer und das Hämmern in ihrem Kopf zu ignorieren. Nach einiger Zeit blitzten Scheinwerfer durch das Glas an der Haustür und Chance stand auf, um den Deputy, einen Mann namens Winston, hereinzulassen. Eine halbe Stunde später war ein Protokoll erstellt und Chance hatte darauf bestanden, Myra anzurufen und sie zu bitten, die Nacht über hier zu bleiben.

»Es ist nicht nötig, dass Myra bei mir bleibt«, widersprach Kate. »Ich bin sicher, dass er heute Nacht nicht wiederkommt.«

»Wenn es nach mir ginge, wäre ich derjenige, der hier bleibt. Ich weiß, wie du dazu stehst, also wird Myra genügen müssen. Das steht nicht zur Diskussion, Kate.«

Sie öffnete den Mund, um zu widersprechen, aber sie war einfach zu erschöpft. Im Grunde genommen wollte sie auch nicht allein sein. Myra kam ein paar Minuten später und begann sofort, sie zu umglucken.

»Armes, kleines Ding. Das ist einfach nicht recht. Eine Frau sollte in ihrem eigenen Haus sicher sein.«

Chance blieb neben der Tür stehen. »Morgen komme ich vorbei, um mich zu vergewissern, dass du in Ordnung bist.«

»Nein! Ich meine… danke, aber es ist nicht nötig, dass du dir solche Sorgen machst.« Das Letzte, was sie wollte, war,

Chance wieder sehen, obwohl sie zugeben musste, dass sie für sein Erscheinen zur rechten Zeit heute Abend sehr dankbar war. »Der Sheriff sagte, sie würden das Haus genau beobachten.«

»Gut, aber das reicht nicht. Morgen bringe ich dir eine Pistole.«

»Eine Pistole!« Sie versuchte sich aufzusetzen, aber davon wurde ihr so schwindelig, dass sie sich schnell wieder zurücklehnte. »Ich hab nicht die leiseste Ahnung, wie man mit einer Pistole umgeht.«

»Dann ist es höchste Zeit, dass du es lernst.« Er wartete nicht auf ihre Antwort, schob nur die Tür auf und verschwand in der Nacht.

»Wirklich gut, dass er zum richtigen Zeitpunkt hier war«, sagte Myra, ein unbewusstes Echo ihrer Gedanken von vorhin.

»Ich will nicht mit ihm reden. Kannst du ihm das nicht sagen?«

»Du weißt doch, wie er ist. Stur wie ein Maulesel und entschlossen wie ein Pitbull. Er will mit dir reden. Früher oder später wirst du zuhören müssen.«

Aber Kate war genauso entschlossen. Sie war fertig mit Chance McLain. Für diese Rettung würde sie ihm zwar ewig dankbar sein, aber sie war nicht an dem interessiert, was er zu sagen hatte, egal was es war.

»Verdammt noch mal, ich hab dir gesagt, du sollst sie erschrecken, ein bisschen aufrütteln! Mehr hab ich nicht gesagt!« Lon Barton lief vor dem kleinen Steinkamin in seinem Büro auf und ab.

»Ja, nun, du warst nicht da. Das kleine Luder hat gekämpft wie eine Wildkatze. Sie hat es rausgefordert.« Duke kräuselte die Lippen. »Und wenn McLain nicht aufgetaucht wäre, hätte ich es ihr richtig besorgt.«

Lon wirbelte herum. »Hör zu, Mullens. Wir kommen unserem Ziel immer näher. Wir brauchen keinen Ärger mehr mit Kaitlin Rollins.«

»Die Frau hat eine Scheißangst gehabt. Die wird keinen Ärger mehr machen. Sie weiß, was passieren wird, wenn sie ihre Nase noch einmal ins Minengeschäft steckt.«

»Ich hoffe, du hast Recht ... für uns alle.« Lon nahm eine antike Steinschlosspistole aus der Sammlung über dem Kamin. Er liebte alte Waffen, je älter, desto besser, nur billig waren sie nicht und auch nicht einfach zu handhaben. Vielleicht war das jedoch einer der Gründe, warum sie ihm so gut gefielen. »Auf jeden Fall ist es an der Zeit, dass sich alles ein bisschen beruhigt.« Er drehte sich um, zielte, spähte über die Kimme, dann legte er sie zurück ins Regal. »Du bist sicher, dass keiner wusste, dass es du warst?«

»Ich hab dir gesagt, dass ich eine Maske getragen hab. Selbst wenn McLain erraten hat, dass ich es bin, hat er keine Möglichkeit, es zu beweisen.«

Lon nickte. »Also gut, dann machen wir uns für den Moment deshalb mal keine Sorgen. In den nächsten paar Tagen wirst du dich bedeckt halten und keinen Ärger machen. Nimm dir ein paar Tage frei. Fahr nach Missoula. Such dir eine Frau, wenn es das ist, was dich juckt.«

Duke Mullens grinste. »Gute Idee.«

Lon sah ihm nach, als er ging und kehrte dann an seinen Schreibtisch zurück. Duke war bei dem Mädchen zu weit gegangen, aber zumindest wäre sie raus aus der Koalition und säße ihm nicht mehr im Nacken. Ohne sie würde die Gruppe in kürzester Zeit auf Grund laufen und längst nicht mehr so bedrohlich sein wie zuvor.

Lon lächelte. Duke war zwar manchmal ein bisschen übereifrig, aber er erledigte seine Aufträge gut. Und wenn man bedachte, was für ein verlockendes kleines Ding Kate Rollins war, konnte ihm Lon nicht verdenken, dass er versucht hatte, sie zu bumsen.

Chance McLain stand neben Ed Fontaines Rollstuhl im Terminal von Missoula Airport und beobachtete, wie die silberne Delta 727 in Richtung Salt Lake City auf dem Flug nach New York abhob. Das Flugzeug verschwand in den Wolken und Chance drehte sich weg vom Fenster, ließ sich aber seine Erleichterung nicht anmerken. Sie machte ihm Schuldgefühle. Verdammt, in sechs Monaten würde Rachael seine Frau sein. Er sollte diesem entschwindenden Flugzeug mit einem brennenden Gefühl von Verlust nachschauen.

So wie er gestern Nacht gefühlt hatte.

Aber Rachael war nicht Kate. Er und Rachael reagierten aufeinander wie schon fast ihr ganzes Leben lang: mit bequemem, gegenseitigem Akzeptieren. Rachael hatte sich damit abgefunden, nach Montana zurückzukehren und ein gemeinsames Leben mit ihm zu beginnen. Chance hatte sich damit abgefunden, sie zu seiner Frau zu machen. Er mochte sie, hatte sie von klein auf gemocht. Er hatte sie schon als kleines Mädchen gekannt und irgendwie war sie das immer noch. Es war nicht ihre Schuld, dass er endlich entdeckt hatte, dass er mehr als das in einer Ehe wollte.

»So, mein Sohn, so wie's aussieht, sind wir jetzt eine Weile auf uns allein gestellt.«

Chance nickte wortlos. Er schob den Rollstuhl aus dem Terminal zum Passagierausgang und wartete, während Randy den Van an den Gehsteig fuhr. Die elektrische Hebebühne hob Ed mit dem Rollstuhl hinten hinein und Randy und Chance kletterten in ihre Sitze vorne.

Randy war derjenige, der das Thema zur Sprache brachte, das schon den ganzen Morgen in seinem Kopf spukte.

»Ich hab gehört, du hattest gestern in Lost Peak ein bisschen Ärger.«

Chances Körper verspannte sich, als er sich daran erinnerte, wie verzweifelt Kate unter ihrem Angreifer gestrampelt hatte. Seine Hand ballte sich unwillkürlich zur Faust.

»Ein bisschen.«

»Was für Ärger?«, fragte Ed neugierig.

»Irgendein Kerl ist bei Kate Rollins eingebrochen«, informierte ihn Randy. »Ich glaube, er hat sie ziemlich zugerichtet. Hätte noch mehr gemacht, wenn nicht Chance zufällig vorbeigekommen wäre.«

»Du hast ihn verjagt?«, fragte Ed.

Chance nickte. »Sie müssen das Fernsehinterview gesehen haben, das Kate letzte Woche gemacht hat. Consolidated hat Muffensausen. Sie wollen sie aus der Kampagne raushaben.«

»Ist sie okay?«

»Sie war ziemlich mitgenommen. Ich hab so eine Ahnung, dass Duke Mullens der Typ war, aber er hat eine Skimaske getragen, also gibt's keine überzeugenden Beweise.«

»Dann glaubst du nicht, dass der Sheriff irgendwas rausfinden wird?«

»Er trug Lederhandschuhe. Es wird keine Fingerabdrücke geben. Außer, jemand hat ihn zufällig gesehen – was ziemlich unwahrscheinlich ist –, besteht nicht viel Hoffnung.« Ed fragte ihn nicht, was er in der Nähe von Kates Haus zu suchen hatte und Chance sagte auch nichts. Zwischen ihnen lief nichts – nicht mehr. Er wollte nur die Gelegenheit zur Erklärung haben.

Nachdem der Flug um sechs Uhr fünfzig gestartet war, war es noch früh, als Randy ihn an seinem Truck absetzte. Chance fuhr rüber zu Kates Haus, um nach ihr zu sehen, und war erstaunt, als niemand zu Hause war. Voller Sorge, dass ihr womöglich noch etwas passiert war, eilte er hinunter zum Café.

Die Frühstückszeit war mehr oder minder beendet, als er dort ankam, und zum Mittagessen war es noch zu früh. Er sah durch das frisch reparierte Vorderfenster und entdeckte Kate, in Jeans und einem dunkelgrünen T-Shirt mit dem Logo des Cafés, hinter der Kasse.

Warum ihn das so verdammt wütend machte, konnte er nicht sagen. Er wusste nur, dass er stocksauer war, stürmte durch die Tür wie ein Irrer und stoppte direkt vor ihr.

»Was zum Teufel glaubst du, dass du da tust?«

»Frühstücksbons addieren. Was soll ich denn sonst hier machen?«

»Gestern Abend hat dich jemand zusammengeschlagen und heute addierst du Bons? Du solltest zu Hause sein und dich ausruhen und dich pflegen.«

»Also, ich habe zufällig ein Restaurant zu leiten. Und zu deiner Information, ich fühle mich absolut gut.«

Er packte sie am Kinn und untersuchte den violetten Bluterguss, die etwas geschwollene Lippe. »Du siehst nicht gut aus. Du siehst aus, als solltest du im Bett sein.« Kaum hatte er die Worte ausgesprochen, bereute er sie schon. Bilder funkten durch seinen Kopf: Kates prachtvolles rotes Haar, das durch seine Finger glitt, ihre herrlichen Brüste, die sich in seine Hände schmiegten.

Sie hatte hochrote Wangen, als er zu ihr hinuntersah und er fragte sich, ob sie sich ebenfalls erinnert hatte.

»Ich muss wieder an die Arbeit«, sagte sie und versuchte, sich an ihm vorbeizudrängen.

»Du bist nicht zum Arbeiten angezogen. Wo ist deine Uniform?«

»Neue Regeln ab heute. Ab jetzt nur noch T-Shirts und Jeans.« Sie lächelte sarkastisch. »Anpassen ist die Devise«, und ging in Richtung Küche.

Chance ließ sie laufen. Er hatte schon Schuldgefühle, wenn er nur an Kate dachte, obwohl er Rachael verpflichtet war, aber anscheinend konnte er es nicht verhindern. Trotzdem, egal ob Kate ihm gehörte oder nicht, er war entschlossen, sie zu beschützen.

Er packte sie am Handgelenk, als sie wieder in den Speiseraum kam.

»Schon gut. Es gibt da etwas, was wir erledigen müssen.« Er begann sie in Richtung Tür hinten im Café zu ziehen, aber Kate riss sich los.

»Bist du verrückt? Ich werde nirgends mit dir hingehen. Den Fehler hab ich schon einmal gemacht.«

Mit einem Seufzer zog er die Pistole hinten aus seiner Jeans. »Du bist fertig mit der Kampagne, aber du könntest das vielleicht doch brauchen.« Er zeigte ihr die 38er-Automatik, die er für die sinnvollste Waffe für sie hielt.

»Erstens bin ich nicht mit der Kampagne fertig, bis wir sicher sind, dass die Mine nicht gebaut wird. Zweitens, ich brauche keine Pistole.«

»Erstens, du *bist* fertig mit der Kampagne. Ich möchte nicht, dass du noch schlimmer verletzt wirst, als du es bereits bist. Zweitens – vielleicht brauchst du keine Pistole, aber es kann nicht schaden zu wissen, wie man eine bedient.«

»Wenn ich das lerne, komm ich möglicherweise auf die Idee, dich zu erschießen!«

»Verdammt, Kate. Was du von mir denkst, hat nichts mit dem hier zu tun. Du musst dich verteidigen können.«

Sie kniff den Mund zusammen. Auch wenn sie es nicht zugeben wollte, sie wusste, dass er Recht hatte. Sie beäugte misstrauisch die Waffe, dann beschloss sie: »Also gut. Wenn der Typ zurückkommt, bin ich ihm wenigstens nicht völlig ausgeliefert.«

Chances Magen zog sich zusammen bei dem Gedanken, dass der Dreckskerl ihr noch einmal wehtun könnte. »Wenn er das tut, darfst du nicht zögern. Du zielst und drückst den Abzug – kapiert? Komm. Ich zeig dir, was ich meine.«

Es war offensichtlich, dass sie nicht mit ihm gehen wollte und genauso offensichtlich, dass sie die Möglichkeit haben wollte, sich selbst zu schützen. Sie liefen hinter das Café zu einem Platz auf der gegenüberliegenden Seite von Little Sandy Creek, wo ein Abhang eine natürliche Barriere bildete und man gefahrlos für andere die Pistole abfeuern konnte. Chance stellte die Ziele auf, dann zeigte er ihr, wie man die Pistole lud. Er ließ sie ein paar Mal selbst laden, dann waren sie bereit zu schießen.

»Vergiss nicht – so was wie eine ungeladene Waffe gibt es nicht. Das ist der Grund, warum du sie nie auf jemanden richtest – außer, du hast vor zu schießen.«

Er feuerte die Pistole ein paar Mal ab, dann reichte er sie Kate. »Halte die Arme gerade, genau wie ich es gemacht habe, eine Hand über der anderen. Jetzt spreiz deine Beine. Ziel und schieß.«

Sie schoss daneben, aber nur knapp. Er stellte noch ein paar Ziele auf und sie feuerte weitere Schüsse ab. Er war immer noch nicht zufrieden und stellte sich hinter sie. Er fühlte, wie ihr Körper versteinerte, sich bemühte, ihn nicht zu berühren, aber ihr Trieb, die Waffe zu beherrschen, gewann und sie entspannte sich.

»Bereit?«

Sie legte die Pistole an und er packte ihre Arme. Er spürte, wie ihr Po gegen seinen Unterleib drückte und verkniff sich einen Fluch. Kate feuerte, traf das Ziel mitten ins Schwarze und Chance trat zurück.

Er räusperte sich und wandte sich leicht ab, damit sie seine Erektion nicht bemerken konnte. »Sie muss immer griffbereit sein. Du wirst sie wahrscheinlich nicht brauchen, aber mir wäre wohler, wenn ich weiß, dass du sie hast.«

Kate nickte wortlos. Chance sagte ebenfalls nichts mehr und sie kehrten schweigend ins Café zurück.

Die ganze nächste Woche hielt er sich fern. Der Herbst war eine sehr betriebsame Zeit auf der Ranch, die Vorbereitungen für den Winter, das Vieh von den hochgelegenen Weiden zu den unteren bringen, weg vom kommenden Schnee. Aber die Sorge um Kate nagte an ihm und sein Gewissen plagte ihn noch mehr.

Er hatte sie mies behandelt und das wusste er auch. Sie dachte, er wolle Rachael und wäre ihrer einfach überdrüssig geworden. Chance glaubte nicht, dass ihm Kate je überdrüssig würde und obwohl er sie nicht haben konnte, wollte er, dass sie die Wahrheit erfuhr.

Es würde die Dinge nicht ändern. Nichts konnte das. Aber wenn sie es wenigstens verstand, würde sie ihm vielleicht im Lauf der Zeit verzeihen.

Chance schob sein Kinn vor. Egal wie, schwor er sich, diesmal würde sie sich anhören, was er zu sagen hatte.

22

Kates Freitagmittagsschicht war nahezu beendet und sie fühlte sich besser als die ganze Woche zuvor. Ihre blauen Flecken waren verblasst und es hatte keine weiteren Vorfälle gegeben. Sheriff Conrad hatte persönlich vorbeigeschaut, um seine Besorgnis auszudrücken und ihr zu versichern, dass die Polizei sehr wachsam war. Sie hatten noch keine Spur von dem Mann gefunden, der sie angegriffen hatte, aber sie würden es weiterversuchen.

Ihr Leben verlief fast wieder normal.

Fast.

Sie war immer noch ein bisschen nervös, wenn sie im Haus war. Ein Mann hatte sie beinahe vergewaltigt. Das war nicht etwas, das sie so leicht wegstecken konnte. Glücklicherweise hatte sie andere Dinge, die sie beschäftigten, vor allem die Sache mit Silas Marshal. Und diesen Nachmittag hatte sie sich entschlossen, ihn zu besuchen.

Kate hatte ein seltsames Gefühl von Erwartung. Wann immer sie Nells Tod untersuchte, tauchte Silas' Name auf. Sie wollte an diesem Tag die Wahrheit über das, was passiert war, erfahren und sie war mehr als überzeugt, dass Silas Marshal die Antworten auf ihre Fragen hatte.

Sie saß gerade in einer Nische ihres fast leeren Cafés, trank eine Tasse Kaffee und überlegte, was sie fragen würde, als sie eine vertraute tiefe Stimme hörte:

»Es ist Zeit, dass wir reden.«

Sie hatte ihn nicht hereinkommen hören. Kate stellte vorsichtig die Tasse auf ihren Untertasse, richtete sich langsam auf und lehnte den Kopf zurück, damit sie ihm direkt in die Augen schauen konnte.

»Ich hab's dir gesagt, ich bin nicht interessiert.«

»Schön. Jetzt sage ich dir – du wirst dir anhören, was ich zu sagen habe.«

Kates Zorn entflammte. Sie drehte sich zu den wenigen Gästen, die über ihrem Mittagessen saßen. Alle Blicke waren auf sie gerichtet. Sie grinste ihn sarkastisch an und stemmte die Hände in die Hüften. »In Ordnung. Du willst reden. Dann schieß los.«

Chance sah die neugierigen Gesichter, die sie musterten und Wut funkelte aus seinen Augen. »Ich werde das noch einmal sagen. Wir reden, Kate. Irgendwo, wo wir ungestört sind. Danach werde ich dich in Ruhe lassen.« Er streckte die Hand aus, packte sie am Handgelenk und begann sie in Richtung Tür zu ziehen.

Kate stemmte ihre Fersen in den Teppich und hielt sich an einer Stuhllehne fest. »Ich hab's dir gesagt, ich komm nicht mit.« Sein Gesicht verdüsterte sich, er sah so grimmig aus, dass sie für ein paar Sekunden unsicher wurde.

Chance schob sein Kinn vor. »Also gut. Schön. Ich hab versucht, geduldig zu sein. Ich hab alles Erdenkliche versucht, um dich zu überzeugen. Wie ich sehe, funktioniert das nicht.«

Kate japste, als er sich bückte und sie wie ein Sack über eine Schulter warf, ein langer Arm umschloss ihre Knie, die andere ruhte vertraut auf ihrem Po.

»Bist du wahnsinnig? Lass mich runter!«

»Das habe ich vor.« Er riss die Tür auf und ging hinaus auf den hölzernen Gehsteig. »Sobald wir an meinem Truck sind.«

Kate hörte auf zu strampeln. Es würde ihr nicht die Bohne nützen und dadurch sah sie noch lächerlicher aus. Gott sei Dank, dass sie die so genannte Uniform geändert hatte und sie in Jeans und T-Shirt arbeitete. Chance strebte zu seinem Pick-up, öffnete die Tür, warf sie hinein, umrundete den Truck, stieg ein und startete den Motor.

»Es wird nicht lange dauern«, sagte er. »Aber du wirst dir verdammt noch mal anhören, was ich zu sagen habe.«

Kate blieb stumm, ließ ihn ohne Kommentar losfahren. Er schlug die Straße zum Lookout Mountain ein und wenig später parkten sie an dem Aussichtspunkt über dem Flathead Valley, das sich unter ihnen in den Herbstfarben Rot, Orange und Geld präsentierte.

»In Ordnung«, sagte Kate. »Du hast mich hier raufgeschleift. Was hast du zu sagen, was so wichtig ist?«

Chance seufzte. Er nahm seinen schwarzen Filzhut ab, legte ihn aufs Armaturenbrett und fuhr sich durch die Haare. »Zuallererst, ich hab nichts von all dem, was passiert ist, geplant. Ich wusste nicht einmal, dass Rachael kommen würde, bevor sie mich von der Ranch aus anrief.«

»Aber du hast was mit ihr gehabt. Du hättest es mir von Anfang an sagen müssen.«

»Ich hatte Rachael seit Monaten nicht gesehen. Wir haben getrennte Leben geführt. Das hatten wir seit Jahren. Selbst wenn sie hier war, dachte ich nicht an Heirat. Ihr Vater fand, es wäre an der Zeit. So ist es passiert.«

»Ihr Vater? Was hat Ed damit zu tun?«

Chance ließ einen weiteren Seufzer los, hatte anscheinend Mühe, die richtigen Worte zu finden. »Es ist schwer zu erklären. Er ist mehr als nur ein Freund. Er war schon von Kindheit an wie ein Vater für mich. Seine Ranch grenzt an einen Teil der Running Moon. Schon als Rachael noch ein kleines Mädchen war, erwartete ihr Vater, dass wir beide heiraten. Wir haben eigentlich nie darüber geredet. Wir haben einfach angenommen, wir würden es eines Tages tun.«

»Wir sind hier nicht im Mittelalter, Chance. Menschen müssen arrangierte Ehen nicht akzeptieren.«

»In den meisten Fällen vielleicht nicht. Mein Fall liegt anders.«

»Warum das?«

»Weil ich der Mann bin, der Ed Fontaine in den Rollstuhl gebracht hat.«

Da gab es vieles, was er hätte sagen können. Aber damit hatte sie nicht gerechnet. Ihr Mund war mit einem Mal wie ausgedörrt. »Willst du... willst du damit sagen, dass es irgendwie deine Schuld ist, dass er gelähmt ist?«

Chance starrte durch die Windschutzscheibe. Das Blau seiner Augen schien verblasst, sie hatten jetzt die Farbe des Himmels an einem zu heißen Tag. »Mein Vater hat mir gesagt, ich solle an dem Tag nicht reiten gehen. Ein Gewitter sei im Anzug, sagte er. Er sagte, ich solle beim Haus bleiben.«

»Aber du hast nicht gehorcht«, sagte Kate leise.

»Nein. Ich hab gemacht, was ich wollte. So war es normal für mich. Mein Vater war nie da. Es war keiner da, der mir vorschrieb, was ich zu tun hatte. Wenn er mir etwas befahl, hörte ich selten darauf. An diesem Tag hörte ich ebenfalls nicht.«

»Was ist passiert?«

»Der Sturm zog auf, genau wie mein Vater sagte. Ich ritt Sunny, diesen kleinen Wallach, den ich so gerne mochte. Er war irgendwie nervös, schwer zu zügeln, aber er hatte richtig Feuer und er konnte laufen wie der Wind. Wir waren in ziemlich unwegsamem Gelände, als der Sturm losbrach, überall waren Senken und felsige Schluchten. Der Sturm schlug ohne Warnung zu, es regnete wie aus Eimern und der Wind blies so heftig, dass man kaum die Augen aufhalten konnte. Der Wallach stolperte in ein Loch und ging zu Boden. Ich hab die Steigbügel verloren und bin über seinen Kopf geflogen. Ich landete am Rand einer steilen Schlucht und rollte über die Kante. Ich muss im Fallen einen Busch gepackt haben, aber ich kann mich nicht wirklich erinnern. Ich hing stundenlang im Regen dort, brüllte mir die Seele aus dem Leib, obwohl ich wusste, dass es nichts nützen würde. Dann hörte ich Stimmen, jemand schrie meinen Namen.«

»Dein Vater ist dir nachgeritten?«

Chance schüttelte den Kopf. »Ed kam. Ich glaube, er war bei Dad zu Besuch und hat gemerkt, dass ich noch draußen bin. Ungefähr um die Zeit tauchte der Wallach auf, aber mein Dad dachte, er hätte mich nur abgeworfen. Er sagte, der lange Spaziergang im Regen würde mir gut tun, weil ich nicht auf ihn gehört hatte.«

Kate bis sich auf die Unterlippe und entdeckte, dass sie zitterte. »Also war Ed derjenige, der dich fand.«

»Unglücklicherweise für ihn, ja. Er nahm einen seiner indianischen Cowboys mit. Three Bulls konnte einen Heusamen in einem Wolkenbruch aufspüren. Er fand einen Platz, wo der Boden aufgewühlt war, den Platz, wo der Wallach gestürzt war, dann hörten sie mich brüllen. Ed versuchte, mir ein Seil zuzuwerfen, aber meine Hände waren inzwischen so taub, dass ich es nicht fangen konnte.«

Kate hörte die Verzweiflung in seiner Stimme und eine Woge von Mitleid erfasste sie. Sie konnte sich vorstellen, wie verängstigt David gewesen wäre, allein da draußen in einem schrecklichen Unwetter – in dem Glauben, dass ihn keiner genügend liebte, um ihn zu suchen.

»Ed hat gesagt, ich solle mir keine Sorgen machen, er würde runterkommen und mich holen. Er nahm das Seil von Three Bulls Sattelhorn, band es um einen Felsen und seilte sich über die Klippe ab. Er half mir, eine Schlinge um meine Taille zu binden und Three Bulls hievte mich rauf.«

Chance versuchte weiterzureden, aber einen Moment lang brachte er keinen Ton heraus. »Bevor er selbst wieder hochklettern konnte, gab der Fels, um den er sein Seil gebunden hatte, nach und Ed fiel auf den Grund der Schlucht.«

»Oh, Chance.« Ihre Kehle war so zugeschnürt, dass es sie überraschte, dass sie einen Ton herausbrachte.

»Ed ist mir nachgeritten und hat mich gerettet«, fasste er zusammen. »Und deshalb wird er nie wieder gehen können.«

Tränen brannten in seinen Augen. Kate legte die Hand auf seine. Sie fühlte sich steif und eisig an gegen ihre warme. »Du warst doch nur ein Kind, Chance. Es war nicht deine Schuld.«

Die durchdringenden blauen Augen richteten sich auf sie. »Es war meine Schuld. Deshalb muss ich Rachael heiraten. Weil ich es Ed schuldig bin. Er will seine Tochter in seiner Nähe haben, verheiratet mit einem Mann, der sich um sie kümmert. Er will, dass sein Land Söhne erben, die zu schätzen wissen, wo sie leben und wissen, wie man dieses Stück Erde pflegt. Er weiß, dass ich ihm diese Dinge geben kann.«

Die Tränen in Kates Augen begannen über ihre Wangen zu rollen. »Was ist mit dir, Chance? Du möchtest Ed glücklich machen. Hast du es nicht verdient, glücklich zu sein?«

»Eventuell hab ich das. Einmal. Jetzt nicht mehr. Nicht seit meinem zwölften Lebensjahr.«

Sie schluckte schwer. »Und Rachael? Weiß sie, wie du empfindest?«

»Rachael hat das Stadtleben satt. Sie möchte nach Hause kommen. Sie will einen Mann heiraten, der ihr gibt, was immer sie will.«

»Vielleicht ... vielleicht wird sie dich ja glücklich machen.«

Er gab keine Antwort. Er biss die Zähne zusammen und ein Muskel zuckte in seiner Wange. Als er sie ansah, standen so große Qualen in seinem Blick, dass sich ihre eigenen Augen mit Tränen füllten.

Kate lehnte sich an ihn, schlang ihre Arme um seinen Hals und spürte, wie er sie umarmte. Sie drückte ihn fest an sich und er hielt sie.

»Es tut mir Leid, dass ich es dir nicht früher gesagt habe. Ich glaube, ich war einfach nicht bereit, dich gehen zu lassen.«

»Chance ...« Sie packte seinen Hals noch fester und die Tränen begannen über ihr Wangen zu rollen. Sie liebte ihn. Das Gefühl hatte sich in ihrem Herzen festgesetzt und es würde nicht mehr verschwinden.

Es schnürte ihr die Kehle zu. Es war vorbei zwischen ihnen, aber zumindest wusste sie jetzt, dass sie sich in ihm nicht geirrt hatte.

Und nach dem, was er ihr erzählt hatte, liebte sie ihn mehr als zuvor.

»Ich bin froh, dass du mich gezwungen hast, zuzuhören«, sagte sie und löste sich von ihm, wischte sich die Tränen aus den Augen.

»Ich wollte dir nie wehtun. Es tut mir Leid, Kate, alles tut mir Leid.«

Sie nickte, akzeptierte die Wahrhaftigkeit seiner Worte, dann holte sie zittrig Luft. »Es ist in Ordnung. Manchmal passieren Dinge einfach.«

»Ja, da hast du wohl Recht.« Sie blieben noch ein paar Minuten schweigend sitzen, als wollte keiner von ihnen, dass dieser Augenblick endete. Dann griff Chance nach dem Schlüssel und startete den Motor. »Ich bring dich jetzt zurück.«

Auf dem Weg hinunter schwiegen beide. Keiner von ihnen hatte noch etwas zu sagen.

Chance half ihr vor dem Café aus dem Truck und brachte sie zur Tür. »Ich wünschte, die Dinge würden anders liegen«, sagte er.

»Ich auch.« Aber das konnte nicht sein und beide wussten es. Chance hatte seinen Entschluss gefasst und er würde ihn nicht ändern. Sein starkes Pflichtgefühl war eins der Dinge, die ihr bei ihm so gut gefielen. Sie sah zu, wie er in den Truck stieg und langsam davonfuhr.

Wie er versprochen hatte, verstand sie jetzt zumindest, was passiert war. Sie hätte sich besser fühlen müssen.

Stattdessen fühlte sie sich zehnmal mieser.

Das Wochenende verstrich. Sie zwang sich, nur noch selten an Chance zu denken, nachdem sie sich damit abgefunden hatte, ihre Gefühle für ihn so tief wie möglich zu begraben. Stattdessen entschloss sie sich, erneut die letzten Teile des Puzzles von Nells Tod zu finden und mit Silas Marshal zu reden. Sobald das Mittagsgeschäft vorbei war, marschierte sie über die Straße in Marshals Laden.

Kate schob die Tür auf und horchte auf die Glocke, die ein bisschen lauter war als die im Café. Bis sie nach Lost Peak kam, war sie nie in einem Supermarkt wie diesem gewesen, mit seinem durchhängenden Holzboden, dem winzigen Gemüsestand und der Abteilung für Gefrierfleisch. Es gab keine sonderlich große Auswahl, aber wenn einem beim Backen die Eier ausgingen oder man feststellte, dass die letzte Milchtüte im Kühlschrank leer war, war man verdammt froh, dass es ihn gab. Und obwohl dies der einzige Platz im Ort war, wo man Lebensmittel kaufen konnte, waren Silas' Preise überraschend fair.

Sie sah sich um und entdeckte Silas bei einem Regal, in das er gerade Campbell-Suppendosen stapelte. Vorne waren zwar ein paar Kunden, aber Carol Hummings, Silas' Kassiererin, kümmerte sich bestens um sie.

»Hallo, Silas.«

Er hob den Kopf mit einem leicht erschreckten Ausdruck im Gesicht. »Hallo, Kate. Kann ich Ihnen helfen?« Er richtete sich auf, streckte seinen langen, mageren Körper, und Kate hatte dabei das Gefühl, er würde sie um einen Meter überragen.

»Ehrlich gesagt, ist da etwas, was ich Sie gerne fragen würde.«

Sein Ausdruck wurde etwas misstrauisch. »Was denn?«

»Ich hab mich gefragt... das letzte Mal, als wir uns über meine Großmutter unterhalten haben, haben Sie nicht erwähnt, dass Sie sie am Tag, als sie starb, besucht haben.«

Er blinzelte wie eine Eule, als wäre es ihm ein Rätsel, wie sie das wissen konnte. »Hab ich nicht?«

»Nein, haben Sie nicht. Ich glaube, Sie haben es auch nicht gegenüber dem Sheriff Conrad erwähnt.«

Er räusperte sich. »Ich denke... ich denke, ich hab's wohl damals nicht für wichtig gehalten.«

»Und was war mit dem Streit, den Sie beide hatten? Schien Ihnen das auch nicht wichtig?«

Er benetzte seine schmalen Lippen, dann sah er sich um, als würde er nach einer Fluchtmöglichkeit suchen. »Ich denke... ich hab's damals nicht... für wichtig gehalten.«

»Worum ging es bei dem Streit?«

»Um das Land, das uns zusammen gehörte.«

»Sie wollten, dass Nell es verkauft... hab ich Recht?«

»Ja...«

»Aber sie hat sich geweigert?«

Er nickte. »Sie wollte nicht, dass die Mine gebaut wird. Das hab ich Ihnen schon erzählt.«

»Ja, das haben Sie. Aber an dem Tag waren Sie entschlossen, sie umzustimmen. War das nicht der Grund für Ihren Besuch bei ihr?«

Sein Gesicht wurde aschfahl, er kniff die Augen zusammen und tiefe Falten bildeten sich an den Augenwinkeln.

»Aber sie wollte trotzdem nicht verkaufen.«

Silas schluckte. Er begann zu zittern und fuhr sich mit einer bebenden Hand über den Mund. »Wir haben furchtbar gestritten. Ich glaube, so hatten wir noch nie gestritten. Mein Junge Milton… er wollte Geld borgen. Er hatte wieder geheiratet, hat gesagt, beim dritten Mal müsste es klappen. Er hat mich angefleht, ihm zu helfen, neu anzufangen.« Er sah sie nicht mehr an, starrte nur auf die Reihe rot-weißer Büchsen im Regal. »Ich wollte ihn nicht enttäuschen. Ich habe Nell angefleht, zu verkaufen. Sie sagte, sie würde es nicht tun – nicht für meinen nichtsnutzigen Sohn oder für irgendjemand anderen. Das hat sie gesagt.« Er blinzelte und seine Augen füllten sich langsam mit Tränen. »Ich wollte ihr nie wehtun, das schwöre ich. Ich habe sie geliebt. Ich kann mich nicht erinnern, dass ich sie je nicht geliebt habe.«

Kate war wie betäubt. Sie hatte ihn bedrängt, ihn schikaniert, damit er ihr die Wahrheit über diesen Tag erzählte, trotzdem hätte sie nie geglaubt, dass er tatsächlich zugeben würde, dass er sie getötet hatte.

Aber es hörte sich ganz danach an.

»Reden Sie weiter«, drängte sie leise. »Ihr habt gestritten, aber Sie wollten ihr nie wehtun.«

Er schüttelte den Kopf und Tränen rollten in seine hohlen Wangen. »Ich konnte nicht glauben, dass sie nicht zustimmen würde. Wo sie doch wusste, wie viel es für mich bedeutet hat. Ich hab sie gepackt und geschüttelt. Ich muss sie wohl rückwärts geschubst haben, als ich losließ. Der Teppich hat sich unter ihren Füßen verfangen und sie ist hingefallen.« Seine Augenlider schlossen sich, aber Tränen sickerten durch seine spärlichen grauen Wimpern. »Da war so viel Blut. So viel Blut.« Jetzt begann er zu schluchzen, tiefe, heftige Schluchzer und eine Woge von Mitleid überflutete sie.

Sie hätte das nicht empfinden sollen, nicht nach dem, was er getan hatte, aber irgendwie hatte sie doch Mitleid mit ihm. Sie nahm behutsam seinen Arm und führte ihn durch die Tür zu seinem Büro und setzte ihn in den alten Eichenstuhl hinter seinem ramponierten Schreibtisch.

»Ich wusste, dass sie tot ist. Ich bin wie vom Teufel gejagt zu meinem Auto gerannt«, sagte er mit schmerzverzerrtem Gesicht. »Ich wollte ihr nie wehtun. Ich habe sie geliebt. Ich habe sie immer geliebt.«

Kate stand einfach da und tausend verschiedene Gefühle wirbelten durch ihren Kopf. Wut. Mitleid. Erleichterung, dass sie endlich die Wahrheit kannte.

Silas holte zittrig Luft. »Machen Sie schon. Rufen Sie den Sheriff. Bringen wir das ein für alle Mal hinter uns.«

Sie griff nach dem Telefon, aber irgendetwas hielt sie zurück. Silas hatte Nell getötet, aber er hatte es nicht absichtlich getan. Er war ein alter Mann. Würde ihre Großmutter wollen, dass er ins Gefängnis ging?

»Ich weiß nicht, ob ... ich ...«

»Sie wollten die Wahrheit wissen und jetzt wissen Sie sie.« Silas nahm den Hörer mit langen knochigen Fingern, die zitterten. Er wählte 911. »Geben Sie mir Sheriff Conrad. Sagen Sie ihm, Silas Marshal ruft an. Ich hab ihm etwas Wichtiges mitzuteilen.«

Kate blieb nicht, um sich das Geständnis anzuhören. Silas

tat das, was er von Anfang an hätte tun sollen. Und trotzdem, anstatt zu triumphieren, machte sie es traurig.

Eine halbe Stunde später, als sie wieder im Café war, sah sie, wie der Chevy SUV vor dem Kramladen hielt und Sheriff Conrad ausstieg. Kurze Zeit später führte er Silas zu seinem Wagen und half ihm auf den Rücksitz, drückte seinen Kopf herunter, damit er ihn sich nicht am Türholm anstieß. Kate war froh zu sehen, dass der alte Mann keine Handschellen trug.

Myra stellte sich neben sie. »Eine verdammte Schande ist das.«

Kate hatte ihr erzählt, was passiert war. Sie wünschte, sie hätte mit Chance reden können. »Ich wüsste gerne, was sie mit ihm machen werden.«

Myra schüttelte nur stumm den Kopf.

Kate wandte sich vom Fenster ab und holte tief Luft. *Es ist vorbei*, dachte sie. *Es ist endlich vorbei und jetzt kann Nell in Frieden ruhen.*

Es war nicht direkt Mord. Fahrlässige Tötung, nannten sie das. Trotzdem hatte durch Silas' Schuld eine unschuldige Frau den Tod gefunden.

Kate rieb sich erschöpft die Augen. Zumindest war jetzt ihre persönliche Suche zu Ende. Was ihr in jener Nacht in L. A. passiert war, musste real gewesen sein. Das alles war sicherlich kein Zufall.

Allein schon diese Erkenntnis hätte sie beruhigen sollen. Stattdessen träumte sie in dieser Nacht wieder von Nell und wachte mitten in der Dunkelheit noch verstörter als vorher auf. Schließlich konnte sie wieder einschlafen, aber diesmal träumte sie von Chance. In diesem Traum hielt sie seinen winzigen, schwarzhaarigen neugeborenen Sohn im Arm. Sie waren glücklich. So glücklich.

Sie erwachte mit einem Lächeln, das langsam verblasste, als ihr klar wurde, dass nichts davon real war. Chance war für ewig für sie verloren. Kate verfluchte ihr Pech. Da hatte sie endlich einen Mann gefunden, den sie lieben konnte, und durfte ihn nicht haben.

Zumindest hatte sie durch ihren Umzug nach Lost Peak ein Zuhause für sich und ihren Sohn gefunden. Das hatte sie Nell zu verdanken. Und sie musste sich damit zufrieden geben, dass das Rätsel ihres Todes endlich geklärt war. Unglücklicherweise erwachten ein paar Tage später ihre Zweifel erneut, als ein Foto per Post kam.

Chance saß auf seiner Veranda, unterhielt sich mit Ed und genoss die Nachmittagssonne und eine ungewöhnlich warme erste Oktoberwoche. Ed war mit Neuigkeiten über Consolidated Metals gekommen und es waren keine guten. Sie verpassten dem, was ein herrlicher Tag hätte werden sollen, einen Dämpfer.

»Sie haben es also endlich getan.« Er las das Dokument, eine Kopie der Klage, die Consolidated Metals gegen den Staat Montana eingereicht hatte.

»Wir wussten, dass sie es tun würden, früher oder später. Es war nur eine Frage der Zeit.«

»Wir müssen die Kampagne verstärken«, sagte Chance. »Dafür sorgen, dass die Öffentlichkeit informiert ist. Consolidated wird versuchen, so viel Druck wie möglich aufzubringen. Wir müssen das Gleiche tun.«

»Kate ist bereits dabei. Sie arbeitet –«

»Kate! Kate ist aus dem Projekt raus. Darüber haben wir beide schon geredet.«

»Ja, haben wir. Zum Glück für uns hatte Kate andere Vorstellungen. Sie sagt, sie wird nicht zulassen, dass Lon Barton und seine Schläger sie daran hindern, das zu tun, was für Lost Peak richtig ist.«

Chance schwieg. Er war hin- und hergerissen zwischen Zorn, dass Kate bereit war, sich der Gefahr auszusetzen, und einem widerwilligen Respekt vor ihr.

»Sie ist eine erstaunliche Frau«, sagte Ed leise.

Chance verspürte einen stechenden Schmerz. »Ja, das ist sie.«

»Du hast gehört, was mit ihr und Silas Marshal passiert ist?«

Chance wurde sofort hellhörig. »Nein, was zum Teufel ist denn mit Silas passiert?«

»Wie es scheint, war Kate überzeugt, dass Silas etwas mit dem Tod ihrer Großmutter zu tun hatte. Sie ist zu ihm gegangen und ob du's glaubst oder nicht, Silas hat gestanden.«

Chance sprang auf. »Du willst damit sagen, dass er Nell Hart tatsächlich umgebracht hat?«

»Offenbar nicht absichtlich. Sie hatten wegen dem kleinen Stück Land, das ihnen gehörte, gestritten, das mit dem artesischen Brunnen. Silas hat sie unabsichtlich geschubst, Nell ist gestolpert und hat sich den Kopf angeschlagen.«

Chance setzte sich wieder, weil er wusste, wie sehr es Ed hasste, zu ihm aufzublicken. »Ich glaub es einfach nicht. Kate hatte Recht.«

»Woher hat sie es gewusst?«

»Das ist eine lange Geschichte, fürchte ich. Ich sage nur so viel: Ihre Instinkte waren die ganze Zeit richtig.«

»Sie ist nicht dumm, dieses Mädchen.«

Nur wenn es um ihn ging, dachte Chance. Aber das war ein Fehler von beiden Seiten.

»Ich weiß, dass du zu arbeiten hast«, sagte Ed. »Ich hab

selbst einen Haufen zu tun. Ich wollte dich nur wissen lassen, was Lon Barton im Schild führt.« Ed winkte Randy, der drüben an der Koppel stand und mit ein paar Cowboys redete. Randy unterbrach sein Gespräch, kam zu ihm und begann den Rollstuhl in Richtung Van zu schieben.

»Halt mich auf dem Laufenden«, rief ihm Chance hinterher.

»Das werde ich«, rief Ed zurück.

»Und sag dem Sheriff, er soll Kate im Auge behalten.«

»Schon passiert«, sagte Ed.

Chance sah dem Van nach, wie er davonfuhr, dann ging er zur Koppel. Wenn er an Kate dachte, verkrampfte sich seine Brust. Er wollte sie sehen. Aber das konnte er natürlich nicht. Er war eine Verpflichtung eingegangen und die nahm er nicht auf die leichte Schulter. Trotzdem, sich von Kate fern zu halten, gehörte mit zum Schwersten, was ihm je abverlangt worden war.

Es wird leichter werden, wenn du erst einmal verheiratet bist.

Dennoch war Chance überzeugt, dass es nie leicht sein würde, sich von Kate fern zu halten.

23

Warme Nachmittagssonne schien durchs Küchenfenster und malte filigrane Muster auf den alten Eichentisch. Unten in der Nähe des Baches sah Kate ein Reh unter einer der Kiefern am Abhang stehen. Ihr gegenüber saß Willow Spotted Horse und nippte an einer Tasse mit dampfendem schwarzen Kaffee.

Genau wie David hatte Kate eine Freundin gebraucht, die in ihrem Alter war, jemand, mit dem sie reden konnte, und die hatte sie anscheinend in Willow gefunden.

»Chris erzählte, David hat sich seiner Pfadfindergruppe angeschlossen«, sagte Willow und nahm noch einen Schluck aus ihrer Tasse. Nachdem das Café so reibungslos lief, nahm sich Kate inzwischen Samstag und Sonntag frei. Sie war nach Lost Peak gekommen, um Zeit mit ihrem Sohn zu verbringen. Und das war ihr gelungen und noch mehr Positives. »Ich hoffe, es gefällt ihm.« Im Augenblick waren die Jungs oben in Davids Zimmer und bereiteten sich auf eine Nachmittagswanderung vor.

»Er ist ganz aus dem Häuschen«, freute sich Kate. »Und ich muss sagen, es macht mir für ihn richtig Spaß.«

Willow lächelte. Sie war ungewöhnlich hübsch, mit ihren großen, dunklen Augen, den fein modellierten Wangen und dem oliven Teint. »Es ist wirklich eine nette Gruppe und Mr. Holloway versteht es großartig, sie für verschiedene Projekte zu interessieren.«

Kate hörte die beiden Jungs die Treppe herunterpoltern. »Wir sind abmarschbereit«, grinste David.

»Das sehe ich«, sagte Kate. »Und jetzt erzählt mir noch mal, wo ihr hinwollt.«

»Den Little Sandy Trail rauf. Wir nehmen unsere Angeln mit, für den Fall, dass wir fischen wollen.«

»Und Chief kommt mit euch?«

»Wir treffen uns ein Stück den Bach hoch, an einem Platz, den er uns vorher gezeigt hat.«

»Okay, aber ihr müsst bis fünf zu Hause sein.«

»Genau«, stimmte Willow zu. »Ich komm zurück, um Chris abzuholen und er ist besser da, wenn ich eintrudle.«

»Ich werde da sein«, versprach Chris. Sie stürmten zur

Tür hinaus, David war der Größere von beiden und wurde endlich auch ein bisschen kräftiger.

»Das ist vielleicht ein Paar.«

»David ist total begeistert von Chris.«

Willow lächelte sanft und beide nippten an ihrem Kaffee. Unten an der Straße fuhr der Postbote am Briefkasten vor.

»Die Post ist da«, sagte Willow, als der verbeulte Buick – die Lost-Peak-Version eines Postautos – zurück auf die Straße fuhr. »Ich geh mit dir runter. Ich freu mich immer auf die Post. Ich kann mir vorstellen, nachdem du noch so viele Freunde in L.A. hast, ist es für dich noch spannender.«

Kate nickte lächelnd. Obwohl eigentlich nie etwas sonderlich Wichtiges dabei war, war Kate tatsächlich jedes Mal neugierig, was möglicherweise drin sein könnte.

»Ich habe eine Freundin namens Sally. Normalerweise halten wir Kontakt über E-Mail, aber ab und zu schickt sie mir Postkarten. Hauptsächlich jedoch ist es ein Erbe aus meiner Kindheit. Ich hab immer gehofft, es würde ein Brief von meinem Vater kommen. Natürlich kam nie einer.«

»Mein Vater war auch kein besonders guter Dad, aber wenigstens war er da. Komm schon. Ich brauch die Bewegung.«

Willow war intelligent und schön und herrlich verliebt in ihren Mann.

»Jeremy geht dieses Wochenende mit uns campen«, verkündete Willow begeistert und hakte sich bei Kate ein. »Wir schlagen immer zwei Zelte auf, eins für die Kinder und ein separates für uns.« Ihre Wangen färbten sich rosa. »Sogar mit den Kindern besteht Jeremy auf unserer Privatsphäre.«

Ihr zärtlicher Gesichtsausdruck zeugte von der Liebe, die sie für den Mann, den sie geheiratet hatte, empfand und Kate schnürte ein unerwarteter Kloß die Kehle zu.

»Ihr habt Glück, dass ihr einander gefunden habt.«

Willow nickte. »Ich weiß. Das mit dir und Chance tut mir Leid. Ich weiß, dass er für dich andere Gefühle hatte als je zuvor bei einer Frau. Ich dachte, es könnte funktionieren.«

Kate schluckte gegen den Schmerz in ihrem Hals an. »Das hab ich auch.«

»Er hat Rachael immer gemocht, aber ich hätte nie gedacht, dass er sie heiratet.«

Sie waren an dem großen schwarzen Postkasten angelangt, der auf einem Pfosten am Anfang der Kieseinfahrt stand. Kate öffnete ihn, um nicht erwidern zu müssen. Sie begann die Umschläge durchzublättern. Ein paar Rechnungen, eine Kreditkartenabrechnung, ein Couponprospekt von einem Supermarkt in Ronan und ein Katalog von Bloomingdale's, eine ihrer letzten noch verbliebenen Verbindungen zum Leben in der Stadt. Der letzte Umschlag glitt ihr durch die Finger. Willow hob ihn auf und reichte ihn ihr.

»Er ist von Aida Whittaker«, staunte Kate. »Ich habe sie nie kennen gelernt, aber ich hab ein paar Mal mit ihr telefoniert. Sie scheint wirklich nett zu sein. Ich frage mich, was sie mir schreibt.« Während sie die Einfahrt wieder hochgingen, riss Kate vorsichtig den Umschlag auf. Er enthielt einen Brief und ein Polaroidfoto.

»Großer Gott.« Willow blieb am obersten Absatz der Verandatreppe stehen. »Das ist ein Foto deiner Großmutter in ihrem Sarg.« Sie erschauderte. »Ich weiß, dass das viele Leute machen, aber ich finde es grausig.«

»Ehrlich gesagt, ich auch.« Kate überflog den Brief, dann las sie ihn laut vor, weil sie wusste, dass Aida und Willow befreundet waren. Aida schrieb, sie wäre gesund und glücklich, so dass sie das Foto, das ihre Tochter am Tag der Beerdigung aufgenommen hatte, vergessen hätte und meinte, Kate würde es vielleicht haben wollen. Sie fragte, wie es in Lost

Peak ginge und ob Consolidated Metals immer noch versuchte, eine Mine am Silver Fox Creek zu bauen.

»Sie und Nell waren strikt gegen die Mine«, sagte Willow.

»Ich werde ihr einen Brief schreiben, sie aufs Laufende bringen und ihr für das Foto danken.« Jetzt erst sah Kate sich das Foto genau an. Der Bestatter hatte Nell frisiert und geschminkt, was seltsam peinlich wirkte, bisschen zu viel Rouge auf den Wangen, der Lippenstift ein bisschen zu dunkel.

Und da war noch etwas, etwas, was sie nicht genau feststellen konnte.

»Du hast Nell gekannt. Schau dir dieses Bild an und sag, ob du irgendwas entdeckst, was nicht stimmt.«

Willow studierte das Foto. »Sie hat nie so viel Make-up getragen.«

»Sonst noch was?«

Willow kniff die Augen zusammen und schaute noch genauer. »Ihre Nase sieht komisch aus. Breiter, irgendwie geschwollen oder so was.«

»Das hab ich auch gedacht.« Als sie wieder in der Küche angelangt waren, ließ Kate Willow dort sitzen, rannte nach oben und holte die Akte, die sie über Nell Hart angelegt hatte. Die Fotos, die sie vom Bestatter geborgt hatte, waren noch drin. Sie hatte sie gerade an diesem Morgen zurückschicken wollen.

»Auf diesen sieht ihr Gesicht anders aus«, sagte Kate und reichte Willow ein Foto, wie sie auf dem Rücken im Einbalsamierraum lag. Es gab noch eine Nahaufnahme, die nur ihren Kopf und ihre Schultern zeigte. Ihre Nase sah völlig normal aus.

Willow studierte das Bild. »Sie müssen beim Bestatter irgendwas mit ihr gemacht haben.«

»Ich frage mich, was passiert ist. Auf den Bildern, die am Tag des Unfalls gemacht wurden, sieht ihre Nase normal aus. Auf dem, das am Tag der Beerdigung gemacht wurde, sieht es fast aus, als wäre sie gebrochen. Glaubst du, sie haben sie fallen lassen oder so was?«

»Kein schöner Gedanke«, grauste sich Willow.

»Nein, das ist es wohl nicht.« So wichtig ist es nicht, sagte sie sich. Du weißt, wie sie gestorben ist. Aber jedes Mal, wenn sie das Foto ansah, beunruhigte sie etwas.

»Ich hab nie mit dem Bestatter geredet, nicht mit dem, der tatsächlich Nell hergerichtet hat. Sein Name war Hobbs. Ich hab ihn angerufen, aber er war nie zu Hause.«

»Vielleicht solltest du es noch mal versuchen. Du bist so weit gegangen, also kannst du die Sache auch zu Ende bringen.« Willow wusste von Silas und von Kates Suche, die Wahrheit über ihren Tod zu finden. Inzwischen wusste es jeder in der Stadt. Silas war wieder in seinem Laden. Man hatte ihn wegen fahrlässiger Tötung angeklagt, aber auf Kaution freigelassen. Keiner schien genau zu wissen, was jetzt passieren würde.

»Ich sollte bei Hobbs vorbeifahren.«

Nachdem sie das entschieden hatte, versuchte sie Walter Hobbs anzurufen. Als sie ihn endlich erreichte, klang er ungeduldig und etwas abwesend und sie hatte das Gefühl, dass er eventuell leicht angetrunken war.

Willow fuhr an dem Tag mit ihr nach Polson, als Kate den Mann endlich dazu überredet hatte, mit ihr zu reden. Es regnete und ein scharfer Oktoberwind pfiff durch die Bäume.

»Ich liebe dein Auto«, sagte Willow von ihrem ledergepolsterten Beifahrersitz des Lexus. »Aber wenn es erst einmal anfängt zu schneien, wirst du etwas Praktischeres brauchen.«

»Das weiß ich. Ich hab überlegt, ob ich ihn eventuell eintauschen soll. Ich bin nur bis jetzt nicht dazu gekommen.«

Die Straßen waren zwar nass und glatt und der Verkehr zwang sie, langsam zu fahren, aber sie kamen rechtzeitig zu ihrer Verabredung um ein Uhr in Polson an. Hobbs Adresse auf der Sixth Avenue erwies sich als altes graues Fachwerkhaus mit einer schiefen Veranda und einem Rasen, der seit Jahren nicht mehr gemäht worden war. Sie gingen den geborstenen, unebenen Weg hoch und versuchten dem Unkraut auszuweichen, das durch die Risse im Zement wucherte und stiegen die Holztreppe hoch auf die Veranda.

Kate klopfte und Hobbs öffnete die Tür und ließ sie eintreten.

»Danke, dass Sie sich die Zeit nehmen, mit uns zu reden, Mr. Hobbs.« Sie und Willow durchquerten das triste Wohnzimmer mit einem altmodischen braunen Flokatiteppich und setzten sich auf ein durchhängendes braunes Samtsofa, aus dem schon die Füllung herausquoll.

Hobbs passte genau dazu, ein kleiner, übergewichtiger Mann in Unterhemd und ausgebeulten Jeans. Obwohl er nicht betrunken war, konnte sie deutlich den Alkohol aus seinem Atem riechen und begriff, warum Mr. Dorfman, der Bestatter, gesagt hatte, sie würden ihn nur selten anrufen, so wie am Tag des Unfalls.

Sie warf Willow einen dankbaren Blick zu, weil sie mitgekommen war.

»Sie wollten mich sprechen«, sagte Hobbs. »Was kann ich für Sie tun?«

»Mr. Dorfman hat mir erzählt, Sie wären derjenige, der Nell Hart versorgt hat, an dem Tag, an dem sie starb.« Anscheinend erinnerte er sich nicht, also reichte ihm Kate das Foto.

»Ja, jetzt erinnere ich mich.«

»Haben Sie irgendetwas Ungewöhnliches an ihr bemerkt?«

»Wie meinen Sie das, ungewöhnlich?«

Ihr wurde klar, dass das Gespräch nicht leicht werden würde. »Wenn Sie sich zum Beispiel diese Fotos anschauen, dann sehen Sie, dass es da einen Unterschied gibt. Eins wurde bei Nells Einlieferung gemacht, das andere am Tag der Beerdigung. Wenn Sie sich das Gesicht betrachten, dann werden Sie feststellen, dass sie auf dem einen ganz anders aussieht.«

»Ich seh da keinen Unterschied.«

Kate rutschte näher, versuchte seinen schalen Alkoholatem zu ignorieren. »Schauen Sie sich ihre Nase an.«

»Was ist damit?«

Kate versuchte, ihren Frust zu unterdrücken. »Sehen Sie sich ihre Nase an. Warum sieht sie aus, als wäre sie gebrochen oder so was?«

»Weil sie gebrochen war. Ich erinnere mich, dass ich es beim Einbalsamieren gemerkt habe.«

»Ich fürchte, ich verstehe nicht. Wenn ihre Nase gebrochen war, warum sieht man das im ersten Bild nicht?«

»Weil kein Blut da war. Das Herz hat nicht mehr gepumpt. Die Nase konnte nicht anschwellen, weil kein Blut in den Adern war. Die Balsamierflüssigkeit wirkt wie ein Ersatz. Das Gewebe verhält sich so, als ob sie noch am Leben wäre.«

Kate lief ein kalter Schauer über den Rücken.

Willow stellte die Frage, die ihr auf der Zunge lag. »Wollen Sie damit sagen, dass Mrs. Harts Nase gebrochen war, als sie ins Bestattungsinstitut gebracht wurde?«

»So hab ich es in Erinnerung, ja.«

»Warum haben Sie das nicht den Behörden gemeldet?«, fragte Kate.

»Die Frau ist gestürzt. Dabei könnte sie sich doch die Nase gebrochen haben.«

»Meine Großmutter ist nach hinten gefallen. Sie ist mit dem Hinterkopf aufgeschlagen.« Sie reichte ihm die anderen Fotos, auf denen Nell auf dem Bauch lag. »Es ist schlicht unmöglich, dass sie sich bei einem Sturz nach hinten die Nase gebrochen hat.«

Walter Hobbs zuckte nur mit den Schultern. »Keine Ahnung, was ich dazu sagen soll. Muss bei irgendwas anderem passiert sein.«

Bei irgendwas anderem? Hatte Silas sie geschlagen, sie gegen die Anrichte gestoßen? Wenn ja, wäre damit jedes Mitgefühl, jeder Versuch, ihm zu helfen, hinfällig. Sie musste mit ihm reden.

»Erinnern Sie sich an noch irgendetwas?«

Er kratzte an seinem unrasierten Kinn. »Nicht dass ich wüsste.«

Kate erhob sich vom Sofa und Willow ebenfalls. »Danke, Mr. Hobbs.« Er gab keine Antwort, ging schweigend mit ihnen zur Tür und hielt sie auf, damit sie hinausgehen konnten.

»Charmanter Kerl«, lobte Willow, als sie wieder in den Wagen stiegen.

»Und nicht sehr kompetent, fürchte ich. Er hätte diese Verletzung melden müssen, aber ich nehme an, nachdem der Deputy nicht da war, um zu erklären, wie es passierte, hat er es möglicherweise einfach missverstanden.«

»Glaubst du, Silas hat sie derart geschlagen? Mein Gott, das kann ich mir nicht vorstellen. Er war immer ein so gütiger, sanfter alter Mann.«

»Er hat sie geschubst. Er muss sie also auch geschlagen haben. Sonst kann ich mir nicht vorstellen, wie das passiert sein soll.« Sie startete den Wagen und fuhr hinaus auf die Straße.

»Ich schwöre dir eins: Ich werde es, verdammt noch mal, rausfinden.«

Kate war so in Gedanken versunken, dass sie den silbernen Dodge Pick-up, der seitlich neben dem Markt parkte, nicht sah, als sie die Straße überquerte und in den Laden ging. Sie schob die gläserne Ladentür auf, sah sich rasch um und entdeckte Silas' lange, knochige Gestalt.

»Hallo, Silas.«

Er sah weg, erst hoch, dann hinunter auf den Boden. »Hallo, Kate.«

»Ich muss mit Ihnen reden. Wir sollten besser in Ihr Büro gehen.«

Er nickte resigniert. »In Ordnung.«

Just in dieser Sekunde mischte sich eine tiefe männliche Stimme ein. »Tut mir Leid, wenn ich mich einmische, aber ich habe ungewollt mitgehört.« Chance kam in den Gang hinter einem hohen Stapel von Cola-Zwölferpacks heraus. Diese durchdringenden blauen Augen richteten sich auf Kate und sie konnte ihre Wärme bis in ihre Knochen spüren. »Ist alles in Ordnung, Kate?«

»Ehrlich gesagt, bin ich mir da nicht sicher.« Er musste die Besorgnis in ihrer Stimme gehört haben. Silas hatte das bestimmt.

»Vielleicht kann Silas mir helfen, das zu klären.«

»Was dagegen, wenn ich mitkomme?«

Natürlich hatte sie was dagegen. Sie versuchte ihr Bestes, um die Existenz dieses Mannes zu vergessen, aber seine Sorge war nicht zu übersehen und hierbei konnte sie ein bisschen Unterstützung gebrauchen. Sie drehte sich zu Silas, der in Richtung seines Büros losschlurfte wie ein Mann, der zum Galgen geführt wurde.

Sobald die Tür geschlossen war, drehte er sich um und sah an seiner langen, schiefen Nase entlang auf sie hinunter. »Was gibt's, Kate?«

»Es tut mir Leid, dass ich Sie belästige, Silas. Aber gestern hab ich mit einem Mann namens Hobbs gesprochen. Mr. Hobbs arbeitet ab und zu für Dorfmans Bestattungsinstitut. Nach dem Unfall war Mr. Hobbs der Mann, der meine Großmutter versorgt hat.«

Silas' Miene wurde grimmig.

»Ich hab ihm ein paar Fotos gezeigt und er sagte mir, Nell wäre an diesem Tag mit gebrochener Nase eingeliefert worden. Nachdem Sie behaupten, sie wäre, als Sie sie *aus Versehen* geschubst haben, rückwärts gefallen, möchte ich wissen, wie das hatte passieren können.«

Silas sah verwirrt aus. »Ich weiß es nicht.«

»Haben Sie sie geschlagen, Silas? Ist sie deshalb gefallen?«

»Sie geschlagen? Ich hab sie nie geschlagen!«

»Sie waren wütend. Nell war nicht bereit zu verkaufen. Sind Sie sicher, dass Sie ihr keinen Schlag verpasst haben, vielleicht nur einen? Einen guten, harten Schlag und diese arme alte Lady stürzte, schlug sich den Kopf an und starb.«

Silas wirkte tief betroffen. »Nein. Ich hab in meinem ganzen Leben noch keine Frau geschlagen!« Er schüttelte den Kopf, sah sie mit kummervollen schmerzerfüllten Augen an. »Ich schwöre es, Kate. Ich habe Nell geliebt. Ich habe verdient, was immer ich kriegen werde, für das, was ich ihr an diesem Tag angetan habe. Aber ich schwöre, es war ein Unfall. Ich hab sie nie geschlagen.« Seine Stimme überschlug sich. »Ich wäre eher gestorben, als ihr absichtlich wehzutun.«

Warum sie ihm glaubte, konnte sie eigentlich nicht sagen. Sie wusste nur, dass sie ihm glaubte.

»Ich habe Nell Hart geliebt«, wiederholte Silas. »Ich hab sie geliebt.« Er ließ sich in den alten Eichenstuhl fallen und begrub sein Gesicht in den Händen. Kate spürte das ungewollte Brennen von Tränen.

Sie spürte Chances Hand auf ihrem Arm. »Lass uns gehen, Kate.«

Sie nickte und ließ sich von ihm aus dem Büro dirigieren.

»Wie hast du rausgefunden, dass Nells Nase gebrochen war?«

»Aida Whittaker hat mir ein Foto geschickt. Ich hab es mit denen verglichen, die wir von Dorfman im Bestattungsinstitut gekriegt haben. Dann war ich bei Walter Hobbs.«

Chance seufzte. »Ich glaube nicht, dass Silas sie geschlagen hat.«

»Ich auch nicht.«

»Aber ich hätte auch nicht geglaubt, dass er sie getötet hat.«

Kate dachte darüber nach. Derselbe Gedanke plagte sie schon seit gestern. »Vielleicht hat er es nicht getan.«

Chance runzelte die Stirn. »Wie meinst du das?«

Kate schüttelte abwehrend den Kopf. »Ich bin mir noch nicht sicher.« Sie passierten einen Stapel Mehlsäcke, die am Ende eines Ganges standen, und verließen dann wenig später den Laden.

»Ich kapier das alles nicht, Kate. Du hast geglaubt, Silas hat Nell getötet. Du hast ihn dazu gebracht, es zuzugeben. Und jetzt sagst du, er hat es nicht getan?«

»Ich sage gar nichts, noch nicht. Aber wenn man sich das gesamte Szenario betrachtet, muss man sich doch wundern. Silas hat versichert, er hat sie nicht geschlagen. Wenn er es nicht war, wer dann? Was uns zu der Frage zurückbringt – wer profitierte am meisten davon? Silas, ja, aber letztendlich war es doch Consolidated Metals. Nachdem Nell aus dem Weg war, kriegten sie den Brunnen, den sie brauchten, und die Möglichkeit auf eine wertvolle Goldmine. Ihnen – oder jemand, der will, dass diese Mine gebaut wird – war das so wichtig, dass er einen Mann in mein Haus geschickt hat. Dieser Mann hat versucht, mich zu vergewaltigen. Man braucht nicht viel Phantasie, um sich vorzustellen, dass dieser Jemand auch vor Mord nicht zurückschrecken würde.«

Chances Miene wurde grimmig. »Das gefällt mir nicht, Kate. Kein bisschen. Bis jetzt war dein Instinkt goldrichtig. Wenn du mit Consolidated Recht hast und du weiter nach Antworten suchst, könntest du richtig massiven Ärger kriegen.«

Kate gab ihm im Stillen Recht.

»Willst du dein Leben riskieren, um rauszufinden, ob Nell ermordet wurde?«

Ein Schauder durchlief sie. War es das wirklich wert? »Es gab eine Zeit, in der ich vielleicht Nein gesagt hätte. Aber selbst damals war ich entschlossen, herauszufinden, ob das, was ich in der Nacht der Schießerei erlebt habe, real war. Nachdem ich jetzt ihre Briefe gelesen habe, weiß ich, wie sie wirklich war und wie sehr sie meine Mutter und mich geliebt hat. Jetzt ist es für mich geradezu eine Verpflichtung, die Wahrheit zu finden.«

»Was wirst du tun?«

»Ich bin mir noch nicht sicher.«

Chance packte ihren Arm. Trotz ihres dicken Wollpullovers spürte sie die Berührung wie ein Brandeisen auf ihrer Haut. »Egal was wir einmal waren, wir sind immer noch Freunde, Kate. Freunde helfen einander. Lass mich dir helfen, bitte, Kate.«

Sie holte zitternd Luft. Sie wollte seine Hilfe nicht, sie

wollte nicht in seiner Nähe sein. Aber sie vertraute ihm und es könnte gut sein, dass sie ihn brauchen würde.

»Wenn ich über irgendetwas Wichtiges stolpere, lasse ich es dich wissen.«

Er packte noch fester zu. »Versprich mir eins, Kate. Versprich mir, dass du anrufst, bevor du irgendetwas unternimmst, was für dich riskant sein könnte.«

Sie sah hoch zu ihm, dachte, wie gut er aussah, dachte, wie sehr sie ihn immer noch liebte. »Ich verspreche es.«

Chance ließ sie los. »Sei auf der Hut, Kate.«

Kate nickte stumm. Mit einem letzten besorgten Blick wandte sich Chance ab und ging zu seinem Pick-up.

Ein eisiger Oktoberwind pfiff durch die Kiefern, die die Stadt umringten. Ein dunkelplatin gefärbter Himmel tauchte die Landschaft in trübsinniges Grau. An der Bar im Antlers Saloon saß Chance neben Jeremy Spotted Horse. Es war später Nachmittag. Sie waren sich im Mercantile begegnet und wollten ein Bier trinken, bevor sie nach Hause fuhren.

»Ich nehme an, du hast das Neueste von Silas und Nell gehört«, sagte Chance zu seinem Freund.

»Du meinst, Nells gebrochene Nase? Willow hat mich informiert. Sie und Kate sind richtig gute Freundinnen geworden. Willow ist mit ihr zu diesem Typen nach Polson gefahren, zu Walter Hobbs.«

»Kate hat von jeher geglaubt, dass Nell ermordet wurde. Außer, Silas hat verrückt gespielt und Nell einen Schlag ins Gesicht verpasst, was ich nicht glaube, könnte sie vielleicht Recht haben.«

»Ich habe versucht, mir das vorzustellen. Es ist leicht möglich, dass er aus Versehen ihren Sturz verursacht hat, aber ich kann mir absolut nicht vorstellen, dass er sie geschlagen hat. Sie waren zu lange Jahre befreundet. Nell hätte sich nie mit ihm vertragen, hätte er ihr je wehgetan.«

»Das denke ich auch.«

»Was heißt, dass Kate sich da auf etwas einlassen könnte, was eine Nummer zu groß, zu gefährlich für sie ist.«

»Exakt.«

»Und das macht dir Sorgen.«

»Klar mach ich mir Sorgen. Wenn Kate Recht hat und Consolidated Metals da mit drinsteckt, könnte sie ernsthafte Schwierigkeiten kriegen.« Oberflächlich betrachtet schien es verrückt. Silas wollte, dass Nell das Land verkaufte, das ihnen gemeinsam gehörte. Sie stritten. Silas schlug sie. Nell war gefallen und starb, als ihr Kopf gegen die Anrichte schlug.

Silas hatte sein Geschäft mit dem Land gemacht und damit war die Sache beendet.

Aber Consolidated Metals war vor allem in dieses spezielle Geschäft verwickelt. Chance traute ihnen alles zu. Und nachdem Kate ihm jetzt diesen Floh mit Mord ins Ohr gesetzt hatte, konnte er ihn nicht mehr loswerden.

Jeremy trank einen Schluck Bier und stellte das Glas zurück auf die Bar. »Willow glaubt, dass du in Kate verliebt bist.«

Die Worte kamen aus dem Nichts. Chance schaute ihn stirnrunzelnd an. »Ach ja?«

»Weißt du was?«

»Was?«

»Willow und ich auch.«

Chance sah beiseite, fuhr sich durch die Haare. »Ja, nun, dann haben wir sie alle drei gern. Leider ändert das nicht die Bohne.«

»Vielleicht solltest du mit Rachael reden, ihr die Wahrheit sagen.«

»Welche Wahrheit? Die Wahrheit ist, dass ich Rachael heiraten muss. Ich bin es ihrem Vater schuldig. Die Wahrheit ist, dass ich ihr ein verdammt guter Ehemann sein werde. Ich werde mich um sie kümmern, dafür sorgen, dass sie alles kriegt, was sie will – was für Rachael das einzig Wichtige ist. Sie wird nah bei ihrem Dad sein, was beide wollen, und sie wird ihm die Enkel schenken, die sie und ich beide wollen. Das ist die einzige Wahrheit, die zählt.«

»Bist du sicher, dass das Rachael gegenüber fair ist?«

»Wenn ich das nicht glauben würde, würde ich es nicht tun.« Er seufzte. »Wir wissen beide, dass Rachael nicht in mich verliebt ist. Verdammt, keiner von uns beiden war je verliebt. Das ist nicht wichtig – zumindest nicht für Rachael. Bis ich Kate begegnet bin, war es für mich auch nicht wichtig.«

Jeremy nahm als Antwort nur einen ausgiebigen Schluck von seinem Bier. Einer der Hocker am Ende der Bar kratzte über den Holzboden und Ned Cummings kam auf sie zu.

»He, Chance! Ich hab dich gar nicht reinkommen sehen.« Er streckte die Hand aus. »Gratuliere, Mann.«

Chance schüttelte sie. »Danke, Ned.«

»Du und Rachael.« Er grinste. »Ich hätte mir ja denken können, dass ihr zwei irgendwann zusammenkommt, aber irgendwie überrascht es mich trotzdem.«

»Ich bin ein Glückspilz, dass sie Ja gesagt hat.«

»Das kannste laut sagen. Das ist vielleicht eine Prachtbraut. Und apropos Prachtbraut, nachdem du nicht mehr auf dem Markt bist, hast du wohl nichts dagegen, wenn ich Kate Rollins frage, ob sie mal mit mir ausgeht.«

Sein Körper spannte sich wie eine Fünfpfundschnur, die

einen Zehnpfünder am Haken hat. Ned meinte, er hätte nichts dagegen? Allein bei dem Gedanken wurde ihm speiübel. Ned Cummings sah gut aus und war geschickt. Ihm gehörte eine der nettesten kleinen Ranches in der Gegend. Er wäre ein guter Mann für Kate. Das war das Letzte, was er wollte. »Nein... natürlich habe ich nichts dagegen.«

Ned schlug ihm auf den Rücken. »Danke, Chance.« Er grinste und zwinkerte Jeremy zu. »Ich seh euch Jungs später. Ich geh rüber ins Café, schau mal, ob ich die Kleine überreden kann, mit mir Samstagabend auszugehen.«

Als Ned aus der Bar schlenderte, verkrampfte sich Chances Magen zu einem Knoten. Es kostete ihn seine ganze Kraft, auf dem Hocker zu bleiben.

»Ruhig, Mann.« Er spürte Jeremys Hand auf seiner Schulter und die Spannung ließ ein bisschen nach.

»Tut mir Leid. Ich weiß, ich habe kein Recht dazu, aber...«

»Aber das macht es nicht einfacher.«

»Nein.«

»Möglicherweise lehnt sie sein Angebot ab.«

»Sie wäre dumm, wenn sie es täte.«

»Ja, das brauchst du nicht extra betonen. Sie hat sich in dich verknallt, stimmt's?«

Chance stöhnte gequält. »Gott, sie fehlt mir so. Sie ist wirklich etwas Besonderes, weißt du.«

Jeremy drückte seine Schulter. »Komm schon, ich kauf dir noch ein Bier.«

Chance nickte, aber seine Gedanken waren bei Ned Cummings und was da drüben eventuell angekurbelt wurde.

»Übrigens«, Jeremys Stimme holte ihn zurück in die Wirklichkeit. »Chief sagt, das Auffangbecken oben am Beaver Creek hat wieder angefangen auszulaufen.«

»Mach keinen Ärger!«

»Er glaubt, da ist ein Riss in der Plastikfolie. Er sagt, er will versuchen, ein paar Fotos davon zu machen.«

»Er müsste auf Consolidated-Metal-Grund vordringen, um das zu tun. Ich halte es für keine gute Idee, besonders jetzt nicht, nachdem die Volksseele sowieso schon kocht.«

»Na ja, du kennst ja den Chief.«

»Sobald ich ihn sehe, werde ich mit ihm drüber reden.«

»Gute Idee.«

Sie tranken ihr Bier aus und verließen die Bar. In dem Moment spazierte auch Ned Cummings gerade aus dem Lost-Peak-Café.

Chance verkniff sich einen Fluch, als er das zufriedene Grinsen auf Neds Gesicht sah.

24

Kate saß vor ihrem Computer in ihrem Büro im ersten Stock. Ein starker Wind blies die Blätter gegen das Fenster und ein Ast kratzte hartnäckig an der Außenmauer. Ein Fensterladen knallte laut und sie zuckte zusammen.

Seit dem Vergewaltigungsversuch war sie viel nervöser als früher und fühlte sich nicht mehr so wohl, wenn sie allein im Haus war. Aber sie liebte das alte Haus und sagte sich, sie wäre hier in jedem Fall wesentlich sicherer als in der Stadt.

Sie konzentrierte sich auf den Monitor und rollte langsam eine Seite hinunter, nachdem sie die Website *www.forensic-sciencejournals.com* schon früher mehrmals angeklickt hatte. Zwar hatte sie diesen Teil schon gelesen, aber bei der Fülle an Material, das sie geprüft hatte, nur noch vage Erinnerung daran. Diese Erinnerung hatte sich in ihrem Unterbewusstsein festgehakt – bis sie sie an den Computer getrieben hatte.

Sie drückte den Knopf für den Drucker, kopierte die Seiten und las sie genauer durch. Darunter war ein Kriminalfall: ein Tod durch Ersticken, bei dem der Angreifer ein Kissen als Mordwaffe benutzt hatte. Während der Autopsie hatte der Gerichtsmediziner entdeckt, dass die Nase gebrochen war. Die Polizeibeamten am Tatort hatten es nicht entdeckt, weil das Blut nicht mehr zirkulierte und es deshalb keine Schwellung im Gewebe gab.

Kate las die Information ein letztes Mal durch, wie die forensischen Spezialisten, nach dem der Todhergang geklärt war, den Täter hatten aufspüren können.

Sie studierte die gedruckten Seiten und ging im Geiste das durch, was sie nun wusste. »Ist es das, was passiert ist, Nell?«, murmelte sie laut. Vielleicht war Nell gar nicht gestorben, nachdem Silas sie geschubst hatte und sie gestürzt war. Vielleicht hatte er beschlossen, die Sache endgültig aus der Welt zu schaffen. Vielleicht hatte er ihr ein Kissen aufs Gesicht gedrückt, bis sie aufhörte zu atmen.

Aber sie hatte zweimal darüber mit Silas gesprochen und sie war einfach nicht überzeugt, dass dieser Mann jemanden absichtlich hätte ermorden können.

Kate starrte auf die ausgedruckten Seiten. *Was, wenn Silas nur gedacht hatte, Nell wäre tot?* Er war verängstigt. Es war offensichtlich, dass er in Panik davongerannt war. *Was, wenn jemand ein paar Minuten später kam, Nell ohnmächtig da liegen sah, erkannte, dass Silas die Schuld auf sich nehmen würde, und sie tötete?*

Es war möglich. Nicht wahrscheinlich, aber alles an dieser ganz bizarren Angelegenheit war von Anfang an nur Spekulation gewesen. Also angenommen, jemand hatte Nell getötet, indem er sie mit einem Kissen erstickte und ihr dabei die Nase brach, dann war das Esszimmer nicht Schauplatz eines Unfalls, sondern ein Tatort Das ganze Haus war ein Tatort.

Kate wehrte sich gegen eine Gänsehaut. Sie dachte an das wunderbare alte Haus, das sie so lieb gewonnen hatte. Sie hatte alles neu streichen lassen, bevor sie eingezogen war, aber die wunderbare antike Anrichte war nur gesäubert und mit einer Schicht Zitronenöl geschützt worden. Der Teppich war entfernt und die Böden neu versiegelt, aber eine Reihe von Nells Antiquitäten waren noch da.

Einschließlich der Kissen auf dem Sofa.

Die Gänsehaut kehrte mit voller Wucht zurück. Kate schüttelte den Kopf. Es konnte unmöglich so simpel sein. Unmöglich, dass Nells Mörder – falls es so eine Person gab – einfach eins der Kissen vom Sofa genommen hatte und es auf das Gesicht der verletzten Nell gedrückt hatte.

Sie wandte sich wieder ihrem Monitor zu und las weiter: *Tod durch Ersticken zeigt sich oft durch flohstichartige Blutungen im Auge. Ein solcher Befund ist aber nicht spezifisch für diese Todesursache und kann durch eine Reihe anderer Möglichkeiten verursacht werden.*

Also geplatzte Blutgefäße im Auge; wurden meist durch Ersticken verursacht. Aber wie es schien, konnte auch eine Kopfwunde der Auslöser sein. Eine derartige Blutung wurde in Nells Fall nicht erwähnt, selbst wenn es passiert wäre, wäre es für den Polizisten oder den Bestatter nicht Grund genug gewesen, irgendeine Fremdeinwirkung zu vermuten.

Es könnte jedoch helfen, die tatsächliche Todesursache festzustellen, sollten sich andere Fakten ergeben. In Gedanken immer noch bei den Kissen, machte sich Kate auf den Weg nach unten.

Es gab drei Kissen auf dem Sofa, kleine mit Fransen, die Nell in Petit Point gestickt hatte. Kate hatte es nicht fertig gebracht, sie wegzuwerfen. Sie hatte nie etwas Ungewöhnliches an ihnen bemerkt, keine Flecken oder Sonstiges, soweit sie sich erinnern konnte. Sie nahm das erste und untersuchte es genau. Nichts, zumindest nichts, was sie mit bloßem Auge sehen konnte.

Eine Untersuchung des zweiten Kissens war genauso ergebnislos. Das dritte schien ebenfalls sauber, bis auf einen winzigen, rostfarbenen Fleck an einer Ecke.

Es war wahrscheinlich nichts. Die Kissen waren alt. Die leichte Verfärbung konnte alles Mögliche sein.

Trotzdem, an diesem Tag war sehr viel Blut auf dem Boden gewesen durch die Wunde an Nells Hinterkopf. Wenn der Killer das Kissen benutzt hatte, um Nells Leben zu beenden und den einzelnen Blutfleck nicht bemerkt hatte, dann könnte er es auf das Sofa zurückgelegt haben.

Sie eilte wieder die Treppe hoch und setzte sich noch einmal an den Computer. Sie ging ein paar Seiten zurück und holte sich einen Absatz auf der Website, der Möglichkeiten zum Entdecken von Blut schildert, und überflog die Seite.

Blutspritzer sind eine große Hilfe bei der Rekonstruktion eines Tatorts. Tropfen, die aus einer niedrigen Höhe fallen, hinterlassen zum Beispiel einen kleinen, zusammenhängenden Kreis. Aus größerer Höhe wird der Kreis größer sein. Blut, das im Winkel auf eine Oberfläche auftrifft, wird sich in einer Richtung beulen, und so den Weg des Tropfens aufzeigen.

Interessant, aber nicht das, was sie suchte. Sie wusste, dass es hier war, irgendwo. Wenn nicht im Internet, dann vielleicht in einem der Bücher, die sie gekauft hatte. Sie las noch ein bisschen länger im Net, dann griff sie nach dem Stapel

Bücher, forschte eins nach dem anderen durch, schlug sie an den Seiten auf, die sie mit gelben Stickern markiert hatte.

Ja! Da war es, im *The Casebook of Forensic Detection*. Sie las den Teil über Blut noch mal durch und das Wort, das sie gesucht hatte, sprang sie geradezu an.

Luminol

Ein sehr nützlicher Test für die Untersuchung größerer Flächen nach Blut, besonders, wenn der Bereich gesäubert wurde. Unsichtbare Blutflecke reagieren mit Luminol und fluoreszieren. Dunkelheit ist unerlässlich.

Kate drehte sich rasch zurück zum Computer, tippte *Luminol* ein – und da war es: *Luminol-16, unsichtbares Blut-Reagens mit Sprühkopf*. Sie klickte den Preis an, bestellte eine Flasche, tippte ihre Kreditkartennummer ein und zahlte das Extra für Lieferung innerhalb von zwei Tagen.

Kate lehnte sich zufrieden im Stuhl zurück. Sie war zwar ein Stadtmädchen, aber es gab definitiv ein paar Vorteile, wenn man auf der Überholspur gelebt hatte. Sie würde das Kissen testen – und alles andere im Wohnzimmer –, sobald das Luminol da war. Wenn sich herausstellte, dass der Fleck auf dem Kissen Blut war, würde sie zum Sheriff gehen und herausfinden, ob das Blut von Nell stammte.

Wenn ja, würde sie ihn bitten, die Leiche zu exhumieren.

Sie konnte sich lebhaft vorstellen, wie der lächelnde Barney Conrad darauf reagieren würde.

Samstagabend kam und ging. Kate war mit Ned Cummings im Antlers zum Tanz verabredet, brachte es aber einfach nicht übers Herz, hinzugehen. Ned war ein attraktiver Mann und sie mochte ihn. Sie hatte die Einladung akzeptiert, in der Hoffnung, dass ihr das vielleicht helfen würde, Chance zu vergessen.

Sie hatte keine Lust mehr, ständig an Chance zu denken und sich zu wünschen, die Dinge wären anders gelaufen. Sie hatte von Anfang an gewusst, dass eine Affäre mit ihm vermutlich katastrophal enden würde. Sie musste akzeptieren, dass er jemand anderem gehörte und ihr Leben weiterleben.

Mit Ned Cummings auszugehen, hätte ein Anfang werden sollen. Ned war ein großer, herzlicher Teddybär von Mann, jovial und bereit, sich zu amüsieren. Leider fühlte sich Kate überhaupt nicht zu ihm hingezogen. Er war gütig und fürsorglich, aber jedes Mal, wenn er mit seinem Cowboyhut ins Café kam, musste sie an Chance denken und ihr Herz zog sich vor Schmerz zusammen.

Am Ende entschied sie sich für die gute alte Ausrede mit Kopfweh, sagte ihre Verabredung ab und blieb zu Hause.

Am Mittag kam das Luminol per UPS. Sobald es dunkel war, ging sie ins Esszimmer und machte sich an die Arbeit.

Chance hörte Hannahs Stimme quer über den Hof bis in den Stall. Sie stand an der Hintertür, mit einer Schürze über ihrem stattlichen Bauch und einem Geschirrlappen in einer Hand. »Der Sheriff ist am Telefon! Er sagt, es ist wichtig!«

Der Sheriff. Eine Faust der Angst ballte sich in Chances Magen zusammen. »Ich nehm's in der Scheune ab!«, rief er zurück, ging rasch zur betreffenden Wand und riss den Hörer ans Ohr.

»Chance hier, Barney. Was ist los?«

»Kate Rollins war heute bei mir.«

»Sie ist doch in Ordnung, ja? Ich meine, ihr ist doch nichts passiert?« Er spürte, wie sein Herz gegen seine Rippen hämmerte.

»Also, es kommt drauf an, wie du das definierst. Wenn du

meinst, ob sie körperlich okay ist, dann ist die Antwort ja. Mental bin ich mir da nicht so sicher.«

»Was soll das heißen?«

»Es heißt, dass sie hier war und einen Haufen Blödsinn über Nell Harts Tod vom Stapel gelassen hat. Sie sagt, die alte Lady wäre vielleicht nicht bei dem Sturz gestorben – sie könnte hinterher von jemandem erstickt worden sein. Wie es scheint, war sie beim Bestatter und fand raus, dass die alte Frau eine gebrochene Nase hatte. So wie ich es verstanden habe, hat sie ein Kissen mit etwas Blut daran gefunden. Sie möchte, dass ich es teste, um zu sehen, ob es mit Nells Blutgruppe übereinstimmt.«

Chance dachte daran, wie Recht Kate bis jetzt gehabt hatte. »Vielleicht ist das gar keine so schlechte Idee.«

»Ja, nun, wenn die Blutgruppe übereinstimmt, möchte sie, dass ich die Leiche exhumiere. Ich denke nicht daran, das zu tun ... unter keinen Umständen.«

»Warum nicht?«

»Weil wir bereits wissen, wie Nell starb. Silas Marshal hat gestanden, sie getötet zu haben.«

»Vielleicht hat er das aber gar nicht getan. Vielleicht dachte er nur, sie wäre tot.«

»Und vielleicht war es ein Unfall, wie er behauptet.«

»Mir ist klar, dass Kates Theorie nicht so leicht zu verdauen ist, aber sie könnte möglicherweise wahr sein.«

»Vergiss es.«

»Ich nehme an, deine Weigerung hat nichts damit zu tun, dass wir ein Wahljahr haben? Wenn sich herausstellt, dass Nells Tod Mord war und nicht Totschlag, könnte deine Abteilung schlecht dastehen. Wie zum Beispiel, dass sie sorgfältiger hätte arbeiten müssen.«

»Ich sage dir, Chance, das wird nicht passieren. Du musst

die Frau zur Vernunft bringen, es ihr begreiflich machen. Die alte Lady ist tot und begraben. Silas wird wahrscheinlich eine Strafe auf Bewährung kriegen und damit ist die Geschichte beendet. Auf dich wird sie hören. Überrede sie, die Sache fallen zu lassen.«

Chance schnaubte verärgert, aber leise. Als Sheriff von Silver Fox County hatte Barney Conrad großen Einfluss. Es wäre unklug, es sich mit ihm zu verscherzen. Andrerseits war Mord nicht etwas, das man ignorieren sollte. »Tu mir einen Gefallen. Mach den Bluttest. Lass mich wissen, was dabei herauskommt, inzwischen werde ich mit Kate reden.«

»In Ordnung. Soweit spiele ich mit.«

Barney beendete das Gespräch und Chance legte den Hörer auf. Kate hatte versprochen, ihn anzurufen, falls sich irgendetwas ergab. Offensichtlich schien ihr ein Besuch beim Sheriff nicht so wichtig, um sich die Mühe zu machen. Oder sie wollte einfach nicht mit ihm reden.

Das konnte er ihr allerdings nicht verdenken.

Andrerseits ritt sie sich immer tiefer in diesen Schlamassel hinein. Egal wie, es würde Ärger geben.

Am Morgen würde er mit ihr reden. Eventuell würde es ihm gelingen, sie dazu zu überreden, die Sache fallen zu lassen.

Natürlich war das keine bequeme Ausrede, um sie sehen zu können. Davon überzeugte sich Chance selbst nur zu gerne.

Es gab viel zu tun auf der Ranch, die Vorbereitungen für den Herbstzusammentrieb, die Koppeln herzurichten für das Brandmarken. Was die Betriebsamkeit verschärfte, war die Tatsache, dass eines der Nebengebäude in der Nähe der Scheune angezündet worden war. Orange Sprühschrift auf dem Boden davor warnte: Wir brauchen Jobs. Halt dich raus aus Minenangelegenheiten.

Glücklicherweise hatte das Feuer nicht viel Schaden angerichtet, aber die Botschaft war zweifellos rübergekommen. Es war nicht nur Consolidated Metals, die die Mine wollten. Es gab Leute, die die Jobs brauchten, die die Mine bieten konnte.

Verflucht, er wusste, welche Schwierigkeiten viele Männer hatten, ihre Familien zu ernähren, aber die Tatsache blieb – die Umwelt war wichtiger. Wenn das Land und die Flüsse erst einmal kaputt waren, würde es keinen Ersatz geben. Die Zerstörung musste unter allen Umständen gestoppt werden.

Als Chance die Ranch verließ und runter ins Café fuhr, war es bereits später Nachmittag und die Straßen waren schlammig und glatt nach zwei Wochen Dauerregen.

In dem Moment, als er von der Straße aus vor Kates Haus ein Sheriffsauto stehen sah, drückte Chance das Gaspedal durch und raste mit aufheulendem Motor die Kieseinfahrt hoch.

Als er aus seinem Pick-up sprang, jagte sein Puls auf Hochtouren. Er stürmte die Treppe hoch und hämmerte gegen die Tür.

David öffnete fast sofort. »Chance! Mann, bin ich froh, dass Sie das sind. Mom hatte einen Unfall.«

»Einen Unfall?« Mit einer Hand auf Davids Schulter eilten sie gemeinsam ins Wohnzimmer, wo Kate mit einem Verband um den Kopf auf dem Sofa lag. Etwas Blut war durchgesickert und die Angst um sie traf ihn wie eine Faust in den Magen.

»Was zum Teufel ist passiert?«

Kate lächelte schwach. »Meine Bremsen haben versagt. Die Straße war glatt und ich bin in den Graben geschlittert.«

Ein paar Meter entfernt stand Deputy Winston, der Mann,

der schon einmal im Haus gewesen war, mit einem Notizblock in der Hand. Er drehte sich zu ihm. »Sie hat eine leichte Gehirnerschütterung und eine Platzwunde seitlich am Kopf, die mit sechs Stichen genäht werden musste, aber es hätte viel schlimmer kommen können. Die Straße ist dort sehr kurvenreich und sie hätte den steilen Abhang runterstürzen können. Glücklicherweise war sie angeschnallt, sonst wäre sie rausgeschleudert worden.«

Chance schälte sich aus seinem Schaffellmantel, nahm seinen Hut ab und warf beides über eine Stuhllehne. Er setzte sich vorsichtig neben Kate und nahm behutsam ihre Hand. Sie fühlte sich klein und zart an und viel kälter, als sie hätte sein sollen. Er wollte sie an seine Wange pressen, begnügte sich aber damit, sie zwischen seinen Händen zu wärmen.

»Wo wolltest du hin, als das passiert ist?«

»Rauf nach Ronan. Ich brauchte einen Haufen Lebensmittel und ich dachte mir, ich hole David von der Schule ab, damit er mir hilft. So weit bin ich aber gar nicht gekommen.«

»Und die Bremsen haben einfach versagt? Das kommt mir bei einem so neuen Auto seltsam vor.«

»Aber genau das ist geschehen. Ich hab das Pedal durchgetreten. Nichts. Sogar die Parkbremse hat nicht funktioniert.« Sie lächelte mühsam. »Ich brauche sowieso ein neues Auto, eins, das sich gut zum Fahren im Schnee eignet. Jetzt ist es wohl an der Zeit, dass ich mich um so was kümmere.«

»Wo steht das Auto im Moment?«

Deputy Winston antwortete. »Sie haben es zu Trumper's Autowerkstatt in Ronan geschleppt.«

Chance drückte Kates Hand. »Kann ich dir etwas holen? Ein Glas Wasser vielleicht oder eine Tasse Tee?«

»Tee wäre wunderbar, wenn es dir nicht zu viel Mühe macht.«

»Überhaupt nicht. Bin gleich wieder da.« Er ging in die Küche und stellte den gefüllten Wasserkessel auf den Herd, dankbar für die Gelegenheit, unauffällig telefonieren zu können. Er wählte die Auskunft, fragte nach der Nummer von Trumper's Werkstatt, schrieb sie auf und tippte sie ein.

»Trumper's Auto. Pete Trumper am Apparat.«

»Bei Ihnen steht ein Wagen, ein weißer Lexus, ein oder zwei Jahre alt, gehört Kaitlin Rollins.«

»Ja, was ist damit?«

»Ich bin ein Freund von Kate. Chance McLain.«

»Sind Sie der Typ mit dem silberfarbenen Dodge?«

»Ja.«

»Ich weiß, wer Sie sind. Sie hatten erst neulich Ihren Truck zur Inspektion hier.«

»Stimmt. Hatten Sie schon Gelegenheit, sich den Lexus anzusehen?«

»Klar, hab ich. Komische Geschichte ist das.«

»Wie meinen Sie das?«

»Für mich sieht's aus, als wäre die Bremsleitung durchschnitten worden.«

Ein Angstschauer lief über Chances Rücken. »Ich habe befürchtet, dass Sie das sagen.«

»Ich muss den Sheriff deswegen anrufen. Ich bin mir sicher, dass er das wissen will.«

»Da bin ich mir auch sicher.« Aber Barney würde ebenso sicher nicht erfreut sein. Und er war es auch nicht. »Danke, Pete.«

Er beendete das Gespräch und fragte sich, ob die Bremsen wegen Kates Arbeit an der Kampagne manipuliert worden waren – oder ob es etwas mit Nell Harts Tod zu tun haben könnte.

Er kehrte ins Wohnzimmer zurück und stellte die Teetasse

auf den Couchtisch vor ihr. Deputy Winston war bereits gegangen.

»Gut, dass ich mein Handy dabeihatte«, sagte Kate. »Hier draußen sind die Dinger ihr Gewicht in Gold wert.«

»Das kannst du laut sagen.«

David kam rüber und setzte sich neben ihr auf den Stuhl. »Fühlst du dich besser, Mom?«

Kate lächelte ihn zärtlich an. »Viel besser. Bis morgen bin ich wieder okay.«

Chance legte einen Arm um Davids Schultern. »Komm, David, deine Mom soll sich ein bisschen ausruhen und wir trinken was.« Der Junge hatte ihm gefehlt. Er konnte nicht umhin, sich zu fragen, wie Kate ihm erklärt hatte, wieso er nicht mehr vorbeikam.

Sie gingen in die Küche. David zippte sich eine Dose Cola auf und Chance machte sich eine Tasse Instantkaffee.

»Ich möchte, dass du deine Mutter im Auge behältst«, sagte er, während sie sich an den Küchentisch setzten. »Sorg dafür, dass sie ganz gesund ist, bevor sie wieder arbeiten geht.«

»Das werde ich.«

»Guter Junge. Es ist schon eine Weile her, seit ich dich gesehen habe. Ich hab mir gedacht… warst du schon mal bei einem Zusammentrieb?«

David schüttelte den Kopf.

»Wir machen das jeden Frühling und jeden Herbst. Um diese Jahreszeit kriegen die Kälber, die wir vorher nicht erwischt haben, Brandzeichen und wir sondern die Jährlinge zum Verkauf aus. Chris und sein Dad werden mitarbeiten. Ich hab mir überlegt, dass du vielleicht auch mit von der Partie sein willst.«

David grinste, offensichtlich hocherfreut. »Das wäre toll, Chance.«

»In der Zwischenzeit könntest du doch mit Chris an einem Wochenende vorbeikommen? Ich leih euch ein paar Pferde und dann gehen wir fischen wie früher.«

David nickte. Er sah aus, als wolle er etwas sagen und Chance fürchtete, dass er wusste, was es war.

»Los, Junge, spuck's aus.«

»Ich hab mich gefragt, was zwischen Ihnen und Mom passiert ist. Meine Mom hat gesagt, Sie werden Mr. Fontaines Tochter heiraten. Ich dachte, Sie mögen meine Mom.«

»Ich mag sie auch, Davy. Deine Mom und ich sind Freunde, genau wie du und ich. Und das wird sich nie ändern.«

»Ich hatte gehofft … dass ihr mehr als nur Freunde werden könnt.«

Chances Brust zog sich zusammen. »Das hab ich eine Weile auch irgendwie gehofft. Manchmal entwickeln sich die Dinge leider nicht so, wie wir wollen.«

»Ja, wird wohl so sein.«

Chance trank seinen Kaffee aus, David seine Cola und sie gingen zurück ins Wohnzimmer, um nach Kate zu sehen.

»Arbeitest du immer noch im Kramladen?«, fragte Chance David.

»Ja, ich sollte heute zwei Stunden arbeiten, aber –«

»Warum gehst du nicht einfach? Ich bleib bei deiner Mutter, bis du wieder da bist.«

David musterte Kate, deren Augen halb geschlossen waren. »Mom?«

Sie öffnete sie langsam und lächelte ihren Sohn beruhigend an. »Du brauchst nicht zu schwänzen. Ich komm die zwei Stunden schon zurecht.«

»Geh nur, Davy. Ich muss mit deiner Mom sowieso ein paar Dinge besprechen. Ich werde da sein, wenn du zurückkommst.«

»Danke, Chance.« Er ging nach oben, holte seine Jacke und kam ein paar Minuten später zurück, um sich zu verabschieden. »Ich bin so bald es geht wieder zu Hause.« Damit war er fort.

»Arbeitet Myra heute Nachmittag?«, fragte Chance, sobald David die Haustür hinter sich geschlossen hatte.

»Mmhm«, erwiderte sie benommen.

»Wie steht der Doktor dazu, dass du hier alleine bleibst?«

Sie öffnete die Augen. »Ich bin nicht allein. David wird in zwei Stunden zurück sein.«

Seine Mundwinkel zuckten nach oben. Er war zwar da, aber er war sich nicht sicher, ob Kate allzu erfreut darüber war. Er wollte gerade noch etwas sagen, aber das Telefon klingelte und unterbrach ihn.

Kates Augen fielen langsam zu. »Würdest du bitte?«, nuschelte sie.

Chance nahm das Telefon in der Diele ab. »Hier bei Rollins.«

Eine Männerstimme näselte: »Wer zum Teufel sind Sie?«

Er ignorierte einen Anfall von Zorn. »Mein Name ist McLain. Ich bin ein Freund von Kate.«

»Da wette ich drauf, dass Sie einer sind.«

»Wollen Sie mir sagen, wer Sie sind, bevor ich auflege?«

»Sagen Sie Kate einfach, ich hoffe, sie ist jetzt glücklich. Sagen Sie ihr, dass sie es eines Tages bereuen wird.« Es klickte in seinem Ohr. Aufgelegt. Chance schüttelte den Kopf, ließ den Hörer auf die Gabel fallen und ging zurück ins Wohnzimmer.

»Wer war das?«

»Ich weiß es nicht. Sagte, er hofft, du wärst jetzt glücklich. Hat gesagt, ich soll dir ausrichten, dass du es eines Tages bereuen wirst.«

Ihr hübscher Mund verzog sich zu einem Lächeln. Er konnte sich nur zu gut erinnern, wie er sich unter seinem angefühlt hatte, und jähes Verlangen packte seinen Unterleib.

»Das war Tommy«, erklärte Kate. »Unsere Scheidung ist heute durch.«

Er hätte sich für sie freuen sollen, was er auch irgendwie tat, aber sein Lächeln war gezwungen. »Gratuliere.«

Kates Lächeln wurde breiter. »Ich kann dir gar nicht sagen, was das für ein gutes Gefühl ist.«

Nach diesem einzigen, sehr kurzen Gespräch mit ihrem Ex konnte er sich das nun lebhaft vorstellen. »Redet er überhaupt mit David?«

»Ab und zu. David soll zum Thanksgiving runter nach L. A. Vor ein paar Monaten hätte er sich noch drauf gefreut. Ich glaube, jetzt nicht mehr.«

»Jeder Junge braucht einen Vater. Irgendwann wirst du jemanden finden –«

»Bitte nicht, Chance.« Ihr Blick wanderte zur Zimmerdecke. »Können wir nicht von was anderem reden als von den Männern in meinem Leben?«

Sie hatte Recht. Was er hatte sagen wollen, war ohnehin Quatsch. Er wollte nicht, dass sie jemand anderen fand. Er wollte, dass sie ihm gehörte. Er wollte sie halten, sie beschützen, sie lieben. Es hätte ihn brennend interessiert, wie ihre Verabredung mit Ned Cumming gelaufen war und ob sie vorhatte, ihn wieder zu sehen. Aber er war nicht so dumm, das zu fragen.

»Ehrlich gesagt, gibt es da etwas, worüber ich mit dir reden muss. Es ist einer der Gründe, warum ich bleiben wollte.«

Ihr Blick richtete sich wieder auf ihn. »Was denn?«

»Deine Bremsen haben nicht einfach versagt, Kate. Ich

habe mit dem Mann von Trumper's Auto gesprochen. Jemand hat sie durchtrennt.«

»Oh, mein Gott.« Sie versuchte sich aufzusetzen, ließ sich jedoch ächzend wieder zurücksinken.

»Ganz ruhig. Du hast eine Gehirnerschütterung, weißt du noch?« Chance erneuerte das feuchte Tuch auf ihrer Stirn.

»Der Automechaniker wird den Sheriff anrufen. Ich werde ihn auch anrufen. Wer immer das getan hat, meint es ernst, Kate.«

»Glaubst du, sie haben das getan, weil ich noch an der Kampagne arbeite?«

»Keine Ahnung. Vor drei Tagen hat jemand eines meiner Nebengebäude niedergebrannt. Es gibt Leute, die die Mine wollen. Ob sie bereit wären zu töten, um das zu erreichen, weiß ich nicht.«

»Es gibt noch eine Möglichkeit, Chance.«

Er knurrte. »Ich weiß, Barney Conrad hat mich angerufen.«

Sie seufzte schwer. »Es war furchtbar, Chance. Ich hab dieses Zeug probiert, das ich im Internet gefunden habe. Es heißt Luminol. Man sieht das Blut nicht, wenn es nicht stockdunkel ist, aber als ich das Esszimmer eingesprüht habe, konnte ich Spritzer davon auf der Anrichte sehen und unten in dem Riss im Bodenbrett. Ich hatte vorher einen kleinen Fleck auf der Rückseite eines Sofakissens gefunden.«

Sie erzählte von dem Artikel über den Mordfall, in dem eine Frau mit einem Kissen erstickt worden und wie ihre Nase dadurch gebrochen war.

»Ich bin überzeugt, das Gleiche ist mit Nell passiert. Sie starb nicht bei dem Sturz. Jemand ist kurz nach Silas vorbeigekommen und hat sie ermordet.«

»Dann glaubst du nicht, dass es Silas getan hat.«

»Nein, glaube ich nicht. Der Mann hat einfach nicht das Zeug dazu.«

»Ich glaub es auch nicht.«

»Wir brauchen mehr Beweise. Wir müssen herausfinden, wer der wahre Mörder ist.«

Chance rückte auf die Kante des Stuhls, ganz nah neben Kate. »Das ist es nicht wert, Kate. Jemand hat versucht, dich zu vergewaltigen. Heute hättest du sterben können. Wenn du weiterwühlst –«

»Die beiden Sachen haben vielleicht nichts miteinander zu tun.«

»Möglich, aber es gibt keine Beweise. Als Erstes musst du aus dem Komitee austreten.«

Sie zögerte länger, als ihm lieb war. »Also gut«, stimmte sie schließlich zu. »Ich werde eine öffentliche Verlautbarung abgeben, sobald ich es arrangieren kann. Wir haben die Sache gut in Schwung gebracht. Du und Ed, ihr könnt die Kampagne weiterführen. An diesem Punkt wird es keinen großen Unterschied mehr machen, ob ich beteiligt bin oder nicht.«

»Und was, wenn du mit Nell Recht hast? Was, wenn jemand sie ermordet hat, genau wie du sagst? Dieser Mann hätte nicht die geringsten Skrupel, dich ebenfalls zu töten.«

Ihr Gesicht wurde noch blasser, als es ohnehin schon war.

»Lass die Geschichte auf sich beruhen, Kate. Wenn du schon nicht an dich selbst denkst, dann denk an deinen Sohn. Er hat keinen guten Vater. Was zum Teufel geschieht mit ihm, wenn er auch noch seine Mutter verliert?«

Kate schloss die Augen und stieß einen abgrundtiefen Seufzer aus. »So hab ich das bis jetzt noch nicht gesehen.«

»Dann ist es höchste Zeit, dass du damit anfängst.«

Sie schluckte. Unter ihren dichten, dunklen Wimpern sah

er Tränen schimmern. »Du hast Recht. Ich muss an David denken. Ich bin sicher, Nell hätte das auch gewollt.«

Er griff ihre rechte Hand, umfing sie mit seinen beiden. »Ich weiß, dass sie das wollte. Deine Großmutter würde nie verlangt haben, dass einem von euch beiden etwas ihretwegen zustößt.«

Und er auch nicht, dachte Chance. Seine Sorge wuchs. Es konnte sehr gut sein, dass ein Killer frei in Lost Peak herumlief. Kate würde nicht sicher sein, bis jemand herausfand, wer es war. Für sie war es zu gefährlich weiterzusuchen, aber Chance hinderte nichts daran.

Er drückte ihre Hand und wünschte, er könnte sich über sie beugen und sie küssen, wohl wissend, dass diese Zeiten vorbei waren.

Aber er war bereit zu tun, was immer zu tun war, um sie zu beschützen.

25

Das Telefon läutete im Familienzimmer. Ed Fontaine rollte zu dem antiken Tisch, auf dem es stand, und nahm den Hörer ab.

»Ed Fontaine.«

»Hi, Daddy.«

Seine Miene erhellte sich, als er Rachaels Stimme hörte. »Hi, kleines Mädchen. Wie läuft's denn so in der großen Stadt? Und – bist du bereit, die Röcke zu raffen und nach Hause zu kommen? Ich hab gedacht, du wolltest schon längst hier sein?«

»Deswegen ruf ich an, Daddy. Es dauert alles länger, als

ich gedacht habe. Außerdem habe ich gestern einen Anruf von der Ford Agentur gekriegt. Sie wollen mich für einen *Vogue*-Titel. Das ist ein ganz großes Shooting, Daddy, sehr exklusiv, und die Gage ist toll. Es würde nur ein paar Wochen dauern und ich möchte es wirklich gerne machen.«

Ed runzelte die Stirn. »Hast du schon mit Chance darüber geredet?«

»Das werde ich. Ich wollte erst mit dir reden. Und ich hab mir gedacht, solange ich hier in New York bin, könnte ich doch gleich mein Hochzeitskleid aussuchen. In Montana finde ich bestimmt nichts Passendes. Ich dachte, vielleicht Fendi oder Dior. Was meinst du?«

»Du weißt, dass ich keine Ahnung von Weiberkleidern hab. Such dir einfach aus, was du willst und schick mir die Rechnung.«

Er konnte fast sehen, wie ihr schönes Gesicht in den Hörer lächelte. »Danke, Daddy. Du bist der süßeste Mann der Welt.«

Er grummelte, es war ihm immer ein bisschen peinlich, wenn sie so etwas sagte. »Chance wird nicht gerade erfreut darüber sein, weißt du. Er erwartet, dass du dich allmählich wie eine verliebte Frau vor der Heirat benimmst und statt Karriere Familie im Kopf hast.«

»Ich weiß. Es ist nur dieses letzte Mal, das verspreche ich. Dann werde ich voll da sein. Dabei fällt mir ein: Ich hab Vincent St. Claire in Seattle angerufen. Ich hab seinen Namen von André Duvallier. Die Hochzeiten, die André organisiert, sind einfach Wahnsinn, die spektakulärsten in New York. André wird nicht den weiten Weg nach Montana kommen, aber er sagt, M'sieur St. Claire würde es gerne machen. Er wird sich um alles kümmern, Daddy, und es wird perfekt werden... wenn dir das recht ist.«

»Das weißt du doch. Ich möchte nur, dass mein kleines Mädchen glücklich ist.«

»Also gut. Ich werde Chance anrufen und ihm sagen, dass ich ein bisschen später komme als geplant. Ich bin sicher, er wird es verstehen.«

Da war sich Ed gar nicht so sicher. Chance erwartete, dass Rachael endlich mal zur Ruhe kam und anfing, über die Ehe nachzudenken. Verdammt noch mal, er auch.

»Es wäre besser, wenn du nicht zu lange wartest, kleines Mädchen, wenn du willst, dass Chance für dich noch vorhanden ist, wenn du dich entschieden hast.«

Rachael lachte silberhell. »Chance wartet seit Jahren auf mich. Ich kann mir nicht vorstellen, dass da ein paar Wochen mehr oder weniger einen Unterschied machen.«

Vielleicht hatte sie Recht. Trotzdem wollte Ed kein Risiko eingehen. »Erledige diesen Job und dann schwing dich nach Hause.«

»Das werde ich, Dad. Ich liebe dich.«

»Ich liebe dich auch, kleines Mädchen.«

Sie legten auf und Ed merkte, dass das Klopfen, das er hörte, vom unbewussten Trommeln seiner Finger auf der Stuhllehne stammte. Es gab keinen Grund zur Sorge. Sobald Rachael zurück war, würde alles so laufen, wie sie es geplant hatten. Alles, was sie brauchte, war ein Mann, der mit ihr fertig wurde. Und er hatte keinen Zweifel, dass Chance das konnte. Der Junge war ein Wunder, wenn es um Frauen ging.

Ed rollte sich zurück an seinen Platz vor dem Fernseher. Eine Gameshow lief und er spielte gerne mit, indem er die Fragen beantwortete. Es gab keinen Grund, sich zu sorgen, wiederholte er. Er musste die Dinge nur Chance überlassen, Chance wurde praktisch mit allem fertig.

Sogar mit seiner schönen, selbstsüchtigen Tochter.

Montagmorgen parkte Chance als Erstes vor dem Silver County Courthouse, noch vor seinem Besuch beim Sheriff. Dichter grauer Dunst waberte über den Mission Mountains und schwebte wie eine Decke über Flathead Valley.

Als er im Büro des Sheriffs ankam, war der Sheriff noch nicht da. Die Sekretärin, eine Frau namens Barbara Murdock, goss ihm eine Tasse Kaffee ein, während er wartete.

»Er hat vor einer Minute angerufen«, beschwichtigte ihn Barbara. »Sagte, ich soll Ihnen ausrichten, er wäre unterwegs.« Sie war hübsch, eine Frau Ende zwanzig – und Single hatte Barney ihm erzählt – mit dichten schwarzen Haaren, blasser Haut und einer schlanken, wohlgerundeten Figur. Komisch, noch vor sechs Monaten hätte er ein Rendezvous vorgeschlagen, sich auf die Herausforderung gefreut, sie eventuell ins Bett zu kriegen.

Jetzt sah er zwar eine attraktive, begehrenswerte Frau, aber der Gedanke, mit ihr zu schlafen, schien ihm absurd. Es gab nur eine Frau, die er in seinem Bett haben wollte: Kate Rollins. Sie hatte Verstand und Power und den süßesten, zarten Körper, den er je gesehen und gefühlt hatte.

Chance gab sich einen Ruck, als er merkte, dass Barbara mit ihm gesprochen hatte, er aber kein Wort mitgekriegt hatte. »Oh, Verzeihung. Ich war gerade mit den Gedanken ganz woanders.« Ja, zum Beispiel im Bett mit Kate. »Was haben Sie gesagt?« Er spürte, wie sein Hals vor Verlegenheit rot anlief.

»Ich sagte, der Sheriff ist durch die Hintertür gekommen. Er ist jetzt bereit, Sie zu sehen.«

»Danke.« Er ging an Barbara vorbei in Barneys Privatbüro und schloss die Tür.

»Ich hab mir schon gedacht, dass du früher oder später hier auftauchen wirst«, brummelte Barney, der hinter seinem Schreibtisch saß.

Chance setzte sich auf einen Stuhl ihm gegenüber. »Hat Pete Trumper dich angerufen?«

»Ja, hat er, leider.«

»Was denkst du?«

»Jemand wollte sie wahrscheinlich von der Antiminenkampagne abschrecken.«

»Also, es hat funktioniert. Kate verkündet es heute bei KGET-TV. Sie wird sagen, dass dringende Geschäftsangelegenheiten sie zum Rücktritt zwingen. Die Koalition wird ab heute von einem Komitee geleitet.«

»Geschickter Zug. Damit haben sie kein richtiges Ziel. Vielleicht beruhigt sich dann alles ein bisschen.«

»Vielleicht auch nicht. Wenn Kate Recht hat und Nell Hart ermordet wurde, dann hat jemand eventuell ihre Bremsleitung durchgeschnitten, um sie endgültig auszuschalten.«

»Wäre möglich.«

»Es kann sein, dass jemand ihr Haus beobachtet hat. Sie hätten ihr an dem Tag, an dem sie bei dir war, folgen können. Apropos, wie ist dieser Bluttest ausgegangen?«

»Dieselbe Blutgruppe wie Nell.«

»Und keine sehr häufige dazu.«

»Dieses Blut könnte auf das Kissen gespritzt sein, als Nell stürzte und sich den Kopf aufschlug.«

»Kate hat gesagt, es war kein Punkt, sondern eher ein Fleck, und zwar auf der Rückseite. Das Kissen hätte sicher mit der Vorderseite auf dem Sofa gelegen.«

Barney warf den Stift, mit dem er rumgefummelt hatte, auf den Schreibtisch. »Verdammt noch mal, Chance, was willst du von mir?«

»Exhumiere die Leiche. Wenn Nell ermordet wurde, können sie möglicherweise einen DNA-Beweis oder so was finden. Eventuell führt das zu dem Täter.«

»Und eventuell ist das alles ein Haufen Scheiße.«

»Mag sein. Aber bis wir das mit Sicherheit wissen, könnten Kate und ihr Sohn weiter in Gefahr sein.«

Barney grunzte. »Ich werde darüber nachdenken. Wenn wir exhumieren, versuche ich's so hinzubiegen, dass das Büro des Sheriffs bereit ist, eine Extraschicht einzulegen, um einen möglichen Mordfall zu klären und seine Bürger zu schützen.«

Das war typisch Barney. Er fand überall einen politischen Vorteil.

»Andererseits«, wandte er gleichzeitig ein, »ist Silver County alles andere als reich. Wenn ich die Kosten für das Ausbuddeln der Leiche dieser alten Frau bewillige und wir nichts finden, kriegen die Steuerzahler einen Anfall.«

»Mir ist egal, was die Steuerzahler auf die Barrikaden bringt und dir sollte es auch egal sein.« Alles, was Chance wollte, war, Kate und David zu beschützen. Die Bremsen hätten genauso versagen können, wenn David mit im Auto gesessen hätte. Es war schon ein Wunder, dass Kate nicht ernsthaft verletzt oder getötet worden war. »Ich möchte rausfinden, ob Nell Hart ermordet wurde.«

»Wie ich schon sagte, ich werde darüber nachdenken.«

Chance schluckte eine heftige Entgegnung hinunter. »Und wie wär's, wenn du in der Zwischenzeit einen Deputy einteilst, der sich um Kate kümmert?«

Barney griff wieder nach seinem Stift und begann damit, auf den Schreibtisch zu klopfen. »Das kann ich nicht. Wir haben nicht genug Leute. Ich werde einen Streifenwagen häufiger durch die Gegend patrouillieren lassen. Mehr kann ich nicht tun.«

Chance seufzte, akzeptierte, was er vom Sheriff ohnehin nur erwartet hatte. »Halt mich auf dem Laufenden, ja, Barney?«

»Natürlich.«

Chance wusste, wenn er die Leiche exhumieren ließ, würde Barney eine größere Spende für seine Wahlkampagne erwarten.

Das wäre gut angelegtes Geld, wenn das, was er fand, Klarheit bringen würde.

»Haste die Nachrichten gesehen?« Duke Mullens schlenderte in Lon Bartons Beavertail-Büro kurz nach dem Schichtwechsel um fünf Uhr. »Kate Rollins hat sich aus der Antiminenkampagne verabschiedet.«

»Ich hab's gesehen.«

»Sieht aus, als wären deine Sorgen vorbei. Sie ist raus aus der Koalition und hat sich im Loch verkrochen wie ein verängstigter Hase. Ich hab dir gesagt, ich kümmere mich drum, wie ich das immer zuverlässig tue.«

Lon ging zu dem Kühlschrank unter seiner eingebauten Bar, öffnete die Tür und holte eine Dose Bier heraus. »Du hättest sie mit dieser kaputten Bremsleitungsnummer umbringen können.«

Mullens zuckte gelangweilt mit den Achseln. »Na ja, ich hab's aber nicht, oder?«

Lon knackte die Bierdose. »Willst du ein Bud?«

Mullens nickte. »Hört sich gut an.«

Lon warf ihm eine Büchse zu und ging zurück zu seinem Schreibtisch. »Kate ist aus der Kampagne raus, aber ich hab gehört, sie schnüffelt immer noch herum und versucht zu beweisen, dass Nell Hart ermordet wurde. Wenn sie beweist, dass es kein Unfall war, könnte das Gericht den Deal, den wir mit Silas gemacht haben, für nichtig erklären.«

»Was willst du damit sagen? Das können sie doch nicht tun – oder können sie?«

»Sie könnten. Wenn Kate beweisen kann, dass Silas durch den Tod seiner Partnerin direkt profitiert hat. Wenn das geschieht, könnte es passieren, dass Kate Rollins, nachdem sie Nells alleinige Erbin ist, am Ende diesen Brunnen besitzt und wir wären wieder genau da, wo wir angefangen haben.«

»Was ist mit dem Geld, das du bezahlt hast?«

»Silas müsste es zurückzahlen. Das Gericht würde uns wahrscheinlich einen Titel zusprechen, aber das ist wohl kaum das, was wir wollen.«

Mullens trank mehrere Schluck Bier, mit heftigem Auf und Ab seiner Halsmuskeln. Er wischte sich den Schaum mit dem Rücken seiner großen, abgearbeiteten Hand vom Mund. »Diese Frau ist ein echter Dorn im Arsch.«

»Wie wahr, wie wahr. Obwohl, nach allem was ich gesehen habe, hat sie einen recht netten.«

Mullens grinste. »Vielleicht sollte ich eine weitere Botschaft abliefern, ihr eine kleine Kostprobe von dem geben, was sie beim ersten Mal fast gekriegt hätte. Ich wette, das würde sie davon überzeugen, endgültig ihre Nase aus der Angelegenheit anderer rauszuhalten.«

»Warten wir ein bisschen ab, sehen wir, wie sich das alles entwickelt.«

»Ich finde, wir sollten sie uns jetzt vornehmen, bevor sie uns noch weiter verärgert.«

»Du bist sehr eifrig, Duke. Irgendein spezieller Grund?«

Duke kippte die Bierdose an den Mund, leerte den Inhalt und warf die Dose zielsicher in den Mülleimer, der gut zwei Meter entfernt stand. »Vielleicht will ich nur eine Rechnung mit Chance McLain begleichen. Er mag ja Rachael Fontaine heiraten, aber heiß ist er nach wie vor auf die Rothaarige. Ich würde zu gerne dieses fruchtbare Feld pflügen und Kate

Rollins zeigen, wie es ist, wenn man von einem echten Mann gebumst wird.«

Lou knurrte und befahl mit autoritärer Stimme: »Ich habe gesagt, wir warten. Wenn du jetzt in die Nähe von Kate Rollins kommst, hast du den Sheriff auf dem Hals. Wenn du erwischt wirst, wird er noch denken, dass du etwas mit dem Mord an Nell Hart zu tun hast.«

Mullens murmelte ein Schimpfwort, das Lon nicht hören konnte. »Was immer du sagst, Boss.«

Lon nickte befriedigt. Duke würde tun, was immer man ihm auftrug. »Warum trinkst du nicht noch ein Bier?« Ohne auf eine Antwort zu warten, kehrte er zum Kühlschrank zurück, holte noch ein Bud raus und warf es Mullens zu.

»Danke«, erwiderte Duke mürrisch. Da war etwas in seinem Blick, was Lon nicht gefiel, aber für den Moment würde er es ignorieren. Duke war manchmal ein bisschen schwer unter Kontrolle zu halten, aber beißwütige Pitbulls hatten ihre Vorteile.

Die schweren grauen Wolken, die schon den ganzen Tag über den Bergen gehangen hatten, waberten nun dicht um das Ranchhaus. Chance saß an seinem Schreibtisch und telefonierte. Im Kamin in der Ecke knisterte ein Feuer.

»Das gefällt mir ganz und gar nicht, Rachael. Du wolltest inzwischen längst hier sein.«

»Ich weiß, Chance, aber es haben sich ein paar tolle Dinge ergeben.« Sie erzählte ihm von irgendeinem schicken Modeljob, den man ihr angeboten hatte, erklärte, wie wichtig er wäre und dass sie dadurch die Zeit haben würde, sich ein passendes Hochzeitskleid auszusuchen.

»Sobald ich fertig bin, komme ich zurück. Bitte sag ja, Chance, nur noch dieses eine Mal.«

Nur noch dieses eine Mal. Chance hatte das unbestimmte Gefühl, dass sein Leben eine Reihe von *Nur-noch-dieses-eine-Mals* sein würde. »Dein Daddy hat dich verdammt verwöhnt, Rachael.«

»Ich weiß.«

Er seufzte. Ed hätte sie schon vor Jahren übers Knie legen sollen. Chance fragte sich, ob er solch einer Versuchung widerstehen könnte, wenn sie verheiratet waren.

»Also gut, dann mach. Wir haben beide gewusst, dass du das sowieso tust.«

»Oh, ich danke dir, Chance.« Sie machte Kussgeräusche in den Hörer. »Lieb dich. Bis bald.«

Chance verabschiedete sich und legte auf, angewidert, verärgert – und ungeheuer erleichtert. Verdammt, so sollte er nicht empfinden. Er würde Rachael heiraten. Nachdem er jetzt den Entschluss gefasst hatte, wollte er es ein für alle Mal hinter sich bringen. Es lag ihm etwas an Rachael, ja, mehr als das. Er kannte sie schon seit Jahren, hatte sich immer zu ihr hingezogen gefühlt, zumindest bis er Kate begegnet war. Es hatte eine Zeit gegeben, in der er sie unbedingt hatte heiraten wollen.

Alles wird sich fügen, wenn sie erst einmal meine Frau ist, sagte er sich noch einmal.

Er wünschte, sie könnten einfach durchbrennen, irgendwohin verschwinden und es amtlich machen. Stattdessen würde er warten müssen und hören, wie diese lästige, kleine Stimme in seinem Kopf flüsterte: *Vielleicht musst du es ja nicht durchziehen. Vielleicht findest du eine andere Möglichkeit.*

Es gab keine andere Möglichkeit. Nicht für ihn. Er würde Rachael heiraten und er hatte vor, alles zu tun, was in seiner Macht stand, um sie glücklich zu machen. Wenn sie erst einmal zusammen waren, würde er aufhören, an Kate zu denken.

Vielleicht würde er sogar aufhören, sich Sorgen um sie zu machen.

Chance seufzte. Das würde in naher Zukunft nicht passieren. Zumindest nicht, bis er sicher sein konnte, dass sie und David außer Gefahr waren. Je eher Nells Leiche exhumiert wurde und das Problem offiziell in den Händen des Sheriffs lag, desto besser für sie alle.

Er musste mit Kate reden, sehen, wie sie sich fühlte und ob der Sheriff die Papiere gebracht hatte, die sie für die Exhumierung der Leiche unterschreiben musste. Er hoffte, dass das Rätsel, das zu lösen sie sich so viel Mühe gemacht hatte, bald ein gutes Ende haben würde.

Harold »Chief« Ironstone drehte langsam den Kopf, suchte die Schatten der dunklen Kiefernwälder ab, horchte auf das Geräusch menschlicher Stimmen, hörte nichts außer dem Wind, der durch die Bäume fuhr, und den gelegentlichen Schrei eines Weißschwanzhabichts, der über seinem Kopf kreiste.

Er bewegte sich behutsam vorwärts und pausierte an der Zaunlinie, die sich die Berge entlangzog, in einer Schlucht verschwand und auf dem gegenüberliegenden Hügel wieder hochkam. Er musterte noch einmal die Abhänge, sah aber niemanden. Er rammte seine gummibesohlten Wanderschuhe auf den untersten Strang des Stacheldrahts, packte den darüber verlaufenden und dehnte die beiden so weit er konnte. Er grunzte, als er sich zwischen sie zwängte, achtete darauf, dass er die Drähte erst losließ, sobald er ganz auf der anderen Seite war.

Als er noch ein Junge war, hatte es hier keine Zäune gegeben, nur Berge, die direkt in den Himmel ragten und Wälder so dicht und dunkel, dass ein Mann für ewig in ihnen verschwinden konnte. Der Boden war bedeckt mit einem Teppich von Moos und Flechten, die Erde war schwammig unter seinen Füßen und roch nach Kiefernnadeln und modrigem Holz, ein angenehmer Geruch, der seine Nase füllte und ihn tiefer in den Wald lockte.

Heute roch er jedoch etwas Neues. Als er sich dem Ufer eines schmalen Flusses näherte, entdeckte er ein Dutzend toter Fische, schöne Regenbogenforellen, deren glänzende silberne Körper zu einem dumpfen Zinngrau verblasst waren.

Ein paar Meter weiter lag ein toter Waschbär, mit steifen, verdrehten Gliedern. Der einst weiche Pelz war von einer Schicht rötlicher Erde überzogen.

Chief warf seinen Segeltuchrucksack auf den Boden und zog die kleine Kodakkamera heraus, die er im Supermarkt gekauft hatte, eine billige, die nur fünfzehn Dollar und neunundsechzig Cents gekostet hatte.

Er hatte Jeremy Spotted Horse gebeten, ihm eine zu leihen, aber sobald Jeremy herausfand, was er damit vorhatte, weigerte er sich. Es spielte keine Rolle. Diese würde Fotos schießen, die gut genug waren für das, was er damit vorhatte.

Er machte mehrere Aufnahmen vom Fluss, dann begann er den Berg hochzusteigen, drang noch tiefer in den Besitz von Consolidated Metals ein. Die Beavertail-Mine befand sich auf einer Anhöhe vor ihm. Auf einer Seite und ein kleines Stück unter dem Hauptgebäude breitete sich das Auffangbecken in tödlicher Nähe zu dem kleinen Rinnsal von Bach aus, der in den Beaver Creek mündete. Das Einzige, was den tödlichen Inhalt des Teiches daran hinderte, in die Erde zu sickern, war eine dünne Plastikplane am Grund.

Chief fluchte ein Schimpfwort des weißen Mannes. Der

Gedanke an die tödliche Fahrlässigkeit war wie Galle in seinem Mund. Er beugte sich vor und spuckte auf den Boden vor seinen Füßen. Scherte sich denn niemand darum, was mit dem Land passierte? Interessierte denn keinen, was mit den Tieren, den Vögeln oder den Fischen geschah?

Doch, er wusste ja, dass es Leute gab, denen was daran lag. Es wurden jeden Tag mehr. Allmählich begannen sie zu sehen, zu begreifen, was sie alles verlieren würden, wenn sie weiterhin die Schönheit, die sie umgab, zerstörten.

Chief schlich weiter lautlos auf sein Ziel zu. Er bewegte sich in den Schatten des Waldes, umrundete den Tail Pond, hielt sich außer Sichtweite.

Als er näher an die Gebäude kam, hörte er das Summen von Motoren, das schwache Geräusch von Stimmen, Männer, die in der Mine arbeiteten. Die Tage wurden immer kürzer und bald würde die Sonne hinter den Hügeln verschwinden. Er musste sich beeilen, handeln, wenn die Männer die Schicht wechselten. Chief hoffte nur, es würde dann noch genügend Licht geben, um ein klares Foto von den Lecks im Teich zu kriegen.

Versteckt in den Tiefen des Waldes, wartete er, während die Minuten verrannen. Er hatte keine Eile. Er genoss es, hier in den Wäldern zu sein, zu beobachten, wie der Wind einen einzelnen Grashalm bewegte, hörte das Rat-tat-tat eines Spechts, der daran arbeitete, sein Abendessen im Stamm eines Baums mit dicker Rinde zu finden.

Schließlich verlangsamte sich das Summen der Maschinen, kündete das Ende der Schicht an. Chief wartete geduldig, bis die Männer zu ihren Autos gingen und wegfuhren, während andere eintrafen, um ihren Platz einzunehmen. In dem geordneten Chaos von startenden Motoren und Türen, die auf- und zugeklappt wurden, bewegte er sich leise zum Tail Pond.

Hier und dort konnte er frische Risse im Plastik sehen, sehen, wie das kontaminierte Wasser träge in die Erde sickerte. Besorgt um das Licht knipste er, so schnell er konnte, aus verschiedenen Blickwinkeln das Leck und schoss mehrere Bilder, die die Nähe des Teiches zu dem schmalen, kleinen Fluss zeigten.

Die erste Rolle Film war zu Ende. Er wechselte den Film. Noch ein paar Fotos und er würde gehen. In einigen Minuten würde das Licht ganz weg sein.

Er setzte seinen Blitz ein. Nur noch ein Foto von dem Zeug, das zwischen diesen beiden Felsen in der Nähe des Flusses durchsickerte und er würde zurück in den Wald verschwinden. Er hob die Kamera, hielt sie an sein Auge – und dann schoss ein Schmerz in seinen Magen und die Luft explodierte aus seiner Lunge. Er klappte zusammen wie ein Taschenmesser und rang nach Luft. Jemand riss ihm die Kamera aus seiner tauben, zittrigen Hand. Er sah, wie sie gegen einen Fels krachte, die Linse zerbrach, das graue Plastikgehäuse zerbarst. Sie glitt unter die Wasseroberfläche des sanft dahinschlängelnden Flusses.

Chief ignorierte den Schmerz und das Zittern in seinen Gliedern und richtete sich auf. Drei Männer von Consolidated Metals standen ihm gegenüber.

»Du befindest dich unbefugt auf Minenbesitz, alter Mann.« Einer von ihnen, ein massiger Minenarbeiter mit breiten Schultern und einem dunkelroten Bart, bohrte einen Finger in seine Brust. »Weißt du, was mit Eindringlingen passiert?«

Chief gab keine Antwort. Er war sich nicht sicher, aber was immer es war, es war nichts Gutes.

»Geh und hol Mullens«, befahl der Minenarbeiter und der zweite Mann, der Jüngste der Gruppe, drehte sich um und rannte eilfertig davon.

Der dritte Mann riss ihn an der Schulter herum. »Du hast gehört, was Joe gesagt hat. Wir stehen hier nicht auf Unbefugte.«

Der Mann holte mit der Faust aus und verpasste Chief einen Schlag, der ihm fast jeden Knochen im Gesicht brach und ihn in den Dreck schleuderte. Schmerz überrollte ihn in heißen Wogen. Durch einen gleißenden Nebel sah er, dass der Mann groß und hager war, und unter einer hellgrünen John-Deere-Baseballkappe hervorgrinste.

Er packte Chief vorne an seiner Jacke, hievte ihn hoch und schlug erneut zu.

»Du brauchst eine Lektion, Indianer«, knurrte der bärtige Mann.

»Ja, wir werden dir beibringen, dass es sich nicht lohnt, wenn du deine Nase in anderer Leute Angelegenheiten steckst.«

Chief versuchte sich aufzurichten, aber seine Beine waren wie Gummi und verweigerten den Dienst. Der hagere Mann versetzte ihm mit aller Macht einen Tritt in die Rippen. Chief hörte etwas knacksen und bei dem brennenden Schmerz, der seinen Körper durchzuckte, hätte er fast das Bewusstsein verloren. Der bärtige Mann zerrte ihn hoch und schlug noch einmal zu. Chief spürte, wie sein Blut seine Kehle hinunterrann, und einen dolchartigen Schmerz, der durch seine Brust und seine Beine fuhr.

Der größere Mann wieherte vergnügt, zerrte ihn wieder hoch und prügelte erneut auf ihn ein. Chief hörte das Geräusch von Stiefeln, als der zweite Mann zurückkam und einen vierten mitbrachte. Er erkannte Duke Mullens Lachen.

Die Spitze von Duke Mullens schwerem Stiefel, die in seinen Bauch knallte, war das Letzte, woran er sich erinnerte.

26

David saß neben Chris Spotted Horse auf einem Fels auf einer Lichtung neben dem Little Sandy Creek. Sie warteten auf Chief, fischten an dem Platz, den er ihnen gezeigt hatte, einen seiner Lieblingsplätze. Sie warteten und warteten, aber Chief kam nicht.

»Glaubst du, er hat es vergessen?«, fragte Chris, der gerade ein Stück flussaufwärts geangelt hatte.

»Das glaube ich nicht. Wir haben uns gestern nach der Schule fest für heute verabredet.« Er sah hoch zu Chris und dann durchzuckte ihn ein schrecklicher Gedanke. »Du glaubst doch nicht, dass ihm etwas passiert ist, oder? Als wir miteinander gesprochen haben, hat er erzählt, er wolle oben an der Beavertail-Mine ein paar Fotos machen. Er sagte, aus dem Auffangbecken würde Arsen in den kleinen Zufluss vom Beaver Creek sickern.«

Chris' dunkle Haut wurde mit einem Mal ganz blass. »Mein Dad hat ihn beschworen, er soll nicht hingehen. Chief wollte sich eine Kamera leihen, aber Dad hat ihm keine gegeben. Er hat gesagt, es wäre zu gefährlich. Er sagte, das wäre Consolidated-Grund, und wenn sie ihn erwischen würden, wäre der Teufel los.«

Ganze zwei Minuten stand David reglos da, die Hand fest um die neue Angelrute geklammert, die er sich mit dem Geld, das er den Sommer über verdient hatte, gekauft hatte. »Wir müssen es jemandem sagen. Wir müssen was tun. Ich hab da ein ganz mieses Gefühl.«

»Ich auch«, sagte Chris. Die beiden stürmten los, den Weg hinunter, der am Little Sandy Creek entlangführte. Sie wurden erst langsamer, als sie auf der Lichtung angelangt waren, auf der Kates Haus auf einer kleinen Anhöhe über dem Café zu sehen war.

»Komm. Meine Mom arbeitet heute. Sie wird wissen, was wir tun müssen.«

Sie liefen den Abhang hinunter und stürmten durch die Hintertür in die Küche des Cafés.

»Um Himmels willen.« Myra sprang aus dem Weg mit dem Pfannenwender in der Hand. »Wo brennt's denn, ihr beide?«

»Chief ist verschwunden«, keuchte David und versuchte Luft zu holen. »Er sollte uns oben am Angelplatz treffen, aber er ist nicht gekommen. Wo ist Mom?«

»Ich bin hier.« Sie lächelte, als sie ein Tablett mit schmutzigem Geschirr abstellte. »Bist du sicher, dass Chief es nicht einfach vergessen hat?«

David erzählte ihr seine Geschichte und Chris warf ein, dass Chief von seinem Vater eine Kamera hatte leihen wollen.

»Ich weiß, dass etwas passiert ist, Mom. Wir müssen ihn finden.«

Kate sah hinunter zu ihrem Sohn, nagte unbewusst an ihrer Unterlippe. Chief hatte die Jungs bis jetzt kein einziges Mal enttäuscht. Sein Wort war so zuverlässig wie die aufgehende Sonne. Wenn er sagte, er würde kommen, würde er da sein, außer er war nicht fähig dazu.

Sie stellte fest, dass es fast zehn Uhr früh war und legte die Schürze ab, die sie über ihren Jeans trug. »Ruf Bonnie an«, sagte sie zu Myra. »Bitte sie, die Mittagsschicht zu übernehmen.«

»Du hast doch nicht etwa vor, alleine nach Chief zu suchen?«

Kate hielt inne. »Ich dachte, ich rufe Jeremy an und frage, ob er mitkommen kann.«

»Ich denke, wir sollten Chance anrufen«, wandte David ein, worauf sich Kates Magen sofort zusammenzog. »Er hat Pferde. Wir brauchen sie vielleicht. Da oben gibt's einen Haufen Berge und Wälder.«

»Ich halte das für keine sehr gute –«

»David hat Recht«, stimmte Myra zu. »Mithilfe von Chance und Jeremy könntet ihr ihn finden. Und Jeremy würde ihn wahrscheinlich sowieso anrufen.«

Unwillig gab Kate nach. Sie wollte Chance nicht anrufen. Sie tat schließlich alles, was in ihrer Macht stand, um sich von ihm fern zu halten.

Es dauerte nur ein paar Minuten, dann stoppte Chances großer silberfarbener Dodge vor dem Café. Er nahm seinen schwarzen Filzhut ab, als er durch die Tür kam. Sein Blick wanderte über sie und ein paar unwillkommene Schmetterlinge flatterten mal wieder durch ihren Magen. Sie hatte ihn seit dem Tag, an dem die Bremsen versagt hatten, nicht mehr gesehen. Sie rief sich energisch zur Ordnung, als er mit etwas Abstand vor ihr stehen blieb. »David hat mir erzählt, was passiert ist.«

Sie nickte, versuchte vergeblich ihre Augen von ihm zu lösen. Mein Gott, es tat gut, ihn einfach nur anzuschauen. »Er glaubt, Chief könnte auf Consolidated-Grund gegangen sein. Wenn er das getan hat und sie ihn erwischt haben, könnte er in sehr ernsten Schwierigkeiten stecken.«

»Das habe ich befürchtet. Wir müssen ihn finden, Chance, aber ich bin mir nicht sicher, wo wir anfangen sollen.«

»Ich hab mit Jeremy geredet. Chief hat kein Telefon, also fährt Jeremy an seinem Wohnwagen vorbei.« Wie eine Reihe von anderen Salish, lebte Chief in einem Wohnwagen im Reservat. »Er wird mit Chiefs Nachbar reden, schauen, ob der was weiß. Er müsste jeden Moment anrufen.«

Ein paar Minuten verstrichen, dann läutete das Telefon. Kate nahm ab und gab den Hörer mit Jeremy am anderen Ende an Chance weiter.

»Was hast du herausgefunden?«, frage Chance. Sie konnte die Antwort nicht hören, aber Chance runzelte die Stirn. »Okay, das war's dann. Wir treffen uns dort.«

»Was ist?« Kate schaute ihn besorgt an.

»Joe Three Bulls ist Chiefs nächster Nachbar im Reservat. Er sagt, Chief hätte erwähnt, dass er gestern Abend Fotos vom Auffangbecken machen wollte. Seither hat Joe ihn nicht mehr gesehen.«

»Oh, nein!«

»Wenn er da hingegangen ist, weiß ich, wo wir mit der Suche anfangen können.« Er packte sie an der Schulter. »Keine Sorge, Kate. Wir werden ihn finden. Wir geben nicht auf, bis wir ihn haben.« Er wandte sich zum Gehen.

»Warte einen Moment. Ich komme mit euch.«

Er blieb wie angewurzelt stehen. »Garantiert nicht.«

»Chief ist mein Freund«, warf David ein. »Chris und ich kommen auch mit.« Die Jungs rückten näher. Ihre Entschlossenheit war nicht zu übersehen.

Chance biss die Zähne zusammen. »Ihr könnt nicht mit – keiner von euch. Wir müssen auf Consolidated-Land gehen. Das heißt unbefugtes Betreten. Ich will nicht, dass einer von euch in so was verwickelt wird.«

Kate schnaubte. »Ich hab gesagt, ich gehe mit. Das steht nicht weiter zur Diskussion.«

»Ich auch«, meldete sich David stur.

»Wenn Dad geht, gehe ich auch mit«, forderte Chris hartnäckig.

Chance seufzte. »In Ordnung, ihr könnt uns bis zur Zaunlinie begleiten. Jeremy trifft mich dort. Wir werden den

Rest des Wegs zu Fuß bewältigen müssen. Wenn wir den Chief nicht finden, sind wir gezwungen, den Sheriff anzurufen, ein paar Männer zusammenzutrommeln und zu Pferd reinzureiten. Momentan hoffen wir, dass wir ihn gleich finden.«

Kate wechselte eiligst ihre Tennisschuhe gegen ein paar Hightechleder- und Segeltuchstiefel, die sie vor kurzem gekauft und in die sie sich bereits verliebt hatte. Sie packte ihre Jacke und alle marschierten hinaus zum Pick-up. Die Jungs kletterten auf die Pritsche und Kate stieg auf den Beifahrersitz neben Chance.

Sie war seit Wochen nicht mehr mit Chance gefahren, aber der vertraute Geruch von Waffenöl, Seil und Leder brachte sofort sorgfältig verdrängte Erinnerungen zurück: wie er sie das erste Mal geküsst hatte, wie sie zusammen im Antlers tanzten, die Nacht, in der sie sich auf dem Lookout Mountain geliebt hatten.

Chance ging es anscheinend ebenso. Sie spürte seine durchdringenden blauen Augen auf sich, aber als sie ihn ansah, wandte er sich ab.

Schweigend fuhren sie die Straße entlang, die dem Beaver Creek hinauf in die Berge folgte. Chance umklammerte mit grimmigem Blick das Steuerrad. An einer Kurve bogen sie in einen Kiesweg ein, der auf Reservatland führte und sich bald zu einem zerfurchten Waldweg verengte.

Chance legte den Geländegang ein und rumpelte weiter. »Der Weg schlängelt sich weiter hoch zur nördlichen Grenze des Consolidated-Besitzes«, erklärte er, während der große Truck durch die tiefen Furchen schwankte und schaukelte. »Wenn Chief zum Auffangbecken wollte, ohne gesehen zu werden, dann ist er wahrscheinlich hier entlanggekommen.«

Kate schwieg, klammerte sich nur fest an den Sitz, weil jeder Huckel versuchte, sie auf den Boden zu schicken. Sie spähte durch das hintere Fenster, um sich zu vergewissern, dass die Jungs okay waren, und seufzte vor Erleichterung, als der Truck endlich am Straßenrand hielt, neben Jeremys verbeultem, blauem Chevy Pick-up.

Die Jungs sprangen von der Ladefläche und Kate benutzte das Trittbrett, um sich auf die Erde zu hangeln.

Jeremy kam auf sie zu, mit finsterer Miene. »Was zum Teufel machen die hier?«, sagte er zu Chance und deutete mit dem Daumen auf Kate und die Jungs.

»Sie wollten unbedingt mitkommen. Ich habe gesagt, ich nehme sie bis hierher mit, aber dann müssen sie warten.«

Kate ignorierte seine Rede, zerrte wortlos ihre Jacke aus dem Truck, schlüpfte hinein und zog den Reißverschluss halb zu. »Die Jungs warten hier auf uns. Ich gehe mit euch.«

»Kommt nicht in Frage«, knurrte Chance. »Das ist unwegsames Gelände. Du beschützt David und Chris.«

Kate lächelte liebenswürdig. »Ich laufe jeden Tag viele Meilen im Café. Ich begleite euch.« Sie ignorierte die verkniffenen Gesichter der beiden Männer, marschierte auf den Stacheldrahtzaun zu und trat mit einem ihrer Füße auf den untersten Draht. Dann spreizte sie den darüber – wie sie es gelernt hatte – und duckte sich auf die andere Seite durch.

»Kommt ihr?«, drängte sie und spendierte ihnen ein wimpernklimperndes Lächeln. Chance seufzte tief und folgte ihr.

»Wir sind in ein paar Stunden zurück«, instruierte Jeremy die Jungs. »Haltet Ausschau nach Chief und bleibt in der Nähe der Trucks.«

Die Jungs nickten zustimmend und die drei begannen den steilen Gebirgspfad, der in den Wald führte, hochzusteigen.

»Die Beavertail-Mine ist etwa zwei Meilen von hier«,

sagte Chance. »Haltet unterwegs die Augen offen. Wenn wir dort sind, werden wir den Bereich um den Klärweiher absuchen. Finden wir dort keine Spur von Chief, gehen wir zurück zu den Trucks, fahren den Berg runter, bis wir im Handynetzbereich sind, und verständigen den Sheriff.«

Kate nickte und ordnete sich zwischen Chance, der voranging, und Jeremy, der hinterdrein folgte, ein. Der Anstieg war steil und ein kalter, böiger Wind pfiff vom Gebirge herunter, rauschte unheimlich durch die Bäume. Es war fast November. In dieser Höhe war es klar, dass der Winter vor der Tür stand.

Chance gab ein schnelles, aber erträgliches Tempo vor, wahrscheinlich langsamer, als er gegangen wäre, wenn Kate nicht dabei gewesen wäre. Aber trotzdem kamen sie zügig voran. Kate gelang es leichter, als sie erwartet hatte, Schritt zu halten. Chance sah sich ein paar Mal um, schien zufrieden, dass sie das Tempo durchhielt, und ging in gleichmäßigem Rhythmus den verschlungenen Pfad hoch.

Sie beobachtete seinen breiten Rücken vor ihr, die Schultern, die weit über seinen Segeltuchrucksack hinausragten, seine schlanke Gestalt, die so locker dahinschritt, wie man es nur durch jahrelanges Training in diesem schönen, rauen Land lernen konnte.

Sie atmete schwer, als der Weg oben am Berg eben wurde. Chance blieb einen Moment stehen, damit sie durchatmen konnten, wofür sie und Jeremy dankbar waren.

»Bei dir sieht das viel zu leicht aus«, neckte er sie. »Inzwischen solltest du keuchen und hecheln.«

Kate lächelte, sie atmete bereits wieder normal. »Vielleicht verwandle ich mich tatsächlich in eine Gebirgsmaid.«

Seine Miene wurde sanfter, sein Blick verweilte kurz auf ihrem Gesicht. »Vielleicht bist du das schon.«

Er sah ihr direkt in die Augen und schien in sie zu versinken. Sie wollte ihn berühren, ihre Finger über die kantigen Flächen seines Gesichtes streichen, die starken langen Sehnen seines Körpers.

»Braucht jemand einen Schluck Wasser?« Jeremy reichte ihr seine Feldflasche, beendete den magischen Moment und beide wandten sich ab. Kate griff sich die Metallflasche und nahm einen tiefen Schluck. Sie reichte sie weiter an Chance, der eine Spur von ihrem Lippenstift an ihrem Rand geschmeckt haben musste, denn er fuhr sich automatisch mit der Zunge über die Lippen und ein sehnsüchtiger Blick streifte sie.

Mit einer brüsken Handbewegung gab er Jeremy die Flasche zurück, die Augen nun angestrengt auf einen fernen Felsgrat gerichtet. »Die Zeit vergeht. Wir sollten uns besser beeilen.« Als sie am hinteren Ende des Waldes angelangt waren, hob Chance die Hand und brachte sie mit einer Geste zum Stehen.

»Man kann das Auffangbecken von hier aus sehen«, raunte er und achtete darauf, dass sie im Schutz der Bäume blieben. »Jeremy, du schlägst den Bogen nach links und ich geh nach rechts und nehm Kate mit.«

Jeremy nickte, der Wind peitschte die Enden seines langen schwarzen Zopfes. Mit fast lautlosen Schritten verschwand er im schattigen Wald.

»Bleib dicht hinter mir«, flüsterte Chance, »und versuch so leise wie möglich zu sein. Da arbeiten Männer in der Nähe.«

Sie folgte ihm, ging so geräuschlos sie konnte. Sie bemerkte, dass er sich ein paar Mal umsah, um sicherzugehen, dass sie noch da war.

Ein kleiner Bach plätscherte aus dem Wald, wirbelte über

bemooste Steine und Felsblöcke den Abhang hinunter. Chance watete zur anderen Seite, nahm ihre Hand und half ihr hinüber. Sie gingen weiter, folgten dem schlammigen Ufer auf der anderen Seite. Seine fast lautlosen Schritte, gedämpft von der feuchten, dunklen Erde, wandten sich in Richtung Klärweiher. Und in diesem Augenblick entdeckte sie es – ein winziges, helles, gelbes Etwas, das vom Grund des Baches heraufblitzte.

»Chance«, flüsterte sie. Er blieb stehen und kam zurück. Sie ging neben dem Bach in die Hocke und fischte ein kleines zerrissenes Stück gelbe Pappe heraus. Es war der Deckel einer Filmschachtel. Sie suchte entlang des Ufers, bis sie mehrere Stücke kaputtes, graues Plastik entdeckte. Sie klaubte sie unter den Steinen hervor, wo sie halb versteckt lagen.

»Das war eine Kamera«, sagte Chance düster. Er erkannte die zerbrochenen Teile. Sie stammten von einer der billigen Apparate, die Touristen in Dillon's Mercantile kauften. »Chief war auf jeden Fall hier.«

»Ja. Und nachdem er bis hierher gekommen ist, wäre er nicht ohne sie gegangen.«

»Verteilen wir uns und schauen, ob wir noch mehr finden können. Geh nur nicht zu weit weg.«

Sie nickte und begann den Boden abzusuchen, schaute sich nach Spuren oder Hinweisen um, die ihr zeigen könnten, wohin Chief gegangen war. Sie suchten mindestens zwanzig Minuten, bis sie Chances eindringliches Flüstern hörte. »Hier drüben!«

Kate eilte zu der flachen Senke, in der er verschwunden war. Sie fand ihn kniend hinter einem dichten Gebüsch.

»Was hast du gefunden?« Bevor er antworten konnte, entdeckte sie die dünnen, mit Jeans bekleideten Beine, die aus den Büschen ragten. »Oh, Gott, nein!«

Chief war mit Blut und Dreck bedeckt, sein Gesicht war so geschwollen, dass es kaum erkennbar war. Ihre Hände zitterten, als sie sich rasch neben ihn kniete. Ihr Herz schlug wie wild.

»Ist er ...?«

»Er atmet noch, aber minimal.« Chance nahm seinen Rucksack von der Schulter, öffnete die mittlere Tasche und zog eine Decke und einen Erste-Hilfe-Kasten heraus. »So wie's aussieht, haben sie ihn hierher geschleift. Haben sich wahrscheinlich gedacht, das Wetter und die Tiere erledigen ihn endgültig.« Er öffnete vorsichtig die Jacke des alten Mannes und stellte fest, dass sein kariertes Flanellhemd voller Blut war. Chance knöpfte es auf und öffnete es behutsam. Schwammiges Blut leckte aus einem kleinen zerfetzten Loch in seiner mageren grauhaarigen Brust. Ein wilder Schluchzer stieg in Kate hoch, doch sie biss sich auf die Lippe, um ihn zu unterdrücken.

»Seine Wangenknochen sind gebrochen. Außerdem ein paar Rippen. Eine muss die Lunge durchstoßen haben.« Er legte eine Decke über den bewusstlosen Mann. »Er wird wahrscheinlich auch innere Verletzungen haben. Es ist erstaunlich, dass er überhaupt noch atmet.«

Es schnürte ihr die Kehle zu. Sie versuchte den Kloß in ihrer Kehle hinunterzuschlucken. »Wir müssen Hilfe holen. Wir müssen ihn hier wegbringen.«

Sie keuchte erschrocken über die Kraft der alten Hand, die ihr Handgelenk packte. Chiefs uralte Augen öffneten sich langsam und richteten sich auf sie.

»Fotos ...«, flüsterte er. »Rucksack. Unter dem Busch.«

»Ganz ruhig, *say-laht*«, sagte Chance in Salish zu dem alten Mann. Kate hatte nicht einmal gewusst, dass er das beherrschte. Er sagte viele Worte, die sie nicht verstand, aber der Tenor war wohl, dass sie gekommen waren, um ihn zu retten. »*Yo lu hom-kanu-le-hu*«, sagte Chance mit sanfter Stimme. »Wir bringen dich an einen Platz, wo du sicher bist.«

Chief schüttelte kaum merklich den Kopf. »*Chiks imsh lu ch'en-ku dtu leewh.*« Seine Augen fielen langsam zu. Einen Moment lang dachte Kate, er wäre ihnen entglitten. Dann hob sich seine gebrechliche Brust zu einem weiteren flachen Atemzug.

Chance sah grimmig drein. »Er hat gesagt, heute wäre der Tag, an dem er in die andere Welt reist.«

»Nein!« Sie packte Chiefs verwitterte Hand. »Du wirst nicht sterben. Wir lassen es nicht zu!«

Am Rande ihres Blickfelds sah sie Jeremy wie eine Statue im Gebüsch stehen. Sie hatte sein Kommen nicht einmal bemerkt.

»Ich geh runter zur Mine und hole Hilfe.«

»Er wird einen Hubschrauber brauchen«, sagte Chance. »Das ist seine einzige Chance.«

Jeremy nickte. »Ich komm so schnell ich kann zurück.« Er verschwand genauso leise, wie er gekommen war und Kate musterte Chance besorgt.

»Ist es denn nicht gefährlich für ihn, da runterzugehen? Sieh dir an, was die mit Chief gemacht haben.«

»Chief war ein harmloser, alter Mann. Jeremy ist in der Gemeinde sehr bekannt. Außerdem wird er direkt ins Hauptbüro gehen und ihnen erklären, dass wir hier sind und was wir gefunden haben. Sie sind gezwungen, uns zu helfen. Sie haben gar keine andere Wahl.«

Ihre Hand zitterte, während sie die von Chief hielt. »Halt einfach durch«, flüsterte sie und sah hinunter in sein geschwollenes, geschundenes Gesicht. Die Tränen, gegen die sie angekämpft hatte, füllten ihre Augen und begannen über ihre Wangen zu tropfen.

»Weine nicht. *I-huk-spu-us*. Freunde sind hier. Es ist gut, mit Freunden zu sterben.«

Der Kloß in ihrem Hals schwoll so an, dass sie kaum sprechen konnte. Sie drückte seine eisigen Finger und sah dann hoch zu Chance, dessen Augen ebenfalls verräterisch glänzten.

»Wie hat er mich genannt?«

»Am nächsten käme wohl ›reines Herz‹.«

Kate biss die Zähne aufeinander. *Reines Herz*. Er hatte einmal zu ihr gesagt, dass sie ein sehr gutes Herz hätte. Sie hatte diesen alten Mann lieb gewonnen, der sich mit ihr und ihrem Sohn angefreundet hatte. Und jetzt rang er mit dem Tod. Er hatte so viel Blut verloren und war so schwach. Unter ihren Fingern konnte sie den unregelmäßigen Puls kaum spüren. Sie sprach ein stilles Gebet, aber sie dachte, es könnte sehr gut Gottes Wille sein, ihn heute auf seine Reise in die Ewigkeit zu tragen, genau wie er gesagt hatte.

Chiefs eisige, brüchige Finger drückten kaum merklich ihre Hand. »Ich hab gehört... dass du dort warst... dass du gesehen hast... *Schi-mas-ket*.«

Sie brauchte Chance nicht, um das zu übersetzen oder die Frage, die deutlich in seinen schmerzerfüllten Augen lag. »Ja, ich war dort. Es ist ein wunderschöner Ort. Mit Wiesen sogar noch grüner als hier. Der Himmel ist so blau, dass es in den Augen fast wehtut und das Licht... das Licht ist wie ein feiner Goldnebel, der dich schimmernd umgibt. Es wärmt dich von innen, füllt dich mit einer Freude, wie du sie auf Erden nie empfunden hast. Alle deine Freunde werden da sein. Und deine Familie, Chief. Deine Mutter und dein Vater. Sie werden da sein, um dich in der Heimat zu begrüßen. Sie werden sich so freuen, dich nach all den Jahren wieder zu sehen.«

Sie sah hinunter in sein Gesicht, konnte kaum etwas erkennen vor lauter Tränen. »Es ist alles, was du dir je erwartet hast – und mehr.«

Sie spürte, wie er ihre Hand leicht drückte. Seine Mundwinkel hoben sich zu einem Hauch von Lächeln, dann fielen seine Augen langsam zu. Die Hand, die ihre hielt, wurde schlaff und sie wusste, dass er von ihnen gegangen war.

Gütiger Gott! Ein Teil von ihr wollte ihn zurückrufen, ihn anflehen zu bleiben, den Ärzten eine Chance zu geben, ihn zu heilen. Aber ein anderer Teil kannte den Frieden, den er bereits gefunden hatte, wusste, dass der Schmerz vorbei war und durch Freude ersetzt worden war und sie brachte die Worte nicht heraus.

Sie spürte Chances Hand auf ihren Schultern, nur eine federleichte Berührung, und trotzdem konnte sie seine Kraft spüren. Sie begann sie zu durchströmen, während ihr die Tränen übers Gesicht liefen und sie sich an die alte, runzelige Hand des Mannes klammerte.

»Er ist tot, Kate. Wir können nichts mehr tun.«

Stumme Schluchzer schüttelten sie, aber sie bewegte sich immer noch nicht. Sie spürte Chances Hand auf ihrem Ellbogen. Er half ihr aufzustehen und zog sie in seine Arme.

»Oh, Chance«, schluchzte sie, konnte nicht aufhören zu weinen.

»Ist ja gut, Darling. Er hat deine Worte gehört und es hat ihm Frieden gegeben.«

Sie sah ihn mit tränennassen Augen an. »Denkst du, er hat mir geglaubt?«

Sein Daumen strich über ihre zitternden Lippen. »Ich weiß, dass er es hat.«

Sie begrub ihr Gesicht an seiner Brust und weinte, bis ihre Tränen seine ganze Jacke durchweicht hatten. Chance hielt sie fest, flüsterte tröstliche Worte, sagte ihr, wie froh er war, dass sie dabei gewesen war, wie viel Trost sie Chief gegeben hatte.

»Wie konnte jemand so etwas tun?«, schluchzte sie. »Wie konnten sie diesen lieben, alten Mann so grausam verletzen?«

Sie spürte, wie seine Hand über ihren Rücken strich. »Ich weiß nicht, was Leute dazu treibt, so etwas zu tun. Ich weiß nicht, wer es war, aber ich verspreche dir, Kate, das werde ich rausfinden.«

Chance schwieg und Kate stand einfach da, dankbar für seine tröstliche Gegenwart. Es kam ihr vor wie Stunden, aber es waren weniger als dreißig Minuten, bis sie das Wop, Wop eines Hubschraubers hörten, der von oben herunterstieß.

Der Hubschrauber landete auf einer Lichtung unweit der Schlucht und zwei Männer in weißen Uniformen sprangen heraus. Sie zogen eine Trage heraus, duckten sich unter den wirbelnden Rotorblättern und rannten zu der Stelle, wo sie und Chance am oberen Rand der Schlucht warteten.

Kate blieb wie eine Steinsäule stehen, während Chance sie zu Chief führte, der nun ganz von der Decke verhüllt war. Sie luden seine Leiche auf die Trage und waren mit dem Hubschrauber kaum abgehoben, als Jeremy mit besorgter Miene dazustieß.

Chance schüttelte den Kopf.

Sie holten noch Chiefs Rucksack mit dem Film aus dem Gebüsch, der für Chief so wichtig gewesen war, um dafür zu sterben. Dann machten sie sich schweren Herzens auf den Rückweg zu den Trucks.

Es war ein grimmiges Trio, das am Fuß des Berges eintraf. Ein Blick auf Kates tränenverquollenes Gesicht genügte und David wusste, was passiert war.

»Sie haben ihn umgebracht, stimmt's? Diese Dreckschweine haben ihn ermordet!«

Jeremy führte Chris ein Stück beiseite und Chance packte Davids Schulter mit einer beruhigenden Geste. »Wir werden rausfinden, wer es getan hat, Sohn. Wir werden dafür sorgen, dass sie für das, was sie getan haben, bezahlen.«

David versuchte nicht zu weinen, aber seine Augen schimmerten feucht und seine Hände zitterten. Chance zog ihn fest an seine Brust und schlang die Arme um die Schultern des Jungen.

»Du kannst ruhig weinen, David. Manchmal hilft das gegen den Schmerz.«

David klammerte sich sekundenlang an ihn, dann ließ er los. Als sie vor ihrem Haus ankamen, sprang er vom Truck, lief ins Haus und ließ das Fliegengitter hinter sich zuknallen.

Kate wollte aus dem Pick-up klettern und ihm nachgehen, aber Chance packte ihren Arm. »Lass ihn, Kate. Er braucht ein bisschen Zeit, um alles zu verdauen.«

Er hatte Recht, das wusste sie. Sie seufzte und lehnte sich im Sitz zurück. Chance beugte sich über sie, nahm ihr Kinn in seine Hand und drehte sie zu sich.

»Ich möchte dir sagen, wie stolz ich auf dich bin, Kate. Ich bin froh, dass du heute dabei warst. Ich habe noch nie eine Frau wie dich gekannt.«

Kate blinzelte und frische Tränen rollten ihr über die Wangen. »Danke.«

»Da ist noch etwas. Etwas, das ich nur dieses eine Mal und dann nie wieder sagen werde.« Sie las das Gefühl, das er nicht zu verstecken versuchte, auf seinem Gesicht. »Ich liebe dich, Kate. Es ändert nichts. Nichts kann das ändern, was ich tun muss. Ich wollte nur, dass du es weißt.«

Sie wollte ihm sagen, dass auch sie ihn liebe, wollte es so sehr, dass es schmerzte. Aber er heiratete eine andere und sie verschluckte die Worte. Stattdessen brachte sie mühsam heraus: »Ich muss gehen.«

Chance nickte und wandte sich ab. »Ich weiß.«

Mit einem letzten tränenverschleierten Blick auf sein geliebtes Gesicht sprang Kate aus dem Pick-up und rannte wie von Furien gehetzt die Verandatreppe hoch. Sie fühlte sich krank, krank vor Liebe, vor Schmerz und vor Trauer – nicht nur um Chief.

27

Lon Barton legte den Telefonhörer in seinem Büro auf und lehnte sich im Stuhl zurück. Seine Hände bebten. Er war siebenunddreißig Jahre alt und wenn sein Vater anrief, ängstigte er sich wie ein kleines Kind.

Er schlug mit der Faust auf seinen Schreibtisch, was mehrere Heftklammern durch die Luft fliegen ließ und diverse Papiere gefährlich ins Rutschen brachte. Scheißkerl! Er zwang sich, ruhig durchzuatmen, streckte die Hand aus und drückte den Knopf der Sprechanlage.

Seine Sekretärin antwortete sofort. »Ja, Mr. Barton?«

»Finden Sie Mullens. Er soll sofort herkommen.«

»Ja, Sir. Sofort.«

Zwanzig Minuten später klopfte Duke an die Tür und schlenderte herein. »Was gibt's, Boss?«

Lon lehnte sich in seinem teuren, mit schwarzem Leder gepolsterten Drehstuhl zurück. »Mein Vater hat uns aus seinem Haus in Whitefish angerufen.« Es war nur eines der Häuser, die er von Beverley Hills bis West Palm Beach besaß. »Seine Freundin aus dem Sheriffsbüro hat ihn heute angerufen. Du weißt schon – Barbara Soundso.« Eine attraktive Frau, die Lon schon ein paar Mal selbst hätte ausführen wollen. Ihn hatte Barbara ständig abgelehnt, nicht aber seinen Vater. Mit siebenundfünfzig war William Barton schlank, fit und gut aussehend, einer der reichsten und einflussreichsten Männer im Land. Für Frauen war er wohl schon von klein auf attraktiv gewesen. Außerdem akzeptierte er nie ein Nein. Obwohl er mit seiner vierten und möglicherweise letzten Frau verheiratet war, traf er sich seit fast einem Jahr heimlich mit Barbara.

Lon musterte Duke, dessen massiger Körper an der Tür lehnte, die Arme über der Brust verschränkt.

»Barbara sagt, der Sheriff steht unter Druck, die Leiche von Nell Hart zu exhumieren.«

»Scheiße.«

»Wenn das passiert und sich herausstellt, dass ihr Tod kein Unfall war und sich womöglich Beweise finden, dass bei ihrem Tod tatsächlich, äh, nachgeholfen wurde, dann wird dieses Grundstück, das wir von Silas gekauft haben, bei Gericht landen. Mein Vater will nicht, dass das passiert. Er will die Sache geregelt haben, ein für alle Mal.«

Ich hab deine Inkompetenz satt, hatte sein Vater in seinem üblichen missbilligenden Ton gesagt. *Ich will die Sache ein für alle Mal geregelt haben – hast du mich gehört? Es ist mir egal, wie das passiert.*

Duke richtete sich zu voller Größe auf, stemmte sich weg von der Tür. »Du willst, dass ich das regle?«

Duke nickte, mit einem leichten Gefühl von Übelkeit. »Da freust du dich doch.«

»Ich will sichergehen, dass ich dich richtig verstanden habe. Du willst, dass Kate Rollins von der Bildfläche verschwindet. Du meinst, wenn sie erst mal weg ist, wird die ganze Sache im Sand verlaufen.«

»So in etwa.«

»Wann willst du es erledigt haben?«

»Ich habe mir gedacht, vielleicht Halloween. Das ist morgen Nacht. Ihr Junge wird wahrscheinlich beim Süßigkeitensammeln unterwegs sein. Und es sind jede Menge Idioten unterwegs, die Ärger machen, also werden die Cops gut beschäftigt sein.«

»Hört sich gut an.« Duke wandte sich zur Tür.

»Noch eins. Es muss wie ein Unfall aussehen. Wenn es nach irgendwas anderem aussieht, würden wir noch mehr Ärger kriegen, als wir sowieso schon haben.«

Duke grinste fett und nickte. »Ich werde mich darum kümmern. Es ist erstaunlich, was mit einem Haus passiert, wenn jemand das Propangas anlässt.«

Lon verzog das Gesicht. Er wollte die grausigen Details meist nicht hören, aber diesmal brauchte er die Einzelheiten. Er musste Gewissheit haben, dass die Sache korrekt gehandhabt wurde. »In Ordnung, wenn das sein muss. Tu's.«

Duke warf ihm einen Blick zu, den er nicht ergründen konnte. Eventuell war er über den Job nicht ganz so glücklich, wie Lon gedacht hatte. Grausamkeit war eine Sache. Mord eine andere. Trotzdem, was immer dazu nötig war, Lon konnte darauf zählen, dass er die Sache erledigte.

Lon verfluchte seinen Vater, der ewig mehr verlangte, als sein Sohn geben konnte, und wandte sich dann wieder dem Papierkram zu, der sich auf seinem Schreibtisch türmte.

»Viel Spaß!« Kate stand auf der Veranda, winkte und lächelte David zu, der auf den Rücksitz von Willows Minivan hopste, in dem Chris schon wartete.

»Ich bring ihn spätestens um elf zurück«, versprach Willow. Sie und Jeremy brachten die Jungs zum Halloween-Karneval in Chris' Schule und hinterher ins »Geisterhaus« nach Ronan, das der lokale 4-H-Club dieses Jahr aufgestellt hatte.

»Bist du sicher, dass du nicht mitkommen willst?«, fragte Willow.

Kate schüttelte den Kopf. »Es klingt zwar, als ob ihr da viel Spaß haben werdet, aber heute Abend ist die wöchentliche Online-Chatgruppe der Koalition. Nachdem ich die Sache nicht mehr leite, versuch ich da zu sein, um Fragen zu beantworten und ihnen zu helfen, neue Ideen zu finden.«

»Das ist wirklich wichtig.« Willow öffnete die Beifahrertür und rutschte auf den Sitz neben ihren Mann, der am Steuer saß. Alle winkten ihr zu, als Jeremy den Minivan wendete, die Einfahrt hinunterfuhr, auf die Straße einbog und Sekunden später in der einfallenden Dunkelheit verschwand.

Heute Abend pfiff ein heftiger Wind, ächzte durch die Äste der Kiefern, wirbelte das Gras und welke Blätter hoch. Schwere schwarze Wolken verhüllten den Mond und die Sterne und signalisierten einen aufkommenden Sturm.

Als sie zurück ins Haus ging, ignorierte Kate einen Anflug von Unbehaglichkeit und erinnerte sich stattdessen an das Lächeln auf Davids Gesicht, als er in das Auto stieg, das erste, das sie bei ihm seit Chiefs Tod sah. Die Beerdigung war erst gestern gewesen, ein schlichter Gottesdienst am Grab auf dem kleinen Friedhof des Reservats, aber fast alle Stadtbewohner waren da gewesen, wie auch die Farmer der Umgebung, einschließlich Ed und Chance. Chief würde allen sehr fehlen, das war sicher.

Kate und David waren mit Willow und Jeremy hingegangen. Kate wusste, wie sehr David trauerte und verbrachte jeden freien Augenblick mit ihm. Deshalb war sie heute Abend auch nicht mitgegangen. Sie dachte, es würde ihm gut tun, mal ohne sie zu sein.

Mit einem letzten Blick in die Dunkelheit überprüfte Kate, ob die Haustür abgeschlossen war – eine Angewohnheit aus der Stadt –, ging dann in die Küche, brühte sich einen Becher Tee und trug ihn nach oben in ihr Büro.

Sie konnte den Wind pfeifen hören. Er rüttelte an den Fenstern, ein unheimliches Geräusch in dem knarzenden, alten Holzhaus, eine perfekte Nacht für Halloween. Sie setzte sich hinter ihren Computer, schaltete ihn ein und er begann zu summen und vertrieb damit den Halloweengrusel.

Sie tippte die erforderlichen Befehle ein, lud sich ihre E-Mails herunter, las eine Nachricht von Sally, die sie über das Leben in L. A. informierte und darüber, was bei Menger und Menger so los war. Kate antwortete mit dem Neuesten von der Antiminenkampagne und erzählte Sally, sie hätte ihren Posten aufgegeben und wünschte ihr ein fröhliches Halloween. Sie beantwortete noch die E-Mail eines Freundes aus Chicago, den sie auf einer Geschäftsreise kennen gelernt hatte und mit dem sie immer noch Verbindung hielt. Dann, um acht Uhr, war es Zeit, in den AOL-Chatroom zu gehen, wo sich die Mitglieder der Koalition einmal die Woche trafen.

Normalerweise beteiligten sich nicht mehr als fünf oder sechs Leute. Ed Fontaine war der Moderator, er war bewundernswert darin, alle bei der Stange zu halten. Jake Dillon trat meist, zumindest kurz, in Erscheinung. Kate hatte das Treffen einmal gegenüber Aida Whittaker erwähnt und letzte Woche hatte sie mithilfe des PCs ihres Schwiegersohns ebenfalls einen Besuch gemacht. Diana Stevens, die Fernsehmoderatorin, war einmal dabei gewesen und auch dieser Anwalt aus Polson, Frank Mills, der die Salish bei ihrer Eingabe um eine einstweilige Verfügung vertreten hatte, war bei einem der letzten Treffen zu Gast gewesen. Manchmal schaute Chance noch vorbei.

Kate verdrängte diesen Gedanken, während sie sich auf die Gruppe einstimmte, Kommentare von Ed las zu dem, was seit dem vorigen Treffen passiert war.

Nach einer halben Stunde chatten begannen ihre Gedanken zu wandern. Etwas nagte in ihrem Hinterkopf, lenkte sie ab. Sie schob ihren Stuhl weg vom Monitor und horchte auf das Heulen des Windes, das Kratzen der Äste gegen die Fensterscheiben und ein anderes, undeutliches Geräusch, das von unten zu kommen schien.

Ihr Puls beschleunigte etwas. Kate ließ den Computer an, durchquerte den Raum, öffnete vorsichtig die Tür und beugte sich auf den Gang hinaus.

Nur Stille empfing sie. Sie schüttelte den Kopf über ihre überbordende Phantasie. *Was hast du denn erwartet? Es ist Halloween.*

Sie wollte gerade wieder die Tür schließen, als sie ein schwaches, kratzendes Geräusch in der Küche hörte, so als würde einer der Stühle am Tisch bewegt.

Das ist albern, sagte sie sich, aber sie konnte nicht zurück an die Arbeit, ehe sie sich vergewissert hatte. Besser, sich dem Unbekannten zu stellen, als darauf zu warten, dass etwas passierte. Sie öffnete die Tür und ging nach unten. An der untersten Stufe angelangt, drückte sie einen weiteren Lichtschalter und marschierte durchs Esszimmer in die Küche. Angst durchjagte sie wie ein Pfeil. Ein Schrei entwich ihr bei dem unerwarteten Anblick des Mannes in der Skimaske, der vor dem Ofen stand.

Kate machte auf dem Absatz kehrt und rannte los.

»Oh, nein, das wirst du nicht!« Er hatte sie wie der Blitz eingeholt, bevor sie die Haustür erreichen konnte. Sein Arm schlängelte sich um ihre Taille, riss sie gegen seine Brust. »Ich glaube, wir haben diesen Tanz schon einmal getanzt, nicht wahr, Schätzchen?«

»Lass mich los!«

»Ach, das tut mir Leid. Diesmal habe ich was anderes mit dir vor.« Er zerrte sie weg von der Tür, holte eine Rolle Isolierband aus seinem Hemd, griff sich brutal ihre Handgelenke und umwickelte sie mit dem Klebeband. »Ich hab dich gewarnt, aber nein – du wolltest nicht hören. Jetzt wirst du bezahlen müssen.«

»Ich hab getan, was du verlangt hast. Ich bin aus der Kampagne ausgetreten.«

»Aber du konntest nicht aufhören, Ärger zu machen, stimmt's? Du konntest keine Ruhe geben.«

»Ich... ich weiß nicht, was du meinst.«

»Ach, es spielt sowieso keine Rolle, ob du was weißt oder nicht.«

Kate versuchte, ihre Hände zu befreien, aber das Band klebte zu fest. Alles, was dabei herauskam, war, dass sie ihr Handgelenk verletzte. Sie hob den Kopf und musterte diesen großen, bulligen Mann, der ihr irgendwie bekannt vorkam. Ein Bild tauchte vor ihrem inneren Auge auf, dieselbe massige Gestalt, die sich mit Chance auf dem Parkplatz geprügelt hatte. Gütiger Gott, das war Duke Mullens. Darauf hätte sie schon beim ersten Mal, als er hier war, kommen müssen. Allerdings hätte es sowieso keine Rolle gespielt, weil sie nicht den geringsten Beweis hatte.

»Was hast du vor?«

Durch die Öffnung der Skimaske sah sie, wie seine großen Zähne blitzten und seine feisten Lippen sich bewegten. »Wenn du meinst, ich werde zwischen deine hübschen, kleinen Beine kommen – tut mir Leid, meine Süße, ich hab keine Zeit.« Er packte sie am Arm und begann sie in Richtung Schrank zu schleifen. Angst loderte in ihr auf.

Kate hatte keine Ahnung, was er vorhatte, aber sie würde es nicht kampflos über sich ergehen lassen. Sie könnte schreien, aber sie war zu weit vom Café weg, als dass irgendjemand sie hören könnte. Stattdessen drehte sie sich, als sie sich dem Schrank näherten, und verpasste ihm einen kräftigen Tritt gegen das Schienbein mit ihrem Hightechstiefel und begann zu rennen.

Duke grunzte und fluchte unflätig. »Mistvieh!«

Die Haustür war abgesperrt. Sie würde nicht die Zeit haben, sie zu öffnen. Sie drehte nach rechts und stürmte die Treppe hoch, ihr Herz hämmerte so hart wie ihre Schritte. Im Büro war ein Telefon. Sie knallte die Tür zu, rammte einen soliden Eichenstuhl unter den Türknopf und rannte zum Telefon auf ihrem Schreibtisch.

Ihre gefesselten Hände zitterten, als sie den Hörer hochriss, ihn ans Ohr klemmte und 911 drückte. Sie konnte Duke Mullens vor der Tür hören, wie er den Knopf drehte, wie er fluchte, als die Türe nicht aufging, und dann seine Schulter gegen die schweren Holzplanken warf.

»Komm schon«, flüsterte sie und wählte die Nummer noch einmal. Es dauerte einen Moment, bis sie merkte, dass der Draht durchschnitten war. Die Leitung war tot!

Oh, mein Gott! Eine Woge von lähmender Angst rollte über sie und ihr Verstand setzte aus. Für einen Moment war sie unfähig zu denken. Kate wirbelte herum zum Computer.

Der Monitor strahlte mit seiner üblichen Wärme. Als sie die Leitung der Kampagne übernommen hatte, hatte sie eine Extraleitung für den Computer installieren lassen. Sie führte an einer anderen Stelle ins Haus als die älteren Telefonleitungen, die Nell vor vielen Jahren installiert hatte. Sie war nach wie vor mit dem Chatroom verbunden.

Ihre Hände waren so hart gefesselt, dass ihre Finger allmählich taub wurden. Sie waren steif und gehorchten nicht so richtig, als sie den Arm drehte und es schließlich schaffte, eine Hand auf die Tastatur zu legen. Sie zwang sich, sorgfältig zu zielen und tippte ein: *Mann im Haus. Versucht mich zu töten. Ruft 911. Kate.*

Holz splitterte. Jede Sekunde würde Mullens durch die Tür brechen. »Du bist tot, hast du mich gehört, du kleines Luder! Erst werde ich dich ficken und dann dreh ich das Gas auf und blas dich weg!«

O Gott! Sie zitterte jetzt vor Angst vor dem, was passieren würde, wenn er in das Zimmer kam. Sie brauchte eine Waffe, etwas das – mein Gott – die Pistole, die Chance ihr geliehen hatte! Sie lag direkt auf der Kredenz hinter dem Schreibtisch. Sie hatte sie als Beschwerer benützt, um ein paar Fotos in ein Album zu kleben, das sie gerade zusammenstellte.

Sie drehte sich rasch in die Richtung, probierte ein bisschen herum, bis es ihr gelang, sie trotz des Klebebands um ihre Handgelenke aufzuheben. Sie riss die oberste Schublade ihres Schreibtisches auf und tastete nach der Schachtel mit der Munition. Die Pappe berührte ihre Finger. Ihre Hände zitterten so heftig, dass sie die Schachtel fast nicht aufbekommen hätte. Schließlich fummelte sie zwei Patronen hinein, schloss den Zylinder und richtete die Waffe auf die Tür.

»Geh weg von der Tür! Ich hab eine Pistole hier drin und sie zielt direkt auf dich! Geh weg oder ich schwöre dir, ich drück den Abzug!«

»Keiner fickt den Duke – hörst du mich? Ich werde dich umbringen! Und zwar langsam und genüsslich!« Er warf sein stattliches Gewicht ein letztes Mal gegen die Tür, das Holz splitterte und Kate drückte ab.

Der Schuss war ohrenbetäubend in dem kleinen Raum. Ihre Ohren dröhnten, als sie den Abzug ein zweites Mal drückte, hörte, wie sie durch das Holz zischte, dann gab die Tür komplett nach und donnerte ins Büro.

Duke Mullens lag obenauf, die Arme und Beine unnatürlich verrenkt, Blut sammelte sich unter ihm, eine grellrote Pfütze, die sich wie eine Flut über der Tür ausbreitete, die mit jedem Herzschlag, den Mullens tat, größer wurde. Er atmete schwer, rang nach Luft.

»Ich hätte dich... beim ersten Mal umbringen sollen.«

Kate richtete den leeren Revolver in seine Richtung, als er sich unbeholfen aufrichtete. Sie zitterte so heftig, dass sie die nutzlose Waffe kaum halten konnte. Statt auf sie zuzukommen, drehte sich Mullens und taumelte rückwärts auf die Treppe zu, beschmierte die Wand voll Blut, als er sich dagegenstützte. Er schaffte es bis zum Treppenabsatz, trat auf die erste Stufe und kippte nach vorne, krachte kopfüber die Treppe hinunter und sackte unten leblos zusammen.

Kate ließ die Pistole fallen, rannte die Treppe hinunter und blieb in einiger Entfernung von Mullens Körper stehen.

»Warum?«, fragte sie verzweifelt mit heiserer Stimme. »Warum wolltest du mich umbringen?« Aber Mullens gab keine Antwort. Seine Brust bewegte sich nicht mehr. Duke Mullens war tot.

Kate ließ sich, am ganzen Körper zitternd, gegen die Wand

fallen. Sie begriff nicht, was passiert war. Warum hatte Duke Mullens sie töten wollen?

Sie musste aufstehen, zurück an ihren Computer gehen, sichergehen, dass ihre Nachricht angekommen und der Sheriff unterwegs war, aber ihre Beine waren wie aus Gummi und ihre Lungen brannten bei jedem Atemzug wie Feuer.

»Warum?«, flüsterte sie und fragte sich, ob sie das herausfinden würde. »Bist du derjenige, der Nell ermordet hat?«

»Duke hat sie nicht umgebracht. Das war ich.«

Kates Kopf schnellte in die Richtung, aus der die Stimme unter der Treppe hervorkam. Lon Barton, von Kopf bis Fuß in Schwarz, stand mit einer Automatik in einer schwarz behandschuhten Hand da. Es war offensichtlich, dass er alles durchs Fenster beobachtet hatte und dass er nicht gerade erfreut war, dass Dukes Mission fehlgeschlagen war.

»Sie ... Sie waren das?«

»Ich hatte es nicht vor. Ich bin an dem Tag nur ins Haus gekommen, um sie zu überreden, den Brunnen zu verkaufen.«

»Aber ... aber –«

»Mein Vater wollte ihn um jeden Preis haben. Nell weigerte sich, vernünftig zu sein. Ich musste etwas unternehmen.«

»Silas Marshal hat gestanden, er wäre derjenige, der sie getötet hat.«

Lon schüttelte den Kopf. Die Spitzen seiner lockigen blonden Haare staken aus seiner schwarzen Wollmütze heraus. »Er muss sie geschubst haben, wie er der Polizei erzählt hat. Ich denke, er hat geglaubt, er hätte sie umgebracht – er ist wie ein Irrer von hier weggerast. Als ich ins Haus ging, lag Nell dort im Esszimmer.«

»Aber sie hat noch gelebt?«

»Sie hat noch geatmet, gerade noch. Als ich merkte, wie nah sie dem Tod war, hab ich mir gedacht – warum nicht? Zur Unterstützung hab ich ihr halt ein Kissen aufs Gesicht gedrückt. Ich hab mir gedacht, wenn sie jemand findet, geben sie Silas die Schuld.«

Kälteschauer jagten über Kates Arm. Lon Barton hatte Nell getötet. Das war der Grund, warum er Duke Mullens geschickt hatte, um sie zu töten. Sie musste ihn dazu bringen, weiterzureden, Zeit gewinnen, bis der Sheriff kam. Gott allein wusste, wie lange es dauern würde – besonders, nachdem heute Halloween war. Und es war nicht einmal sicher, ob die Nachricht überhaupt durchgegangen war.

»Aber Nell hat sich doch bestimmt gewehrt?«

»Nur ein bisschen, sie war zu schwach. Es hat nur ein paar Sekunden gedauert, dann war sie tot.« Barton hob die Pistole, zielte direkt auf ihr Herz. »Genau wie du es gleich sein wirst.«

»Der Sheriff ist auf dem Weg hierher«, sagte sie hastig, tastete sich rückwärts die Treppe hoch. »Selbst wenn Sie mich töten, werden Sie erwischt werden.«

Barton schüttelte den Kopf. »Das glaube ich nicht. Ich glaube, Mullens hat Sie getötet... genau wie Sie ihn getötet haben.« Er rückte näher. »Er war immer schon ein bisschen übereifrig. Deshalb hat er Nell getötet. Er wusste, dass Consolidated diesen Brunnen kaufen wollte und dass Silas Marshal ihn verkaufen würde, sobald Nell aus dem Weg war. Dann haben Sie angefangen, rumzuschnüffeln und Duke hat Angst gekriegt. Er musste Ihnen den Mund stopfen. Leider hat er es nicht überlebt.« Er lud die tödliche Waffe durch.

»Schade, Kate, wirklich. Ich wollte nie, dass irgendwas von all dem geschieht. Irgendwie ist es einfach passiert.«

Kate drehte sich um und floh die Treppe hoch. Barton feuerte und der Schuss peitschte hinter ihr in die Wand. Ein zweiter Schuss splitterte das Geländer, aber Kate rannte unbeirrt weiter. Sie hatte fast den Gang im ersten Stock erreicht, als sie hörte, wie die Hintertür aufkrachte und schwere Männerstiefel ins Haus polterten. Chance warf sich wie ein Champion im Stierringen, der einen neuen Rekord beim Rodeo setzen will, auf Barton.

Die Pistole flog durch die Luft, schlitterte über den Hartholzboden und klapperte gegen die Wand. Kate stürzte die Treppe hinunter und sah gerade noch, wie Chance sich auf Barton rollte und begann, ihn mit wüsten Schlägen zu traktieren.

Jemand hämmerte gegen die Haustür. Kate entdeckte Eds Van vor dem Haus. Die Fahrertür war offen, die Laderampe unten und Ed rollte sich den Weg zur Treppe hoch. Randy stand auf der Veranda und hämmerte wie besessen gegen die Tür.

Kate hastete hin, um ihn reinzulassen, er rannte an ihr vorbei und blieb stehen, als er Chance entdeckte, der immer noch auf den bewusstlosen Barton eindrosch.

»Der hat genug«, sagte Randy. »Du wirst ihn umbringen, Chance.«

Chance holte gerade zum nächsten Schlag aus und es kostete ihn enorme Mühe, sich zu stoppen. Schwer atmend stieg er von Lon Barton herunter und ging direkt auf Kate zu, blieb nur kurz stehen, um ein Klappmesser aus der Tasche seiner Jeans zu ziehen und das Isolierband durchzuschneiden, dann lag sie geborgen in seinen Armen.

»Mein Gott, Katie.« Er drückte sie an sich, begrub sein Gesicht in ihren Haaren und sie klammerte sich an ihn, ihre Arme schlangen sich um seine Mitte. »Ich hab in meinem ganzen Leben noch nie so viel Angst gehabt. Bist du okay?«

Sie nickte gegen seine Schulter, fühlte, wie Schauder durch seine schlanke Gestalt bebten. »Ich hab ihn erschossen, Chance. Ich hab Duke Mullens getötet.«

Er sah über ihren Kopf auf die Leiche, die wie ein zerbrochenes Spielzeug am Fuß der Treppe lag. »Ich bin nur froh, dass ich dir die Pistole gegeben habe.«

»Wie ... woher hast du's gewusst?«

»Ich war mit dir im Chatroom. Ich hab gewusst, dass es für dich unangenehm ist, wenn du weißt, dass ich da bin, also hab ich mich einfach ruhig verhalten. Als ich deine Nachricht gelesen habe, hab ich gedacht, ich fall um.«

»Barton hat Nell getötet, Chance. Er hat gesagt, sein Vater wollte den Brunnen, der ihr und Silas gehört hat.«

Chance seufzte erschöpft. Eine seiner Hände streichelte über ihren Kopf, fasste ihn hinten und drückte ihre Wange an seine Schulter. »Ich denke, das macht Sinn. William Barton gängelt seinen Sohn seit Jahren, Lon war total abhängig von ihm. Seine Stellung in der Firma, sein dickes Gehalt. All der Reichtum, den er in der Jahren angesammelt hatte, hatte er nur Vaters Gnaden zu verdanken. Wenn er das verloren hätte, hätte er alles verloren.«

»Ich frage mich, wie sein Vater sich jetzt fühlen wird?«

Ed sprach von der Türschwelle, wohin Randy ihn gerollt hatte. »Ich weiß, wie ich mich fühlen würde, wenn ich meinen Sohn dazu getrieben hätte, so etwas zu tun.« Einen Augenblick lang ruhte sein Blick auf Chance, der Kate immer noch festhielt. »Aber William Barton? Ich glaube, das werden wir wohl nie wirklich erfahren.«

Farbige Lichter tanzten auf der Wand des Wohnzimmers, als endlich der Wagen des Sheriffs vorfuhr. Halloween war eine geschäftige Nacht, der perfekte Zeitpunkt, um einen Mord zu begehen. Ein weiterer Streifenwagen fuhr vor und

Lon Barton wurde in Gewahrsam genommen. Ed und Chance blieben, bis die Deputies Kates Aussage aufgenommen hatten, dann war endlich der offizielle Teil erledigt.

»Hier kannst du nicht bleiben.« Chance warf einen Blick auf die Leiche, die gerade am Fuß der Treppe fotografiert wurde. »Sobald David nach Hause kommt, fahr ich euch beide in das kleine Motel auf dem Weg nach Ronan. Bis dahin warten wir unten im Café auf David.« Er sah zu einem der Deputies und dieser nickte, wusste, wo er den Jungen hinschicken musste, wenn er nach Hause kam.

»Ich – ich muss eine Tasche packen.« Sie benetzte ihre Lippen und wünschte, sie müsste nicht an Mullens Leiche vorbei auf dem Weg nach oben.

Chance las ihre Gedanken und nahm ihre Hand. »Komm. Ich bring dich rauf.«

»Achtet drauf, was ihr anfasst«, rief einer der Deputies. »Denkt dran, das ist ein Tatort.«

Wieder. Kate schauderte, dachte an Nells Ermordung und fragte sich, wie sie es schaffen würde, in dem Haus mit so vielen bösen Erinnerungen zu leben.

Sie gingen hinauf ins Schlafzimmer, achteten darauf, dass sie unterwegs nichts berührten. Kate packte eine Tasche für sich und David und dann gingen sie wieder nach unten und ins Café. Dort tranken sie koffeinfreien Kaffee, bis ein blasser David mit Jeremy, Willow und Chris hereinstürzte.

»Mom!« Er rannte auf sie zu und breitete die Arme aus, sie fühlte, wie er zitterte, als sie ihn umarmte. »Bist du okay?«, fragte David. »Der Cop hat gesagt, ein Mann hätte versucht, dich umzubringen und du hast ihn erschossen.«

»Mir geht's gut, Schatz. Und jetzt ist alles vorbei. Wir werden ein paar Tage im Motel bleiben, bis sie das Haus gesäubert haben. Chance wird uns hinfahren.«

Es wäre einfacher gewesen, wenn sie mit dem Mietwagen, den sie momentan fuhr, selbst hingefahren wäre, aber sie war immer noch so zittrig, dass sie sich nicht ans Steuer traute.

»Warum kommt ihr nicht zu uns«, bot Willow an.

»Gute Idee«, stimmte Jeremy zu. »Es wird vielleicht ein bisschen eng, aber –«

»Ich weiß das wirklich zu schätzen, aber lieber nicht. Ihr beide seid wunderbare Freunde. Aber ehrlich gesagt, glaube ich, David und ich brauchen ein bisschen Zeit für uns.«

»Bist du sicher, dass du zurechtkommst?«, fragte Willow besorgt, während Myra schützend in ihrer Nähe wartete.

»Es geht schon. Ich bin nur froh, dass die ganze Geschichte endlich vorbei ist.«

Im Night's Rest Motel, einer kleinen Reihe von Häuschen aus imitiertem Holz auf der Straße nach Ronan, meldete Chance sie an und trug ihre Tasche ins Zimmer. David drehte den Fernseher an und legte sich davor, während Kate Chance zur Tür brachte.

»Danke, dass du rechtzeitig gekommen bist. Du hast mir das Leben gerettet, Chance.«

Chance strich mit dem Finger über ihr Kinn und ein Anflug von Hitze durchfuhr sie. »Selbst wenn ich nicht gekommen wäre, hättest du, glaube ich, Lon Barton ausgetrickst, genau wie Duke. Du bist eine erstaunliche Frau, Kate.«

Kate schwieg. Sie sah Chance an und wünschte, er könnte bei ihr bleiben, wünschte, sie könnte ihn dazu überreden, nicht eine Frau zu heiraten, die er nicht liebte.

Aber sie wusste, dass er nicht auf sie hören würde.

»Ich dachte, Rachael wäre inzwischen wieder hier«, sagte sie, nur um etwas Abstand zu gewinnen. Chance erstarrte und zog sich zurück, genau wie sie es erwartet hatte.

Er seufzte unglücklich. »Sie wird Ende der Woche zurückkommen.«

Kate ignorierte den stechenden Schmerz. »Ich bin dankbar für alles, was du getan hast, Chance. Aber nach heute Abend will ich dich ... will ich dich nicht mehr wieder sehen. Nicht einmal als Freund.«

»Was ist mit deinem Auto? Lass mich dich wenigstens morgen zurückbringen, damit du dein Auto holen kannst.«

»Myra kann mich abholen.«

Er wandte sich ab, starrte in die schweigende Dunkelheit, die sie umgab. Irgendwo in der Finsternis rief eine Eule, ein kummervoller, hohl klingender Ton. Kate betrachtete Chances unnahbares, kantiges Gesicht, merkte, wie sehr sie ihn liebte, und ein brennender Schmerz erfüllte ihre Brust.

»Du hast Recht«, sagte er. »Es ist besser, wenn wir uns voneinander fern halten. Wenigstens muss ich mir jetzt keine Sorgen mehr um dich machen. Duke Mullens ist tot, Nells Mord ist aufgeklärt, du bist in Sicherheit.«

Sie wusste, dass sie es nicht tun sollte, doch Kate legte trotzdem eine Hand auf seine Wange. Sie spürte seine rauen Bartstoppeln und die Wärme seiner Haut. Einen Moment lang schloss er die Augen und lehnte sein Gesicht in ihre Handfläche. Dann ließ sie ihre Hand fallen. Als er sie wieder ansah, war sein Gesicht düster vor Qual.

Kate schluckte. »Ich liebe dich, Chance«, sagte sie ihm und kämpfte gegen die Tränen. »Ich musste es dir sagen, nur dieses eine Mal.«

»Kate.«

Sie schüttelte nur den Kopf, unfähig, noch länger so nahe bei ihm zu sein. Sie drehte sich um und ließ ihn auf der Veranda des kleinen Häuschens stehen. Ihr Herz fühlte sich an, als wöge es tausend Pfund, als sie die Tür schloss.

28

Ed Fontaine saß in aller Frühe in seinem Rollstuhl hinter dem großen Mahagonischreibtisch in seinem Arbeitszimmer und wartete auf Chance, der jetzt hereinkam und die Tür hinter sich schloss.

»Du wolltest mich sprechen?«

Ed rollte seinen Stuhl hinter dem Schreibtisch hervor und bedeutete Chance, sich in einen der Ledersessel davor zu setzen. Er hasste es, zu Leuten hochzuschauen, besonders wenn ein Mann so groß war wie Chance.

»Meine Tochter kommt morgen Abend per Flugzeug an. Ich nehme an, sie hat dich angerufen, um dich zu informieren.«

Chance nickte. »Sie hat vor ein paar Tagen angerufen. Hat gesagt, sie wäre mit ihrem Job fertig.« Er verschränkte ein langes Bein über dem anderen, legte seinen staubigen schwarzen Stetson auf sein Knie und drehte ihn in der Hand. »Sie sagt, sie hat für die Hochzeit so ziemlich alles arrangiert.«

Ed erwiderte nichts darauf. »Sag mir eins, Chance: Bist du in meine Tochter verliebt?«

Chance breite Schultern streckten sich. Er setzte sich in seinem Stuhl gerade hin. »Ich liebe Rachael. Das weißt du. Ich kann mich kaum an eine Zeit erinnern, in der ich sie nicht geliebt habe. Wir beide sind schon seit Jahren Freunde.«

»Ich weiß, dass du sie liebst. Ihr beide seit praktisch zusammen aufgewachsen. Ich möchte wissen, ob du in sie verliebt bist.«

Einen Augenblick lang wandte Chance den Blick ab. Ed beobachtete, wie er an dem Knick in seinem Hut herumfummelte, die Falten mit dem Zeigefinger entlangstrich. Dann sah er Ed direkt in die Augen.

»Ich werde ihr ein verdammt guter Ehemann sein. Ich werde mich um sie kümmern, dafür sorgen, dass sie alles kriegt, was sie will. Ihr wird es an nichts fehlen.«

»Aber du bist nicht in sie verliebt.«

Grimmige blaue Augen richteten sich auf ihn. Aus ihnen sprach so viel Gefühl, dass Ed spürte, wie es ihm die Brust abschnürte. »Rachael und ich, wir wissen beide, wo wir stehen. Sie will die gleichen Dinge, die ich will. Keiner von uns geht blind in diese Ehe.«

»Du sagst also, sie ist auch nicht in dich verliebt?«

Chance sprang auf. »Verdammt, Ed. Du verdrehst das alles. Was willst du denn, dass ich sage? Rachael und ich planen schon seit Jahren diese Heirat. Wir haben beide zugestimmt. Und genau das werden wir auch einhalten.«

»Selbst wenn das heißt, dass du die Frau verlierst, die du wirklich liebst?«

Chance sah über Eds Kopf, sein Blick war auf einen Fleck an der Wand gerichtet. Die Muskeln in seinem Hals arbeiteten, aber er brachte kein Wort heraus.

»Du liebst sie doch, nicht wahr? Ich kenne dich seit Jahren und du hast noch nie eine Frau so angeschaut, wie du Kate Rollins anschaust.«

Als Chance endlich seine Sprache wieder fand, klang seine Stimme tief und rostig. »Es spielt keine Rolle. Meine Zukunft ist festgelegt. Ich werde Rachael heiraten. Ich gebe dir mein Wort, dass ich sie glücklich machen werde.«

»Setz dich, Sohn. Du weißt, wie ich es hasse, wenn ich zu dir aufschauen muss.«

Chance ließ sich in den Stuhl fallen, die Muskeln in seinem Hals und seinen Schultern waren starr vor Spannung.

»Du heiratest Rachael meinetwegen, nicht wahr, Sohn? Du glaubst, dass ich mir das wünsche. Du glaubst, du bist es mir schuldig wegen dem, was an diesem Tag im Gebirge passiert ist. Weil du dir die Schuld an dem Unfall gibst, der mich in diesen Stuhl gebracht hat.«

Chances Kinn sah wie gemeißelt aus. »Es war meine Schuld. Wenn ich auf meinen Vater gehört hätte –«

»Wenn du auch nur auf die Hälfte gehört hättest, was dieser dickköpfige, alte Scheißkerl gesagt hat, dann wärst du nicht der Mann, der du heute bist. Was bei diesem Gewitter passiert ist, hätte jederzeit, an jedem Ort passieren können. Das Leben hier ist hart. Das weißt du. Ich hatte an dem Tag einfach Pech.«

Chance blieb stumm. Einundzwanzig Jahre Schuldgefühle konnte man nicht so einfach wegwedeln. Ed hatte allerdings gehofft, sie wären inzwischen verblasst.

»Hör mir zu, Sohn. Ich weiß, dass du das für mich tust. Es gab eine Zeit, da wollte ich mehr als alles auf der Welt, dass du Rachael heiratest. Ich wollte, dass du der Vater ihrer Kinder wirst. Ich wollte, dass dein starkes Blut in den Adern meiner Enkel fließt. Nachdem ich jetzt weiß, dass du in jemand anderen verliebt bist, ist es nicht mehr das, was ich mir wünsche.«

Chance schluckte, er hatte seinen Hut so fest umklammert, dass er einen neuen Knick bekam. »Was ist mit der Ranch? Was ist mit dem Erbe, das du für deine Enkel wolltest? Du redest seit Jahren davon.«

»Wenn die Zeit kommt, werden meine Enkel die Circle Bar F erben. Ein besseres Erbe kann ein Mensch kaum erwarten.«

»Was ist mit Rachael? Ich hab ihr ein Versprechen gegeben. Ich kann nicht einfach –«

»Doch, du kannst. Wir wissen beide, dass Rachael in dich genauso wenig verliebt ist wie du in sie. Vielleicht hab ich ihr einen genauso schlechten Dienst erwiesen wie dir. Wir werden Rachael das Gesicht wahren und sie die Verlobung lösen lassen. Das nimmt der Sache den Schmerz. Sie ist ein schönes Mädchen. Sie wird jemand anderen finden, hoffentlich einen Mann, den sie so lieben kann, wie ich ihre Mutter geliebt habe. In der Zwischenzeit überlass ich das mit den Enkelkindern dir. Schließlich bist du mir immer so nahe gestanden wie ein Sohn, den ich hätte haben können. Und ich wünsche mir von ganzem Herzen, dass du glücklich wirst.«

Chance beugte sich in seinem Stuhl nach vorne. »Bist du sicher, Ed?«

»Gestern Abend habe ich gesehen, was passiert, wenn ein Mann nur seine eigenen egoistischen Interessen vor das Wohl seines Sohnes stellt. Ich bin mir sicher, Chance. So sicher wie noch nie bei etwas in meinem Leben.«

Chance stand auf. Er streckte die Hand aus und packte Eds, beugte sich vor und umarmte ihn. Er lächelte, aber seine Augen glänzten feucht. »Danke, Ed. Du wirst nie wissen, wie viel mir das bedeutet.«

Ed lächelte nur. »Ich glaube, ich kann mir das ziemlich gut vorstellen. Du grüßt doch Kate von mir, ja?«

Chance grinste. Ed wurde klar, dass er das bei dem Jungen seit Wochen nicht mehr gesehen hatte.

»Ich werd's ihr ausrichten.« Mit langen Schritten durchquerte er das Arbeitszimmer und eilte den Gang hinunter und Eds Lächeln wurde noch breiter. Er hatte das Richtige getan. Rachael würde ausrasten, aber auf lange Sicht würde sie zustimmen, dass es für sie beide das Beste war. Sie mochte Chance, genau wie er sie und sie würde wollen, dass er glücklich wird.

Außerdem gab es in Silver County noch andere gute Männer. Nehmen wir doch mal diesen strammen Ned Cummings. Er war ein verdammt guter Rancher und er hatte schon seit Jahren insgeheim ein Auge auf Rachael geworfen. Wenn er jetzt so darüber nachdachte, könnten die beiden sich vielleicht gut vertragen.

Ed griente vor sich hin, als er sich zu seinem Schreibtisch rollte. Vielleicht würde er Samstagabend eine nette kleine Dinnerparty arrangieren und Rachaels Rückkehr und die geplatzte Verlobung feiern.

Er griff zum Telefon. Und möglicherweise hatte Ned Cummings Zeit, dieser Einladung zu folgen.

Kate band eine Schürze über ihre Jeans und ging an die Arbeit. Der beste Weg, um die Hässlichkeit der letzten Nacht zu vergessen, war, sich zu beschäftigen und sein Leben zu leben.

Nachdem sie ja in dem kleinen Motel an der Straße nach Ronan übernachtet hatten, musste sie David heute Morgen zur Schule bringen, also hatte sie die Morgenschicht nicht übernehmen können. Das Mittagsgeschäft boomte, als sie im Café angekommen war. Bonnie war glücklicherweise ebenfalls noch da. Momentan konnte sie jede Hilfe gebrauchen. Kate servierte gerade einen Teller mit Hühnersteak, Hausmachersauce und Kartoffelbrei, als die Glocke über der Tür bimmelte – und Chance eintrat.

Er sah so gut aus in seinen Jeans und dem weißen Westernshirt, dass sie sich dabei ertappte, wie sie ein paar Sekunden lang schlicht seinen Anblick genoss. Rasch rief sie sich zur Ordnung, wandte sich ab und stellte endlich den Teller mit dem Hühnersteak vor Harvey Michaelson auf den Tisch.

Chance setzte sich in eine der Nischen vor dem Fenster.

Er studierte die Speisekarte, den Blick konzentriert darauf gerichtet, aber irgendetwas war anders an ihm, irgendetwas, das sie nicht genau definieren konnte. Seine Augen sahen anders aus, weniger misstrauisch, sogar noch blauer als sonst und seine Haltung schien entspannter.

Er war schön wie die Sünde und unglaublich anziehend – und er gehörte jemand anderem. Verdammt, er sollte nicht hier sein, erinnerte sie sich mit einem Anflug von Wut. Er sollte sie in Ruhe lassen. Morgen Abend würde seine Verlobte eintreffen, verflixt und zugenäht.

Sie steigerte sich in ihren Verdruss und biss die Zähne zusammen. Vielleicht sah er so verdammt selbstzufrieden aus, weil er Rachael bald sehen würde.

Kate versuchte, ihren Zorn, so gut es ging, zu unterdrücken und ging energisch auf seine Nische zu. »Bereit zu bestellen, Cowboy?«

Chance sah hoch zu ihr und lächelte so strahlend, dass ihr Herz einen Salto schlug. »Ja, schon. Aber zuerst hab ich mich gefragt... ob du dich an den Kokosnusskuchen, den du letzte Woche serviert hast, erinnerst?«

»Was ist damit?«, keifte Kate.

»Ich hab gedacht..., wenn du einen so guten Kokosnusskuchen backen kannst..., kannst du vielleicht auch einen Hochzeitskuchen basteln.«

Eine Minute lang rührte sie sich nicht. Sie war so wütend, dass sie sich nicht gewundert hätte, wenn ihr Flammen aus dem Kopf geschossen wären. Sie stemmte die Hände in die Hüften, beugte sich zu ihm und zischte:

»Wenn du auch nur eine Sekunde lang glaubst, ich werde dir und dieser anorexischen Blondine, mit der du verlobt bist, eine Hochzeitstorte backen, bist du total –«

Chance grinste tatsächlich. Sie konnte sich nicht erinnern,

wann sie ihn das letzte Mal so ausgelassen grinsen gesehen hatte.

»Sie ist nicht für Rachael und mich«, sagte er. »Sie ist für dich und mich. Wie sieht's aus, Katie? Wirst du mich heiraten?«

Einen Moment lang drehte sich alles im Raum. Sie musste sich an einem Stuhl festhalten, um das Gleichgewicht nicht zu verlieren. Als sie den Kopf hob, sah sie, dass alle im Restaurant sie anstarrten und auf ihre Antwort warteten.

»Was… Was ist mit Rachael?«

Weiße Zähne blitzten. »Rachael hat mir den Laufpass gegeben. Ich bin wieder ein freier Mann. Was sagst du, Kate?«

Rachael hatte ihm den Laufpass gegeben? Kate glaubte nicht, dass das der Wahrheit auch nur im Entferntesten nahe kam. Keine Frau – nicht einmal eine, die aussah wie Rachael Fontaine – wäre je so irre. »Wehe, das ist nicht dein Ernst, Chance McLain.«

Chance rutschte aus der Nische, stand auf und nahm ihre Hand. »Ich meine es todernst, Darling.« Das freche Grinsen verschwand von seinem Gesicht. »Sag ja, Katie, mach meinem Elend ein Ende. Ich möchte keinen einzigen Tag mehr ohne dich leben.«

Ihr Herz schwoll, es fühlte sich an, als würde es gleich aus ihrer Brust springen. »Also, wenn du das so sagst, hab ich wohl keine andere Wahl. Okay, ich werde dich heiraten, Cowboy.«

Alle applaudierten, als er sie in seine Arme riss und sie mitten durch den Raum wirbelte.

Kate klammerte sich um seinen Hals, weinte und lachte gleichzeitig. Sie wusste nicht, wie es passiert war, aber sie würde Chance McLain heiraten. Was als mieser Tag begonnen hatte, mit dem Versuch, die Vergangenheit zu vergessen und in eine sehr einsame Zukunft zu schauen, hatte sich in den glücklichsten Tag ihres Lebens verwandelt.

»Verschwinden wir von hier«, flüsterte Chance. Ein Arm glitt blitzschnell unter ihre Knie. Mühelos hob er sie hoch und trug sie zur Tür hinaus. Sie wusste nicht, wo er sie hinbrachte und es war ihr auch egal. Sie liebte ihn und er liebte sie. Und soweit es Kate betraf, war das alles, was zählte.

Sie winkte Myra zum Abschied zu, die ihnen nach draußen gefolgt war und sich jetzt die Tränen der Rührung mit dem Zipfel der Schürze abwischte.

Kate lächelte hinauf zu Chance, grabschte sich seinen Kopf und zog ihn zu einem tiefen Kuss zu sich herunter. Sie ließ ihn erst dann zufrieden lächelnd los, als sie ihn lustvoll stöhnen hörte.

Epilog

Kate tapste aus dem Badezimmer und kehrte leise ins Bett zurück. Sie rutschte unter die Decken, rollte sich auf den Bauch, schüttelte das weiche Daunenkissen auf und benutzte es als Stütze.

Es war dunkel draußen, noch nicht Tag, aber das Schlafzimmer war gemütlich und warm. Das große Bett war zerwühlt, die Laken waren zerknüllt und rochen angenehm nach dem Liebesspiel der gestrigen Nacht.

Chance war damit beschäftigt, sich anzuziehen, um sich gleich seinen Männern anzuschließen. Heute war der letzte Tag des Frühlingszusammentriebs. Es gab jede Menge zu tun und Kate hatte auch den guten Vorsatz zu helfen, aber sie hatte es von jeher schon gehasst, früh aufzustehen. Und heute früh hatte Chance darauf bestanden, dass sie ausschlief.

»Hannah wird das Frühstück für die Männer machen«, sagte er. »Du kannst runterkommen und zu uns stoßen, wann immer du dazu bereit bist.«

Kate lächelte bei dem Gedanken, wie er sie verwöhnte. Sogar Hannah passte auf sie auf. Zu Kates Überraschung hatten sie beide sich sofort verstanden. Hannah gefiel ihr Job auf der Ranch und Kate hatte keine Absichten, ihn ihr wegzunehmen. Kate fand es wunderbar, dass ihr jemand dabei half, so ein großes Haus zu führen, besonders, nachdem sie nach wie vor das Restaurant leitete.

Und David liebte sie bereits. Hannah hatte den Jungen

aufgenommen wie eine Glucke ihre Küken, bemutterte ihn genauso, wie sie Chance früher bemuttert hatte. David wiederum genoss die Fürsorge der älteren Frau, sah sie als die Großmutter, die er nie gehabt hatte.

Hannah hatte Kate klar als Mitglied der Familie akzeptiert, vor allem, weil sie wusste, wie sehr Kate Chance liebte.

Während sie ihn beobachtete, wie er so mit dem Rücken zu ihr stand, schlank und muskulös, im weichen Licht der Lampe, und sich seine Jeans und Stiefel anzog, wünschte sie, sie wäre früher aufgewacht. Chance genoss es, morgens Liebe zu machen, und sie auch. Heute Morgen war sie einfach zu verschlafen gewesen.

Kate kämpfte gegen einen zeitlich nicht zu akzeptierenden Anflug von Wollust und schob ihr lockiges rotes Haar über die Schulter zurück. Es war jetzt länger, weil Chance es so mochte. Ganz besonders liebte er ihre Brüste, das wusste sie. Und wenn sie daran dachte, wie er sie gestern Nacht geküsst hatte, schwollen sie sehnsüchtig.

Sie sah zu, wie er sich sein Westernhemd überstreifte und die Druckknöpfe zuschnappen ließ. Er steckte das Hemd in die Hose und zog den Ledergürtel fest. Er griff nach den Lederchaps, die er bei der Arbeit trug, schnallte sie um die Taille, nahm seinen Hut und wandte sich dann zum Bett, wollte sie zum Abschied küssen, wie er das stets tat.

»Ich dachte, du wolltest weiterschlafen«, sagte er und kam auf sie zu, sodass das breite Leder unten an seinen Chaps über seine Stiefel schnalzte.

»Ich habe dir beim Anziehen zugeschaut.«

Er lächelte, streckte die Hand aus und fuhr damit durch ihre lockige Mähne. »Lady, du siehst zum Anbeißen aus.«

Kate erwiderte das Lächeln. »Du aber auch.« Gott, das tat er. Ein Mann in Chaps hatte etwas – besonders ihr Mann.

Wie sie seine schmalen Hüften betonten! Als seine Hand über ihre nackten Schultern strich und sanft eine Brust streichelte, wurden seine Jeans enger und es war offensichtlich, dass sie mehr als sein flüchtiges Interesse geweckt hatte.

Kate blinzelte unter ihren Wimpern zu ihm hoch und drehte sich auf den Rücken. »Weißt du, dass ich eine geheime Phantasie habe? Nämlich mit einem Mann in Chaps Liebe zu machen.«

Chance zog eine schwarze Augenbraue hoch. »Tatsächlich?«

»Zu schade, dass du gehen musst.«

»Ist es das?« Aber er schien es offenbar nicht so eilig zu haben. Er beugte sich vor und küsste sie auf den Mund, ließ seine Zunge hineingleiten, sodass heißes Verlangen in ihr aufstieg. Lange, dunkle Finger rieben ihre Brustspitzen, die sich fast schmerzhaft aufrichteten.

»Ich hab nicht viel Zeit«, raunte er, küsste ihren Hals, knabberte an einem Ohrläppchen.

»Vielleicht können wir improvisieren.«

»Ja... können wir vielleicht.« Er griff nach unten, öffnete seinen Reißverschluss und Kate streckte die Hand aus und berührte ihn. Er war groß und hart und pulsierte, als ihre Finger ihn umschlossen. Sie warf die Decke zurück, ging auf die Knie und bevor er merkte, was sie vorhatte, hatte sie ihn voll in den Mund genommen.

Chance holte zischend Luft und ein Schauder durchfuhr ihn. »Gott, Katie.«

Sie ignorierte das elektrisierende Gefühl. Seine Hände glitten durch ihr Haar und sie neckte ihn eine Weile, genoss seinen Geschmack, genoss die Phantasie. Sie quietschte überrascht, als er sie wegschob, hochhob und ihre Beine um seine Taille wickelte.

»In Ordnung, Darling, jetzt bin ich dran.« Er streichelte sie zärtlich, küsste sie heftig und dann rammte er sich voll in sie. Wonne durchzuckte sie wie ein Blitzschlag und sie hörte Chance stöhnen.

Kate keuchte, als sie die glatten Lederchaps an ihrem Po spürte. Sie klammerte sich an seinen Hals und schloss die Augen, genoss es, ihn zu fühlen, dachte daran, wie sehr sie ihn liebte. Chance pumpte in sie, immer heftiger, steigerte die Wonne, ließ kleine Hitzepfeile durch ihren Bauch zucken.

Ihr Körper pulsierte, gierte nach Erlösung. Etwas Heißes, Süßes explodierte in ihr. Ein mächtiger Höhepunkt überwältigte sie und sie zitterte von Kopf bis Fuß, keuchte seinen Namen. Noch ein paar heftige Stöße und Chance kam ebenfalls, sein schlanker Körper bebte, die Muskeln über seinen Schultern wurden hart wie Stahlbänder.

Er hielt sie noch einige selige Augenblicke lang fest, beugte dann den Kopf, küsste sie zärtlich und setzte sie zurück aufs Bett. Kate gähnte genüsslich, während er seine Kleidung wieder ordnete, den Reißverschluss schloss und fürsorglich das Laken über sie breitete.

»Schlaf weiter, Darling. Wir sehen uns ein bisschen später.«

Kate nickte nur, mit einem wohlig-müden Lächeln auf dem Gesicht und die Augen fielen ihr zu. Als sie zwei Stunden später aufwachte, fühlte sie sich angenehm entspannt und köstlich zufrieden.

Als sie in die Küche kam, war David bereits fort, unterwegs zu Chance draußen auf der Koppel. Ihr Sohn hatte sich dem Leben auf der Ranch angepasst, obwohl es anfangs nicht leicht gewesen war. Er hatte keine Ahnung von Rindern oder Arbeit auf der Ranch, aber die Cowboys erkannten seine Entschlossenheit und Eifer zu lernen an und halfen ihm, wo es ging. Und Chance war immer für ihn da, wie sein echter Vater es nie gewesen war.

David war jetzt ein guter Reiter. Er konnte fischen wie ein Einheimischer und sogar mit dem Gewehr schießen, obwohl er sich nicht sicher war, ob er je jagen wollte.

Die Sterbefälle, die ihn so jung berührt hatten, seine Großmutter und Chief und sogar Duke Mullens, hatten ihm einen Teil seiner Jugend genommen. Oft schien er ihr mehr Mann als Junge und obwohl ihr das Kind fehlte, das er einst gewesen war, war sie stolz auf den Erwachsenen, der heranwuchs.

Das Interesse an Nells Mord hatte sich endlich gelegt. Die Anklage gegen Silas Marshal war am Tag nach Lon Bartons Verhaftung fallen gelassen worden. William Barton hatte natürlich den teuersten Anwalt des Landes engagiert. Lon hatte zuerst auf unschuldig plädiert, aber die Beweise gegen ihn waren zu erdrückend.

Zusätzlich zu seinem Anschlag auf Kates Leben, war Nell exhumiert worden und Spuren von seiner Haut wurden unter ihren Fingernägeln gefunden. Die DNA stimmte mit Lon Barton überein. Dann tauchte ein nicht sesshafter Indianer namens Bobby Red Elk auf und sagte aus, er hätte Lon Bartons Wagen an dem Tag des Mordes in der Nähe des Hauses geparkt gesehen.

Bobby war zu dem Zeitpunkt auf dem Weg in den Süden gewesen, um als Gelegenheitsarbeiter in wärmeren Gegenden zu arbeiten. Erst bei seiner Rückkehr ins Reservat hatte er von Nell und dem bevorstehenden Prozess gegen Barton gehört. Wie es aussah, wollte Bobby damals von Nell eine Spende erschnorren. Er hatte jedoch gesehen, wie Silas wegfuhr und danach ein weißer Jeep Cherokee am Straßenrand hielt. Nachdem Nell also offensichtlich Besuch hatte, hatte er sich entschlossen, lieber nicht bei ihr anzuklopfen.

Bobby war nicht gerade ein idealer Zeuge, aber die Beweise wurden immer mühsamer zu widerlegen. Auf Rat seines Anwalts hatte Lon einen Deal akzeptiert. Er würde sich des Totschlags schuldig bekennen und sich mit fünfzehn Jahren Gefängnis abfinden und hoffen, nach zehn rauszukommen. Das war kein hoher Preis für Mord, aber so wie die Gerichte oft entschieden, hatten sie Glück, dass er nicht gänzlich ungeschoren davonkam.

Und um den Deal schmackhaft zu machen, hatte er die Namen der Männer, die für den Tod von Harold »Chief« Ironstone verantwortlich waren, preisgegeben – Joe Saugus, Ben Weeks, Fred Thompson und Duke Mullens, alles Angestellte der Beavertail-Mine.

Was bedeutete, dass es noch bessere Nachrichten gab. Consolidated Metals hatte ihre Versuche eingestellt, das Zyankaliverbot zu kippen und eine neue Mine in Silver County zu errichten. Nach allem, was passiert war, hatten sie die Öffentlichkeit total gegen sich. Die Beavertail-Mine machte zu – dank der Fotos von Chief von den Lecks im Auffangbecken und den gigantischen Strafen, die das Gericht schließlich verhängt hatte.

Es würde keine neue Mine am Silver Fox Creek geben.

Kate schob die Tür auf und trat in die große Küche mit den hellen Kieferwänden.

Hannah kam mit einer heißen Tasse Kaffee in der Hand quer über den hölzernen Plankenboden zu ihr. »Hier, das wird dich aufwärmen.«

»Danke, Hannah. Vielleicht werde ich dann endlich wach. Ich weiß nicht, was heute früh mit mir los ist.«

Hannah warf ihr einen Blick zu, aus dem ersichtlich war,

dass sie genau wusste, was los war und was genau oben passiert war. Kate versuchte, ihre beginnende Tomatengesichtsfarbe zu verbergen, indem sie die Hintertür aufschob und in den frischen Frühlingsmorgen hinaustrat.

In ihren Jeans, den Cowboystiefeln, die ihr Chance gekauft hatte, und einem Sweatshirt mit dem Bild eines Elchs ging sie den Abhang zur Koppel hinunter. Ein Dutzend Cowboys, manche zu Pferd, andere zu Fuß, waren damit beschäftigt, Kälber mit Brandzeichen zu versehen.

Sie rümpfte die Nase über den Geruch von verbrannten Haaren und versuchte das Gejaule der kleinen Kälbchen zu ignorieren, während sie gebrandmarkt, geimpft und kastriert wurden, aber sie machte sich keine Sorgen mehr um sie. Als sie den Männern das erste Mal bei der Arbeit zugeschaut hatte, war sie gleichzeitig überrascht und erfreut gewesen zu sehen, wie behutsam sie mit den Kälbern umgingen.

Chance sah sie kommen, sprang vom Zaun herunter und schritt auf sie zu. Ihr Blick wanderte unbewusst zu dem Vorderteil seiner Chaps, wo der Leder den Reißverschluss seiner Jeans und somit sein Geschlecht umrahmte, und ihr schoss die Röte ins Gesicht.

Chance grinste, las genau ihr Gedanken. »Weißt du, was ich an dir liebe, Katie?«

Sie wurde noch röter, weil sie sicher war, dass er etwas Peinliches darüber sagen würde, wie sehr sie die körperliche Liebe genoss. »Was?«

Chance beugte sich vor und küsste sie. »Alles.« Seine Miene wurde ernst. »Dich heiraten war das Beste, was ich je getan habe, Kate. Du hast mich zum glücklichsten Mann der Welt gemacht.«

Kate lächelte und Tränen der Freude verschleierten ihre Augen. Gott, wie sie ihn liebte! »Wie läuft's denn so?«

Er sah zur Koppel. Kleine Staubwölkchen stiegen unter den Hufen der Pferde auf, während die Männer jedes Kalb mit dem Lasso einfingen und geschickt zu Boden warfen.

»Bis heute Abend sind wir fertig, wie wir es geplant hatten.«

Das traditionelle Steak Barbecue war für den späten Nachmittag angesetzt und eine Reihe von Freunden und alle, die geholfen hatten, waren eingeladen. Kate hatte mit Hannah die letzten zwei Tage alles dafür vorbereitet.

»Kann ich irgendwas helfen?«

»Wie wär's, wenn du mir eine Weile Gesellschaft leisten würdest?«

Sie feixte. »Ist mir ein Vergnügen, Cowboy.« Sie ging mit ihm zurück zur Koppel und er half ihr, auf den Zaun zu klettern. Auf der gegenüberliegenden Seite saß David auf einem kleinen braunen Wallach, den Chance ihm als so genanntes »Hochzeitspräsent« geschenkt hatte. Kate hatte natürlich ebenfalls ein eigenes Pferd, ein hübsches, kleines Palomino Quarter Horse, in das sie sich auf den ersten Blick verliebt hatte.

Das Leben auf der Running Moon war gut, war es seit dem Tag, an dem sie und David eingezogen waren. Sie hatten Nells altes Haus seit der Nacht, in der sie Duke Mullens erschossen hatte, nicht mehr betreten. Sobald Chance alles mit Rachael geregelt hatte – was besser lief, als sie beide erwartet hatten, dank Ed und möglicherweise auch Ned Cummings –, heirateten Kate und Chance.

Es war eine kleine Kirchenzeremonie mit nur ein paar engen Freunden, aber so hatten sie es beide gewollt.

Chance warf ihr einen neckenden, leicht boshaften Blick zu. »Hast du noch ein bisschen geschlafen, nachdem ich weg war?«

Kate griente amüsiert. »Habe ich tatsächlich. Aber es war

seltsam. Ich habe von Nell geträumt. Sie hat mir gedankt, weil ich bewiesen habe, dass Silas nicht an ihrem Tod schuld war.« Kate musterte ihn. »Du glaubst doch nicht, dass das ihre wahre Botschaft war, oder? Dass Silas nicht der Mann war, der sie getötet hat und sie nicht wollte, dass er sich weiterhin die Schuld gab?«

Chance zuckte mit den Achseln. »Kann sein. Es würde ihr ähnlich sehen. Sie hat sich immer Sorgen um ihn gemacht. Du wirst es aber wahrscheinlich nie genau wissen.«

Aber Kate war überzeugt, dass sie es sicher erfahren würde… irgendwann in ferner Zukunft. An dem Tag, an dem sie ihren irdischen Körper verließ und die Reise in die Ewigkeit antrat. Wenn sie zu den Freunden und der Familie kam, die schon vorangegangen waren.

Und sie ihre Großmutter wieder sah.

blanvalet

Stürmische Leidenschaft bei Blanvalet

Atemberaubende Liebesgeschichten – knisternd erotisch und wunderbar romantisch!

36390

36229

36224

36099

www.blanvalet-verlag.de

blanvalet

Leidenschaftliche Romantik bei Blanvalet

Sinnliche Romane voller glühender Sehnsucht und heißer Liebe!

36366

36219

36374

36357

www.blanvalet-verlag.de